모방소녀

소향作

모방소녀

소향 作

TXTY

[   ]이 보이는 것보다 가까이 있음.

완벽한 타인이 되는 것과 불완전한 자신을 찾는 것 중
어느 쪽이 더 수월할까.
'나'를 잃어버린 사람들에겐.

'**사이드미러**'는 우리 모두가 목격했지만
너무 쉽게 잊히곤 하는 여러 사회적 문제를
가장 가까이에서, 더욱 자세히 바라보기 위한
텍스티의 시사 소설 시리즈입니다.
우리가 알지 못하는, 혹은 알면서도 눈 감았던 진실이
'**보이는 것보다 더 가까이 있음**'에 주의하시길 바랍니다.

목 차

모 방 소 녀

부 록

일러두기

하나. 모든 표기는 출판사 편집 매뉴얼의 교정 규칙에 따르되, 작가의 의도에 따라 필요하다 판단될 경우 절충하여 표기하였습니다.

둘. 발행 도서는 『』로, 텍스트 작품 제목은 「」로, 간행물은 《》로, 그 외 저작물은 〈〉로 표기하였습니다.

셋. 본 작품은 픽션이며 작품에 등장하는 인물, 단체, 기업, 사건 등은 모두 창작에 의한 허구임을 밝힙니다.

D − Day

완벽한 타인이 되는 것과 불완전한 자신을 찾는 것 중 어느 쪽이 더 수월할까. '나'를 잃어버린 사람들에겐.

이제 막 여명이 밝아오는 늦가을 이른 아침, 푸른 유리알 같은 대기는 신선하고 날카로웠다. 잔에 담긴 듯 고요하던 공기는 떠오르는 태양을 따라 일렁이더니 그리 세지 않은 바람이 되었다. 거리에 흩어진 낙엽을 굴리는 정도였다. 하지만 살갗에 닿는 순간 이 세상에는 결국 너 혼자뿐이라고 속삭이는 듯한 매정함이 서려 있었다. 그 시리고 메마른 바람이 어느 고등학교 교문 위에 걸린 현수막을 운명의 깃발처럼 조용히 흔들고 있었다.

20XX학년도 대학수학능력시험 서울특별시교육청 제XX 시험지구 제XX시험장

현수막 아래는 다른 공기가 흐르는 듯했다. 선배를 응원하러 나온 학생들의 소란과 환호는 잠시 이곳이 축제의 현장인 듯한 착각마저 불러일으켰다.

그곳엔 자식의 등을 두드려주는 아버지들과 손을 잡아주는 어머니들이 있었다. 간혹 눈물을 훔치는 이도 있었다. 수험생들은 배웅 나온 가족에게 손을 흔들며 웃어 보이고는 크게 숨을 들이켜고 비장하게 교문 안으로 들어갔다. 아무리 가족이라도 더는 함께할 수 없는 혼자만의 싸움터로.

그때 한 소녀가 사람들 사이를 뚫고 교문 안으로 들어섰다.

살짝 헝클어진 머리, 몽롱한 눈빛, 조금은 불안하고 방향을 잃은 듯한 발걸음. 어딘가 묘한 분위기의 소녀는 낯선 도시의 순례자처럼 몇몇 눈썰미 좋은 이들의 이목을 끌었다. 그러나 그들은 곧 시선을 거두고 각자의 신에게 기도를 올렸다. 그럴 수밖에 없는 아침이었다.

고사장을 확인한 소녀가 수렁에 빠진 것처럼 다리를 끌며 계단을 올랐다. 한 계단, 또 한 계단.

마침내 고사장에 들어선 소녀는 자리에 앉은 뒤 긴 숨을 토해냈다. 곧 감독관이 앞자리부터 차례대로 수험표와 신분증을 요구했다. 소녀의 차례에서도 어김없이 사진과 얼굴을 대조했다. 감독관은 소녀를 잠시 바라보다가 수험표를 돌려주었다. 소녀는 저도 모르게 마른침을 삼켰다.

곧이어 수능 샤프와 컴퓨터용 사인펜이 배부되었다. 소녀는 책상 위에 필기도구와 수험표, 수능 시계를 가지런히 정리했다. 마치 제단 위에 제물을 올리듯.

예비령이 울리자 OMR카드가 배부되었다. 수험생들은 일제히 성명란에 이름을 적기 시작했다. 소녀는 성을 기재하는 첫 번째 칸에 글자 하나를 적고 나서 멈칫했다. 그러고는 그 위에 다른 글자를 적었다.

'나'와 '송'. 또는 '송'과 '나'.

두 개의 성이 겹치는 바람에 글자는 도통 알아보기 힘들어졌다. 겹친 글자가 마치 자신 같다고 생각하며 소녀는 새 OMR카드를 받아 다시 이름을 적었다. 한순간도 잊어선 안 되는 이름을.

이윽고 문제지가 배부된 뒤에 1교시 시작을 알리는 종이 울렸다. 그러자 소녀는 영화감독의 큐 사인을 받은 배우처럼 돌변했다. 허리가 꼿꼿이 펴졌고 눈빛은 또렷해졌으며 샤프를 잡은 손부터 발끝까지 온몸의 근육이 가닥가닥 팽팽해졌다. 홀로 진공 유리 상자에 들어가기라도 한 듯, 소녀는 무섭게 집중하며 시험을 치르기 시작했다.

고사장 안에는 사각거리는 샤프 소리와 시험지 넘기는 소리만이 허공을 부유하며 차오르고 있었다.

D-364 교차로

커튼에 새벽빛이 희미하게 스며들 무렵, 오래된 빌라의 작은 방 안에 알람 소리가 울렸다. 영리는 팔을 뻗어 핸드폰을 집어 들고는 슬며시 한쪽 눈을 떴다. 액정에서 쏟아지는 빛에 저절로 눈이 찌푸려졌다. 영리는 잠시 감고 있던 눈을 비비고 다시 핸드폰을 바라보았다. 고딕체의 영어 단어가 화면을 가득 채우고 있었다.

D-Day

드디어 D-Day다. 그간의 노력이 결실을 맺는 날, 오늘은 수능일이다. 다행히 악몽도 없었다.

영리는 몸을 일으켜 책상 위 투명 파일에 소중히 끼워놓은 수험표를 바라보았다. 저녁이 되면 이 수험표는 각종 이벤트의 수험생 할인 쿠폰으로 역할이 바뀔 것이다. 영리는 기쁘게 그 순간을 맞고 싶었다. 당장 내일은 오랫동안 가지 못한 미용실부터 갈 작정이었다.

　방문을 열자 음식 냄새가 훅 밀려왔다. 좁은 거실과 면한 주방에서 아빠가 음식을 하고 있었다. 슈트 바지에 흰 셔츠를 입고 앞치마를 두른 채였다. 양손에 도구를 들고 능숙하게 요리하는 솜씨가 마치 기예를 부리는 듯했다. 도구를 바꿔 드는 속도도 아주 재빨랐다.

　어린 시절에 영리는 아빠가 요리할 때마다 눈을 크게 뜨며 "꼭 서커스 같아!"라고 외치곤 했다. 그러면 아빠는 프라이팬에 든 재료를 현란하게 뒤집고 손가락으로 브이 자를 만들어 보였다.

　그러나 영리의 아빠 나석현은 요리사도 곡예사도 아닌 기업 회장의 운전기사였다. 석현은 대개 딸이 일어나기 전에 아침을 차려놓고 출근했다. 이 시간에 집에 있는 건 드문 일이었다.

　"아빠! 아직 안 나갔어? 출근 시간 지났는데?"

　영리의 물음에 석현이 고개를 뒤로 돌리며 장난스레 답했다.

　"일어났니? 우리 공주 수능 보러 가는데 전문 드라이버가 시험장까지 모셔드려야지."

　"괜찮아. 버스 타고 가면 돼."

　"아빠도 괜찮거든. 어서 씻고 나와. 오늘 기대해. 유튜브에서 수능 도시락 검색해서 최고로 맛있게 쌌어. 보온 도시락도 후기 제일 좋은 걸로 샀다. 이거 비싼 거야."

　석현이 스텐 보온 도시락을 번쩍 들어 보이며 웃었다.

　잠시 후 영리와 석현은 식탁에 마주 앉았다. 평소보다 반찬 가짓수가 두 배는 되는 듯했다. 게다가 모두 새로 만든 것들이었다.

영리는 코끝이 시큰해졌다. 어제도 자정을 훌쩍 넘어 귀가한 아빠가 몇 시에 일어난 걸까, 좁은 집에서 음식 하는 소리가 날까 봐 얼마나 조심했을까 싶어서였다. 그러나 마음과 달리 입에서는 괜한 말이 튀어나왔다.

"뭘 이렇게 많이 했어. 수능 날에는 평소에 안 먹던 반찬은 먹지 말라던데. 위가 긴장했다가 놀라서 탈 날 수 있대."

석현이 망연자실한 표정을 지었다.

"그래? 어쩌지? 네가 좋아하는 것 위주로 하긴 했는데."

영리는 얼른 배를 두드리며 수습했다.

"괜찮겠지. 아빠 딸 위장 튼튼하잖아."

그제야 마음이 놓인다는 듯 석현이 미소 지었다.

식사를 마치고 두 사람은 집을 나섰다. 부지런함이 몸에 밴 부녀답게 다른 수험생보다 훨씬 이른 출발이었다. 어제까지만 해도 그리 춥지 않았는데, 밤새 비가 와선지 갑자기 기온이 뚝 떨어졌다. 차가운 바람이 얼굴 솜털 사이로 날아와 바늘처럼 박혔다. 석현이 서둘러 키를 누르자 빌라의 좁은 주차 칸을 꽉 채운 고급 세단이 전조등을 한 번 깜빡였다.

"타시죠. 우리 예비 서울대학생!"

영리가 놀란 눈으로 석현을 돌아보았다.

"이게 뭐야?"

"회장님 차. 우리 딸 데려다주고 출근하려고. 중요한 날이잖아."

"나 데려다주고 한남동 가면 많이 늦을 텐데? 말이 서울 끝자락이지 경기도보다 멀다고 매일 일찍 나가면서."

"괜찮아. 회장님이 오늘은 늦어도 된다고 하셨어."

잠시 차를 바라보던 영리가 두 손을 내저었다.

"나 그냥 택시 타고 갈래. 부담스러워서 못 타겠어."

"에헤이. 걱정 말고 어서 타라니까."

석현은 영리를 반강제로 차에 태우고 품에 보온 도시락을 안긴 다음 안전띠를 매주었다. 그리고 조수석 문을 닫은 후 보닛 앞쪽으로 멀리 돌아 운전석에 앉았다.

영리는 차 문을 가만히 쓰다듬었다. 처음 타보는 아빠의 일터였다. 아빠는 이 안에서 종일 무슨 생각을 할까.

잠시 후 차가 말 그대로 도로 위를 미끄러졌다. 진동도 소음도 없었다. 영리가 호화로운 세단 내부를 두리번거리며 물었다.

"이런 차는 얼마나 해?"

석현이 슬쩍 웃으며 대답했다.

"우리 집 전세금이랑 얼추 비슷할 걸?"

영리가 작게 휘파람을 불었다. 석현이 너털웃음을 지었다.

"긴장되니?"

"아니, 긴장은 무슨. 아빠! 나 나영리야. 내신, 모의고사 3년 내내 전교 1등을 놓치지 않은 나영리라고. 그리고 알잖아. 내신 극상위라 서울대 학교장 추천 1차쯤은 가뿐히 통과할 거고, 면접도 잘 볼 거고, 수능 최저만 맞추면 되는 거. 걱정 마. 설사 한 과목 밀려 쓴다 해도 합격할 자신 있어."

피로로 눈이 따끔거렸지만, 그래도 좋았다. 석현은 절로 떠오르는 미소를 숨길 수 없었다.

보육원 출신인 석현은 꿈을 품고 자랐다. 빨리 어른이 되고 싶다는 꿈, 반드시 행복한 가정을 이루겠다는 꿈은 거친 세상을 헤쳐나가게 해주는 버팀목이었다. 자신처럼 외로운 아내를 만났을 때, 석현은 드디어 오랜 꿈을 이루었다고 생각했다.

그러나 아내는 너무 빨리 세상을 떠났다. 사인은 출산 중 과다 출혈. 서울 외곽 작은 산부인과의 젊고 서툰 당직의는 골든타임을 놓쳐버렸다.

처음으로 행복을 알아버린 사람에게 상실은 더 잔인했다. 아내의 장례를 치르면서 석현은 자신이 외로움을 평생 지고 가야 할 운명을 타고났다는 걸 깨달았다. 어쩌면 아내와 보낸 2년이라는 시간은 석현에게 준 게 너무 없어 미안했던 신이 선사한 케이크 같은 건지도 몰랐다. 아이스크림으로 만들어져 언제 녹아버릴지 모르는 케이크.

석현은 운명을 받아들이기로 했다. 아내는 떠났지만, 딸아이는 무사히 태어났다. 남들만큼 뒷바라지는 못 해줘도 아내 몫까지 사랑해 주어야 했다. 영리를 위해서라면 못할 게 없었다. 오늘은 그렇게 키운 딸이 더 넓은 세상에 나가겠다고 대학수학능력시험을 보는 날이다.

"10년 동안 회장님을 모시면서 한 번도 이런 적이 없었는데, 딸 수능이라고 하니까 데려다주고 천천히 오라고 하시더라. 이렇게 모두 응원해 주니 다 잘될 거야. 고맙다. 부족한 아빠 밑에서 잘 자라줘서."

차 안에 정적이 흘렀다. 영리는 도시락을 품에 바짝 끌어안고 손잡이만 만지작거리다 창밖으로 시선을 돌렸다.

"아빠 소원이 뭐야? 내가 대학 가면 꼭 들어줄게."

"소원? 하나 있지. 우리 딸 서울대 과잠 입은 모습 보는 거."

"겨우? 뭐가 그렇게 시시해? 다른 거 없어?"

"시시하다니. 그걸 아무나 입니? 아빠 그거 입은 학생들 보면 얼굴도 모르는 그 부모가 그렇게 부럽더라."

영리가 석현을 바라보았다. 그리고 합격증을 보여주며 하려던 말을 꺼냈다.

"걱정 마. 합격은 기본이지. 나 대학만 가면 과외할 거야. 서울대생은 과외비 더 많이 받는대. 학점 관리도 잘해서 대기업 들어가고 초고속 승진할 거야. 그래서 아빠랑 둘이 살 아파트도 사고, 일도 그만두게 하고."

석현이 주먹을 입가에 대며 헛기침을 한 번 했다.

"누가 들으면 대기업 사원이 수억 버는 줄 알겠다. 그리고 아빠 일하는 거 좋은데? 얼마나 좋니? 아직 건강하고, 날 필요로 하는 곳이 있다는 게. 그런 생각 하지 말고 대학 가면 배낭여행도 가고, 남자 친구도 사귀고 재밌게 보내."

"아, 무슨 남자 친구야."

영리는 겸연쩍은 듯 웃고 나서 창밖으로 시선을 돌렸다. 그러다 어느 순간 땅이 꺼질 듯 탄식을 내뱉었다.

"아! 스트레스."

"아니, 왜! 뭣 때문에? 어디 아파?"

다급하게 묻는 석현에게 영리가 한숨을 섞어 대답했다.

"아빠는 못 봤어? 또 나만 본 거야? 벤치 위에 누가 커피 그냥 두고 갔잖아. 김이 모락모락 나는 걸 보면 많이 남은 것 같던데."

"쓰레기통이 없었나 보지."

"그렇겠지. 그러다 쏟아지면 벤치가 엉망이 되겠지. 괜찮아, 치우는 사람은 따로 있으니까. 그렇지?"

석현이 쓰게 웃는데 영리가 이어서 말했다.

"저 아저씨는 파란불 3초 남았는데 횡단보도 한가운데서 유유자적 걸어가시네. 그리고 이건 진짜 말 안 하려고 했는데……."

"했는데, 뭐?"

"아빠 아까 정지선 넘은 거 알아?"

석현이 못 말린다는 듯 고개를 가로저었다.

"다 보이고 다 들리지, 우리 영리는."

"그래서 사는 게 피곤하다고."

영리가 열 살 즈음, 석현은 예민하고 유별난 딸이 걱정되어 소아정신과를 찾았다. 검사를 마친 의사는 영리의 사고력과 지능, 도덕적 기준과 민감성이 매우 높다고 했다. 이런 아이는 도덕적 완벽주의로 인해 타인의 행동이 기준에 어긋나면 강한 불편함을, 자신이 이상적인 기준에 미치지 못하면 불안감을 느낀다고 했다. 또 자신을 과도하게 통제하거나, 자기 비난적 사고에 빠지거나, 욕구를 억제하는 경향이 있어 스트레스나 좌절감이 쉽게 유발될 가능성이 크다고도 했다. 즉, 고지능인 데다 예민하여 키우기 힘든 아이가 바로 영리였다.

그 후 석현은 의사의 조언에 따라 영리의 감정과 불안에 공감하는 한편 유연한 모습을 보여주려 노력했다. 가끔은 규칙을 조금 바꿔도 좋다고, 사는 데 정답이 있는 게 아니라고, 윤리도 중요하지만 행복한 것 또한 중요하다고 자주 말해주었다. 괜찮다, 괜찮다. 괜찮다는 말을 입에 달고 살았다. 석현은 지금도 그 말을 해줄 때라고 생각했다.

"사정이 있었겠지. 사람은 실수하거나 부족할 수 있고 그게 자연스러운 거야. 그보다 아빠랑 약속 하나만 해."

"뭐?"

"아빠 걱정하지 말고, 효도할 생각하지 말고, 너만 생각하면서 살기로. 아빠는 정말로 네가 대학만 합격하면 더 바라는 거 없어. 우리 딸만 행복하면 돼."

영리가 아무 말도 하지 않자 다짐을 받아내고야 말겠다는 듯 석현이 채근했다.

"약속하라니까."

"약속할게. 대신 아빠도 약속해."

"무슨 약속?"

"아빠도 이제 인생 즐기면서 살기로. 좋은 분 있으면… 만나도 좋고."

사거리 교차로 정지 신호에 차를 멈춘 석현이 헛기침을 했다.

"이상하게 수능 날은 꼭 추워진단 말이야."

차 안에 멋쩍은 침묵이 맴돌았다. 신호등이 바뀌자 석현이 다시 차를 출발시켰다. 차가 교차로 한가운데를 지날 때였다. 석현은 머리가 띵해지는 걸 느끼며 순간적으로 흐려진 눈을 비볐다.

"아, 아빠!"

갑자기 거대한 굉음이 차창을 뚫고 들어와 영리의 비명을 집어삼켰다. 얼어붙은 도로 위에서 세단이 피겨 선수처럼 스핀을 돌며 나뒹굴었다. 오늘만을 위해 달려온 부녀의 지난 나날도 함께 산산이 부서졌다. 공포가 영리의 머릿속을 헤집고 후벼 파는 동안 온갖 기억의 파편이 눈앞에서 번뜩이며 스쳐 갔다. 중심을 잃은 팽이처럼 거칠게 회전하는 차와 반대로 주마등의 환영은 슬로모션처럼 느릿느릿 펼쳐졌다.

환영 속에서 영리는 한 소녀를 보았다. 자신과 똑같이 생겼으나 자신이 아닌 소녀. 분명 다른 존재였다.

잠시 후, 고요가 찾아왔다. 영리가 손가락 하나를 까딱해 보았다. 그다음에는 다리를, 팔을, 목을, 천천히 움직였다. 그리고 석현을 돌아보았다. 이상했다. 석현이 눈을 감은 채 거꾸로 매달려 있었다. 그제야 영리는 차가 뒤집혔다는 걸 알았다.

이상한 게 더 있었다. 분명 에어백이 터졌는데 석현의 머리에서 피가 흐르고 있었다. 피가, 너무 많이 흘렀다.

"아빠……."

영리가 힘겹게 팔을 뻗어 몸을 흔들었지만, 석현은 눈을 뜨지 않았다. 다시 한번 더 힘을 내어 흔들다 영리는 애쓰던 몸짓을 뚝 멈추었다. 운전석 문짝이 안으로 움푹 휘어져 들어와 석현을 조수석 쪽으로 밀고 있는 걸 알아채서였다. 그때 석현이 가늘게 눈을 뜨더니 말했다.

"아… 아빠는… 괜찮… 으니까 어, 어서 시험… 보러 가……."

그 말을 겨우 마치고, 석현은 다시 의식을 잃었다. 영리는 도대체 어디가 괜찮냐고 묻고 싶었다. 어서 일어나라고 소리 치고 싶었다. 그러나 몸속까지 굳어버렸기에 말은 소리가 되어 밖으로 나오지 못했다.

아직 어둑하고 쓸쓸한 이른 아침, 멈췄던 비가 다시 내리기 시작했다. 여기저기서 몰려드는 사람들의 웅성거림이 비와 함께 사고 현장을 덮었다. 멀리서 사이렌 소리가 들려왔다. 그제야 영리의 목에서 짐승 같은 울부짖음이 터져 나왔다. 목 놓아 아빠를 부르는 절규가 빗줄기를 따라 지하로 스며들었다. 두 부녀가 오랫동안 쌓아온 노고와 곧 맞이하려던 영광된 미래가 밟힌 크래커처럼 처참히 부서졌다.

영리는 팔에 붕대를 감은 채 수술실 앞에서 서성거렸다. 아빠가 응급 수술실에 들어간 지 벌써 7시간이 지났다. 그 시간 내내 영리를 누른 건 죄책감이었다. 어째서 자기는 멀쩡하고 아빠만 저리 크게 다쳤냐고 흐느끼며 묻자, 의사는 사고 상황을 정확히 알 수는 없지만 본능적으로 딸을 보호하려 한 듯하다고, 이런 상황에서 종종 발생하는 사고 유형이라고 말하고는 급히 자리를 떴다.

수능은 보러 가지 못했다. 그런 건 신경조차 쓰이지 않았다. 영리는 최악의 상황을 상상하지 않으려고 자꾸 고개를 흔들었지만, 떠오르는 불길한 생각을 떨치기가 어려웠다. 만약 잘못된다면, 혹시라도 아빠가 잘못된다면 어떻게 살아야 할지 상상조차 할 수 없었다. 수술실 문이 열리기를 기다리는

1분 1초가, 숨 쉬는 매 순간순간이 너무나 초조하고 간절해서 고통스러웠다.

영리는 누구에게랄 것도 없이 빌고 또 빌었다. 아빠가 깨어난다면 뭐든 다 하겠다고. '제발'이라는 말만 연신 내뱉는 영리 앞에 드디어 수술복 차림의 의사가 나타났다. 조금 지친 듯 보이는 의사가 조심스러운 목소리로 물었다.

"혹시 요즘 환자분이 무리하셨나요? 잠을 거의 못 주무셨다든지, 두통이나 어지럼을 호소하신 적은 없고요?"

영리는 잦은 야근으로 꺼칠해진 석현의 얼굴을 떠올렸다. 그리고 새벽부터 준비했을 수능 도시락도.

영리가 입술을 떨며 고개를 끄덕이자, 의사가 말을 이었다.

"사고 직전에 급격한 두통과 시야가 흐려지는 증상이 있었을지도 모르겠네요. 이런 증상은 과로와 수면 부족이 오래 누적됐을 때 갑자기 나타나는 경우가 많아요. 스스로는 괜찮다고 느끼셨을지 모르지만, 운전 중에는 아주 짧은 순간의 시야 장애나 의식 저하라도 치명적일 수 있고요. 현재는 정확한 원인을 단정할 수 없어요. 다만 여러 정황을 종합해 그렇게 추정하고 있어요."

의사는 숨을 고르듯 말을 멈췄다가 다시 조심스럽게 말했다.

"수술은 끝났지만, 아직 환자분 의식이 돌아오지 않았습니다. 현재는 깊은 의식장애 상태, 흔히 말하는 혼수상태입니다."

영리는 다리에 힘이 풀려 그 자리에 주저앉았다. 의사가 서둘러 영리를 부축했다.

그때, 조금 멀찍이서 영리를 지켜보는 남자가 있었다. 단

정하면서 날카로운 눈매, 강인함을 품은 턱선, 신중해 보이는
입매와 단단하고 날렵한 몸을 가진 사람이었다. 그 몸을 감싼
슈트가 한 몸처럼 잘 어울렸다.

그의 이름은 공형진, 석현이 모시는 송 회장의 비서실장이
자 심복이었다. 공 비서는 나 기사가 사고를 당했다는 소식을
듣고 수술비를 지원하러 왔다가 영리를 보았다.

그리고 생각했다. 초롬이와 쌍둥이라 해도 믿겠군, 이라고.

D-312 승계

의사의 말을 들으며 영리의 머릿속에서는 같은 생각이 되풀이되었다. 불행은 불행을 몰고 오는 게 틀림없다고.

"현재 환자분은 외상성 뇌손상으로 인한 깊은 의식장애 상태에 있습니다. MRI에서 광범위한 미만성 축삭 손상이 보입니다."

"그게 뭐죠?"

"쉽게 말하면 뇌의 신경 회로들이 여기저기 끊어진 상태라고 보시면 됩니다. 뇌는 젤리처럼 말랑한 조직이어서 갑자기 세게 흔들리거나 충돌하면 뇌 속의 축삭이 끊어지거나 찢어질 수 있어요. 이 손상은 뇌 전체에 넓게 퍼져 생기기 때문에 특정 부위만 다친 것보다 의식 소실과 후유증이 훨씬 심각할 수 있고요. 단순히 피가 나거나 멍 드는 게 아니라 정보 전달 통로 자체가 끊기는 것이라서 회복도 어렵고 시간이 오래 걸립니다. 장기적인 의식불명 가능성도 배제할 수 없습니다."

영리가 손을 떨며 겨우 입을 열었다.

"혹시… 돌아가실 수도 있나요?"

의사는 짧게 숨을 내쉰 뒤 조심스레 말했다.

"가능성이 없진 않습니다. 하지만 지금 예후를 단정하긴 어려워요. 회복 사례도 있으니 아직 희망을 버릴 단계는 아닙니다."

할 말을 마친 의사가 몸을 돌려 자리를 떴다. 영리는 두 손으로 얼굴을 덮은 채 한참 동안 아무 말도 하지 못했다.

몇 번이나 위급 상황을 맞은 아빠 곁을 지키느라 영리는 고등학교 마지막 기말시험을 준비하지 못했다. 거기다 이틀을 결시하는 바람에 그날 치른 과목들은 0점 처리되었다. 보호자의 위급 상황은 개인 사정이라 질병 결시로 처리되지 못해 인정 점수도 받을 수 없었다. 영리로서는 상상해 본 적도 없는 치명타였다. 3년간 공들인 고등 내신 성적에 도끼 자국 같은 흠집이 생겨버렸다.

수능을 치르지 못했기에 수능 최저 학력 기준이 필요한 수시 전형은 모두 자동 불합격이었고 당연히 정시는 지원조차 할 수 없었다. 이번 입시는 사실상 완전히 끝난 셈이었다. 재수한다 해도 3학년 2학기 성적을 망쳤으니 꿈꿔왔던 서울대에 수시로 합격하기는 힘들 게 분명했다.

아무도 영리가 입시에 실패할 거라 생각하지 않았다. 그만큼 합격이 당연시되는 상황이었다. 서울대 최고 과를 포함해서 유수의 대학에 지원한 내신 1.0의 최우등생이 이렇게 나락으로 떨어질 줄은 누구도 예상하지 못했다.

'괜찮아. 입시는 매년 있어. 아빠 건강이 먼저야. 대학은 내년에 정시로 가면 돼.'

억울함이 치밀어 오를 때마다 영리는 이렇게 자신을 다독였다. 그것 말고는 달리 할 수 있는 게 없었다.

2주 만이었다. 모처럼 등교한 학교는 낯설었다. 수능을 치르고 기말까지 끝낸 고3 교실은 종말 직전의 파티장 같았다. 종일 반쯤 엎드려 유튜브만 보는 옆자리 친구가 멍하니 앉아 있는 영리의 팔을 콕콕 찔렀다. 제 딴에는 기분을 풀어준답시고 말을 걸 요량이었다. 친구가 핸드폰을 내밀었다.

"잘생겼지."

화면에는 한 남학생이 환하게 웃으며 손을 흔드는 모습이 보였다.

"누군데?"

"김겸. 한주그룹 3세, 대명고 2학년. 몰라?"

"내가 알아야 하는 애야?"

친구는 몸을 벌떡 일으키며 놀라워했다.

"와, 나영리. 아무리 공부 말고는 상식이 없어도 그렇지 김겸을 모르다니. 재벌인데 일반고 다니고, 성적 좋은데 성격까지 좋고, 친절하고 검소하고 소탈한 김겸. 완전 인플이잖아."

"수식어가 많은 애네. 이건 누가 찍어서 올린 건데?"

"당연히 팬들이지."

"한가한 애들 참 많구나."

영리는 다시 영상으로 눈을 돌렸다. 그러던 어느 찰나에 선

해 보이는 김겸의 웃음 뒤로 조금 다른 결의 표정이 스쳐 가는

걸 보았다. 그것은 오만과 가식이었다.

삶에 무게가 있다면 얼마일까, 아마도 다 가지고 태어난 저 애에겐 깃털 같겠지. 영리는 갑자기 울컥하는 마음이 들었다. 작은 화면 속의 해사한 소년에게 영리는 저도 모르게 반감을 품었다. 그건 빛이 있는 곳에 저절로 따라오는 그림자 같은 거였다.

영리는 알바를 시작했다. 당장 돈 들어갈 데가 한두 군데가 아니었다. 어차피 중환자실에 있는 아빠는 하루 10분밖에 볼 수 없었다. 오전엔 카페에서, 오후엔 식당에서 일했다. 얼마 지나지 않아 편의점 저녁 알바도 구했다. 학교에는 체험학습신청서를 제출하고 나가지 않았다.

속속 수시 합격자 발표가 날 무렵이었다. 몇몇 친구의 합격 소식이 들려왔다. 그러나 온갖 시름이 가득한 영리는 축하를 건넬 여유가 없었다. 모든 일이 한꺼번에 속수무책으로 쏟아졌다. 영리는 식탁 위에 놓인 각종 공과금, 카드 명세서, 진료비 청구서 같은 어른의 몫이어야 할 종이 더미를 하염없이 바라보았다. 그리고 달력을 볼 새도 없이 새해가 밝았다. 거리의 환호 소리가 영리네 작은 빌라 안으로 조용히 밀려들었다.

어두운 밤, 영리는 퉁퉁 부은 다리를 끌고 병원 로비에 도착했다. 익숙하지 않은 육체노동은 상상 이상으로 힘에 부쳤다. 밤마다 끙끙 앓다 잠에서 깨는 날이 이어졌다. 그래도 영리는 매일 자신을 혹사했다. 업주가 시키지 않은 일도 찾아서

했다. 육신의 고통은 현실의 두려움을 잊게 해주는 진통제이
기도 했다.

볼륨을 줄인 로비의 대형 TV에서 이번 정시는 눈치 전쟁이
심할 것으로 예상된다는 앵커의 목소리가 흘러나오고 있었다.
영리는 뉴스를 외면하며 석현이 있는 5층으로 올라갔다. 하지
만 병실 안으로 들어가지 못하고 어둑한 복도 끝 창가에 서서
눈 내리는 거리를 물끄러미 바라보았다.

두 눈에 눈물이 맺히는가 싶더니 금세 방울져 흘러내렸다.
당황스러웠다. 더는 흐를 눈물이 없을 줄 알았으니까.

영리는 핸드폰을 켜고 '복면공신'의 채널을 열었다. 화면에
책이 가득 꽂힌 고급스러운 책장 앞에 앉은 복면공신이 나타
났다. 늘 하얀 장갑을 끼고 단정한 슈트 차림에 절제된 자세를
가진 사람. 복면공신은 복면을 쓴 채 수능 공부법을 알려주는
유명 유튜버였다. 목소리도 변조하기 때문에 누구도 그의 정
체를 몰랐다. 내용이 알차 영리도 자주 듣곤 했는데, 시청자가
올리는 어려운 문제를 놀라운 풀이로 해결해 주곤 했다.

복면공신은 공부법뿐만 아니라 사회 정의도 설파했다. 약
자의 편에 서려는 모습과 불공정과 부조리에 대한 다소 과격
한 발언이 잦았는데 오히려 그 점 때문에 학생들 사이에 인기
가 높았다. 그런 그라면 이 난제에도 답을 주지 않을까. 영리
는 핸드폰 액정을 손가락으로 톡톡 두드리며 질문을 적었다.
이 난관을 어떻게 헤쳐나가야 하는지, 어떻게 하면 아빠를 살
릴 수 있을지, 언제쯤 터널의 끝이 보일까에 대해. 그러다 어
느 순간 쓰던 댓글을 모두 지우고는 긴 한숨을 내뱉었다.

"나영리."

누군가 부르는 소리에 영리가 고개를 돌렸다. 어딘가 낯익은 남자가 다가오고 있었다. 곧 누군지 생각났다. 사고 후 위로금을 들고 찾아왔던 공형진 비서실장. 하는 일은 달라도 아빠와 같은 상사를 모시는 사람이었다.

"아, 안녕하세요."

공 비서가 깊고 고요한 눈으로 영리를 바라보았다.

"괜찮으면 나랑 어디 좀 갈래? 멀지 않으니 걱정 말고."

영리는 조금 망설이다가 고개를 끄덕였다. 공 비서가 데려간 곳은 바로 옆 병동이었다. 공 비서는 로비 끝 가장 안쪽에 있는 엘리베이터에 올라 15층 버튼을 눌렀다. 엘리베이터 안에서 공 비서가 손을 내밀었다.

"핸드폰 좀 잠시 맡아두마."

"왜요?"

"보안 차원이다. 혹시 녹음이나 사진 촬영을 하면 안 되니까."

영리는 잠시 머뭇거렸다. 핸드폰에는 고양이 인형이 달려 있었다. 절친이었던 다경이 생일 선물로 준 작은 고양이는 회색 양털로 만든 몸통에 까만 구슬 눈이 박혀 있고, 양쪽 귀가 접혀 있었다. 영리가 망설이듯 인형을 조몰락거렸다. 부드럽고 따뜻한 촉감. 다경의 온기가 아직 남아 있는 것만 같았다. 영리는 인형을 잠시 꼭 쥐었다가 공 비서에게 핸드폰을 건넸다.

잠시 후 엘리베이터가 멈추고 문이 열렸다. 영리는 탄성을 지를 뻔했다. 병원에 이런 곳이 있는 줄은 몰랐다. 품위 있는 대리석 벽을 비롯해 같은 병원이 맞나 싶은, 아빠가 있는 곳과 전혀 다른 공간이 한눈에 들어왔다. 영리는 공 비서의 뒤를 따라 고요한 복도를 얼마간 걸었다. 공 비서는 어느 문 앞에 멈추더니 노크했다. 문 옆에 달린 사각 금빛 판에는 'VIP 03'이라는 글자가 박혀 있었다.

안으로 들어간 영리는 다시 한번 놀랐다. 무척 넓고 쾌적한 병실이었다. 아니, 웬만한 호텔 객실보다도 고급스러워 이곳이 병원이 아니었다면 병실이라고 생각하지 못했을 듯했다. 냄새마저 달랐다. 특유의 병원 냄새 대신 은은한 향기가 코끝을 맴돌았다.

영리의 시선이 맞은편 창에 닿았다. 한강 변을 달리는 자동차들과 초록색 조명을 밝힌 서울타워, 반짝이는 도시의 야경이 스크린처럼 넓고 선명하게 펼쳐졌다. 그리고 그 창 앞에 한 여인이 등을 보인 채 서 있었다.

날씬하고 큰 키, 잘 손질된 머리에 만져 보고 싶을 만큼 탐스러워 보이는 질감의 아이보리 트위드 투피스가 먼저 눈에 띄었다. 그리고 그 아래로 가늘고 곧은 종아리가 보였다.

여인이 고개만 살짝 돌려 영리를 바라보았다. 영리는 이 도도하고 압도적인 여자가 바로 거대 식품기업 함초롬의 회장, 송나희라는 것을 알았다. TV에서 본 적은 있지만, 눈앞에서 마주한 건 처음이었다. 아빠와 비슷한 40대 후반이라고 들었는데 전혀 그렇게 보이지 않았다. 송 회장은 외모만으로도 분위기를 장악하는 사람이었다. 늘씬한 뒷모습에 비해 얼굴은 좀 더 원숙해 보였으나 놀랄 만한 미인이었다. 다른 인종을 마주한 듯 낯설기까지 했다.

순간 영리는 복잡한 심경에 휩싸였다.

저 여자가 차를 내어주지 않았다면 아빠가 나를 고사장에 데려다주는 일은 없었겠지. 그럼 그때 그 교차로를 지나지 않았을 테고. 하지만 아빠는 어떻게든 나를 데려다주려고 했을 거야. 그럼 그나마 그 차여서 아직 아빠가 살아 있는 걸까? 아니지, 저 여자가 아빠를 무리해서 일하게 하지 않았다면, 평소의 아빠라면, 졸음운전 트럭쯤은 충분히 피할 수 있었을 거잖아!

송 회장이 가느다란 발목을 받치고 있는 스틸레토 힐을 또각거리며 다가왔다.

"네가 영리구나."

영리가 조금 긴장하며 허리를 숙였다.

"네, 회장님. 나영리입니다. 아빠 수술비 도와주셔서 감사해요."

"아, 그 정도 가지고 뭘. 그나저나 특이한 이름이네. 나 기사가 공부 잘하라고 그렇게 지었니?"

송 회장의 말에 영리는 중학생 때 일이 떠올랐다. 왜 이런 이상한 이름을 지었냐고 영리가 투덜거리자, 석현은 한자의 의미를 잘 생각해 보라며 웃었더랬다.

"안경 한번 벗어보자."

영리는 조금 망설이다가 안경을 벗었다. 약간 거부감이 들었지만, 송 회장에게는 거역하기 어려운 아우라가 있었다.

송 회장이 상체를 살짝 굽혀 영리의 얼굴을 물끄러미 바라보았다. 그 나이 특유의 말간 얼굴이 조금 지쳐 보였다. 공 비서 말대로 초롬과 신기할 정도로 닮은 얼굴이었다. 어딘가 슬퍼 보이는 초롬과 달리 고집이 서려 있다는 것 말고는.

"정말 닮았네. 키가 얼마나 되지?"

영리는 순간 멈칫했다. 얼마 전에 아빠가 지나가듯 한 말이 떠올라서였다.

'초롬이 말이야. 4cm만 더 크면 170cm 될 수 있는데 키가 멈춘 것 같다고 투덜대더라. 너랑 키가 똑같은 것도 신기한데 똑같은 말을 하더라니까.'

영리는 순간 머릿속에 걸렸던 제동을 풀고 대답했다.

"165cm예요."

"우리 초롬이보다 조금 작구나."

송 회장이 다시 창가로 다가가며 물었다.

"이 병실 어떠니?"

영리는 섣불리 대답하지 못했다.

"들었어. 나 기사 코마라고. 심각한 상태라지. 치료가 아주 복잡하고 병원비도 엄청나다면서? 그래도 넌 멀쩡하니 얼마나 다행이니? 둘 다 누워 있다고 생각해 봐."

영리는 울컥했다. 그렇지만 고작 고3이 할 수 있는 거라곤 입술을 꽉 다문 채 주먹을 세게 쥐는 것 말고는 없었다. 그런데 그때, 송 회장이 듣고도 믿을 수 없는 말을 꺼냈다.

"어때? 이 방에서 아빠를 치료받게 하고 싶지 않아? 네가 원한다면 그럴 수 있는데. 최고의 의료진을 붙여주고 모든 방법을 동원해 줄게. 어떻게 할래? 아버지 치료 한번 제대로 못해보고 평생 한 맺힌 채로 빚에 눌려 살래? 아니면 내 밑에서 딱 1년 일하고 남은 평생 편하게 살래?"

"그게 무슨 말이에요?"

말뜻을 헤아리기 어려워 고개를 갸웃하는 영리에게 송 회장이 잠시 뜸을 들이다 말했다.

"너보다 한 살 어린, 고3 올라가는 딸이 있어. 내 딸의 대역으로 학교에 다니고 수능을 치러줘. 1년 후 무사히 수능을 보고 서울대에 합격하면 10억을 보장하지. 웬만한 사람은 평생 만져보지 못하는 돈이야. 물론 나 기사 치료도 함께. 그다음 넌 네 인생을 새로 시작하면 돼."

영리는 헉 소리를 낼 뻔했다. 많은 것을 가진 사람은 모두 저렇게 당당한 걸까? 저런 경악스러운 말을 아무렇지 않게 내뱉는 송 회장이 신기할 정도였다.

"말도 안 돼요. 다른 시험도 아니고 수능이에요. 들키고 말 거라고요. 저보고 범죄자가 되라는 말인가요?"

"그럴 일 없어."

영리가 단언하는 송 회장을 빤히 바라보았다. 저런 자신감은 도대체 어디서 나오는 걸까 싶어 기가 막혀 있는데 송 회장이 다시 말했다.

"들켜야 범죄자가 되는 거지! 들키지 않으면 범죄 아니야. 그리고 내겐 절대 들키지 않을 계획이 있거든. 인생 선배로서 하나 알려줄게, 잘 들어. 선택은 네가 하는 거지만 기회를 잡느냐 놓치느냐도 그 사람의 능력이란다."

달콤하고 유혹적인 말이었다. 하지만 영리는 선을 넘는 일은 절대로 하지 않는 아이였다. 신호등 위반조차 해본 적이 없었다. 하물며 대리 수능이라니, 상상조차 할 수 없었다. 더구나 2년 전의 일로 마음에 깊은 상처가 파인 자신이 스스로 입시 비리 한복판에 뛰어들 수는 없었다. 겨우 고1이던 그때, 영리는 그릇된 욕망이 한 사람을 얼마나 망칠 수 있는지 알아버렸다. 영리가 고개를 가로저었다.

"제안은 감사하지만, 거절하겠습니다."

송 회장이 한 박자 늦게 입을 뗐다.

"이유는?"

"저는 저 자신을 지키고 싶어요. 그리고 아빠는… 곧 깨어날 거예요."

영리는 근위병처럼 서 있는 공 비서를 지나쳐 병실 밖으로 나갔다. 한 걸음 한 걸음이 수영장 물속을 걷는 듯 무거웠다. 송 회장이 그런 영리의 뒷모습을 가만히 바라보았다. 거절당했지만, 실망스럽지 않다는 표정으로.

공 비서가 영리 뒤를 따라 나와 맡아 두었던 핸드폰과 함께 명함을 건넸다.

"마음 바뀌면 연락해라."

영리는 명함을 물끄러미 바라보다 구겨서 던져버리고 성큼성큼 발걸음을 옮겼다.

아픈 기억이 다시 떠올랐다. 2년이 훌쩍 넘었지만 아마도 평생 잊지 못할 터였다. 그러면서 이런 것이었나, 유혹이란 이리도 달콤한 것인가, 다경이가 뿌리치기 힘들었겠구나, 생각했다.

2년 전 떠들썩했던 성현여고 내신 정답지 유출 사건의 주인공 다경은 영리의 절친이었다. 1학년 2학기 중간고사에서 다경의 성적이 급상승했다. 영리는 사람들이 누군가 잘되는 것을 시기하는 걸 넘어 경계하고 두려워한다는 걸 알게 되었다. 축하해 준 건 영리뿐이었고, 모두 뒤에서 쑥덕거렸다.

그런데 기말고사 성적까지 발표되자 교무부장이 빼돌린 객관식 답안을 다경이 암기했다는 소문이 조금씩 퍼져나갔다. 다경의 가방에서 객관식 답만 적은 메모지가 발견되자 교무부장은 끝까지 부인했고, 다경은 채점을 위해 시험을 보며 따로 적은 메모일 뿐이라고 주장했다. 하지만 경찰 조사에서 교무부장 컴퓨터의 프린터 출력 기록이 발견되었고, 시험 사흘 전 저녁 학교에서 좀 떨어진 카페의 CCTV에 교무부장과 다경이 함께 있는 장면까지 포착되었다.

그래도 영리는 다경을 믿었다. 하지만 영리의 바람과 달리 다경은 결국 모든 걸 털어놓았다. 영리는 다경을 용서할 수도, 이해할 수도 없었다. 차라리 말하지 말지, 원망하고 원망했다. 괴로움에 어찌할 바를 몰랐다. 도대체 왜 그랬을까. 도무지 납득되지 않았다.

온갖 소문이 이스트를 잔뜩 먹은 반죽처럼 부풀어 올랐다. 가정 형편이 어려운 다경이 돈을 주진 못했을 것이다, 그렇다면 돈 대신 무엇을 주었겠냐는 말이 퍼지고 난 며칠 뒤, 다경은 아파트 15층 복도 창문에서 뛰어내렸다. 넘지 말아야 할 선을 넘은 대가로 다경은 죽음이라는 죗값을 치렀다. 그게 끝이 아니었다. 죽어서도 주홍 글씨가 다경을 따라다녔다.

마지막으로 다경을 본 날을 떠올릴 때마다 영리는 심장에 굵은 바늘이 꽂히는 것 같았다. 그때 영리는 무너져 내린 다경에게 너무나 매몰찼다. 네가 저지른 일이니 네가 책임지라는 말만 남기고 돌아섰다.

끊임없이 후회했다. 자신이라도 편이 되어주었더라면, 다른 건 몰라도 그 추악한 소문만은 믿지 않는다고 했더라면, 그리고 증언하지 않았더라면, 다경이 그런 선택을 하지 않았을지도 모른다고.

후회가 덩굴처럼 목을 조이는 밤이면 영리는 악몽을 꾸었다. 그런 일을 보고 겪은 자신이 이런 제안을 수락할 수는 없었다. 영리는 엘리베이터에 올랐다. 아빠에게 가야 했다. 아빠를 너무 오래 혼자 두었다.

석현 대신 공 비서가 모는 마이바흐를 타고 한강 다리를 건너며 송 회장은 차창 밖을 바라보았다. 사고 난 구형 마이바흐를 폐차하고 교체한 신형이었다. 승차감은 전보다 부드러웠고 시트 쿠션은 몸에 더 포근히 감겼다.

조금 전 15층 VIP 병실에서 바라보던 풍경이 바로 눈앞에서 펼쳐졌다. 송 회장은 서울의 화려한 야경을 볼 때마다 스무 살도 되기 전에 상경해 노량진 고시원 옥상에 오르던 옛날을 떠올렸다. 그곳에서 바라본 서울의 밤은 낮과 사뭇 달랐다. 허름한 건물과 복잡한 골목들이 화려한 조명 옷을 입는 시간. 햇빛 아래 민낯을 드러내던 가난과 절망은 어둠 속의 네온 불빛에 꿈인 듯 보이기까지 했다. 온갖 치열하고 지저분한 것들이 화장을 마친 얼굴로 송 회장을 바라보았다. 송 회장에게 밤은 위선의 시간이었다. 며칠 전 그날처럼.

송 회장은 '한국여성경영인협회' 신년 행사장에서 '이달의 여성 경영인'으로 선정되어 연설했다. 매달 있는 선정자 연설이지만, 1월과 12월은 다른 달과 의미가 달랐다. 송 회장이 신년 연설자로 뽑힌 것은 작년에 새로 론칭한 건강식 정기 구독 서비스가 맛과 위생, 다양성과 편리함을 모두 잡아 대성공한 데다, 함초롬이 꾸준히 벌여온 사회사업인 소외계층 건강 도시락 나눔 배달이 언론에 크게 보도된 덕분이었다. 무엇보다 함초롬은 해외에서 일어난 K푸드 열풍의 선두 주자였다. 외국인들은 일종의 밈처럼 유튜브에 함초롬의 제품을 소개하고, 요리하고, 먹고, 감탄했다. 어느 나라 사람이 만들든지 영상은 늘 '함초롬! So delicious. 대박!'으로 끝났다. 자발적인 것처럼 보였지만, 사실 모두 송 회장의 아이디어와 계획이었다.

연설을 마친 송 회장이 쏟아지는 박수갈채 속에서 우아한 걸음으로 지정 좌석에 돌아왔다. 곧 만찬이 시작되었다. 정보를 나누며 친목을 다지는 시간이었다. 송 회장은 샴페인을 홀짝이며 원형 테이블에 앉은 사람들을 둘러보았다. 다들 한주 그룹 총수 아내인 윤 관장에게 요란한 찬사를 퍼붓느라 정신이 없었다. 주로 한주의 눈부신 실적과 총수의 경영 능력 그리고 총명한 아들 김겸에 대한 것이었다. 송 회장은 필사적으로 아부하는 그들이 안쓰럽기까지 했다. 윤 관장이 그런 게 통할 사람이라면 자신은 몇 배나 더 잘할 자신이 있었다.

"아! 맞다. 초롬이도 겸이랑 같은 대명고 2학년이죠?"

한 여자가 눈을 빠르게 깜빡이며 이 자리에 당신도 있다는 걸 잠시 잊었다는 듯한 표정으로 물었다. 연설 잘 들었다는 인사치레조차 없이.

"네. 그렇습니다."

"초롬이는 어떻게 지내요? 부상 후에 우울증 왔다는 얘기는 들었는데. 진로가 정말 고민되시겠어요."

위로를 가장한 천박한 호기심과 비아냥에 송 회장은 구토가 날 것만 같았다.

송 회장의 딸 송초롬은 요리 잘하는 패셔니스타 승마 국가대표로 SNS에서 큰 인기를 누렸다. 인형처럼 예쁜 얼굴, 승마로 다져진 몸매, 타고난 패션 감각에 함초롬 대표를 엄마로 두었기에 가능한 화려한 쇼핑 라이프는 수만 명의 팔로워를 만들었다. 몇 달 전 입은 부상으로 승마를 그만두기 전까지는. 아니, 부상 후에 동정표가 더해졌으니 현재진행형이라고도 할 수 있었다. 그러나 대중은 모른다. 송초롬의 엄마 송 회장이 재벌가나 경영인들 사이에서 인정받지 못하고 있다는 걸. 바로 지금처럼.

송 회장이 허리를 꼿꼿이 펴고 단단한 목소리로 말했다.

"초롬이는 대학에 진학할 겁니다."

순간 사람들의 얼굴에 비웃음이 어렸다가 공들인 화장 밑으로 재빨리 자취를 감추었다. 다른 여자가 의아하다는 듯 물었다.

"어떻게요?"

"당연히 공부로 가죠."

"그동안 공부를 오래 쉬었잖아요? 쉽지 않을 텐데요?"

"그럼, 말씀만 마시고 초롬이를 '하늘'에 넣어주시죠."

송 회장의 말에 테이블 위로 싸한 침묵이 내려앉았다. 누군가 정적을 깨뜨렸다.

"초롬이가 운동만 해서 모르시나 보네요. 대명고 '하늘'은 우수한 아이들이 서로 윈윈하려고 만든 특별한 스터디 그룹이라 가입 조건이 아주 까다롭답니다. 초롬이 성적으로는……."

"맞아요. 다른 방법을 알아보시는 게 빠를 거예요. 제가 잘 아는 유학원 원장 소개해 드릴까요? 좀 도피처럼 보이긴 하겠지만 국내 대학은 수준이 딱 드러나니까 아무래도 그게 더 좋을 거예요."

송 회장은 테이블 아래에서 두 손을 꼭 쥐었다. 부들부들 떨리는 손을 저들에게 들킬 수는 없었다. 하지만 달아오르는 낯빛까지는 감출 수 없다는 게 두려웠다.

몇몇 경영인들이 자신이 키운 식품회사 함초롬을 반찬 가게라고 빈정거리는 걸 송 회장은 알고 있었다. 미스코리아 충남 선 출신이라는 타이틀은 오히려 송 회장의 경영 능력을 깎아내리는 데 쓰였다. 언론 매체에 자주 등장하고 대중에게 인정받는 송 회장의 화려한 모습이 달의 빛나는 앞면이라면, 경영인들의 그런 무시는 어두운 뒷면이었다. 그리고 송 회장이 더 비참해하는 까닭은 실제로 반찬 가게를 한 적이 있기 때문이었다.

어려웠던 신혼 시절이었다. 연예기획사에 이용만 당하다가 어린 나이에 도망치듯 한 결혼. 하지만 그곳은 더 깊은 지옥이었다. 남편은 하루는 거울을 닦아주고, 다음 날은 그 거울을 던져 깨버리는 사람이었다. 짧은 사랑 뒤에 길고 잔인한 파괴가 이어지던 사람, 그를 견디며 어떻게든 살아내는 게 전부였다.

그러던 중 우연히 나간 케이블TV 요리 경연 대회에서 회차를 거듭할수록 주목받던 송 회장은 결국 우승을 거머쥐었다. 뛰어난 요리 솜씨와 미모, 재치로 인생에 다시 없을 기회를 잡은 것이다. 죽을 듯 힘들었던 세월을 보상받기라도 하듯, 그 뒤로는 탄탄대로였다. 악착같이 모은 돈으로 부도 직전의 작은 식품회사를 인수하고 타고난 판단력과 추진력을 더하자 기업은 눈덩이처럼 커갔다. 거기다 고정으로 출연한 인기 방송 프로그램에서 보여준 매력과 언변은 성장을 가속하는 보조 엔진이 되어주었다. 그렇게 여기까지 왔는데 여전히 자신을 얕보는 무리가 있다는 게 송 회장을 못 견디게 했다. 자신도 어찌할 수 없는 타고난 출신, 그것 하나 때문이라는 게 더더욱.

그날, 행사를 마치고 집에 가는 길에 송 회장이 공 비서에게 물었다.

"나 기사 딸, 초롬이랑 많이 닮았다고 했지? 공부도 잘한다고?"

"쌍둥이라고 해도 믿겠더군요. 3년 내내 전교 1등을 놓치지 않았다고 들었습니다."

"부럽네, 나 기사."

송 회장이 잠시 생각하다 다시 말했다.

"그 아이에 대해 자세히 좀 알아봐 줘."

그 뒤 영리에 대해 보고받고 송 회장은 실로 어마어마한 계획을 세웠다. 하나뿐인 소중한 딸, 자신의 성을 물려준 분신 초롬이를 위해 쌍둥이처럼 닮은 영리를 이용할 계획을.

D-310 각본

전화를 끊고 영리는 망연자실했다. 전세금을 올려주든지 아니면 집을 빼라는 집주인의 전화였다. 모든 게 막막하기만 했다. 어떻게 올려줘야 할지, 그러지 못하면 당장 나가야만 하는 건지, 그렇다면 어디로 가야 하고 절차는 어떻게 되는 건지. 아직 고등학생인 영리에게는 킬러 수학 문제보다 어려운 일이었다. 청천벽력 같은 소식을 들은 날이었기에 더더욱.

의사는 석현의 의식 수준에 변화가 없어 장기적으로 대비해야 할 것 같다고 조심스레 말했다. 시간이 지날수록 예후는 불확실해지고, 의식이 돌아오더라도 정상적인 생활은 어려울 수 있다는 말도 덧붙였다. 또 인공호흡기 유지, 경관 영양, 욕창 방지를 위한 체위 변경, 감염 예방 조치 같은 생명 유지 치료는 기본이고, 상태가 허락되면 수동 재활이나 인지 자극도 병행해야 한다고 했다. 이 모든 건 엄청난 비용과 시간을 요구할 터였다.

돈은 계속 나가는데 석현은 말없이 누워만 있었다. 그런 육신에 갇힌 의식이 얼마나 괴로울까, 영리는 속이 타들어 가는 듯했다.

영리는 사람이 숨을 쉬는 대가로 지불해야 하는 돈이 이렇게 많다는 걸 몰랐다. 흙수저도 아닌 무수저 출신 아빠가 간신히 혼자 먹고살 정도로 버는 돈으로 둘이 살아왔으니 어찌 보면 간단한 계산이었다. 그런 사람들은 아프거나 해고당하면 안 되는 거였다. 그렇게 되는 순간 안전장치 없는 삶은 곧장 나락으로 떨어지고 만다.

추락하며 영리는 알게 되었다. 평범한 일상이란 당연한 일이 아닌 축복이고, 축복에는 저마다 가격표가 있다는 것을.

익숙해지지 않을 것만 같은 식당 일을 끝내고 집으로 돌아온 영리는 잠시 눈을 붙였다. 너무 고단해서 밥 생각도 나지 않았다. 죽음처럼 깊은 쪽잠에 빠졌다가 다시 천 근 같은 몸을 일으킨 영리는 목도리를 두르고 밖으로 나갔다. 저녁 편의점 알바를 시작한 지 한 달 하고도 일주일이 지난 날이었다. 정신없이 일하고 보니 몇 시간이 훌쩍 흘렀다. 영리는 손님이 없는 틈에 창고에서 폐기 도시락으로 늦은 저녁을 때웠다. 언제 손님이 올지 모른다는 생각에 젓가락을 쥔 손을 바삐 움직였다. 밤 10시쯤 점주가 편의점에 들어왔다. 영리가 꾸벅 인사하고 물었다.

"점주님, 오늘도 입금이 안 되었던데요."

점주가 냉장고에서 캔맥주를 하나 꺼내며 말했다.

"보자마자 하는 소리가 그거냐? 안 떼먹으니까 조금만 기다려. 장사가 안되는 걸 어쩌냐."

"손님 많은데요."

"보이는 게 다가 아니야. 나가는 게 얼마나 많은 줄 알아? 나도 힘들다."

월급이란 게 이렇게 사정해서 받아야 하는 건가? 며칠째 자꾸만 말을 돌리는 점주 때문에 영리는 화가 치밀기 시작했다.

"그건 점주님 사정이죠. 주세요, 지금요."

점주가 맥주 캔을 구기더니 쓰레기통에 던지며 목소리를 높였다.

"줘! 준다고. 좀 기다리라고! 누가 떼먹냐? 요즘 세상에 그게 가능하기나 해? 어린 게 뭐가 되려고 이렇게 돈을 밝혀. 너 급하대서 내가 부모 동의서도 안 받고 써준 거 기억 안 나? 그리고 여태껏 알바 중에 너처럼 폐기 많이 가져가는 애도 없 었어. 그거 다 눈감아 줬더니만 어디서 버릇없이."

문득 영리는 자신이 뭘 잘못해서 이런 일을 겪어야 하는 걸까 궁금해졌다. 왜 하필 나에게 이런 불행이 닥쳤는지, 무엇 때문에 닥쳐온 불행을 슬퍼할 겨를도 없이 인간으로서 누려야 할 기본적인 대접조차 받지 못하는지도. 명치 부근에 단단한 돌덩이가 들어앉은 듯했다. 한계에 다다른 느낌이었다. 누가 손가락으로 톡 건드리기만 해도 절벽으로 굴러떨어질 듯했다.

'기회를 잡느냐 놓치느냐도 그 사람의 능력이란다.'

왜 지금 송 회장의 말이 생각난 건지는 알 수 없었다. 그리고 곧이어 떠올라 머릿속을 휘젓는 미납액이 적힌 병원 고지서 또한.

영리는 쓰레기통에서 점주가 버린 맥주 캔을 집어 들었다. 그리고 그걸 손으로 꾹 쥐어 구기고 또 구겼다. 날카로운 모서리가 손바닥 곳곳을 파고들어 따뜻한 게 손가락 사이로 흘러내릴 때까지. 점주가 기겁하며 소리쳤다.

"야! 너! 너! 지금 뭐 하는 거야? 미쳤어?"

"아무리 점주라도 계산부터 하고 드셔야죠. 제 월급도 그렇고 돈 문제에 어두운 분이군요? 내일까지 안 주시면 노동청 갑니다. 그리고 부모 동의서? 나 이제 만 18세 넘었거든?"

절망이 켜켜이 쌓이면 다른 감정은 무뎌지는 법이다. 두려움이라고는 전혀 없는, 될 대로 되라는 영리의 눈빛에 점주는 씩씩거리기만 할 뿐 아무 말도 하지 못했다. 영리는 앞치마를 벗어 계산대에 던지고 밖으로 나갔다. 뒤에서 욕설과 저주가 섞인 점주의 고함이 쏟아졌지만, 돌아보지 않았다. 손을 펼치고 바라보았다. 상처에서 피가 흘러내렸지만 아프기는커녕 아무것도 느껴지지 않았다.

한겨울 밤거리를 걸으며 영리는 한 가지만을 생각했다. 삶이 불행의 한가운데로 자신을 메다꽂는 지금, 어떻게 다시 일어설 것인가에 대해서.

자존심을 지키고 싶었다. 무시당하고 싶지도, 고개 숙이고 싶지도 않았다. 무엇보다 아빠를 지켜야 했다. 숨 쉬는 것조차 돈이 필요한 아빠를. 아무리 생각해도 방법은 단 하나, 선을 넘는 것뿐이었다. 평생 자신을 옭아맨 선. 몸속 깊은 곳을 흐르는 동맥처럼 떼어낼 수 없던 선. 하지만 선 안쪽에 남아서는 아무것도 지킬 수 없었다.

문득 이런 생각이 들었다. 어쩌면 악인은 태어날 때가 아니라 선택의 기로에 섰을 때 정해지는 것일지도 모른다고. 하지만 다른 선택지가 있었던가? 아빠가 죽어가는데 도덕 따위는 사치였다. 예전 같았으면 이런 사람에겐 시선조차 주지 않고 경멸했을 것이다. 하지만 누군가 지옥에 발을 담가야 하고 그게 자신이어야 한다면, 이제 물러설 생각은 없었다.

발걸음이 느려졌다. 차가운 공기가 얼굴을 때렸다. 영리는 목이 뻐근하게 메어오는 걸 느끼며 이를 악물고 걸었다. 그리고 전화를 꺼내 들고 키패드의 숫자를 하나씩 꾹꾹 눌렀다. 지난번 VIP 병실 앞에서 버린 공 비서 명함에 적힌 번호를 영리는 아직 기억하고 있었다.

회장 집무실은 수수했다. 지나칠 정도로 절제미가 강조된 곳이었다. 그래서 그곳의 송 회장이 오히려 돋보였다. 다만 벽 한쪽을 가득 채운 서가는 의외였다. 빼곡한 소설과 인문학 서적은 냉혈한처럼 보이는 송 회장과 어울리지 않는 조합이었다. 함초롬을 감성 브랜드로 키워내기 위해 자신에게 부족한 것을 채우려 했던 시절, 혹독하게 독서에 몰입했던 흔적이었다. 송 회장은 어리석지 않았다. 사람들이 싸구려 티를 벗지 못한 졸부를 뒤에서 얼마나 비웃는지 잘 알고 있었다. 재력을 과시하기보다 능력 있는 경영자로 보이길 원했다. 그러려면 화려하고 값비싼 가구로 꾸민 고압적인 집무실은 더 큰 성공 뒤로 미루는 게 좋았다.

"제안을 수락할게요."

송 회장이 웃으며 대답했다.

"기회는 지난번에 끝났어."

"진짜 끝났다면 저를 여기까지 오라고 하지도 않으셨겠죠."

영리는 주머니에서 봉투 하나를 꺼내 송 회장에게 건넸다.

"제 고등학교 3년 치 성적표예요. 보시면 알겠지만 한 번도 전교 1등을 놓친 적이 없죠. 모의고사까지도요. 우리 학교에서 현역 대입에 적용되는 3학년 1학기까지 내신 1.0을 유지한 학생은 9년 만에 제가 처음이라고 선생님들이 말씀하셨어요. 하지만 전 단순히 숫자가 아닌 그 너머에 있는 걸 보여드릴 거예요. 제가 얼마나 집요한지를, 한번 목표를 잡으면 어떻게든 해내고야 만다는 걸 보여드릴게요. 수만 명이 팔로우하는 스포츠선수 출신 인플루언서, 회장님의 하나뿐인 딸 송초롬을 모르는 사람은 별로 없죠. 그런 송초롬의 대리 수능을 성공시키겠다는 건 온 나라를 속이겠다는 거예요. 저보다 더 적합한 사람이 없다는 거 회장님도 잘 아시잖아요. 그래서 절 찾으신 거 아닌가요?"

송 회장이 영리의 얼굴을 빤히 바라보다 물었다.

"네가 성공한다는 걸 내가 어떻게 확신하지?"

영리가 천천히 걸음을 옮겼다. 그리고 밤하늘이 가득 들어찬 창 앞에 섰다. 어두운 창은 거울처럼 영리의 얼굴을 비추었다. 영리가 안경을 벗고 창에 비친 자신을 바라보며 한 마디 한 마디 힘주어 말했다.

"바로 제가 이 계획을 성공시키기로 결심했으니까요. 그리고 이 나라 전체를 속일 수 있을 만큼 완벽하게 따님을 카피할 사람은 지구상에 나영리, 저 하나뿐이니까요."

송 회장은 창에 비친 영리의 야무진 입매를 바라보며 생각했다. 이 아이, 뭐지? 겉은 초롬이를, 속은 어릴 때 나를 꼭 닮았어, 라고.

송 회장은 영리가 자신만의 선을 힘겹게 넘었다는 걸 알았다. 그리고 다시는 선을 넘기 전으로 돌아갈 수 없으리란 것도. 그녀 또한 영리 나이 즈음에 단 한 번 선을 넘고 걷잡을 수 없는 운명에 휩쓸렸기에. 그리고 영리가 어떤 각오로 자신을 찾아왔는지도 읽었다. 만약 실패한다면 한국에서 살 수 없다는 걸 영리가 모를 리 없었다. 성공한다 해도 영리의 이름으로는 내후년에야 대학생이 될 수 있다. 이 아이는 자신의 모든 것과 실패했을 때의 위험부담 그리고 2년이란 시간을 걸고 찾아왔다. 그러니 절대 실패하지 않겠구나, 아니 실패할 수가 없겠다고 송 회장은 생각했다. 선을 넘은 자가 가고자 하는 곳은 오직 결승선뿐이니까.

"좋아. 서울대 합격증을 받는 순간, 약속한 현금 10억을 주지."

선선히 약속하는 송 회장에게 영리가 곧바로 다시 말했다.

"30억을 주세요."

"뭐?"

"웬만한 기업 임원 연봉도 그 정도는 된다고 들었어요. 이건 오직 저만이 할 수 있는 일이죠. 퇴직금과 위험수당까지, 30억이 많다고 생각하지 않아요."

송 회장이 자리에서 일어나 영리에게 다가갔다. 그리고는 얼굴을 가까이하며 조용히 힘주어 말했다.

"좋아, 대신 기억하렴. 수능 고득점 못지않게 중요한 건 대명고 전교권이 모인 스터디 그룹 '하늘'에 입부해 유력 집안 자제들과 친분을 쌓는 거야. 그게 널 수능 날만이 아닌 1년짜리 계획에 투입하는 이유 중 하나야. 그리고 하나 더. 혹시나 카피캣 노릇에 심취한 나머지 진짜 딸이라고 착각해서 고용인 이상의 선을 넘지 않아야 하는 건 물론이고."

"걱정 마세요. 전 엄마를 가져본 적이 없거든요."

"딜!"

송 회장이 만족스럽게 미소 지었다. 영리가 송 회장에게 인사하고 공 비서에게 다가가 손을 내밀었다. 공 비서가 맡아 둔 핸드폰을 꺼내 영리에게 건넸다.

영리가 돌아간 뒤 공 비서가 말했다.

"초롬이 말입니다. 유학 보내면 되지 않겠습니까. 꼭 이렇게까지 해야 합니까?"

송 회장이 창밖으로 시선을 돌리며 말했다.

"재계 순위 1, 2위를 다투는 한주그룹 총수 아들 김겸이 왜 일반고에 다니는 것 같아?"

공 비서는 알아도 답하지 않겠다는 듯 가만히 있었다.

"시대가 변했어. 재벌 자녀가 일반고에 다니는 것 자체가 마케팅이야. 유학은 서울대를 졸업하고 그 후에 보내도 충분해. 승마를 시킨 것도 초롬이를 서울대에 보내기 위함이었어.

겸이 친가, 외가 통틀어서 서울대 출신 아닌 사람은 딱 한 명 뿐이야. 두고 봐. 초롬이를 반드시 겸이랑 고등학교, 대학교 그리고 유학까지 모두 동문으로 만들고 말 테니."

공 비서는 여전히 납득할 수 없다는 표정으로 고개를 가로 저었다.

"그래도 너무 위험한 계획입니다. 들키기라도 하는 날에 는……"

그 순간 낮고 차가운 목소리가 공 비서의 말을 싹둑 끊었다.

"아기가 태어나면 누구나 진심으로 잘 자라라고 축복해 줘. 그런데 막상 그 아기가 축복대로 잘 자라서 잘되면 시기 질투하는 인간들이 많아진다는 게 얼마나 웃긴 일이야? 그거 알아? 대개 사람들은 자기에게 위협이 되지 않는 사람에게만 친절해. 아주 높거나 차라리 아주 낮은 곳에 있으면 사람들은 경계하지 않지. 지금 내 위치가 애매해서 그것들이 날 무시하 며 달려드는 거라고. 그러니까 아예 넘보지 못할 정도로 올라 가야만 해. 한주그룹만큼은 아니더라도 지금보다 더 높이 올 라가야 한다고. 그러려면 초롬이를 서울대에 보내야만 해. 그 건 묻거나 따질 필요도 없는 기본값 같은 거야."

공 비서가 나지막한 목소리로 말했다.

"공정하지 않습니다. 초롬이는 얼마든지 다른 기회를 가 질 수 있는 아이인데."

공 비서의 말에 송 회장은 피식 웃었다.

"공정하지 않다고? 그쪽이라면 내가 또 자신 있지. 태어 나서 인생의 절반을 넘길 때까지 내내 불공정 속에서 허우적

거리며 산 게 바로 나잖아."

송 회장이 자리에서 일어나 천천히 공 비서에게 다가갔다.
그러고는 넥타이를 바로잡아 주며 공 비서를 지그시 바라보
았다. 공 비서는 저도 모르게 송 회장의 등을 당겨 안으려다
주먹을 꼭 쥐었다.

"그 애가 잘되길 바라지 않아? 대학만 가면 다 끝나. 1년
만. 딱, 1년만 참자. 그다음엔 오빠랑 나, 둘만 남아."

송 회장의 손이 자신의 넥타이에 닿아 있는 것도, 두 사람
사이의 거리가 위험할 만큼 가까워진 것도 공 비서는 뿌리치
지 않았다. 그저 천천히 눈을 감았다 뜰 뿐이었다. 그리고 송
회장은 숨소리만으로도 그의 마음이 어느 쪽으로 움직이고
있는지 알 수 있었다.

집에 돌아온 송 회장은 초롬의 방에 들어갔다. 초롬은 침
대에 배를 깔고 엎드려 핸드폰을 들여다보고 있었다. SNS
릴스 영상 아래 수시로 올라오는 빨간 하트와 댓글에 민감하
게 반응하는 초롬을 말없이 바라보았다.

화면 속 초롬은 예뻤다. 어깨까지 오는 머리를 하나로 묶
은 모습도, 청바지가 잘 어울리는 날씬한 체형도, 카메라 각
도를 연구해 찍은 표정도, 당장 연예인으로 데뷔해도 될 정도
였다. 하지만 자꾸 SNS 속으로 도망치려는 게 문제였다. 화
면 속에 빨간 하트가 연달아 올라가자 초롬의 입꼬리가 살짝
올라갔다. 그러다 문득 시선을 느꼈는지 고개를 들었다.

"어? 엄마, 언제 왔어?"

초롬은 이내 자세를 고쳐 앉으며 미소 지었다.

"아까 올린 내 게시물에 '좋아요'가 벌써 천 개 넘었어. 팔로워 수가 다시 올라가고 있거든. 협찬이랑 광고 문의도 온 거 알아? 이번에 브랜드 행사 몇 개는 들어올 것 같아."

변명처럼 조급한 말투였다. 인정 욕구라는 걸 모르지 않았지만 송 회장은 그런 딸의 말을 가로막으며 표정 없는 얼굴로 자신이 세운 어마어마한 계획을 들려주었다. 사실상 통보나 마찬가지였다. 초롬이 사색이 되어 소리쳤다.

"엄마, 미쳤어? 그게 말이 돼?"

"널 서울대에 보낼 수 있다면 더한 짓도 할 수 있어!"

"성공한다고 쳐. 이번에도 또 엄마 맘대로야?"

송 회장이 초롬의 양어깨를 꾹 눌러 잡고 가까이 끌어당겼다. 그리고 눈을 부릅뜨며 말했다.

"나에게 너 말고 아이가 하나라도 더 있었다면 그리고 그애가 똑똑했다면 네 마음대로 살아도 됐겠지. 그런데 어쩌니? 나한테 핏줄이라곤 너 하나뿐인걸."

초롬의 얼굴이 하얘졌다. 그동안 들었던 어떤 모진 말도 방금 들은 것에 비할 수는 없었다. 송 회장이 초롬의 어깨를 놓으며 말을 이었다.

"싫으면 네가 누리는 거 다 놓고 이 집에서 나가. 네 이름도 버리고. 네가 그저 그런 대학에 가는 것보다 나한테는 그게 더 나으니까."

초롬은 말문이 탁 막혔다. 그냥 하는 말이 아니라는 걸 너무 잘 알아서였다. 엄마 송 회장은 마음먹은 건 꼭 해내고야

마는 사람이었다. 그리고 초롬은 지금까지 한 번도 엄마를 이겨본 적이 없었다. 송 회장은 언제나처럼 몇 마디 말과 차가운 눈빛으로 초롬을 제압하고 잘 자라는 인사도 없이 방을 나가버렸다.

혼자 남은 초롬은 숨이 가빠지기 시작했다. 누군가 목을 조르는 것처럼 답답함이 밀려오더니 물속에 잠긴 듯 공기가 폐로 들어오지 않았다. 결국 몸을 떨며 바닥에 주저앉고 말았다. 심장이 아파왔다. 찌르는 듯한 통증에 심장이 멈출까 더럭 겁이 났다. 죽을 것만 같은 두려움에서 벗어날 수 없다는 절망이 아이러니하게도 죽고 싶다는 생각으로 초롬을 마구 몰아갔다. 공황이었다.

한 몸 같았던 말에서 떨어져 골반이 골절된 몸을 추스르기도 전에 더는 선수 생활이 힘들다는 말을 들었다. 엄마에게서는 위로가 아닌 질책과 냉대가 쏟아졌다. 그날부터 생긴 증상이었다. 언제 찾아올지 몰랐기에 증세가 없는 때도 마음 한쪽은 늘 두려움이 차지했다. 힘겹게 팔을 뻗었지만, 약통이 있는 서랍이 우주만큼이나 멀게 느껴졌다.

한참 만에야 숨통을 조이던 보이지 않는 손이 서서히 힘을 빼기 시작했다. 초롬은 힘겹게 몸을 끌어 약 대신 벽장 속에 숨겨둔 오르골을 꺼냈다. 어린 시절 귀가가 늦던 엄마를 대신해 초롬을 재워준 사람은 언제나 아빠였다. 그때마다 아빠는 오르골 소리에 맞춰 노래를 불러주었다. 송 회장이 아빠의 물건을 모두 버렸을 때도 초롬은 오르골만은 지켰다. 그때부터 지금까지 오르골은 초롬을 위로해 주는 유일한 물건이었다.

초롬이 이불을 뒤집어쓰고 태엽을 감았다. 맑고 고운 멜로디가 흘러나와 뜨거운 숨결 틈새로 스며들었다. 초롬은 몇 번이나 태엽을 감다 잠이 들었다.

D-308 카피캣

영리는 석현을 물끄러미 바라보았다. 공간이 주는 분위기와 기분 탓인지는 몰라도 전보다 표정이 한결 편안해 보였다. VIP 병실과 치료비, 간병인 비용이 얼마나 드는지 영리는 짐작조차 할 수 없었다. 그렇지만 너무나 잘 알고 있었다. 그 것들이 그냥 주어지는 게 아니란 걸.

"잘 부탁드려요."

영리는 간병인에게 허리를 깊숙이 굽히고 병실 밖에서 기다리던 공 비서의 뒤를 따랐다. 씩씩한 걸음이었다. 울지도 않을 작정이었다. 슬퍼할 시간에 힘을 내야 했다. 지금은 영리 자신이 가장이니까. 아빠가 깨어날 때까지는.

가장 먼저 간 곳은 강남의 한 헤어 숍이었다. 배우로 착각할 만한 미모의 디자이너가 환한 미소와 세련된 매너로 맞아주었다. 미리 얘기가 오간 건지 디자이너는 영리의 의견은 묻지도 않고 바로 염색약을 발랐다. 그리고 샴푸 후 커트를 했다. 처음 받아보는 클리닉까지 마치자 머릿결이 몰라보게 매끄러워졌다. 초롬의 헤어스타일이 이렇겠구나, 영리는 짐작했다.

헤어 숍을 나와 두 번째로 간 곳은 안과였다. 초롬과 시력을 맞추기 위해 시력 교정 수술을 받아야 했다. 지금처럼 안경을 쓰고 학교에 다닐 수는 없을 테니까. 병원을 전세 내기라도 했는지 환자는 한 명도 없었다.

의사는 눈을 검사한 뒤, 수술이 가능하다고 했다. 밝은 조명이 쏟아지는 하얀 방 안의 수술대에 눕자 의사가 금방 끝난다며 안심시켰다. 국소마취제를 점안하자 조금 따끔한 느낌이 들었다. 시야가 흐려지는가 싶더니 눈꺼풀이 고정되었다. 곧 레이저가 작동하는 기계음이 머리 위에서 울렸다.

"잘하고 있어요. 이제 레이저가 각막을 교정할 겁니다. 불편하겠지만 조금만 참아주세요."

타는 냄새가 났다. 그러나 통증은 거의 없었다. 반대쪽 눈에도 같은 과정이 진행되었다. 양 눈에 다시 약물이 떨어졌다. 수술은 너무나 간단하게 끝났다. 의사는 일시적인 건조증, 빛 번짐이나 시야가 흐릿한 증상이 생길 수 있지만, 점점 괜찮아질 거라고 했다. 몇 주간 안약을 넣어줘야 하고 절대 눈을 문지르지 않도록 주의하라는 당부도 덧붙였다. 공 비서는 영리를 집에 데려다주고 차에서 도시락을 꺼내 건네주었다.

"하루이틀은 불편할 거야. 식사 준비 어려울 텐데 아침에 먹어라. 고생 많았다. 내일은 푹 쉬어라."

눈이 시려서인지, 도시락의 온기 때문인지, 영리의 눈가가

촉촉해졌다. 고된 노동에서 해방되었는데도 어쩐지 더 힘든 하루를 보낸 것만 같아 영리는 곧 깊은 잠에 빠져들었다.

이틀이 지났다. 여전히 시큰거리는 눈을 가늘게 뜨고 영리는 또다시 공 비서에게 이끌려 어디론가 갔다. 정문이 아닌 뒷문을 통해 올라간 곳은 신사역에 있는 한 성형외과였다. 안과와 마찬가지로 병원에는 아무도 없었다. 의사 한 명과 간호사 한 명이 맞아줄 뿐이었다.

공 비서가 주문한 것은 대대적인 수술이 아니었다. 초롬과 인상을 좀 더 비슷하게 해줄 약간의 시술과 몸의 점을 사진과 같은 위치에 만들거나 지워 달라는 것이었다. 의사는 영리의 이마와 볼에 필러를 주입하고, 점을 레이저로 지우거나 새로 새겨 넣었다. 의사가 몇 번 더 와야 한다고 하니 공 비서는 그 자리에서 약속을 잡았다. 영리는 문득 저 의사는 어디까지 알고, 얼마를 받았는지 궁금해졌다.

집까지 데려다주는 내내 조용하던 공 비서가 입을 열었다.

"다음에 내가 데리러 오는 날엔 회장님 댁으로 갈 거야."

영리는 가만히 고개만 끄덕였다.

"당분간 못 올 테니 미리 짐 챙겨둬라. 선생님이나 친구들, 집주인에게는 잘 얘기했니?"

"네. 기숙사형 재수 종합반에 들어간다고, 수능 때까지 연락이 힘들다고 했어요."

"전세금은 주인이 부르는 만큼 올려주었지?"

"네. 덕분에요."

"더 좋은 곳으로 이사하지 뭐 하러 연장했어."

"아빠는 우리 집 좋아했어요. 산이 가까워 등산하기 좋고, 주민 전용 텃밭도 있다고요. 꼭 함께 돌아갈 거예요. 아빠랑."

차 안에 침묵이 흘렀다. 공 비서가 가속페달을 밟은 발에 힘을 주었다.

며칠 후 다시 찾아왔을 때, 공 비서는 영리를 보고 눈을 떼지 못했다. 영락없는 초롱이었다. 누가 봐도 초롱이 트렁크를 들고 힘겹게 빌라 계단을 내려오고 있다고 생각할 터였다. 그전에도 신기할 정도로 비슷했지만, 시술이 자리 잡은 걸 보자니 저절로 경탄이 새어 나왔다.

"정말 똑같구나."

초롱과 다른 건 1cm의 키 차이뿐. 육안으로는 구분하기 힘든 정도였다. 공 비서는 감탄하면서도 조금 섬뜩했다. 만에 하나 영리와 초롱을 구분하지 못하는 사태가 벌어진다면?

하지만 곧 영리가 모르는 사실 하나가 떠올랐다. 초롱의 오른쪽 하복부에는 어릴 때 받은 충수절제술, 즉 맹장 수술 자국이 있다. 다행히 외모에 민감한 초롱은 그 흉터를 극도로 숨겨왔다. 학교에서 체육복을 갈아입을 때를 포함해 어떤 상황에서도 하복부를 드러낸 적이 없었다. 그리고 송 회장과 공 비서는 만약을 대비해 영리에게 수술 자국에 대해서 말하지 않았다.

빌라가 있는 서울 경계를 출발해 한참을 달리니 한강이 내려다보이는 고급 주택가 어느 저택 앞에 도착했다. 주차장 입구에서 공 비서가 차를 멈추었다. 영리는 저택의 규모와 격조 있는 아름다움으로 인해 들어서기도 전에 기가 질리는 기분이었다. 잠시 후 오버헤드 도어가 자동으로 올라갔다. 문이 완전히 올라가자 공 비서는 다시 차를 움직여 안으로 들어갔다. 자동문 안쪽은 차를 두어 대 댈 수 있는 평범한 차고가 아닌, 지하 주차장으로 연결되는 통로였다. 주차장엔 우윳빛의 수입 스포츠카와 SUV가 주차되어 있었다. 손님을 위한 주차 공간인 듯 빈자리도 많이 보였다. 차에서 내린 영리는 공 비서를 따라 엘리베이터에 올랐다. 잠시 후, 1층에서 엘리베이터 문이 열렸다. 쭉 뻗은 복도를 따라 얼마간 걷자 현관이 나왔다.

"여기는 주차장과 이어지는 작은 현관이고, 주 현관은 따로 있다."

이런 집은 본 적이 없어서 영리는 무어라 대꾸해야 할지 몰랐다. 함초롬 정도 되는 기업의 최대 주주이자 경영자라는 건 생각보다 엄청나구나, 하고 생각할 뿐이었다.

갤러리가 연상되는 긴 디귿 자 형태의 거실에 들어섰다. 영리의 눈이 저절로 위로 향했다. 그 시선의 끝에 영원히 닿지 못할 것만 같은 높은 천장이 있었다. 가운데 정원을 품은 디귿 자 거실의 삼면은 통유리여서 자연광이 실내를 비추었고, 중정의 잘 손질된 정원수와 잔디밭이 고스란히 보였다. 마치 분재처럼 정교한 인공미를 뽐내는 정원은 벌레 한 마리도 살지 못할 것처럼 완벽하게 관리되어 있었다. 적절한 위치에 배치된 작품 같은 가구도 무척 고급스러워 보였다. 우아하게 날이 서 있는 저택은 송 회장과 똑 닮아 있었다. 쏟아지는 빛으로도 서늘함을 감출 수 없고, 아름다운 미소가 송 회장의 욕망을 가리지 못하듯이. 영리는 이 공간이 송 회장의 또 다른 얼굴임을 직감했다.

검은색 바지 정장을 입은 도우미 세 명이 영리를 맞아주었다. 가장 나이가 많아 보이는 여자를 제외하고 30대로 보이는 두 여자는 흰 앞치마를 두르고 있었다. 공 비서가 도우미들을 소개해 주었다.

"집안 살림을 맡아주시는 분들이다. 김선미 씨, 이소영 씨. 그리고 이분은 상주 집사이신 설은정 실장님. 부탁할 게 있으면 실장님께 말씀드려라."

은정의 눈에 순간 놀라움이 스쳤다. 놀라움이 곧 의아함으로 바뀐 듯 은정이 고개를 살짝 갸웃했다. 은정은 공 비서의 눈을 피해 계속 영리를 살폈다. 영리도 은정이 왠지 낯이 익었다. 분명 본 적이 있었다. 기억을 더듬는데 공 비서가 도우미들에게 말했다.

"이 아이는 초롬이 쌍둥이 언니입니다. 어려서 아빠를 따라 해외에 나가 있다가 사정이 생겨 한국에 돌아왔습니다. 당분간 집에서만 기거할 예정이니 잘 돌봐주시기 바랍니다. 그리고 다들 아시겠지만, 이 사실이 유출된다면 말이죠."

공 비서가 잠시 말을 멈추고 도우미 한 명 한 명과 눈을 마주쳤다. 그 순간 영리는 기억해 냈다. 간혹 집 앞에서 아빠와 얘기 나누던 여자가 바로 은정이었다. 그럴 때 아빠는 대개 갖가지 반찬이 가득 든 찬합을 들고 왔다.

"만약 유출된다면, 내부인 외에는 아무도 모르는 일이므로 비밀 유지 의무를 위반한 것으로 간주, 계약서에 명시된 대로 세 분 모두에게 위약금 소송을 진행할 것이니 유념해 주시기 바랍니다. 물론 그런 일은 일어나지 않을 테지만요."

도우미들은 절대 비밀 유지를 다짐하고 마치 처음부터 없었던 사람들처럼 어디론가 사라졌다.

공 비서가 굳이 경고하지 않아도 그들은 저택 안의 일을 누구에게도 말하지 않았다. 아주 사소한 것조차. 은정이 평소에 선미와 소영에게 자주 각인한 덕분이었다.

"우리 연봉이 왜 높은 줄 알아? 남들보다 일을 잘해서? 천만에. 이 정도 사는 댁에는 별의별 일이 다 생겨. 우리 연봉은 무얼 보든 바로 잊는 걸 전제로 책정된 거야. 여기서 보고 들은 건 남편에게도 부모에게도 절대 말해선 안 돼. 그게 자기들에게도 좋아."

알아도 몰라야 했다. 생각이라는 걸 얼굴에 드러내면 안 되었다. 허울 좋게 실장이라는 직함으로 불리지만, 사실은 집 안의 가구나 다름없다는 걸 은정은 너무나 잘 알고 있었다. 주인이 발가벗고 있어도 태연할 수 있는 로봇 같은 존재, 그것이 도우미의 존재 가치이자 제1 덕목이었다.

"네가 영리구나."

어디선가 들려오는 소리에 영리가 고개를 돌렸다. 2층 난간에서 한 소녀가 영리를 내려다보고 있었다. 짙고 또렷한 눈썹, 단아하면서도 도도함이 서린 큰 눈, 날렵하고 오똑한 코, 작고 도톰한 입술, 깨끗한 피부에 정교한 얼굴선까지. 이미 익숙한 얼굴의 그 소녀는 영리 자신 같았다. 소녀가 천천히 계단을 내려와 영리 앞에 섰다.

"정말 나랑 똑같네. 쌍둥이도 자세히 보면 다른데 너무 똑

같으니까… 좀 징그러울 정도야."

영리가 초롬을 바라보았다. 똑같은 외형의 운명의 상대를.

문득 영리가 입술을 살짝 깨물었다. 초롬은 무구했다. 원하는 건 무엇이든 가져본 아이의 천진함과 나른함을 카피할 수 있을까? 켜켜이 쌓인 시간만큼 쉽지 않을 터였다. 하지만 초롬에게선 언뜻 억눌림과 좌절의 그늘도 풍겨 나왔다. 그건 흉내 낼 수 있을 것 같았다.

초롬의 눈길이 영리를 위아래로 훑어보다 옷자락 끝에서 멈췄다. 이내 미간이 살짝 좁아졌다. 말없이도 느껴지는 미묘한 경멸. 영리는 그 시선을 정면으로 받으며 턱을 살짝 치켜들었다. 냉소와 함께. 이만한 환경에서, 이 정도밖에 못 해낸 아이. 그러자 초롬은 어깨를 으쓱하며 시선을 돌렸다. 어차피 나 대신 입시 판에 던져질 도구일 뿐. 잠깐 쓰다 버릴 대체품, 그 이상도 이하도 아니야. 같은 얼굴의 두 소녀는 아무 말도 하지 않은 채, 각기 다른 방향으로 발걸음을 옮겼다.

영리는 공 비서의 안내를 받아 앞으로 지낼 방에 들어갔다. 혼자 남겨진 영리는 정갈하면서도 서늘한 침대에 누워 천장을 바라보았다. 이 낯선 저택에서 앞으로 1년 가까이 지내야 한다는 게 믿어지지 않았다. 살면서 한 번도 가져본 적 없는 멋진 방이었다. 넓고 쾌적한 공간의 통일성 있는 실내장식은 사랑스럽고 산뜻했다. 그러나 내 집이 아닌 데서 오는 어쩔 수 없는 불편함에 좀처럼 긴장이 풀리지 않았다.

만약 들킨다면……. 단단히 마음을 먹었는데도 자꾸만 두려움이 파도처럼 밀려왔다. 영리는 두려움에 지기 싫어 마음을 다잡았다. 파도가 밀려오면 파도를 타면 된다고. 파도를 이기는 방법은 파도에 몸을 맡기는 것뿐이라고 생각하면서.

날이 밝았다. '카피캣 프로젝트'가 본격적으로 시작되는 첫날이었다.

공 비서는 영리를 저택 안의 피트니스룸에 데려갔다. 코치로 보이는 사람이 벌써 와 있었다.

"초롬이는 승마를 오래 해서 자세도 좋고 몸이 탄탄해. 몇 달 쉬었다 하더라도 기본기가 있지. 여기서 당분간 코치님께 매일 PT를 받을 거다."

"매일이요?"

"응. 시간이 없잖니."

영리는 공 비서의 치밀함에 혀를 내둘렀다. 그러나 운동을 시작하고 나서는 어떤 생각도 할 겨를이 없었다. 강도 높은 운동에 머릿속이 부예졌지만, 쉴 새도 없이 곧바로 브리핑을 받아야 했다. 공 비서는 초롬에 대한 모든 걸 프레젠테이션했다. 친구나 학교 선생님들 같은 주변 인물이나 어린 시절일화와 사진 같은 건 아주 기본적인 것들이었다. 영리는 초롬의 버릇과 취향, SNS 계정 비밀번호, 과목별 선호도, 패션, 친구들의 특성과 에피소드까지 외웠다. 단, 공 비서가 제시한 스케줄에서 한 가지는 빼자고 제안했다. 보이스 코치에게 초롬의 말투와 억양을 훈련받는 일정이었다.

공 비서가 훈련 중 가장 까다로울 거라 예측한 게 목소리톤 조절이었다. 둘은 말투가 아주 달랐으니까. 영리는 날카로운 톤으로 스타카토처럼 짧게 끊어 말하는 버릇이 있었고, 초롬은 비음이 많이 섞이고 어미가 조금 늘어지는 편이었다. 공비서는 초롬의 목소리가 담긴 동영상이면 충분하다는 영리의 말이 마뜩잖았다.

그러나 우려와 달리 영리는 얼마 되지 않아 초롬의 말투는 물론 목소리 톤과 억양까지 똑같이 구현해 냈다. 어느 순간, 모니터 속 초롬의 목소리와 영리의 목소리가 겹쳤다. 한 사람이 말하는 것처럼 차이가 없었다. 놀라는 공 비서에게 영리가 초롬의 말투로 말했다.

"계산하면 간단해요."

"계산이라니?"

영리는 특출난 절대음감의 소유자였다. 소리를 정확한 주파수로 인식하고 억양과 강세, 리듬 같은 패턴을 청각적으로 '기억'한 뒤 수학 공식처럼 머릿속에서 재조합하는 능력이었다. 사람들의 대화, 새소리, 자동차 소리, 얼음이 컵에 딸각거리는 소리, 버스 안에 울리는 안내 멘트까지. 모든 곡의 조성을 저절로 떠올리고, 모든 소리의 음계를 맞혔다. 반음의 반음까지.

초롬의 목소리도 마찬가지였다. 특유의 비음과 억양을 분석하고 그것을 똑같이 구현해 내는 건 영리에게 그리 어려운 일이 아니었다. 영리가 다시 자기 말투로 대답했다.

"말로 설명하긴 어려워요. 그냥 하는 거라."

그렇게 '송초롬 카피캣 되기'라는 지구상 단 하나의 시험 과목을 위해 복습과 연습을 반복하는 나날이 이어졌다. 다만 영리가 어려워하는 게 한 가지 있었다. 패션. 초롬은 온갖 명품 의류와 주얼리부터 로드 숍 화장품까지 꾸미는 것에 대해서라면 모르는 게 없는 패션 인플루언서였다. 영리는 그렇지 않았다. 옷이나 화장품 같은 건 관심도 없었고 쇼핑도 즐기지 않았다. 영리는 초롬이 때와 장소, 기분에 따라 그때그때 어떤 제품을 선택하는지를 외웠고 즐겨 입는 브랜드와 화장법을 익혔다. 영리의 눈에는 모두 비슷해 보였기에 그 시간이 아주 고역이었다.

어느 날 공 비서가 넘긴 PPT 화면에 한 남자애 사진이 떴다. 전에 반 친구가 보여준 유튜브 채널의 아이. 송 회장이 꼭 들어가라고 당부했던 스터디 그룹 '하늘'의 주축이자, 재벌 3세면서 친절하고 소탈하다는 김겸이었다.

명문 사학 대명고는 2년 전 한주그룹의 자제 김겸이 입학한 후 더욱 유명해졌다. 김겸과 사립 초등학교 때부터 친했던 두 명의 재벌 자녀도 함께 입학했기에 소문은 더 멀리 퍼졌다. 그들끼리 특별한 자료나 과외 교사를 공유한다는 말도 있었다.

영리는 대명고가 기이하게 느껴졌다. 가장 이상한 건 재벌 자녀들의 일거수일투족을 찍어 유튜브에 올리며, 특히나 김겸이 얼마나 인간적이고 겸손한지 찬양하는 몇몇 학생들이었다. 급식을 먹으면 '소탈한 겸이'란 타이틀로 영상이 올라갔고, 반 친구에게 수학 문제를 풀어주는 영상엔 실력과 배려심을 칭찬하는 댓글이 넘쳐났다. 김겸이 가방에 키 링을 달면 얼마 지나지 않아 똑같은 것을 단 아이들이 심심치 않게 보였다.

영리는 도무지 이해할 수 없었다. 왜 그토록 남에게 지대한 관심을 갖는 걸까, 왜 남을 흉내 내지 못해 안달일까, 이런 생각을 하다 씁쓸하게 웃었다. 우스웠다. 종일 초롬을 모방하려 애쓰는 자신이 그런 생각을 한다는 게.

영리가 송 회장 저택에 들어온 지 일주일쯤 된 2월의 어느 밤이었다. 막 잠이 들려는 참에 누군가 방문을 두드렸다. 영리가 몸을 일으키는데 은정이 조심스럽게 문을 열고 방으로 들어왔다.

"실장님?"

은정이 문을 닫고 다가와 부드럽게 말했다.

"둘이 있을 때는 편하게 아줌마라고 불러."

은정이 영리의 손등을 따뜻하게 감싸 쥐었다.

"처음 온 그날 알아봤어. 네가 석현 씨 딸이라는 걸."

영리의 눈이 순간 흔들렸다.

"놀랐지? 실은 너희 집 앞에 몇 번 간 적이 있어. 아빠가 네 사진도 자주 보여줬고. 알고 있는지 모르겠지만, 나는 아빠의 오랜 친구야."

영리가 숨죽이며 물었다.

"왜 아무 말도 안 하셨어요?"

"네가 얼마나 큰 결심을 하고 이 집에 왔는지 알 것 같았으니까."

은정은 침묵하는 영리의 어깨를 가볍게 감싸안았다.

"힘들지? 진작 와봤어야 했는데 틈이 나질 않더라. 난 이 집에서 10년도 넘게 일했어. 어려운 게 있으면 언제든 말해. 아줌마가 도와줄게. 물론, 이건 너와 나만의 비밀이고."

은정의 미소는 단정하고 따뜻했지만, 어딘가 아렸다. 그 눈빛을 보고 영리는 알았다. 아빠와 은정은 오래전부터 서로 에게 마음을 내어주고 있었다는 걸.

은정이 조용히 말을 이었다.

"우리 엄마가 오래 편찮으셨거든. 혼자 감당하면서 힘에 부칠 때면 나쁜 생각도 했어. 그냥… 편히 가셨으면 좋겠다 고. 그런데 막상 정말로 엄마가 돌아가시니까……."

은정의 목소리가 잠시 흔들렸다.

"그때 내 옆에 유일하게 있어 준 사람이 네 아빠야."

은정이 영리의 머리카락을 부드럽게 넘겨주었다.

"감사… 합니다."

사람의 온기를 느껴본 게 너무 오랜만이어서일까, 영리는 울컥 목이 메었다.

조금 더 이야기를 나눈 뒤 은정이 나가려 일어서는데 영리 가 은정을 잡았다.

"여쭤볼 게 있어요."

종종 벌겋게 부은 자국이나 상처가 초롬의 소매 밑으로 드 러날 때, 영리는 못 본 척했다. 늦은 밤 고요한 저택 복도로 욕실 물소리가 끝없이 흘러나올 때도 있었다. 은정이 조금 망 설이다 입을 열었다.

"알고만 있어. 초롬이가 원래도 좀 예민한 편이었는데, 낙 마 사고 이후에 이상행동을 보일 때가 있어. 피가 나도록 피 부를 긁거나 혼잣말을 한다든지, 과호흡 증상을 보이기도 해. 천방지축인 것 같아도 정도 많고 안쓰러운 애야. 너도 따뜻하게 대해주면 좋겠다."

영리는 웃어 보였지만, 그러겠노라 하지는 않았다.

은정이 돌아가고 영리는 옛날 핸드폰을 켰다. 담임 선생님에게서 문자가 와 있었다.

〔영리야, 혹시 오늘은 볼 수 있지 않을까 했는데 아쉽구나. 졸업 앨범 잘 보관하고 있을 테니 언제든 찾으러 오렴. 늦더라도 선생님하고 졸업 사진 꼭 찍자. 선생님이 짜장면 사줄게. 그날을 기다리마. 힘내라.〕

차마 답장을 보내지 못하는 핸드폰 액정 위로 눈물 한 방울이 떨어졌다.

어느덧 2월 말이 되었다. 지난 한 달여간, 영리는 초롬에 대한 거의 모든 것을 익혔다. 개학을 앞두고 대명고 아이들과 그들의 부모가 초대된 오늘 파티는 영리가 초롬으로 완벽히 변신했는지 테스트하기 위한 자리였다. 헤어 숍에서 일찌감치 준비를 마친 영리는 손님들을 맞이할 채비를 갖췄다.

현재진행형으로 축복된 삶을 누리는 사람들이 또 한 번의 축제를 즐기러 저택에 들어왔다. 한 명 한 명 미소로 맞으며 영리는 생각했다. 아무에게도 들키지 않아야 한다, 배우가 아니라 초롬 그 자체가 되어야 한다고. 그리고 동민을 만났다. 어려서부터 초롬을 봐온 대명고 2학년 박동민은 그의 아버지 함초롬 법무 팀장 박기성과 함께였다. 영리는 초롬이 동민을 오랫동안 좋아했다는 걸 알고 있었다. 동민은 그렇지 않다는 것도. 그래서인지 동민은 마지못해 온 기색이 역력했다.

"동민아, 와줘서 고마워."

"초대해 줘서 고마워. 몸은 좀 어때?"

"덕분에. 이제는 괜찮아."

영리는 일부러 다소 절제된 인사를 건넸다. 그저 몇 마디를 나눴을 뿐인데 동민은 초롬이 어딘가 달라졌다는 기분이 들었다. 그러나 곧 다른 아이들의 인사를 받느라 그 느낌은 뒤로 미뤄두었다.

송 회장은 손님들과 이야기를 나누면서 은밀히 영리를 관찰했다. 영락없는 초롬이었다. 해산물 요리는 입에도 대지 않고, 크림파스타가 나오자 좋아하며 먹는 모습까지. 아이들 사이에 녹아드는 대화와 행동 또한 엄마인 송 회장이 봐도 구분하기 어려울 정도였다.

시간이 흐르자 무리가 나뉘었다. 활발한 축은 포켓볼을 치거나 박장대소를 터뜨리며 수다에 빠졌고 조용한 아이들은 영화를 보거나 핸드폰에 코를 박았다.

학부모들은 모두 한자리에 모였다. 고3을 코앞에 둔 지금 화제의 중심에서 입시가 빠질 수는 없었다.

"완벽한 입시 제도. 그런 게 있긴 한가요? 수시는 그야말로 깜깜이 전형이지. 나아졌다고는 하지만, 붙는 애도 왜 붙었는지, 떨어진 애도 왜 떨어졌는지 모르는 게 학종[1]이죠. 수시 원서 여섯 장 중에 낮춰서 쓴 대학까지 다섯 장 다 떨어졌는데 그냥 지른 서울대 한 군데만 붙는 애들도 은근히 많다는

---

1) 학생부 종합 전형의 줄임말로, 점수로 평가할 수 없는 학생의 종합적인 능력을 정성 평가로 진행하는 입시전형.

거 아세요?"

누군가의 성토에 큰아이를 서울대에 보낸 한 학부모가 미간을 찌푸리며 대꾸했다.

"남이 하는 건 다 쉬워 보이나 봐요? 실력이 있으니까 붙죠. 서울대 면접 문제 보신 적 없죠? 얼마나 어려운데."

"틀린 말도 아니지 뭐. 내신만 해도 그래. 경쟁 센 학교 내신하고 노는 학교 내신이 어디 같아? 전국 학교 수준이 다 다르고, 다니는 아이들이 다르고, 서로 다른 시험지로 시험 보는데 그걸로 평가한다는 거 자체가 어불성설이지. 정시 줄 세우기가 깔끔하단 말이 괜히 나오는 게 아니야. 그렇지만 그것도 문제가 있어. 수시보다 몇 배로 공부해야 하는데 시험 당일에 배탈이라도 나면 끝장이거든. 실력이 비슷한 친구랑 같이 인서울 준비했는데 친구는 운 좋게 스카이 붙고 나는 다 떨어진다? 그날로 우정이고 뭐고 끝이지. 받아들일 수가 없거든. 애들 줄었다고 하지만 다들 인서울만 원하니까 체감 경쟁률이 우리 때보다 몇 배는 심해. 참! 여긴 미대 입시 준비하는 사람 없지? 혹시라도 시작을 마. 진짜 돌아버려."

나이가 있어서인지 반말이 입에 밴 한 패션업체 대표의 말이었다. 그녀는 마흔넷에 어렵게 낳은 아들의 미대 입시 스트레스 때문에 주기적으로 '주사 아줌마'의 신세를 지고 있었다. 주사 아줌마란 시름 많고 바쁜 고객이 깊은 잠을 잘 수 있도록 약물로 비밀스럽게 도와주는 사람이었다.

그 뒤를 이어서 딸의 의대 입시를 준비하는 학부모가 지방의대의 지역인재전형이 수도권에 대한 역차별이라며 강하게 성토했다. 정원의 절반을 얼마 되지 않는 지역 학생으로 채우고 나머지 자리를 놓고 전국 학생이 경쟁하게 만드는 제도가 말이 되냐는 거였다. 지역인재전형 합격자 점수를 보면 기가 막힌다는 말과 함께였다.

"제 주변에 지역인재로 의대 보냈거나 보내려고 내려간 집만 여럿이에요. 그중에 둘은 큰애가 의대 진학에 실패해서 둘째라도 보내려고 내려간 집이에요. 현실을 깨달은 거죠. 몇 년 연락 없어 무슨 일 있나 했는데 알고 보니 그렇게 내려갔다 다시 온 집도 봤어요. 두 집 살림하느라 힘들었겠지만, 여기서는 의대 어림도 없었어요. 휴… 다들 언제 그렇게 알아보고 준비한 건지. 저도 진작 그랬어야 했나 싶고."

그 학부모의 남편은 꽤 탄탄한 준종합병원 원장이었고 어디든 상관없으니 두 아이를 무조건 의대에 합격시키라고 아내에게 못을 박았다. 그러나 전국에서 가장 낮은 의대 합격선에도 미치지 못하는 딸의 성적 때문에 편두통을 달고 살아야 했다. 학부모들은 그렇게 각자 겪는 어려움을 토로했고 서로 적당히 호응해 주었다.

그때 누군가 조금 떨어진 자리에서 홀로 와인을 홀짝이는 기성에게 말을 건넸다.

"요샌 아빠들 교육열이 더하다던데, 동민 아버님은 어떠세요? 아, 동민이는 잘하니까 걱정 없으시겠다. 그죠? 아버님도 서울대 법대 출신에 함초롬 법무 팀장이시라면서요."

시선이 일제히 기성에게 몰렸다. 기성은 겸손한 듯 손사래를 치다가, 점잖은 미소를 얹으며 입을 열었다.

"아, 법무 팀장 겸 이사입니다. 저야 뭐 아는 게 있겠습니까…만 자료를 오래 들여다보는 직업을 갖고 있다 보니 그런 시각에서 말씀드리면, 입시는 결국 일관성과 투명성의 문제라고 봅니다. 특히 학종 같은 경우는……."

기성이 말을 멈추고 주변을 둘러보더니 목소리를 살짝 낮췄다.

"솔직히 말해서 부모의 사회적지위와 경제력이 많이 작용하는 게 현실 아닙니까? 물론 공개적으로는 그런 얘기 안 하지만요."

몇몇이 고개를 끄덕이자 기성의 목소리가 조금 높아졌다. 점잖은 어조에 배인 우월감을 숨기지 못한 채.

"물론 그게 불법도 아니고 나쁜 것도 아니지만, 그렇게 해 주지 못하는 입장에서는 괜히 박탈감이 느껴지니까 사회 탓하면서 인정을 안 하는 사람도 있거든요. 자기들이 받는 혜택은 생각도 안 하면서요. 그래서 저는 우리 동민이에게 정시로 가자고 했습니다. 깔끔하게 실력으로 승부하라고요. 붙고 나서도 구설수에 오르는 건 싫으니까요. 물론 저희 회장님 같은 분은 다르시죠. 고졸이신데 정말 대단하다고 생각합니다. 사실 그런 케이스가 드물잖아요? 학력과 무관하게 이만한 성취를 내시다니. 시대가 바뀌었다고 해야 하나요."

사람들이 어색한 미소로 뭐, 그렇죠, 하고는 고개를 돌렸다. 기성은 흡족한 듯 고개를 끄덕이며 와인 잔을 들었다.

파티는 순조로웠다. 모두 초롬의 미모를 칭찬했고, 부상을 위로했으며, 복귀 시점을 점쳤다. 영리는 그 말들을 하나하나 받아내며 적당한 각도와 간격의 미소를 유지했다. 웃음은 과하지도 모자라지도 않게, 질문에 대답은 짧게, 시선은 한곳에 오래 머물지 않게.

그 균형이 깨진 건 누군가 시야 안으로 깊숙이 들어왔을 때였다. 영리는 몸을 건들거리며 다가오는 이를 보았다. 파티 내내 샴페인을 홀짝거리며 영리를 노려보던 그 애의 이름은 한소유였다.

초롬과 함께 운동한 승마선수였지만, 실력은 초롬보다 늘 한발 뒤였고 그래서 눈빛이 먼저 거칠어지던 아이. 좁은 선수 세계에서 질투를 숨기지 않기로 유명했다.

소유가 잔을 든 채 영리 앞에 섰다. 그리고 자신이 만든 그림자로 그늘진 영리의 얼굴을 훑다 천천히 물었다.

"너 진짜 송초롬 맞아?"

영리의 심장이 크게 한번 내려앉으며 충격이 등뼈를 타고 흘렀다. 손끝이 차갑게 식고, 들이마시는 공기가 목에서 한 번 걸렸다. 주변의 웃음소리가 한 박자 멀어지며 컵을 내려놓는 소리, 드레스 자락이 스치는 소리가 또렷해졌다. 멀찍이서 대화를 나누던 송 회장이 고개를 돌렸다. 그 시선이 꽂히는 걸 느끼자 영리는 정수리가 찌릿해졌다. 하지만 표정을 바꾸지 않은 채로 고개만 살짝 기울였다. 소유가 반걸음 더 다가왔다.

"너답지 않게 오늘 왜 이리 친절하셔? 이제야 개과천선, 뭐 그런 거 한 건가? 송초롬 승마 그만두길 잘했네."

"뭐?"

"너 원래 안하무인이었잖아. 다치기 전엔 눈도 잘 안 마주 치고, 인사도 안 하고, 사람 무시하……"

"네가 그랬지."

소유가 말을 잇지 못한 건, 영리가 말을 끊었기 때문이었다. 소유의 눈썹이 아주 미세하게 꿈틀했다. 영리는 바로 말을 덧붙이지 않았다. 한 박자, 숨이 어긋나는 시간만큼의 짧은 침묵 뒤에 낮고 평평한 목소리로 말했다.

"네가 그랬잖아."

영리가 고개를 조금 기울였다.

"네가 다른 애들한테 이상한 말 하고 다녔잖아. 내 부상 직후에. 알고 보니 송초롬은 사람 무시한 거 아니라고, 그저 사람 말고 말한테만 관심 있어서 이런 일이 생긴 거라고."

소유의 시선이 흔들렸다.

"네가 날 변호한 거였는지 비꼰 거였는지 모르겠어. 마찬 가지로 너도 늘 애매해했지. 내가 진짜 널 무시한 건지, 아니 면 네가 자격지심에 혼자 그렇게 느낀 건지."

소유의 얼굴에서 무언가가 빠져나가고, 방금 들은 말이 사실인지, 조작된 것인지 판단하지 못해 기억을 더듬는 표정만 남았다.

"참. 소유 너 국대는 언제쯤 되는 거야? 나 계속 기다렸는 데, 설마 아직도 준비 중? 아… 이번 생은 힘든가? 뭐, 그래도 괜찮지. 취미로 타는 것도 나쁘지 않잖아. 모두 국대 될 순 없 는 거니까."

소유의 얼굴이 손에 든 샴페인 잔처럼 순식간에 붉어졌다. 소유가 들고 있던 샴페인 잔을 번쩍 들어 영리를 향했다. 그러나 영리의 손이 더 빨랐다. 영리가 소유의 잔을 낚아채 들이붓는 시늉을 하자 소유는 눈을 질끈 감으며 움찔했다. 잠시 그렇게 있었지만 아무 일도 일어나지 않았고, 소유는 가늘게 눈을 떴다. 영리는 그런 소유를 바라보면서 테이블에 잔을 우아하게 내려놓았다.

"내가 잔을 뺏은 걸 고마워해야 할 거야. 만약 내 얼굴에 샴페인이 한 방울이라도 튀었으면, 네 얼굴에는 다른 냄새 나는 게 쏟아졌을 테니까."

소유는 영리를 노려볼 뿐 아무 말도 꺼내지 못하다가 결국 몸을 떨며 외투를 집어 들고 나가버렸다.

주변의 웅성거림이 서서히 되살아나고 누군가의 농담에 가라앉았던 분위기가 다시 활기를 띠었다. 영리는 잔을 들고 송 회장 쪽으로 고개를 돌렸다. 송 회장은 웃지 않았다. 대신 짧게 고개를 끄덕였다. 평가가 끝났다는 신호였다. 자신이 방금 물러나게 한 건 한소유가 아니었다. 남아 있던 송 회장의 의심이었다. 그리고 지금 막 이 집에서 설 자리를 더 안쪽으로 밀어 넣었다는 걸 깨달았다. 논알코올 샴페인이 혀에 닿았지만 아무 맛도 느껴지지 않았다. 영리는 잔을 내려놓았다.

송 회장은 파티가 만족스러우면서도 은근히 한쪽 심기가 불편했다. 가장 오길 바란 겸이 학원 스케줄이 있다며 오지 않은 까닭이었다. 겸의 스케줄을 알아내 잡은 날이었기에 더욱 불쾌했다. 겸의 엄마 윤 관장은 초대에 응하지 못한다는 사과의 말을 적은 카드와 함께 한국에 딱 열 병 수입되었다는 고급 와인을 보냈다. 와인의 히스토리에 대한 구구절절한 설명을 보고 송 회장은 다시금 윤 관장이 자신을 무시한다는 걸 느꼈다.

송 회장은 도우미에게 종이컵을 가져다 달라고 했다. 그리고 와인을 마트에서 산 값싼 것인 양 종이컵에 따르고 씁쓸한 불쾌감과 함께 삼켜버렸다. 갚을 길은 카피캣 프로젝트의 성공 한 가지뿐이라는 생각과 함께.

초롬은 지하 보안실에서 CCTV로 이 모든 장면을 지켜보고 있었다. 모든 게 불편하기만 했다. 그중에서 가장 걸리는 건 영리와 동민이었다. 동민은 영리에게 자주 말을 걸었다. 그리고 영리를 향해 계속 고개를 돌렸다. 중학교 이후로는 그런 적이 없었는데도. 그럴 때마다 초롬은 저도 모르게 주먹이 쥐어졌다.

파티가 끝났다. 손님들이 돌아가고 '가짜 현실'에 무사히 안착한 영리는 짧은 숨을 후, 하고 내쉬었다.

"기대보다 잘했다. 피곤할 텐데 쉬어."

송 회장은 칭찬에 인색한 사람이었다. 그걸 아는 공 비서도 영리의 어깨를 두드렸다.

D-256 고3 2회차

開학일이 되었다. 영리는 거울 앞에 섰다. 초롬의 교복을 입고 초롬의 명찰을 찬 모습. 거울 속에는 초롬이 있었다. 아니, 초롬처럼 보이는 자신이.

영리는 방을 나서다 복도에서 초롬과 마주쳤다. 초롬은 영리를 위아래로 훑어보더니 인사도 없이 자기 방으로 들어가 버렸다. 영리는 한숨을 삼키고 1층으로 내려갔다.

식탁에는 아침 식사가 준비되어 있었다. 신선한 오렌지 샐러드, 바삭한 토스트와 베이컨, 탱글탱글한 에그 베네딕트. 그리고 작은 꽃병에 꽂힌 노란 프리지아까지. 근사한 플레이팅이었다. 하지만 식욕은 없었다. 은정이 다가와 둘만 있을 때와는 사뭇 다른 어조로 말했다.

"프리지아의 꽃말은 새로운 시작이래요. 회장님 지시로 준비했어요. 초롬 양의 개학이니까요."

초롬 양이라는 말이 귀에 걸리적거렸지만, 음식은 완벽했다. 영리는 그 완벽함을 천천히 씹어 삼켰다.

등교하는 차 안에서 영리는 운전석을 바라보았다. 아빠가 있어야 할 자리에 다른 사람이 있었다. 새로 고용된 기사는 무표정하고 말이 없었다. 차와 한 몸인 것처럼 묵묵히 자기 일만 하는 사람이었다. 문득 영리는 궁금해졌다. 자신에겐 너무나 소중한 아빠가 저이처럼 그저 부속 같은 존재였다면, 아빠는 어떤 생각을 하며 하루를 보냈을까.

사고만 아니었다면, 지금쯤 자신도 이 차 안이 아니라 다른 곳에 있었을 것이다. 그러나 잔인한 운명은 불과 몇 달 사이에 영리와 아빠를 각각 생각도 못 한 곳으로 보내버렸다. 둘 다 제자리로 돌아가려면 반드시 프로젝트를 성공시켜야 했다.

영리가 공 비서에게 새로 받은 핸드폰을 꺼냈다. 원래 쓰던 핸드폰은 전원을 끄고 서랍에 넣어두었다. 프로젝트를 마치면 다시 꺼내 아무 일도 없었다는 듯이 지인들에게 연락할 것이다. 새 핸드폰에 어울리지 않는 낡은 고양이 인형이 흔들렸다. 원래 쓰던 핸드폰에 있던 다경의 유품이었다. 그것마저 어두운 서랍 속에 처박아 두기는 싫었다.

영리가 공 비서에게 메시지를 보냈다.

〔사람들이 절 진짜 초롬이라고 믿을까요?〕

잠시 후 답장이 왔다.

〔걱정 마라. 사람들은 자기가 보고 싶은 대로 보고, 믿고 싶은 대로 믿거든. 진실처럼 보이는 많은 것이 대개는 그런 거야. 네가 스스로 널 초롬이라고 믿는다면 사람들도 널 그렇

게 대할 거야.]

영리는 공 비서의 메시지를 읽고 또 읽었다.

새 핸드폰에는 특수 앱이 설치되어 있었다. 앱 스토어에서 판매되는 것이 아니라 공 비서가 회사의 프로그램 개발자에게 따로 지시해 만든 공유 앱이었다. 앞으로 영리가 찍는 사진이나 동영상, 카톡 메시지는 공 비서와 초롬의 핸드폰에도 동시에 저장된다. 문자나 통화 기록 등 나머지는 공유 대상이 아니었다. 영리가 사생활이 너무 없으면 힘들 것 같다고 했고, 공 비서도 그 정도는 인정했다. 초롬은 공유된 내용을 모두 숙지해야 했다. 진짜 초롬으로 돌아갈 때, 영리가 보낸 고3 생활을 완벽히 기억하고 있어야 했기 때문이다. 공유 앱은 영리의 1년을 초롬에게 이식하는 장치였다.

영리는 초롬의 SNS에 접속했다. 새로운 스토리가 올라가 있었다. 언제 찍었는지 잘 다려진 교복 사진과 함께 '고3 시작! 파이팅!'이란 글귀가 반짝거렸다. 아침부터 응원 댓글이 잔뜩 달려 있었다. SNS 같은 걸 왜 하는지 모르겠다는 생각에 영리의 미간이 찌푸려졌다. 집에서만 지낸 게 벌써 두 달 가까이라 무료하고 헛헛할 터였다. 하지만 게시글을 올리다 실수할 수 있으니 공 비서에게 따로 말해둬야겠다고 생각했다.

유튜브에는 김겸을 찬양하는 새로운 영상이 업로드되어 있었다. 영리는 곧바로 다른 영상을 눌렀다.

– 전국의 수험생 여러분, 안녕하세요. '복면공신'입니다. 설레는 새 학기 첫날이네요. 여러분 혹시 알고 있나요? 매년

수많은 외국인 노동자가 작업 현장에서 숨지고 있지만, 정확한 통계조차 집계되고 있지 않습니다. 누군가의 가족인 그들의 죽음을 우리는 얼마나 알고 있을까요? 오늘은 방송 시작에 앞서 얼마 전 700톤 프레스기에 끼여 목숨을 잃은 외국인 청년 노동자의 안타까운 죽음을 애도하겠습니다.

오늘 복면공신은 새 학기를 힘차고 부지런히 시작하자는 뜻으로 수탉 가면을 썼다.

- 자, 아시겠죠? 무엇보다 중요한 건 반복과 복습이란 것을요. 참! 제가 카페에 올린 각 학년 등급별 1학기 학습 계획표 보셨나요? 그것만 실천해도 따로 학원 다니지 않고 등급을 올릴 수 있습니다. 이미 많은 학생이 후기로 인증한 검증된 계획표랍니다. 아시죠? 제가 이 채널을 운영하는 이유는 공부할 의지가 있으나 형편이 어려운 학생들을 위해서입니다. 혼자서 해결하기 어려운 문제는 카페에 올려주세요. 잊지 마세요. 공부해서 남 주자!

영상은 복면공신이 주먹을 불끈 쥐는 모습에서 끝났다.

고3이라니. 다시 고3이 될 거라고는 생각조차 해본 적이 없었다. 당연했다. 누구도 상상 못 할 일이었으니까.

차가 부드럽게 멈춰 섰다. 어느새 대명고 앞이었다. 영리는 차에서 내려 오르막 위에 우뚝 솟은 대명고를 바라보았다. 앞으로 1년, 졸업식 때까지 초롬으로 분하여 완벽한 연기를 펼쳐야 할 무대이자 아빠를 위해 살아남아야 할 전장을.

프로젝트를 준비하면서 고3 2회차가 되는 이날을 머릿속으로 여러 번 그렸다. 그런데도 막상 맞닥뜨린 현실은 실감하기 어려웠다. 대명고 앞에 선 지금, 영리는 시뮬레이션 훈련만 하다가 처음으로 실제 조종간을 잡은 비행 훈련생이 된 기분이었다.

숨을 한번 크게 들이켜려다가 그만두고 그저 무기력하기도, 힘이 넘치기도, 무지해 보이기도 하는 무리를 물끄러미 바라보았다. 이 아이들 사이에 티 나지 않게 스며들어야 한다. 고3을 마치고 다시 고3이 된 영리는 어깨를 누르는 운명을 짊어지고 바삐 걸음을 옮겼다. 브리핑 때 숙지한 3학년 2반을 향해서.

"송초롬!"

교실에 거의 도착했을 때쯤, 누군가 뒤에서 영리를 불렀다. 긴 생머리에 보정 필터를 씌운 듯 메이크업을 한 아이가 핸드폰을 들고 웃으며 다가오고 있었다.

이름: 민들레
관계: 초롬의 절친(이라고 하나 실은 따라다니는 것에 가까움.)
특징: 셀피 중독에 SNS 중독자. 외모와 가십에 관심이 지대함.
성적: 중하위권

영리가 속으로 정보를 떠올리는데 민들레가 얼굴을 살짝 구기며 영리 등을 찰싹 쳤다.

"어떻게 방학 동안 연락 한번 안 하냐? 톡도 씹고. 섭섭하게."

"그냥, 좀 바빴어."

"뭐 하느라?"

"공부. 나도 대학 가야지."

"뭐? 공부? 네가?"

민들레가 어이없다는 듯 폭소를 터트렸다. 영리는 어깨를 으쓱했다. 그러면서 안심했다. 민들레는 조금의 의심도 없이 자신을 초롬으로 대하고 있었다.

중앙 현관에 들어섰을 때, 누군가와 어깨를 부딪친 영리가 몸을 휘청였다.

"괜찮니?"

맑고 단정한 톤의 목소리. 기간제 영어 교사 한정인이었다. 영리는 괜찮다고 하고는 교실 쪽으로 걸음을 옮겼다. 한정인은 걸음을 멈추고 무리에 묻혀 사라지는 영리의 뒷모습을 빤히 바라보았다.

"야, 개웃겨. 초롬이 방학 동안 열공했대."

민들레가 깔깔대면서 때마침 나타난 친구에게 한 말이었다. 영리는 또다시 속으로 정보를 읊조렸다.

이름: 모수빈
관계: 초롬의 절친. 초롬이 감정적으로 가장 기대는 친구.
특징: 온화하고 배려심이 깊지만, 은근히 눈치가 빠른 편. 단정한 외모에 교우 관계도 좋아 신망이 높은 학생.
성적: 상위권. 꾸준해서 교사들의 평가가 좋음.

"오. 우울증 극복? 정말 다행이다."

브리핑 때 초롬이 믿고 의지한다고 들은 모수빈이었다. 하지만 10대 소녀들의 마음이란 얼마나 예민하고 복잡한가. 겉보기와 달리 미묘한 갈등이 있을지도 모를 일이었다. 더구나 절친이라면 더 자세히 알아둘 필요가 있었다. 그래서 여러 번 물었는데 그때마다 초롬에게선 비슷한 대답이 돌아왔다.

"민들레는 셀카 중독에 살짝 또라이고 수빈이는 은근 돌직구지만 천사야. 공부도 열심히 하고."

모수빈의 부모는 남매를 대명고에 보내고 싶어 했다. 그러려면 최소 중학교 입학에 맞춰 이사해야 아이들이 적응하기 좋을 터였다. 그러나 공무원 부부의 월급으로 대명고 학군에 집을 얻는 건 요원한 일이었다. 때마침 대명고 근처 작은 아파트에 홀로 사는 할머니가 수빈의 엄마에게 들어와 살면 어떻겠냐고 제안했다. 2년 터울인 수빈 남매가 중고등학교를 마치기까지 필요한 시간은 최소 8년이었다. 좁은 집에서 복닥거릴 생각을 하면 머리부터 아파왔고 제안의 의도야 뻔했다. 시어머니를 좋아하지 않았지만, 수빈의 엄마는 고민 끝에 수락했다. 수빈의 오빠는 모두의 기대대로 좋은 입시 결과를 얻었다. 오빠가 대학에 합격했을 때 엄마는 수빈에게 이렇게 말했다.

"엄마가 21세기에 너희 잘되라고 할머니 성질 맞춰가며 시집살이하는 거 알지? 엄마가 이 집에서 썩은 세월이 자그마치 6년이야 6년. 그런데 앞으로 2년이나 더 남았어. 어쩌겠니. 대명고 출신에 명문대 나오면 그게 너희들 평생 배경이 되어줄 텐데. 엄만 너 대학 가는 날만 보고 살아. 재수도 안 돼. 알겠지? 이 코딱지만 한 아파트로 유세 부리는 할머니랑 더 살았다가는 엄마 암 걸릴 거야."

수빈은 차마 엄마는 이 코딱지만 한 아파트도 없잖아, 라고 말할 수 없었다. 수빈에게는 열심히 공부할 수밖에 없는 이유가 있었다. 영리가 서로 사뭇 다른 표정의 수빈과 들레를 보며 말했다.

"나 열공했다니까 애가 안 믿는다. 두고 봐. 곧 확인하게 될 테니까."

고3의 첫날은 고요하고 묵직했다. 영리가 다녔던 서울 외곽 비학군지의 성현여고도 그러했는데 하물며 여기는 대명고였다. 대한민국 최고의 명문 사학에서는 선생님들이 딱히 강조하지 않아도 모두가 각자 말 없는 각오를 뿜어내고 있었다. 영리는 여러모로 남다른 이 학교에서 고3 2회차의 첫날을 무사히 보냈다.

그날 저녁, 공 비서가 송 회장과 초롬 앞에서 브리핑했다.

"카피캣 프로젝트 1일 차, 성공적입니다. 영리는 학생과 교사 모두에게 자연스럽게 받아들여졌습니다. 특별한 의심의 징후는……"

"이렇게까지 해야 해? 서울대가 그렇게 대단하냐고!"

팔짱을 단단히 끼고 뚱한 표정으로 듣던 초롬이 끼어들었다. 송 회장이 초롬을 노려보았다.

"모르면 잠자코 있어. 1, 2년만 지나도 나한테 감사하게 될 테니."

초롬은 얼굴을 일그러뜨리며 벌떡 일어서더니 의자가 밀리는 소리와 함께 서재에서 나가버렸다. 쾅 하고 문이 닫히는 소리가 이어서 울렸다. 송 회장이 이마를 짚으며 한숨을 내쉬었다.

"언제 철이 들지? 다 저를 위한 건 줄도 모르고 말이야."

공 비서가 묵묵히 브리핑을 마저 이어갔다. 송 회장은 의자에 몸을 깊숙이 묻고 지그시 눈을 감았다.

다음 날 아침, 담임이 조회를 마치고 교실을 나가자마자 모두 들으라는 듯 영리가 선언했다.

"나 서울대 갈 거야."

학생들이 일제히 영리를 바라보았다. 잠시 정적이 흐른 뒤 여기저기서 쿡쿡 웃음소리가 터졌다. 몇몇 아이들은 책상 밑에서 핸드폰 액정 위로 부지런히 손가락을 놀렸다. 전교 꼴찌에 가까운 송초롬이 서울대를 가겠다고 선언했다는 소식이 전교에 퍼지는 건 시간문제였다. 영리가 바라는 바이기도 했다.

"최근 들은 말 중 젤 웃긴다. 콕 선생 섭외했나 봐? 관종다운 발언이긴 했어."

"콕 선생? 그게 누군데?"

영리가 방금 빈정거린 아이에게 물었다. 얼굴을 모르는 걸 보면 한 번도 초롬과 같은 반이었던 적이 없는 듯했다.

"아무리 공부랑 담을 쌓았어도 그렇지 콕 선생을 몰라? 자신만만하길래 콕 선생이라도 섭외한 줄 알았더니."

영리가 그 아이에게 가까이 다가가 물었다.

"콕 선생이 누구냐니까?"

쏘아보는 영리의 눈빛에 움찔하며 그 애가 몸을 뒤로 젖혔다.

"알려주면 뭐 해줄 건데."

"이따가 매점에서 먹고 싶은 거 다 사줄게."

"콜."

그 애는 전설의 과외 선생 '콕 선생'에 대한 이야기를 풀었다. 내신 문제든, 모의고사든, 심지어 학생부 관리까지, 맡은 학생에게 딱 맞는 걸 포크처럼 콕 찍어준다는 것. 그래서 붙은 별명이라고 했다. 콕 찍은 학생 한 명만 가르치고, 원하는 대학에 콕 찍어 보내준다고. 하지만 아무나 맡지 않으며 코칭 비용이 어마어마한 데다 누구도 번호를 모른다고, 워낙 베일에 싸여 있어 실존 인물이 아닐지도 모른다고도 했다. 마지막으로 그 애가 목소리를 낮추며 말했다.

"김겸을 입학 때부터 맡고 있다는 소문이 있어."

그때 뒷문 근처에서 누군가 교실을 흘끔거렸다. 나가다가 발길을 멈춘 사람, 담임 김성주였다. 초롬의 선언을 듣고 성주는 거미처럼 복도 벽에 붙어서 연신 교실을 훔쳐보았다. 복도를 걷는 몇몇 교사와 학생들은 그런 성주를 보고 저 인간 또 저런 짓 하네, 하는 경멸의 눈초리를 던지며 지나갔다.

성주의 눈에 초롬의 눈빛이 무척 진지해 보였다. 작년에도 성주는 한 학기 동안 초롬을 가르친 적이 있었다. 거만함과 나른함을 뭉쳐 빚은 인형 같던 초롬은 부상 후 자주 결석했고 눈에 띄게 우울해했다. 승마만 하던 애가 갑자기 말을 못 타게 되었으니 당연하다 생각했다. 하지만 그뿐이었고 관심 밖의 학생이었다. 그런데 지금의 초롬은 그때와 사뭇 달랐다. 고3 담임 이틀째인 오늘, 성주는 초롬에게 관심이 생겼다. 그것도 매우 지대한 관심이. 오랜만에 먹잇감을 발견한 하이에나처럼 성주는 속이 근질근질해졌다.

생기부에 올릴 자료나 때론 내신 시험지를 건네고 학부모에게 돈을 받는 것. 성주가 적당한 학생을 발견할 때마다 해온 일이었다. 위험부담이 큰 만큼 아무에게나 제안하지는 않았다. 누구보다 간절하고 만약 들통나면 잃을 것이 많은, 그래서 죽어도 입을 열 리 없는 상대를 성주는 잘도 골라왔다. 자식을 좋은 대학에 보내고 싶은 열망이 가득하고 수단을 가리지 않을 부모를 기막히게 알아보고서. 그리고 오랜만에 눈에 띈 아이가 바로 초롬이었다.

성주가 교무실 의자에 앉아 책상 위 함초롬 샌드위치와 음료수병을 바라보았다. 그러다 병을 들어 마개를 돌려 딴 다음 단숨에 들이켰다. 달고 시원한 액체가 목구멍을 타고 흘러내렸다.

D-241 대명고

영리는 틈틈이 앱에 기록을 남기며 학교생활을 해나갔다. 수업 시간에는 꼿꼿한 자세로 집중했고 쉬는 시간에도 직전에 배운 것을 복습했다. 이미 다 아는 내용이었지만, 처음 보는 것처럼 공부했다. 학교에 있을 때는 영리가 아닌 공부 노베[2] 송초롬이니까. 그런 시간이 2주를 넘기자 영리를 흘끔거리는 아이들이 늘어났다. 서울대 진학 선언을 비웃던 시선들도 조금씩 바뀌었다. 얼마나 갈지 내기하는 아이들까지 생겼다.

어느 날 복도를 걷던 영리는 시선을 느꼈다. 고개를 돌리자 영리를 쳐다보고 있던 남학생과 눈이 마주쳤다. 송 회장이 친해져야 한다고 몇 번이나 강조했던 김겸이었다. 유튜브 화면에서 환하게 웃던 얼굴을 실제로 보는 건 처음이었다. 옆에 있던 민들레가 영리의 귀에 속삭였다.

---

2) 노 베이스의 준말. 공부의 기초가 되어 있지 않은 학생을 뜻함.

"지금 김겸이 나 쳐다본 거 맞지?"

영리는 민들레의 말에 대꾸하지 않고 겸이 투명 인간이라도 되는 듯 그냥 지나쳤다. 그러곤 겸의 뒤에서 영리를 바라보는 동민에게 다가가 반갑게 인사했다. 겸은 도통 속을 알 수 없는 표정으로 자리를 떴다.

영리가 대명고에서 가장 기다리는 수업은 국어 시간이었다. 국어 정운식 선생은 인문학과 철학 관련 베스트셀러 서적을 여러 권 쓴 작가이기도 해서 영리도 익히 명성을 알고 있었다. 성현여고 시절 독서 활동을 할 때 그의 책으로 발표한 적도 있기에 정 선생의 수업을 직접 들을 수 있어 설렜다. 실제로 본 정운식은 예상과 달리 딱딱하거나 권위를 내세우는 사람이 아니어서 영리는 그를 더 좋아하게 되었다. 정운식은 겸의 담임이기도 했다.

문학은 인간을 어떻게 이해하는가?

첫 수업 시간에 정운식은 칠판에 이렇게 적은 뒤 말했다.

"수능에는 나오지 않는 내용일 수 있어. 하지만 이건 삶과 관련된 이야기야. 인간을 이해하지 못하면, 살아 있는 문장을 쓸 수 없거든. 그러면 결국 '나'를 모른 채 살게 되지."

교실 여기저기서 한숨 섞인 웅성거림이 들렸다.

"쌤, 저희 고3인데요. 이런 건 나중에 해도 되잖아요. 내신도 아니고……."

"맞아요. 1등급 마려워요!"

정운식은 미소만 지으며 잠시 학생들을 찬찬히 바라보았다.

"중요하니까 첫 시간에 하는 거다. 지금 아니면 이런 수업 못 하니까."

겸이 손을 들고 장난기 어린 목소리로 물었다.

"선생님, 정답 빨리 나오면 이 수업 건너뛰나요?"

정운식이 웃으며 대답해 보라는 손짓을 했다.

"문학은 인간의 복잡한 생각과 감정을 파헤치고 보여주는데 결국 인간은 다 이기적이고 그것이 본성이라는 결론에 닿는 경우가 많은 것 같습니다."

"왜 그런 생각을 했지?"

"문학작품에 나오는 인간은 거의 다 그렇다는 생각을 한 적이 있습니다. 햄릿의 복수도, 파우스트의 선택도 결국 자기 욕망을 위한 거였죠. 때로는 부모의 희생조차 그래요. 신경숙의 『엄마를 부탁해』에서 엄마가 평생 희생한 것도 결국 자식을 통해 자신의 존재 의미를 찾으려는 욕망이었을지 모르죠. 그러니까 결국, 인간의 본성은 이기적이라는 것 아닐까요?"

겸의 목소리는 공손했지만, 교실 분위기를 무겁게 만들었다. 정운식은 겸을 잠시 바라보았다. 그리고 대답 대신 학생들을 향해 고개를 돌리며 되물었다.

"어때요? 겸 학생 말에 동의해요?"

"네, 그런 것 같기도 해요……."

한 학생이 입을 열었지만, 말끝을 흐렸다.

"문학을 읽고 인간은 다 이기적이다, 라고 말하는 건 쉽습니다. 하지만 성찰처럼 보이는 그런 말은 책임에서 빠져나가기 위한 회피일 때가 많죠."

교실 안의 모든 것이 숨을 죽였다. 정운식은 시선을 교실 전체로 옮겼다.

"맞아요. 인간은 이기적인 존재예요. 하지만 그걸 핑계 삼는 건 더욱 위험합니다. 특히 앞으로 권력을 쥐게 될 사람들은요."

그때 잠시 말을 멈춘 정운식의 핸드폰에서 '왈왈'하고 개 짖는 소리가 울려 퍼졌다. 안도와 반가움이 섞인 왁자한 웃음이 어색해진 교실 분위기를 순식간에 깨뜨렸다. 정운식이 핸드폰을 끄며 말했다.

"선생님이 지병이 있어서 시간 맞춰 약을 먹어야 하거든. 미리 양해를 구했어야 했는데 깜빡했네. 이해 바랍니다."

"쌤, 왜 알람을 '개소리'로 해놓으셨어요?"

누군가의 짓궂은 질문에 몇몇이 킥킥거렸다. 정운식이 말했다.

"개 소리가 어때서요? 제때 짖어서 위험을 알리고, 한 번 마음 주면 끝까지 지키는 녀석들인데. 오히려 사람은 짖기만 하고 책임지지 않는 쪽을 더 자주 선택하죠. 알프레도는 내 반려견이었어요. 몸은 이 세상에 없지만, 소리와 영혼은 매일 나와 함께하는 녀석이지."

사뭇 진지해진 학생들을 향해 그가 다시 입을 열었다.

"질문에는 두 종류가 있습니다. 답을 찾으려는 질문과 이미 정한 답을 확인받으려는 질문. 전자는 대화지만, 후자는 변명입니다."

정운식은 겸을 향해 시선을 돌렸고, 겸은 굳어진 표정을 재빨리 풀었다.

"장차 사회의 리더가 될 여러분에게 해주고 싶은 말이 있어요. 무는 개보다 짖는 개가 더 이기적일 때가 있어요. 물면 책임지지만 짖기만 하면 책임을 피할 수 있으니까. 여러분은 책임지는 리더가 되길 바랍니다."

정운식이 마지막으로 덧붙였다.

"문학은 사람을 선하게 만드는 학문이 아닙니다. 자기 자신을 마주하게 하는 학문이죠. 그리고 그걸 어떻게 활용할지는 여러분의 몫입니다."

그렇게 3월 신학기가 흘러갔다. 공 비서는 매일 저녁 송 회장에게 영리의 생활을 보고했다.

"영리가 아주 열심이라고 합니다."

송 회장이 안경을 벗으며 말했다.

"야생마 같은 아이야. 혹시라도 엇나가서 폭탄이 되지 않도록 잘 지켜봐. 그럴 기미가 보이면, 터지기 전에 해체해야 해. 똑똑한 아이니까 함부로 행동하지는 않겠지만."

공 비서가 고개를 한 번 끄덕이고 송 회장의 집무실을 나갔다.

◇◇◇◇

영리가 세 번째로 현건우의 수업을 듣는 날이었다. 현건우는 명실상부 대치동 최고 강사로 15년 넘게 독보적인 위치에 있는 1타 중 1타, '대치동 수학의 신'이었다. 영리가 현건우라는 이름을 처음 들은 건 중학생 때였다. 고1부터 버스를 몇 번 갈아타고 현건우의 수업을 들으러 가는 친구들도 많았다. 성현여고 3학년이었던 1년 전에는 영리도 현건우의 대형 강의를 신청했다. 첫 강의 날 현건우는 문제를 맞히는 사람에게 무슨 소원이든 한 가지를 들어주겠다고 했다. 문제는 그야말로 괴랄했고, 풀릴 듯 말 듯한 문제를 영리는 끝내 풀지 못했다. 그날의 아쉬움은 꽤 오래 남았다.

올 개강일에도 현건우는 문제를 하나 냈다. 이번에도 역시 수능과는 관련 없는 고난도 문제였다. 그리고 문제를 맞히는 사람에게 상으로 개별 과외를 해주겠다는 약속을 내걸었다. 초롬의 이름으로 수강하는 한 영리는 풀지 않아도 되는 문제였다. 초롬은 결코 풀 수 없을 테니까.

하지만 문제를 보는 순간 바쁘게 움직이기 시작한 머릿속이 멈추지 않았다. 복잡한 수식 앞에서는 오히려 잡념이 사라졌다. 영리는 그 감각이 그리웠다. 그리고 작년의 아쉬움, 아직도 끈적하게 붙어 있는 기분을 말끔하게 지우고 싶었다. 숙고가 끝난 뒤, 영리는 펜을 들었다. 그리고 마지막으로 이름 칸에 無我(무아)라고 적었다. 나영리라고도, 송초롬이라고도 적을 수 없었으니까.

학원 수업이 끝나자 조교 한 명이 영리에게 다가와 따라오라고 했다.

"무슨 일로요?"

"가보면 알아."

조교와 함께 간 곳은 강의실 한층 위에 있는 현건우의 연구실이었다. 조교가 문을 열기 전 웃으면서 말했다.

"너 대단하네. 여긴 우리도 들어가기 힘든데."

내심 부러워서 한 말이었다. 현건우의 조교들은 서울대생이나 의대생이었고, 대부분 1년 이상 현건우의 수업을 들었던 학생들이었다. 다른 강사들보다 시급을 많이 주기도 했지만, 그를 좋아해서 지원하는 경우가 많았다. 현건우는 팬이 많은 강사였다.

문이 열리니 현건우가 등을 돌린 채 창가에서 무언가를 유심히 들여다보고 있었다. 인기척에 몸을 돌린 현건우 뒤로 그것들이 보였다.

영리의 눈이 조금 커졌다. 아름다웠다. 작지만, 아니 작아서 더 화려하고 눈길을 사로잡는 그것들은 분재였다. 잘 다듬어진 소나무 분재, 새하얀 꽃이 잔뜩 달린 분재, 그리고 아직 꽃망울만 맺힌 이름 모를 작은 나무. 모두 소인국에서 가져온 듯 신비로웠다.

"와, 너무 예뻐요."

영리가 감탄하자, 현건우가 기분 좋게 웃었다.

"일반적으로 나무는 100년 정도 살지만, 성장을 억제당한 분재는 오히려 더 오래 살아. 뿌리와 가지를 주기적으로 다듬고, 영양과 수분을 조절해 세포 노화를 늦추기 때문이야. 관리만 제대로 한다면 영원히 살 수 있다는 말도 있어. 자라지 못한 대신, 죽지도 않는 거야. 17세기 중엽에 에도막부 제3대 쇼군인 도쿠가와 이에미쓰가 아끼던 오엽송 분재는 지금까지 살아 있어. '3대 쇼군'이라 부르는 분재인데 수령이 500년이 넘어. 도쿄 슌카엔에는 800년으로 추정되는 분재가 있는데 매우 아름답지. 탐나는 녀석이야."

영리가 입을 다물지 못하자, 현건우가 전지가위를 딸각거리며 말을 이었다.

"놀랄 것 없어. 미국 헌팅턴 도서관 식물원에 있는 캘리포니아 주니퍼라는 녀석은 1,800년 가까이 되었다고 하는걸. 100년도 못 사는 인간에 비하면 아주 대단하지."

"독특한 취미를 가지셨네요."

"취미 이상이지. 난 이 녀석들이 사람보다 좋아. 아름답고, 쓸데없는 말을 하지 않고, 통제 가능하잖아? 내가 원하는 대로 자라주는 생명체라니! 사랑하지 않을 수 없지. 어느 유명 아이돌도 취미가 분재라지, 아마? 내 집에 가면 훨씬 멋진 녀석들이 많은데, 보여주지 못해 아쉽구나."

현건우가 웃으면서 전지가위를 정리함에 내려놓았다. 그리고 책상에 놓여 있던 시험지 한 장을 들었다. 영리가 푼 문제였다.

"어때, 무아 씨. 나한테 개인지도를 받아보겠니? 이번 중간고사뿐만 아니라 수능 때까지. 물론 수업료는 받지 않을 거야."

영리는 현건우가 어떻게 자기가 푼 것인 줄 알았을까 궁금했지만, 의미 없는 물음은 덮기로 했다.

"제가 맞혔나요?"

"아니, 틀렸어."

"그런데 왜요? 그보다 그 약속 진짜였어요? 선생님처럼 바쁜 1타가 과외를 한다니, 이해가 되지 않아요."

현건우가 싱긋 미소 지었다.

"여행 한번, 연애 한번 제대로 못 하고 달려서 여기까지 왔어. 매년 이번 입시까지만 하고 그만둬야지 했는데 이제는 그만두고 싶어도 너무 많이 벌어서 못 그만둬. 아직은 젊다면 젊은 나이고."

현건우는 알 듯 모를 듯한 표정으로 영리를 바라보다 다시 말을 이었다.

"무아 씨는 이해하기 어렵겠지만, 심심해서라고 해두지. 우리 일이라는 게 그래. 어느 드라마 대사처럼 정신없이 바쁜 데 그만큼 심심하달까. 가끔 이렇게 엉뚱한 짓을 해야 이 정신없고 단조로운 생활을 이겨낼 수 있거든. 아주 가끔이지만, 내가 개별적으로 가르치는 학생은 총 세 부류야. 돈이 너무 많거나, 너무 없거나, 너처럼 호기심을 자극하거나. 그 기발한 풀이 방법은 어떻게 생각한 거지?"

현건우는 돈을 다발로 들고 와도 개인지도를 잡기 어려운 강사로 소문나 있었다. 그러니 이런 제안을 받은 건 보통 행운이 아니었다.

영리는 생각에 잠겼다. 과외가 꼭 필요한 건 아니었다. 서울대 정시 합격은 자신 있었다. 하지만 현건우의 수업은 달랐다. 고난도 문제를 풀 때면 다른 생각을 할 여유가 없었다. 복잡한 현실을 잠시나마 잊을 수도 있었다. 게다가 주 2회 각 세 시간짜리 대형 강의 대신 주 1회 집중 과외를 받는다면 남는 시간에 아빠를 한 번이라도 더 보러 갈 수 있다. 현건우의 제안을 거절할 이유가 없었다. 그리고 이 일을 공 비서에게 보고할 필요는 없을 듯했다.

첫 과외 날, 영리는 학교를 마치자마자 학원으로 향했다. 대명고와 학원 모두 대치동에 있어 금방이었다.

현건우의 연구실에 도착한 건 과외 시작 10분 전이었다.

연구실에는 아무도 없었다. 방을 둘러보다 책장에 시선이 멈추었다. 수학 강사답지 않게 두툼한 정치, 철학, 인문서가 빼곡했다. 『진보와 빈곤』, 『폭력과 성스러움』, 『영구 혁명론』, 『국가와 혁명』, 『자본주의와 사회주의의 길목에서』. 하나같이 심각한 책들 사이에 어울리지 않는 『드래곤 볼』 한 질이 농담처럼 느껴졌다. 근엄하게 기도하는 어른들 틈에서 몰래 장난하는 꼬마 같다고나 할까. 이런 면이 있는 사람인가 싶어 슬쩍 웃음이 나왔다.

잠시 후 1타 강사가 아닌 과외 선생 현건우가 연구실에 들어왔다. 연구실에서 단둘이 마주한 현건우는 대형 강의실에서 보던 모습과는 사뭇 달랐지만, 예상대로 대단한 사람이었다. 순식간에 영리의 실력과 특징을 파악하고 그에 맞춰 대응하는 순발력이 놀라웠다. 과외를 하면서도 여러 업무를 동시에 처리했으나 집중력이 흐트러지지 않았다. 이 사람 좀 천재인 것 같다고, 영리는 생각했다.

과외 덕에 학원 수업이 사라진 두 번째 날이었다. 방과 후에 영리는 학원으로 갔다. 그리고 사물함에 핸드폰을 넣어두었다. 공 비서가 위치추적을 하지 않을 리가 없었다. 세 시간의 자유. 학원이 끝나는 시간에 맞춰 다시 돌아와 기사를 만나면 된다. 아빠를 본 지 벌써 열흘이 넘었다.

영리는 병원 화장실에서 사복으로 갈아입었다. 그리고 검은 모자를 쓴 뒤 엘리베이터에 올랐다.

"안녕하세요."

영리가 간호사 스테이션에 미소와 함께 인사를 건넸다.

"영리 왔구나."

간호사가 영리를 반갑게 맞으며 병실로 함께 걸음을 옮겼다. 침대에 누워 있는 아빠의 얼굴은 편안해 보였다. 인공호흡기와 몸에 연결된 전자 장비만 없었다면 달콤한 낮잠에 빠진 사람처럼 보였을 터. 이전과는 낯빛부터 달랐다. 의료진과 간병인에게 훌륭한 돌봄을 받고 있다는 걸 알 수 있었다. 이것이 돈의 힘인가, 영리는 잠시 씁쓸한 감상에 젖었다.

"아빠, 내 말 다 듣고 있지? 오늘은 기분이 좀 어때?"

영리는 수능 날 아침 호들갑스럽게 이 말 저 말 쏟아내던 아빠를 떠올렸다. 주먹만 한 덩어리가 뱃속에서부터 울컥 솟아올랐다. 아무 말 못 하는 지금도 아빠는 틀림없이 자신보다 딸을 더 걱정하고 있을 테니.

"나? 나야 잘하고 있지. 알잖아. 나, 나영리야."

석현의 늘어진 손을 잡고 영리는 주저리주저리 일과를 늘어놓았다. 그러나 그건 초롬으로 살고 있는 지금의 일상이 아니라 1년 전, 영리가 진짜 영리였고, 진짜 고3이었을 때의 일이었다. 아빠 앞에서만은 초롬이 아닌 진짜 영리니까. 영리는 이불 속으로 아빠 손을 살며시 넣어주고 자리에서 일어났다.

송 회장 저택에 돌아온 영리는 2층 주방으로 갔다. 메인 주방은 1층에 있지만, 2층에도 꽤 넓은 간이 주방이 있었다. 식탁 위에 놓인 접시에 계란지단으로 야무지게 감싼 김밥이 놓여 있었다. 아빠도 자주 해주던 음식이었다. 영리는 저도 모르게 하나를 집어 입에 넣었다. 눈이 살짝 커졌다. 부드럽게 혀를 감싸다가 어느 순간 아삭 씹히는, 깜짝 놀랄 만한 맛과 식감이었다.

"우리 엄마가 4학년 체험 학습 날에 만들어줬던 거야. 요리 대회 우승자면서 정작 나한테 음식을 해준 건 그때 한 번뿐이었지."

초롬이 발소리도 없이 나타났다. 영리는 도둑질이라도 하다 들킨 듯 몸이 굳었다. 목에 걸릴 뻔한 입안의 김밥을 마저 씹어 삼키며 초롬을 바라보았다. 자기가 만든 음식에 손을 댔으니 화를 낼지도 몰랐다. 이런 이야기를 왜 하는 걸까, 생각하며 영리는 초롬의 표정을 살폈다. 그런데 초롬의 얼굴에는 화가 아닌 다른 무언가가 서려 있었다. 어쩌면 초롬의 마음을 열 기회일지도 모른다. 영리는 그런 생각이 들었다.

"허락도 없이 먹어서 미안해. 우리 아빠도 이거 자주 해줬거든. 그런데 솔직히 네가 한 게 더 맛있네. 우리 아빠도 한 요리 하는데 말이야."

"정말?"

초롬은 기쁨을 감추지 않았다. 처음 만났을 때 봤던 무구함이었다. 그러나 곧 얼굴에 다시 그늘이 졌다.

"근데 엄마는 내가 요리하는 거 엄청 싫어해. 엄마 팔자

닮으면 안 된다나."

"왜? 회장님 요리로 성공하신 거 아냐?"

"그러니까."

둘은 잠시간 아무 말이 없었다. 초롬이 다시 입을 열었다.

"궁금한 게 있는데, 물어봐도 돼?"

"뭐?"

"너 지금 하는 거 말이야, 왜 이렇게까지 해?"

영리는 곧바로 대답하지 못했다. 답을 몰라서가 아니었다. 스스로 이미 여러 번 물은 것이었으니까.

"예전처럼, 그리고 남들처럼 평범하게 살고 싶어서. 그런데 평범하게 산다는 건 적어도 나에게는 전부를 걸어야 하는 일이더라고."

집안이 물속처럼 고요해졌다. 공기조차 둘의 말을 숨죽여 듣는 듯했다.

잠시 그대로 섰던 초롬이 영리의 팔을 잡더니 어디론가 끌고 갔다. 초롬은 자기 방에 들어가서 문을 잠그고 벽장 깊숙한 곳에서 사진 한 장과 오르골을 꺼냈다. 그리고 영리의 얼굴에 사진을 들이밀었다.

"우리 아빠."

영리가 사진을 가만히 보다 말했다.

"잘생기셨네. 너랑 닮았다."

"나랑 닮았으면, 너랑도 닮은 건가?"

초롬이 피식 웃었다. 그러고는 오르골을 두 손으로 받쳐 들고 말을 이었다.

"아빠랑 찍은 사진은 이거 한 장뿐이야. 이것도 어떻게 남았는지 모르겠어. 엄마가 다 버렸거든. 어릴 때 엄마가 너무 바빠서 늘 아빠가 재워줬는데, 그때마다 이 오르골을 틀어줬어."

초롬이 오르골 태엽을 감았다. 맑고 부드러운 소리가 느릿하게 울려 퍼졌다.

"아빠랑 왜 따로 살아?"

"몰라. 엄마랑 이혼하고 외국으로 갔다는데 그것 말고는 아무도 말을 안 해줘."

덤덤한 말투와 반대로 초롬의 눈가는 금세 눈물로 어룽졌다.

"속상하겠다."

"우리 엄마 알지? 정말 차갑거든. 성격은 불도저 같고. 하지만 아빠는 아니었어. 나한테 얼마나 다정했다고. 지금 연락 못 하는 거, 틀림없이 엄마가 막는 걸 거야. 그래도 넌 얼마 전까지는 평범하게 살아봤네. 난 한 번도 그래 본 적이 없어."

'평범하게'라는 말에 영리가 쓸쓸한 미소를 지었다.

"참, 이거 내가 갖고 있다는 건 엄마한테 비밀이야. 엄마가 알면 바로 뺏겨. 알았지?"

"그래, 약속할게."

문득 영리는 저택에 온 뒤 처음으로 초롬과 길게 이야기를 나누고 있다는 걸 깨달았다.

오랫동안 간직해 온 이야기를 누군가에게 들려주고 싶었던 것처럼, 할 말을 정리해 둔 듯 초롬의 말은 멈춤 없이 이어졌다. 그런 초롬을 보며 영리는 생각했다. 왜 자신에게 이런 비밀을 털어놓은 걸까? 차가운 엄마와 만날 수 없는 아빠. 그 사이에서 혼자 견뎌온 외로움 때문이었을까? 무심한 듯한 얼굴 아래 풀린 초롬의 매듭 하나, 영리는 그 틈을 본 듯했다.

그날 밤, 영리는 침대에 누워 생각했다. 어쩌면 초롬과 자신은 생각보다 더 많이 닮았을지도 모르겠다고. 그리고 그건 초롬도 마찬가지였다.

김성주는 교무실에서 종이 한 장을 물끄러미 바라보았다. 얼마 전 초롬이 진학 희망 대학을 적은 대입 상담 조사서였다. 수시 여섯 칸은 공란이었고, 정시 세 칸 중 한 칸에만 서울대라고 적혀 있었다.

"초롬이, 어서 와라."

성주는 상담실에 막 들어선 영리의 얼굴을 대놓고 훑었다. 목덜미가 뜨거워진 영리가 테이블에 놓인 함초롬 음료수병으로 눈길을 돌렸다. 성주는 한참 만에야 말문을 열었다.

"조사서에 서울대 말고 다른 대학은 하나도 적혀 있지 않던데."

"네. 저 서울대 가려고요, 선생님. 서울대 말고는 가고 싶은 데가 없거든요."

성주가 고개를 살짝 기울이며 빙긋 미소 지었다.

"목표를 갖는 건 좋은 일이지. 그동안 너처럼 늦게 마음을 고쳐먹은 몇몇 학생을 도운 적이 있어. 학생을 돕는 게 담임의 역할이니까. 이번에는 초롬이 널 도울 수 있을 것 같구나. 알겠지만, 이제 서울대는 정시에도 내신을 조금 반영한단다. 낮은 내신은 마이너스가 되니까 얼마 남지 않았어도 3학년 1학기 내신을 신경 써야 할 텐데 힘들면 얘기해라. 선생님이 도울 수 있을지도 모르니까. 물론 쉽지 않겠지만, 그만큼 돌아오는 보람이 클 테니 한번 같이 해보자."

"감사합니다, 선생님."

영리는 성주의 말뜻을 단박에 눈치채고 속으로 중얼거렸다. 보람이 아니라 보답이겠지, 라고. 추악한 말은 영리의 신경 한 가닥을 기분 나쁘게 잡아당겼다.

상담실에서 나와 복도를 걸으며 찝찝한 기분을 떨치려 애쓸 때였다. 날 선 시선을 느낀 영리가 고개를 들었다. 누군가 다가오고 있었다. 브리핑 때 이 얼굴을 봤던가, 못 봤던가.

영리 앞에 멈춰 선 아이의 명찰에 '장려원'이라는 이름이 적혀 있었다. 회색 대리석 조각처럼 낯빛이 어두운 아이였다. 마른 몸과 얼굴 때문에 꽤 신경이 예민해 보였다. 려원이 봉투 하나를 던지듯 내밀었다.

"나도 실수했으니 이건 사양할게."

려원은 뜻 모를 말을 남기고 휙 가버렸다. 영리는 당혹스러움을 감추며 장려원에 대한 브리핑을 떠올리려 애썼다. 그러나 이름 정도만 기억날 뿐, 인상적인 게 별로 없었다. 이상하리만치 기분이 가라앉아 영리는 그 자리에서 봉투만 만지작거렸다.

영리는 저택에 오자마자 곧장 초롬에게 가서 장려원에 대해 물었다.

"아! 장려원. 걔도 하여간 자존심은. 작년 종업식 날인가? 내가 장려원 교복에 커피 흘려서 새로 사라고 돈 줬거든. 그

럼 된 거 아냐? 나도 걔 싫지만, 걔도 나 싫어해. 그렇다고 내
가 주는 돈까지 싫어할 줄은 몰랐네."

"브리핑 때 그 얘기는 없었는데?"

"별거 아니라서 말 안 했지. 걔 공부 좀 하는 거 빼고 찐
따야. 친구도 없고, 피해의식도 쩔고. 1학년 때 전교 3등이라
'하늘'에 들어갔지 아마. 근데 지금은 그 성적 안 나올걸? 보
나 마나 눈칫밥 먹을 텐데 거기 왜 붙어 있나 몰라."

영리가 이마를 찌푸렸다.

"너 말이 좀 심하다."

그러나 초롬은 무슨 상관이냐는 듯 어깨를 으쓱하고는 자
리를 떴다. 아빠 이야기를 하면서 눈물짓던 모습과는 딴판이
었다. 영리는 그제야 려원을 이해할 수 있었다. 초롬은 려원을
싫어하는 걸 넘어 무시하고 있었고, 려원이 그걸 모를 리 없었
다. 상처 입은 길고양이 같던 려원의 눈빛이 다시 떠올랐다.

그 시각, 방과 후 아무도 없는 교실에서 초롬의 사물함 비
밀번호를 누르는 아이가 있었다. 민들레였다.

"하여간 단세포 같은 년. 열 때마다 내가 허무해서리. 비
번을 지 생일로 하냐."

민들레는 혼잣말을 중얼거리며 사물함 속 화장품을 꺼냈
다. 모두 고가의 제품이었다. 영리는 관심도 없었지만, 무대
의 소품처럼 비치해 두어야 하는 것들이었다.

민들레가 공들여 화장품을 바르고 나서 한쪽 구석에 있는
헤어핀을 집어 들었다. 검고 단단한 금속 틀에 진주와 큐빅이

조르르 박혀 로고를 이루는 명품이었다. 민들레는 100만 원이 훌쩍 넘는 명품을 500원짜리 실핀 굴리듯 하는 초롬이 얄밉고 부러워 미칠 지경이었다. 그깟 말 좀 못 타게 되었다고 우울해하던 초롬을 이해할 수 없었다. 갑자기 공부하겠다고 설치는 건 더욱 그랬다. 그 얼굴에 재벌 딸이면 쇼핑이나 실컷 하며 살 일이지 무슨 공부람. 도대체 신은 왜 싸가지 없고 제멋대로인 송초롬한테 그런 복을 준 것일까? 걷잡을 수 없는 질투와 난데없는 원망에 민들레의 손끝이 바르르 떨렸다.

헤어핀을 꽂고 셀피를 찍었다. 사진을 확인한 민들레의 입에서 깊은 한숨이 흘러나왔다. 보정 앱을 썼지만, 아무리 뜯어봐도 예쁜 구석이 없었다.

SNS를 보니 등교하면서 올린 사진과 점심시간에 올린 셀피에 하트가 채 열 개도 되지 않았다. 이번에는 고개를 살짝 틀고 핀을 꽂은 쪽만 사진 프레임에 담았다. 찍은 사진을 확인하고 다시 찍기를 세 번. 민들레는 그제야 만족한 듯 미소 짓고 다시 SNS를 열었다.

화면에 뜬 계정 이름은 'secret_song', 프로필 사진은 초롬의 얼굴이었다. 밝게 웃는 얼굴 위로 '🖤송초롬🩶비공개🖤'라는 문구가 떠 있었다.

〔이 헤어핀, 어때?〕

순식간에 하트 수가 급상승하고 댓글이 달리기 시작했다.

〔와! 존예.〕

〔저거 대박 비싼 건데!〕

〔언니! 얼굴도 보여주세요.〕

〔내 인생이랑 왜케 차이 남? 쓰다 질리면 저한테 버려주세요!〕

〔역시 명품은 명품인 사람한테 어울려.〕

입꼬리가 저절로 올라갔다. 이것은 초롬의 부계정이 아니었다. 계정을 만든 것도, 몰래 찍은 초롬의 사진을 올린 것도 전부 민들레였다. 팔로워들의 환호가 초롬이 아닌 자신을 향하는 것처럼 느껴지는 이런 순간, 민들레는 비로소 살아 있는 기분을 느꼈다. 가짜라도 좋았다. 하트 하나가 한 번 더 미소 짓게 했다. 영혼이 빈곤해질 때마다 민들레는 그렇게 온라인 셀프 숭배로 수혈을 하곤 했다.

민들레가 핸드폰을 닫고 웅크려 앉았다. 그리고는 헤어핀 금속 틀을 교실 시멘트 바닥에 썩썩 소리가 나도록 갈기 시작했다. 칼처럼 날카로운 핀이 언젠가 초롬의 모찌 같은 피부에 붉은 상처를 내주길 바라면서. 조용한 교실 구석에서 신경을 긁는 소름 끼치는 소리가 한동안 규칙적으로 이어졌다.

D-210 시선들

校정에 벚꽃이 만개한 4월 어느 날, 고3이 되어 처음으로 치른 3월 수능 모의고사 성적이 나왔다. 시험 다음 날에 학교에서 자체적으로 채점한 임시 성적표가 나오긴 했지만, 이날 받은 건 과목별 표준점수와 등급, 전국 백분위가 적힌 공식 성적표였다. 담임 성주는 괄목할 만한 성장이라며 아이들 앞에서 대놓고 초롬을 칭찬했다. 3학년 2반 서른두 명 중 5등, 영리가 적절히 조정한 결과였다. 대명고는 어느 학교보다 성적에 민감했다. 성적을 단번에 전교권으로 올려놓으면 의심을 살 수 있었다. 반 5등도 보기 드문 급상승이었다.

영리는 학기 초에 도발적으로 서울대 진학을 선언했다. 그렇게 하는 게 의심을 덜 살 것이라는 계산에서 나온 행동이었다. 모두가 주목할 선언을 한 뒤에 달라진 모습을 보여주며 점차 성적을 올릴 생각이었다. 그리고 이번 3모는 그 첫 번째 단계였다. 쉬는 시간이 되자 아이들이 영리 곁으로 모여들어

너 나 할 것 없이 질문과 아첨을 늘어놓았다. 이유야 뻔했다. 성적 상승 비법이 궁금한 것이었다.

"야, 송초롬. 다 가진 애가 진짜로 공부까지 하겠다는 거야?"

"그래, 살살 하자."

"진짜 대박. 고3 때도 성적이 오를 수가 있는 거였어?"

"그럴 수 있지. 우리 아빠도 성적 바닥이었는데 고3 때 정신 차려서 재수하고 의대 갔다던데. 늦머리 트이면 그렇대."

"그래? 넌 친자 확인 좀 해봐야겠다."

"야, 죽을래?"

사방에서 튀어나온 말이 한데 뒤섞이자 한 아이가 양팔을 휘둘러 소란을 잠재우며 말했다.

"너희들 모르냐? 원래 운동하던 애들이 근성 있어서 공부로 틀어도 잘한댔어. 그래도 비법이 있긴 있을 텐데, 뭐야? 알려줘잉."

영리는 손을 내저으며 멋쩍게 말했다.

"뻔하지 뭐. 엄마가 실력 있는 과외쌤 붙여줬고, 방학에 죽어라고 했어. 쌤이 2등급에서 1등급 올리는 게 어렵지 7등급에서 3등급 올리는 건 쉽댔거든. 쌤이 하라는 대로 하니까 진짜 오르네. 영어야 내가 원래 좀 했잖아. 그런데 모고보다는 내신이 문제지 뭐."

그때 한 아이가 영리에게 핸드폰을 내밀며 혀를 쏙 빼물었다.

"번호 좀 찍어주라. 콕 선생 전번. 이건 콕 선생 아니면 말이 안 되는 상승세야."

"콕 선생 아니야. 내가 그런 걸 어떻게 알아."

"괜찮아. 누구라도 상관없어. 네 과외쌤 번호 좀. 응? 부탁 좀 하자. 나 다음 시험도 망치면 완전 사망 각이야."

어떤 애가 킥킥대며 비꼬았다.

"바보냐? 그걸 알려주겠어? 너 같으면 알려줄래?"

아이들은 저들끼리 몇 마디 더 티격태격한 후 교실을 나갔다.

민들레가 상담실 문을 열고 안으로 들어갔다.

"선생님 부르셨어요?"

"아, 왔니? 여기 앉아라."

성주가 음료수를 건네며 민들레에게 자리를 권했다.

"요새 초롬이는 좀 어떠니?"

담임 입에서 초롬의 이름이 나오는 바람에 들레는 음료수를 마시려다 조금 멈칫했다. 3월 모고 점수가 나왔으니 그에 대한 상담을 하려고 부른 거라 생각하고 왔으니까.

"초롬이가 왜요?"

"작년하고 조금 달라진 것 같지 않니?"

"이상해지긴 했죠. 안 하던 공부한다고 설치고."

"그것 말고도 어딘가 좀 달라진 것 같아."

민들레는 탐욕으로 번뜩이는 성주의 눈빛에 마른침을 삼켰다. 어쩐지 얼음 조각이 목덜미를 스치듯 소름이 돋았다. 성주의 벌건 눈은 아무리 봐도 평범한 교사의 눈빛이 아니라고 전부터 생각해 왔다. 민들레는 속으로 하필 이런 새끼가 담임이 돼서 이 고생을 하냐고 욕을 퍼부었다. 그러면서도 조금 놀랐다. 성주가 한 말은 민들레도 느끼던 바였다.

"선생님이 걱정돼서 그러는데, 초롬이에 대해 뭔가 알게 되면 따로 알려줄래?"

민들레가 멈칫하다 뽀족하게 되물었다.

"이제 저보고 친구까지 감시하라는 말씀이세요?"

"그럴 리가. 초롬이가 걱정되는데 너는 친하니까 뭔가 알게 될 수도 있을 것 같아서 그래. 너 초롬이랑 엄청 친하잖아. 사물함 비밀번호도 알 만큼."

성주가 비틀린 미소와 함께 던진 말에 민들레는 아차 싶었다. 초롬의 사물함을 몰래 뒤지는 걸 알고 있었다니.

여우 같은 개새끼.

민들레가 속으로 다시 욕을 퍼부었다. 작년에 교내 흡연을 두어 번 들킨 후, 들레는 부모님께 말하지 않는 조건으로 이 런저런 잔심부름과 정보원 노릇을 하고 있었다. 꿍꿍이가 뭔지는 몰라도 성주는 학생들의 뒷배경을 알고 싶어 했고, 초롬이 얘길 전하는 건 그다지 어려울 것도 없었다. 다만 성주와 얼굴을 마주하는 것 자체가 기분이 몹시 더러울 뿐이었다.

송 회장은 3모 결과를 듣고 영리를 와락 안을 뻔했다. 안기 직전에 초롬이 아닌 걸 깨닫고는 멋쩍게 팔을 내렸지만, 마치 초롬이 진짜로 노력해서 얻은 성적인 것처럼 기뻐하며 치하했다. 그리고 2층에서 이 장면을 바라보던 초롬은 다리에 힘이 풀려 주저앉았다.

엄마가 웃었다. 그토록 차가운 엄마가 영리를 보고 환하게 웃고 있었다. 모두 자신을 위해서라던 엄마가 정작 자신에게는 설대 보여주지 않던 웃음을 짓고 있었다. 주먹으로 가슴을 마구 두드렸지만, 막힌 숨은 나오지 않았다.

같은 시간, 김겸이 사는 주상복합 로비에 누군가 들어섰다. 대치동과 도로 하나를 사이에 둔 도곡동에 바벨탑처럼 우뚝 솟은 로열팰리체의 펜트하우스가 겸의 집이었다. 윤 관장은 겸이 중학생 때 평창동 저택에서 이곳으로 주소지를 옮겼다. 대명고 학군이 보장되고 보안이 철저한 요새 같은 곳이기 때문이었다. 윤 관장은 겸이 한강 다리를 넘나드는 시간이 아까웠다.

벨이 울리자 윤 관장이 직접 엘리베이터까지 손님을 마중 나갔다. 손님을 집 안으로 들여보내고 복도를 한번 쓱 훑어보고 나서야 현관문을 닫았다. 마치 들키면 안 되는 연인을 들이는 것처럼. 사실 그럴 필요는 없었다. 펜트 층에는 두 가구뿐이고, 다른 집은 겸이네 도우미들과 경호원들이 머무는 곳이었으니까.

흰 피부를 더욱 희어 보이게 만드는 검은 마스크를 쓴 남자는 곧장 겸의 방으로 향했다. 겸의 과외 선생님이었다. 잠시 후 그가 겸과 함께 보고서를 훑으며 말했다.

"너희 담임 선생님이 이 소설가를 무척 좋아한다길래 작성한 거야. 그리고 알지? 네가 쓰지 않았더라도 반드시 내용을 숙지해야 한다는 거. 하나 더! 보고서 제출할 때 꼭 3단원에 나오는 소설과 관련해서 작성한 거라고 말해야 한다. 그렇지 않으면 생기부에 써주지 않을 거야. 알프레도는 고지식하고 간간하니까."

"어? 쌤이 우리 담임 별명을 어떻게 알아요?"

"적을 알아야 백전백승. 내가 언제 대충하는 거 봤냐. 대학 후배의 동아리 친구야. 얼마 전 술 한잔 사주면서 정운식의 숨은 취향을 알아냈지. 물론 그 선생님은 나를 몰라. 앞으로도 쭉 모를 테고. 소설가가 월북해서 자료가 적은데 네가 작품이 좋아서 따로 조사한 거라고 하면 아주 감복해서 잘 써줄 게 분명해. 알다시피 경시대회나 독서, 봉사 말고도 학종에서 빠진 게 많아. 그래서 각 교과 선생님이 생기부에 어떻게 써주느냐가 더 중요해졌지. 너는 그저 수업 시간에 문학 작품을 공부하다 작품성과 작가의 삶에 끌려 청소년다운 호기심과 순수를 주체하지 못해 추가로 연구했을 뿐인 거야. 물론 교과 범위 내에서. 그러면 인문학적 소양까지 갖춘 이과생이 되는 거지."

"대박! 정말 쌤 정보력은 알아줘야 한다니까요. 저는 수능이랑 상관없는 거 많이 해서 알프레도 싫은데 이상하게 좋아하는 애들이 많더라고요."

"왜 좋아한대?"

"진짜 선생님 같다나 뭐라나. 하지만 전 답답해서 싫어요. 알프레도도 저 곱게 안 보는 듯하고."

"담임 선생님과의 관계 중요하다고 내가 여러 번 말했을 텐데."

"괜찮아요. 책잡힐 짓 한 적 없으니까. 보고서 감사해요. 역시 콕 집어주는 콕 쌤!"

겸이 보고서를 내려다보며 미소 지었다. 콕 선생은 겸이 고등학교에 입학한 뒤부터 내신 시험 관리뿐만 아니라 학종을 위한 입시 전반을 지도하고 있었다.

윤 관장의 요구는 간단명료했다. 겸을 메이저 의대 중 한 곳 이상과 서울대 자유전공학부에 합격시킬 것. 겸의 성적은 우수했고, 본인의 의지와 목표도 뚜렷했다. 이변이 없는 한 합격시킬 자신이 있었다. 뇌가 없나 싶던 유명 제약 회사 오너 아들을 맡았던 때에 비하면 누워서 떡 먹기였다. 그 애조차 부모의 뜻대로 전국 최하위권이긴 하지만 약대에 합격시켰다. 윤 관장은 특히나 만족스러운 보수와 특혜를 제공해 주었다. 겸을 원하는 곳에 합격시키기만 한다면 추가로 성공보수도 따를 터, 그간 모은 것을 합치면 남국의 섬나라에서 평생 일하지 않고 여유롭게 지낼 수도 있다. 콕 선생으로선 마다할 이유가 없었다.

콕 선생이 윤 관장을 처음 만난 날, 그녀는 속내를 숨기려하지 않았다.

"허영이라 해도 좋아요. 저는 우리 겸이가 공부를 잘한다는 걸 대한민국 사람들이 전부 다 알았으면 좋겠어요. 촌스럽지만 어쨌든 요즘 대세는 의대니까, 메이저 의대도 합격하고 서울대도 합격했으면 좋겠어요. 서울대 의대에 합격한다면 베스트겠지만, 그건 하늘이 허락해야 하는 거니까. 물론 최종 진학은 서울대 자유전공으로 한 뒤 2학년 때 경영학과를 선택할 거고요. 그래야 사람들이 겸이가 정말 우수하고 소신 있다고 생각할 거예요. 무식한 사람들한테 겸이가 의대 못 가서 서울대 갔다는 소리는 듣고 싶지 않거든요."

윤 관장이 커피잔을 내려놓으며 말을 이었다.

"아, 그리고 자랑처럼 들리겠지만, 겸이 머리가 엄청 좋아요. 거기다 관찰력은 유별날 정도로 좋아서 관장인 내가 놀랄 정도로 미술까지 잘하죠. 그러니까 선생님께 드린 미션, 그리 어렵지는 않을 거예요."

윤 관장이 말하지 않은 두 번째 목적도 콕 선생은 짐작하고 있었다. 재벌 총수가 SNS에 반려견을 자랑하고 시시콜콜한 일상을 올리는 시대였다. 그런데 국내 최고 기업 자제가 일반고에 다닌다면? 친근해 보이기에 이만큼 좋은 마케팅이 또 있을까. 한주그룹 홍보 팀 보고서에서도 겸이 대명고에 입학한 후 그룹 호감도가 유의미하게 상승했다고 나타났다. 콕 선생은 그런 대중이 우스웠다. 같은 공간에 있다고 같은 부류라 착각하는 어리석음이, 친구가 될 수 있을 거라 기대하는 마음이.

노크 소리가 들렸다. 윤 관장이 간식을 들고 왔다. 콕 선생이 화장실에 다녀오겠다며 자리를 떴다. 잠시 후 돌아오던 콕 선생은 모자의 대화를 들었다.

"엄마, 송초롬 있잖아요. 이번에 모의고사 200등 가까이 올랐다는데요? 콕쌤이 혹시 개도 가르치시나? 아니면 진짜 개 말대로 공부했나? 노베에서 그렇게 오를 수가 있는 건지, 신기해요."

윤 관장이 낯을 우아하게 찌푸리며 말했다.

"그 말 타던 애? 걔를 뭐 하러 신경 쓰니? 다 에너지 낭비야. 입시만 신경 써도 부족할 판에."

"알겠어요."

함초롬은 명실상부 국내 1위 식품회사다. 송나희 회장의 성공 신화도 모르는 사람이 없다. 그러나 윤 관장에게는 그저 수라간 무수리 같은 존재였다. 바닥부터 아득바득 올라온 사람이 싫었다. 근본이 다른 사람이 주제넘게 구는 건 더더욱 싫었다. 윤 관장 특유의 말투는 왕자를 엄히 훈육하는 사극 속 중전 같았다. 콕 선생 앞인 것도 상관하지 않았다. 콕 선생을 소개해 준 한 그룹 사모는 콕 선생이 학생이나 그 집안의 사생활에는 전혀 관심 없다고, 듣는 대로 모두 흘려보낸다고 했다. 그가 원하는 건 오로지 맡은 학생의 합격과 성공보수뿐이라고, 진정 최고의 과외 선생이자 코치라고 칭송했다.

윤 관장이 아들에게 준 주의는 소용이 없었다. 어느샌가부터 겸은 초롬이 궁금해졌다. 조금 귀엽기도 했다. 호감이라봐도 좋았다.

다음날 학교에서 겸은 초롬을 찾아갔다. 복도를 걷는 내내 겸은 자신에게 쏠리는 시선을 의식했다. 여학생들의 수군거림, 복도 끝에서 슬쩍 고개를 내미는 선생님, 심지어 청소하는 아주머니까지. 그런 관심이 나쁘지 않았다. 어차피 자신이 주인공인 무대에서 벌어지는 일들이니까.

"핸드폰 좀 줘볼래?"

영리가 다소 의아해하며 폰을 건네자 겸은 전화번호를 찍더니 통화 버튼을 한 번 누르고 자기 교실로 돌아왔다. 지금쯤 송초롬 반에서는 소란이 시작됐겠구나, 생각하면서. 겸의 전화번호는 몇 달 주기로 바뀌었고, 그걸 안다는 건 대명고에서 일종의 권력이었다.

숨죽이며 지켜보던 아이들은 곧 온갖 톡방에 이 소식을 뿌렸다.

〔대박! 김겸이 송초롬한테 전번 줬어!〕

영리 옆에서 핸드폰을 움켜쥔 민들레의 얼굴이 하얗게 굳었다. 수빈은 창백해진 민들레를 보고 속이 안 좋나 싶어 등을 쓸어주었다.

겸의 방문을 지켜본 건 초롬이네 반 아이들뿐만이 아니었다. 복도에 서서 지켜보던 담임 성주, 무심한 듯 날카로운 눈빛의 한정인, 장려원, 그리고 동민까지. 영리, 아니 초롬을 주시하는 시선들이 서로 교차하고 있었다.

D-203 의심

〔하늘에 입부하는 거 어때?〕

〔노땡큐. 내 공부는 내가 알아서 할게.〕

공유 앱에 뜬 메시지를 보고 초롬은 피식 웃었다. 그러면서 만약 지금 자신이 대명고에 다니고 겸에게 그런 제안을 받았다면 어땠을지 상상해 보았다. 딱히 겸을 좋아하진 않았다. 하지만 자랑거리가 되기엔 충분했다. 약속을 잡은 다음 공들여 꾸미고 만나 함께 노는 사진을 SNS에 올려도 좋겠지. 그걸 본 애들은 실시간으로 댓글을 잔뜩 달 거야, 특히 민들레는. 팔로워가 순식간에 천 명은 더 늘겠네. 이런저런 상상만으로도 갇혀 사는 지루함이 조금 가시는 듯했다. 하지만 송 회장의 머릿속은 다른 것으로 꽉 차 있었다. 브리핑을 받고 송 회장은 온더록스 잔의 얼음을 오도독 깨물었다.

"하늘 입부를 거절했다고? 아주 정신줄을 놨구나. 아니면 머리가 어떻게 된 거야? 겸이랑 친해지라고 한 게 무슨 뜻인지 몰랐니? 같은 학교 다닌다고 네가 걔네와 같은 줄 아나 봐."

"다른 쪽을 생각하고 있어요. 입부 이상의 가치가 있는."

"그런 게 있을 리가."

영리는 또박또박 말을 이었다.

"저보고 하늘 애들과 친분을 쌓으라고 하셨죠? 그렇게 해봤자 그 애들이 저를, 아니 초롬이를 친구로 생각할까요? 전 아니라고 봐요. 차라리 조금 거리를 두고 함부로 못할 상대가 되는 게 낫지 않을까요? 쉽게 잡히면 싫증 나잖아요."

송 회장의 호흡이 차분해졌다.

"나는 결과로 보여주는 걸 좋아하는 사람이야."

"알아요."

영리는 서재를 나가면서 송 회장에게 말하지 않은 다른 이유를 떠올렸다. 앞만 보고 달려가야 하는 처지지만 영리도 하고픈 일이 있었다. 대명고에도 도움이 필요한 아이들이 많았다. 매일같이 상대적 박탈감을 숨겨야 하는 아이들. 농어촌이나 지역인재 같은 입시 혜택도 비껴가고, 여러 사정으로 아무리 노력해도 밀려나는 대도시 가장자리의 아이들. 그런 아이들에게 디딤돌 하나가 주어진다면 어떨까.

같은 시각, 겸은 화를 풀지 못하고 있었다. 초롬의 거절 메시지가 자꾸만 떠올라 짜증이 났다. 겸은 1학년 때 초롬에게 사귀자고 한 적이 있다. 초롬은 예뻤고, 잘나가는 애였다. 초롬이 단박에 거절했으나 상처받지 않았다. 정말 좋아해서라기보다 스릴을 즐기려고 한 장난 같은 거였으니까. 부상 후에 초롬은 재미없는 애가 되었고, 대명고는 더욱 심심한 곳이 되었다. 그렇게 대명고라는 연극 무대의 1막과 2막은 스토리도 배우도 지루하기 짝이 없었다. 그에 비하면 3막에 이르러 대변신을 꾀한 초롬은 앵무새처럼 추앙만 하는 엑스트라들에 비해 얼마나 흥미로운가. 어쩌면 초롬은 3막을 위해 준비된 캐릭터인지도 모른다. 생각이 정리되자 겸은 그제야 편히 잠들 수 있었다.

매점 안에서 영리는 매대를 천천히 훑었다. 급식 메뉴가 마음에 들지 않는다며 민들레가 졸라서 온 참이었다. 영리는 치즈 마요 삼각김밥과 바나나우유를 골랐다. 민들레도 같은 걸 집어 들었다. 계산대로 가던 영리가 발길을 돌려 삼각김밥을 불고기로 바꾸자 민들레도 같은 것으로 바꾸었다. 우유를 내려놓고 녹차를 집어 들 때도 민들레는 똑같이 따라 했다. 영리는 눈살을 찌푸렸다.

"너는 맨날 남이 고르는 대로냐?"

"뭐, 그런가 보지."

민들레는 어쩐지 낯선 기분에 사로잡혔다. 예전 초롬은 이러지 않았는데.

영리와 민들레는 매점 근처 벤치에 앉았다. 민들레가 삼각김밥을 씹다가 무심하게 물었다.

"너 그런데 불고기는 안 먹었잖아. 맛없다고."

"네 앞에서만 안 먹었거든."

영리는 순간 아차 싶었다. 제대로 대답했나 싶어 신경이 쓰였다. 그러면서 브리핑에 빠진 게 뭐가 더 있을까 생각했다.

둘 사이에 어색한 공기가 흘렀다. 영리와 민들레는 삼각김밥을 먹으며 각자 핸드폰을 들여다봤다.

"야! 치사하게 너네 둘만 먹냐?"

모수빈이 달려오며 외쳤다. 영리가 수빈을 반기며 말했다.

"좀 봐줘. 배고파 죽는 줄 알았다고. 너 화장실에서 언제 올지도 모르고."

"너네만 먹는다 생각하니까 열받아서 얼른 끊고 나왔지."

"아, 드러운 년. 남 먹는데."

민들레가 인상을 쓰자, 수빈은 들레의 팔을 낚아채며 말했다.

"너 나 사주기로 한 거 있잖아. 지금 사."

"아, 씨! 잠깐. 이거 좀 놓고."

들레는 얼결에 먹던 김밥과 음료수, 핸드폰을 벤치에 내려놓고 지갑만 든 채로 수빈에게 끌려갔다.

영리는 민들레가 놓고 간 것들을 물끄러미 바라보았다. 핸드폰 화면이 한 단계 어두워졌다. 한 번 더 어두워지면 화면은 잠긴다. 영리는 핸드폰 액정을 손가락으로 꾹 눌렀다. 화면이 다시 밝아졌다.

SNS를 열어보니 민들레의 계정은 두 개였다. 하나는 진짜 민들레의 계정 그리고 다른 하나는 송초롬 사칭 비공개 부계정. 영리가 예상했던 대로였다. 최근에 영리를 몰래 찍어 올린 사진이 가득했다. 더 보고 싶었지만, 민들레와 수빈이 언제 돌아올지 몰랐다.

이번에는 메시지 목록을 보았다. 메시지를 주고받은 사람

중에 눈에 띄는 이름이 보였다.

담탱 성주 새끼.

담임과 학생이 메시지를 주고받는 건 이상한 일이 아니다. 그러나 마지막 대화 내용이 이상했다.

〔네, 쌤. 그때 거기에서 만나요.〕

메시지를 열어 더 보고 싶었지만, 멀리서 민들레와 모수빈이 돌아오는 모습이 보였다. 영리는 얼른 핸드폰을 원래 자리에 놓았다. 화면이 검게 바뀌자마자 민들레와 모수빈이 벤치로 돌아왔다.

하교하자마자 영리는 초롬에게 민들레의 사칭 계정을 보여주었다. 하지만 무심한 대답이 돌아왔다.

"그게 뭐."

"너 알고 있었어?"

"아무한테나 따라쟁이가 붙는 줄 알아? 나나 되니까 그러는 거야. 내버려 둬."

"종일 붙어 있는데, 얼마나 신경 쓰이는 줄 알아?"

영리의 외침에 초롬이 헛웃음을 지으며 말했다.

"날 가장 많이 따라 하는 건 너 아니야?"

영리는 말문이 막혔다. 초롬이 태연하게 방으로 들어갔다.

◇◇◇◇◇

성주가 대학병원 정문을 밀고 안으로 들어갔다. 희귀병으로 장기 입원 중인 아이를 보러 병원으로 향할 때마다 그의 발걸음은 늘 무거웠다. 병원이란 곳은 현실의 중력이 다른 곳보다 몇 배는 강했으니까. 언제 나타날지 모르는 기증자, 간병에 지친 아내의 수척하고 슬픔에 찌든 얼굴, 고등학교 교사 월급으로는 감당할 수 없는 치료비까지. 아이의 발병 후 웃어본 적이 있던가, 기억이 나지 않았다.

로비를 걷던 성주가 문득 발걸음을 멈추었다. 한 여학생을 보고 나서였다. 검은 모자를 쓴 학생의 작은 얼굴은 검은 마스크에 파묻혀 거의 보이지도 않았다. 가까이서 본 것도 아니었다. 그런데도 실루엣이 익숙했다. 기시감이라고도 할 수 있는 그 느낌은 계속 성주의 뒤꼭지를 잡아당겼다.

성주는 발걸음을 돌려 학생의 뒤를 쫓았다. 걸음을 재촉했지만, 엘리베이터에 올라타는 것을 마지막으로 놓치고 말았다. 성주는 번갈아 불빛이 켜졌다가 꺼지는 숫자판을 바라보았다. 엘리베이터는 5층과 12층 그리고 15층에서 멈추었다. 학생이 그중 어디서 내렸을지는 모를 일이었다.

성주는 이 병원의 오랜 보호자이기에 알고 있는 사실을 한 가지 떠올렸다. 병동의 15층에는 VIP 병실이 있다. 하루 입원비가 100만 원이 넘는 곳. 같은 곳에 있지만, 비행기의 이코노미석과 일등석처럼 전혀 다른 세상. 성주의 아이는 결코 넘볼 수 없는 세계가.

D-196 익명

집에만 있는 시간이 길어지자 초롬은 점점 인내가 바닥
나기 시작했다. 한참이나 공들여 만든 케이크를 갑자기 싱크대
에 신경질적으로 버리는 초롬을 보고 은정은 한숨을 쉬었다.

하루는 초롬이 모자와 마스크를 쓰고 몰래 밖으로 나갔다.
하지만 공 비서에게 바로 잡히고 말았다. 며칠 뒤에는 핸드폰
을 두고 다시 나갔지만 역시 바로 잡혔다. 도우미들은 CCTV
처럼 초롬을 주시하다가 이상한 낌새가 보이면 공 비서에게
곧바로 연락했다.

"아저씨, 좀 봐주면 안 돼요?"

"안 되는 거 알잖아."

"아저씨는 일 안 해요? 이 시간에 왜 여기 있어?"

"지금 일하는 거다. 회장님이 업무에만 집중할 수 있게 돕
는 것도 내 일이야."

그 뒤로도 초롬은 번번이 탈출을 시도했다. 공 비서가 한

계에 다다른 어느 날 저녁, 그는 초롬을 송 회장에게 데려갔다. 송 회장은 통화 중이었다.

"적자만 늘던 시절을 벌써 잊으셨어요?"

공 비서는 통화 상대가 누군지 알아챘다. 함초롬에 합병된 '바른식품'의 옛 대표 장기철. 주기적으로 송 회장에게 연락해 같은 말을 반복하는 노인이었다. 보나 마나 '바른식품' 간판을 살려뒀어야 했다, 잠깐 어렵다고 함초롬 간판 밑으로 들어간 게 평생의 오점이다, 정당한 내 몫과 미래를 돌려받아야겠다, 이런 말을 하고 있을 터였다.

장기철은 충분한 사익과 보상을 챙겼음에도 송나희를 탓했다. 자신이 여든을 바라보는 나이라는 것도, 바른식품이 구멍가게 같은 회사였다는 것도 잊어버리고 함초롬이 너무 커버린 것을 배 아파하며 여우 같은 송나희가 알토란 같은 회사를 헐값에 빼앗아 갔다는 망상에 젖는 날이 많았다.

"그만 좀 하시죠!"

송 회장이 버럭 쏘아붙이며 전화를 끊었다. 공 비서는 때가 좋지 않다고 판단해 초롬을 데리고 나가려 했지만, 성질 급한 송 회장의 닦달에 털어놓을 수밖에 없었다.

송 회장의 호령은 매서웠다.

"정신 차려! 이게 다 너 하나 때문에 하는 짓이란 걸 몰라서 그래?"

"내가 언제 해달라고 했어? 내가 원했냐고!"

"이게 얼마짜리 프로젝트인지나 알아? 들키면 너뿐만 아니라 나까지, 아니 회사까지 망한다고 몇 번을 말했어! 너 하나 때문에 지금 몇 사람이 움직이고 있는데! 도대체 집에서 놀고, 먹고, 가끔 책 보고 영어 공부나 하는 게 뭐가 어렵다는 거야? 영리를 봐. 매사에 최선을 다하잖아. 영리 절반만이라도 따라가 봐!"

혼날 것은 예상한 바였다. 그러나 자신과 영리를 비교하는 송 회장에게 초롬은 칼로 벤 듯 상처를 받았다. 초롬의 목소리가 더 높아졌다.

"나를 위해서라고? 위선 떨지 마. 다 엄마 욕심 때문이잖아! 엄만 괴물 같아. 끔찍해."

입술을 파르르 떨며 숨을 가쁘게 몰아쉬던 초롬은 갑자기 주먹으로 벽을 세게 내리쳤다. 반복되는 둔탁한 소리에 모두가 놀랐다. 그러다 벽에 등을 기댄 채 주저앉고는 두 팔을 움켜잡더니 거칠게 문질렀다. 피부가 벌겋게 달아오르며 긁힌 자국이 떠올랐다.

"그만!"

공 비서가 급히 다가가 초롬의 손을 붙잡았다. 초롬이 공 비서의 손을 뿌리치고 서재 밖으로 뛰어나가자 송 회장은 머리를 감싸 쥐며 의자에 털썩 주저앉았다.

"회사 일보다 자식 키우는 게 만 배는 어려워. 누굴 위해서 이 짓을 하는지 쟤는 정말 모르는 거야?"

"초롬이도 힘들어서 그럴 겁니다. 조금 이해해 주시죠."

송 회장은 초롬의 말대로 자신이 괴물일지도 모른다고 생각했다. 하지만 딸이 유력 집안 자제들과 나란히 서는 걸 보고 싶은 마음이 그 어떤 것보다 크고 강했다. 괴물로 죽는다

해도 할 수 없다고 생각될 만큼.

영리도 신경이 곤두서 있었다. 며칠 전 병원에서 누군가 자신을 쫓아오는 것 같은 기분이 들었던 이후로 불안감이 가시질 않았다. 누군가에게 들킨 건 아닐까 하는 생각이 잡초처럼 불쑥 솟아올랐다. 높은 장대 위를 걷는 곡예사처럼 한 발만 삐끗해도 추락할지 모른다는 두려움이 밀려오기도 했다. 게다가 민들레도 신경 쓰였다. 자신을 바라보는 눈빛이 달라졌고 눈이 마주치자 급히 고개를 돌린 적도 여러 번이었다.

그런데 얼마 전부터는 초롬마저 신경 쓰이게 했다. 초롬은 영리를 조르고 졸랐다. 딱 하루만 밖에 나가게 도와달라고. 영리가 계속 거절하자 초롬이 말했다.

"나 좀 나가게 도와줘. 너도 알잖아. 나 스트레스 받으면 문제 생긴다는 거. 폭발할지도 몰라."

한숨이 절로 나왔다. 하지만 초롬처럼 감정 기복이 심한 아이를 지금처럼 두면 예측 불가능한 상황이 생길 수도 있었다. 숨 쉴 구멍이 없으면 무너질 수 있고, 그 파편은 가장 가까운 사람에게 날아오는 법이었다. 지금 초롬에게는 벽이 아니라 문이 필요한 것 아닐까? 도망치기 위한 문이 아니라 돌아올 수 있는 문. 조금의 자유와 신뢰 그리고 약간의 공감, 그걸로 초롬이 자기 편이 된다면, 결과적으로 더 안정적인 프로젝트 진행이 가능해질 것이라는 생각이 들었다. 고민 끝에 영리는 초롬을 돕기로 했다.

1학기 중간고사가 끝나고 노동절이자 재량휴업일인 5월

의 첫날이 왔다. 프로젝트가 시작된 후 초롬이 처음으로 외출하는 날이기도 했다. 물론 송 회장과 공 비서 몰래.

초롬은 아침부터 옷을 몇 번이나 갈아입었다. 밖을 살피며 전전긍긍하는 영리와 달리 초롬은 들뜬 기색을 감추지 않았다. 그 옆에서 영리는 계속 주의 사항을 늘어놓았다.

"어제 브리핑 때 자세히 말했지만, 수학 문제 하나가 말이 많아서 재시험 볼 확률이 높아. 애들이랑 어제 다 얘기했지만, 혹시라도 또 얘기 나오면 괜히 아는 척하지 말고 딴 얘기로 돌려. 알았지?"

초롬이 거울에서 눈을 떼지 않으며 말했다.

"걱정 마셔. 시험 끝나면 다 잊어야지 그 얘길 왜 또 꺼내?"

"너무 들떠서 실수하지 말고."

"걱정 말라니까!"

화장을 마치고 뛸 듯이 방을 나서려는 초롬을 영리가 불러 세웠다.

"왜!"

"오늘은 내 핸드폰 들고 가야지."

"아, 맞다."

초롬이 영리 핸드폰을 획 낚아챘다. 영리는 한숨을 쉬며 밖을 살폈고, 나가도 좋다는 신호를 하자마자 초롬은 걸음을 재촉했다. 영리는 초롬의 등을 불안한 눈길로 바라보았다.

늦은 오후, 영리가 초조한 표정으로 은정을 찾았다. 은정은 영리를 데리고 초롬의 방으로 들어갔다. 다른 도우미들은 영리가 초롬인 줄 알았지만, 은정은 초롬이 몰래 나간 걸 알고 있었다. 오전에 초롬이 몰래 나갈 수 있게 도와준 사람이 은정이었다.

"왜 그래? 무슨 일 있어?"

"그게요. 초롬이가 전화를 안 받아요."

영리는 오후에 석현의 검사 결과를 듣기 위해 병원 예약을 잡아놓았다. 그러나 돌아오기로 한 시간이 지나도록 초롬은 돌아오지도, 연락이 되지도 않았다.

"걱정 마라. 아줌마가 다녀올게."

영리는 글썽이던 눈물을 떨구고 말았다.

저택을 나서는 은정의 발걸음은 마치 좋아하는 이와 첫 데이트를 나가는 사람 같았다. 의식이 깨어날 기미가 보이지 않았지만, 그렇게라도 석현이 살아 있다는 게 은정은 고마웠다. 살아만 있다면, 그래도 아직은 희망이 있다.

병원에 도착한 은정은 영리가 작성한 위임장과 신분증을 제출하고 검사 결과를 들었다. 앞으로 진행될 치료에 대한 설명을 들은 뒤, 석현이 있는 병실에 가려고 엘리베이터에 올랐다.

엘리베이터에서 나와 복도를 걷던 은정은 흰 가운을 걸친 남자가 병실 문을 기웃거리며 서성이는 걸 보았다. 처음 보는 사람이었다. 혹시 석현에게 무슨 일이 생긴 건가, 싶어 은정은 발걸음을 재촉해 그에게 다가가 물었다.

"누구세요? 혹시 환자에게 무슨 일이라도?"

"아, 아닙니다. 제가 길을 잃어서 그만. 이직한 지 얼마 안 돼서요."

은정이 남자가 입은 가운을 보았다. 가슴팍에 조상진이라는 이름이 자수로 새겨져 있었다.

"어디로 가시려고 하는데요?"

"아, 생각났어요. 감사합니다."

남자의 뒷모습이 멀어졌다. 은정의 고개가 기울어졌다. 의아한 일이 생겼을 때의 버릇이었다. 뭘까? 뭘까. 은정은 왜 그 남자가 신경 쓰이는지 생각했다. 잠시 후 남자의 가운에 병원 마크가 없다는 사실이 떠올랐다. 남자가 입은 가운은 이 병원 것이 아니었다.

성주는 엘리베이터를 타고 나서야 숨을 크게 내쉬었다. 그리고 가운을 벗어 둘둘 말아 쥐었다. VIP 병동에 가기 위해 학교 과학 교사에게 빌린 실험 가운이었다. 성주는 지난번에 본 검은 모자와 마스크의 소녀가 누구인지 꼭 알아보고 싶었다. 소녀가 그만큼 마음에 걸렸기에 오늘은 가운까지 따로 준비했다.

며칠 전 소녀가 탄 엘리베이터를 타고 15층에 갔지만, 가족임을 증명하지 못해 바로 돌려보내졌다. 기시감이 떠나지 않고 맴돌던 며칠 후 문득 깨달았다. 소녀가 송초롬과 매우 닮았다는 걸. 키, 체격, 심지어 엘리베이터 안에서 잠깐 보인 옆모습까지. 성주의 마음속에 그 소녀가 어쩌면 초롬일지도 모른다는 생각이 불쑥 솟아올랐다. 위태로운 삶이 키운 생존 본능의 감각이었다. 하지만 초롬이 어울리지 않는 장소에 왜 왔을까? 더구나 보호자도 없이. 부상 후유증 때문이라면 그런 차림으로 몰래 올 리가 없었다. 성주는 몇 가지 지저분한 가능성을 떠올렸다. 만약 그중 하나라면 그것 또한 송 회장에게 뭔가 얻어낼 미끼가 되어줄지도 모를 일이었다. 성주는 그걸 모른 척 넘길 수 없었다.

오늘 알아낸 건 네 명의 VIP 환자 이름이었다. 성주는 병실 앞에 적혀 있던 이름들을 떠올리며 하나씩 핸드폰에 메모했다. 이은주, 나석현, 송세창, 김민식. 하지만 그중에 성주가 아는 이름은 없었다.

여러 사람이 신경을 곤두세우는 동안, 초롬은 자유를 만끽하고 있었다. 홍대입구역 계단을 올라 지상으로 나온 초롬은 숨을 크게 들이켰다. 여기저기서 들리는 외국어와 음악 소리, 해변에서나 입을 법한 옷을 걸친 젊은이들, 독특한 상점들. 오랜만에 맡는 자유의 냄새였다.

민들레와 모수빈은 이미 도착해 있었다. 셋은 홍대 곳곳을 누비며 신나게 놀고, 먹고, 쇼핑했다. 민들레는 초롬이 먹는 걸 똑같이 주문하고, 사는 걸 따라 샀다.

"야! 민들레. 너 초롬이 스토커냐? 그만 좀 해."

보다 못한 수빈의 말이었다.

"됐어. 들레도 갖고 싶은가 보지. 사고 싶은 거 사라 해."

초롬은 모처럼의 외출을 망치고 싶지 않았다. 초롬의 두둔에 민들레의 입꼬리가 올라갔다. 민들레는 셀피인 것처럼 초롬을 찍어 스토리에 올렸다.

[드뎌 중간고사 끝! 친구들과 쇼핑 중.]

순식간에 하트가 수백 개 올라왔다. 민들레는 5분마다 하트 개수를 확인했다. 그런데 기분 좋은 와중에 자꾸만 끼어드는 알 수 없는 이질감이 계속 신경 쓰였다. 초롬이 어딘가 달라졌다. 평소답지 않게 오전에만 피드를 여섯 개나 올리는 바람에 민들레는 사진이 겹치지 않도록 초롬의 계정을 계속 확인해야 했다. 초롬이 공개 계정에 올린 것과 같은 사진을 비공개 계정에 올릴 수는 없었다.

점심을 먹을 때쯤에 민들레는 이질감의 정체를 깨달았다. 오늘 초롬은 말이 너무 많았다. 처음에는 오랜만의 외출에 들떠 그런가 했다. 하지만 말투까지 미묘하게 달랐다. 어제는 간결했는데 오늘은 핵심보다 부연이 더 길었다. 방학 때 연락한번 없다가 고3이 되자마자 공부하겠다며 공붓벌레로 변신한 초롬에게 이제야 적응했는데, 하루아침에 예전 모습으로 돌아가 있었다. 그러나 익숙해야 할 그 모습은 오히려 낯설었다. 민들레는 이 새로운 낯섦이 뭔지 알아보기로 했다. 그때 뒤에서 익숙한 목소리가 들려왔다.

"송초롬!"

김겸이었다. 옆에는 절친 둘과 동민이 서 있었다. 동민과 초롬의 눈이 마주쳤다. 초롬의 볼이 순식간에 달아올랐다.

"동민아."

"야! 진짜 서운하네. 전화도 씹더니 이제 인사도 씹냐? 부른 건 난데 박동민만 보이나 봐."

겸이 입꼬리를 비틀며 웃었다. 초롬이 겸에게 인사하려는 찰나 민들레가 끼어들었다.

131

"어떻게 여기서 만나지? 같이 놀래?"

"그러지 뭐."

겸의 응낙에 민들레가 환호했다. 아이들의 시선이 서로 얽혔다. 수빈은 민들레를, 민들레는 겸을, 겸은 초롬을, 초롬은 동민을, 그리고 동민은 붉어진 얼굴로 간판을 바삐 훑었다.

봄날의 오후, 조금은 어색한 조합의 대명고 아이들은 모두 각자의 짐을 잠시 내려놓고 함께 즐겼다.

초롬이 조용히 방문을 닫았다. 저택 뒤쪽의 서비스 출입구에서 방까지 들어오는 길이 너무 길었다.

"재밌었어?"

불을 켜기도 전에 낮은 목소리가 등 뒤에서 들렸다. 초롬이 화들짝 고개를 돌리자 어둠 속에서 실루엣이 보였다. 영리가 소파에 한쪽 팔을 걸친 채 앉아 있었다.

"놀라라. 무슨 스릴러 찍어?"

"전화는 왜 안 받았어? 오늘 너 때문에 나랑 실장님이 얼마나 고생한 줄 모르지?"

"그거 따지려고 이 시간까지 기다린 거야?"

영리가 자리에서 천천히 일어났다.

"너 오늘 신났더라. 왜? 아주 애들한테 내가 진짜 송초롬이다, 나영리는 돈 받고 대신 학교 가주는 클론이다, 다 까발리지 그랬어?"

초롬의 표정이 굳었다.

"말이 너무 심한 거 아냐? 나도 사생활이 있어!"

영리가 차갑게 웃었다.

"사생활? 그건 자격이 있는 사람한테나 주어지는 거지. 지금 네가 그럴 상황이야?"

"그럼 나보고 죽어 있으라는 거야?"

"그래! 지금은."

영리가 얼음장 같은 목소리로 일갈했다. 낮에 있던 일을 초롬이 알 리 없었다.

초롬이 몰래 외출하고 은정까지 병원에 간 뒤, 영리는 초롬의 방에서 공부하고 있었다. 이대로 하루가 무사히 지나가길 바라면서. 그런데 갑자기 방문이 벌컥 열렸다. 공 비서였다.

"초롬이는 어딨지?"

영리는 자기가 초롬이라고 하려다 그만두었다. 이미 다 알고 왔을 터였다.

"오늘만 눈감아 주세요."

침을 한번 삼키고 영리가 다시 말했다.

"별일 없을 거예요. 눈감아 주시면 언젠가 꼭 빚 갚을게요. 어떤 도움을 드려서라도요."

공 비서가 영리를 빤히 보았다. 영리는 그가 초롬도 숨 쉴 시간이 필요하다고 생각하길 바랐다. 공 비서가 짧게 말하며 밖으로 나갔다.

"약속 잊지 마라."

그런 일이 있었는데 정작 본인은 아무것도 모르고 평온하다니. 영리는 더는 얘기하고 싶지 않았다.

"오늘 같은 일이 다시 일어나면 더 이상 도울 수 없어."

"협박이야?"

"아니, 경고야. 우리 일이 알려지면 너랑 나 둘 중에 누가 더 잃을 게 많을지 생각해 봐."

영리가 등을 돌려 방을 나갔다. 어둠 속에 혼자 남은 초롬이 입술을 깨물었다.

다음 날 영리가 교실에 들어갔을 때, 민들레와 모수빈은 잔뜩 흥분해 있었고, 다른 아이들은 둘을 둘러싸고 있었다.

"아! 그래서 김겸이 나보고 뭐랬냐면. 아! 초롬이 왔다. 송초롬, 빨랑 와봐."

민들레가 영리를 보고 격하게 손을 흔들었다. 영리가 다가가니 민들레가 들뜬 목소리로 말했다.

"넌 어떻게 간다는 말도 없이 사라지냐? 그건 어땠어?"

"어?"

"우리 헤어질 때 겸이가 너한테 사준 그거. 어떻게 했냐고."

"아! 그거."

영리는 속으로 당황했다. 어젯밤 다투는 바람에 초롬에게 외출에 대해 들은 바가 없었다. 영리는 적당히 얼버무리며 자리로 갔다.

"뭐. 고맙게 잘 간직하고 있지 뭐. 야, 곧 담임 오겠다. 나 간다."

민들레는 의아한 표정으로 영리를 흘끔거렸다.

'고맙게 잘 간직하고 있다고? 어젠 그렇게 삐져놓고?'

집에 돌아오자마자 영리는 초롬을 방으로 끌고 들어갔다.

"어제 일 다 얘기해 봐. 민들레가 겸이한테 뭘 받았냐고 물어보던데."

겸은 어제 노점에서 몬스터 키 링을 사서 초롬의 가방에 몰래 달았다. 그리고 초롬과 닮았다며 놀려댔다. 초롬은 격하게 화를 냈고 혼잡한 거리에서 겸을 쫓느라 대명고 아이들은 제대로 인사도 나누지 못한 채 뿔뿔이 흩어졌다. 키 링 얘기를 듣고 영리는 크게 화를 냈다.

"그런 중요한 걸 왜 말 안 했어!"

초롬은 어깨를 으쓱하며 나른한 목소리로 말했다.

"아무 일 없었으면 됐잖아."

영리가 입술을 깨문 뒤 목소리를 높였다.

"너 말 참 쉽게 한다. 의심은 작은 데서 시작되는 거 몰라? 아무리 작은 거라도 모든 걸 공유해야 한다고 내가 몇 번을 말했어?"

"아, 지겨워. 언제 말할 새나 있었어? 잔소리 좀 그만해."

늦은 밤이었다. 영리가 막 잠이 들려는데 메시지 알림음이 울렸다. 영리는 내일 확인할까 하다 눈을 뜨고 핸드폰을 켰다. 잠이 싹 달아났다.

〔누구냐 너?〕

잘못 온 것일 수도 있었다. 내용도 짧았다. 그러나 영리를 불안하게 만들기에 충분했다. 왜 초롬이 흉내를 내냐라든가, 네가 가짜라는 걸 안다든가 하는 것보다 더 공포스러웠다. 발신자 표시 제한 메시지였기 때문에.

영리는 밀려드는 생각을 억지로 밀어내며 누가 실수로 잘 못 보냈겠거니 하고 잠을 청하기로 했다. 그러나 가시처럼 박힌 불안감에 결국 밤을 새고 말았다.

D-190 비밀의 조각

"너 어떻게 나한테 이래? 어떻게 수행에서 날 빼냐고."

조금 전 수행평가 조를 짤 때, 당연하다는 듯 다가온 민들레를 영리는 거절했다.

"너 열심히 안 하잖아."

"뭐?"

"꼭 나랑 해야 한다는 법도 없고, 선생님이 다 맞춰서 짜줬는데 뭐가 문제야. 너랑 같이 하는 애들도 잘하는 애들이고."

"그럼 수빈이는. 수빈이는 왜 껴줬는데!"

"수빈이는 열심히 하잖아."

민들레는 벌겋게 달아오른 얼굴로 교실을 나가버렸다. 조별 수행평가가 많지 않은 고3이라 서운함은 더 컸다. 수빈이 걱정스러운 표정을 짓자 영리는 신경 쓰지 말라고 했다.

과제를 대충 한다는 건 핑계였다. 영리는 민들레와 서서히 거리를 두고 싶었다. 아무리 초롬인 척하고 있어도 들레와는 맞지 않았고, 종일 훑어보는 시선도 부담스러웠다.

민들레는 씩씩거리며 복도를 걸었다. 미안하다며 쫓아오지 않을까 내심 바랐지만, 초롬은 물론 수빈도 나타나지 않았다.

초롬을 볼 때마다 민들레는 혼란스러웠다. 선망하면서 질투했지만, 얄미워도 밉지만은 않았다. 자신의 과한 행동이나 변덕도 쿨하게 받아주는 초롬이 고맙기도 했다. 자신이 더 노력하는 관계임을 알아도 친구라 생각했는데, 대놓고 거절을 당하니 모멸감이 밀려왔다. 일전에 담임 성주가 초롬과 관련해서 뭔가 이상한 점 있으면 알려달라 한 것도 민들레는 그간의 의리로 차마 그러지 못하고 있었다. 그런데 그 한 가닥 의리를 싹둑 잘라버리다니. 민들레는 성주와 나눈 카톡 대화창을 열었다.

중간고사 결과가 나오는 날, 아이들은 또다시 영리 주변을 둘러쌌다. 작년까지만 해도 하위권이었던 초롬이 반에서 4등이라는 성적을 받았기 때문이다. 3월 모의고사 상승도 놀라웠지만, 내신은 다른 문제였다. 상위권이 밀집된 대명고에서 내신 급상승은 매우 이례적인 일이었다. 아이들은 적잖이 놀라며 이것저것 묻기 시작했다. 학원은 어디 어디를 다니는지, 따로 푸는 문제집은 뭔지, 자습은 어디서 하는지. 그리고 가장 궁금한 것, 정말로 특별한 과외 선생을 구한 건지. 영리가 남들 하는 것과 별반 다를 게 없다고 하자 몇몇은 자리로 돌아갔고, 몇몇은 계속 남아 졸라댔다.

초롬의 소문을 듣고 려원의 마음은 마구 요동쳤다. 그동안 려원은 초롬을 마음껏 무시할 수 있었다. 재수 없는 잘난 척도 상관없었다. '하늘'에서 유일하게 집안 형편이 어려운 그룹원이어도, 전교권이었던 성적이 조금씩 내려가고 있어도, 려원은 초롬을 무시했다. 재벌 엄마를 둔 것이나 예쁜 얼굴로 태어난 건 노력 없이 거저 얻은 거지만, 자신은 스스로의 힘으로 여기까지 왔기에, 어려운 환경에서도 명문고 전교권을 지켜냈기에, 공부 못하는 초롬의 미운 짓 정도는 넘길 수 있었다.

려원은 하늘 멤버인 것이 자랑스러웠다. 하늘은 성적만 좋다고 들어갈 수 있는 데가 아니었다. 겸이 아무 까닭 없이 자신을 끼워줄 리 없었다. 려원은 대명고에서 자신만큼 노력하는 학생은 없으며 겸이 그 점 때문에 받아들인 거란 걸 알고 있었다. 겸은 가끔 려원을 보고 자기는 행복한 사람이라고, 악착같이 살지 않아도 되니 다행이라고 빈정거렸다. 주어는 없었지만, 누가 들어도 려원을 비꼬는 말이었다. 그때마다 나가고 싶은 마음이 굴뚝같았지만, 하늘 멤버로 누릴 수 있는 것들을 포기하기가 쉽지 않았다. 려원 엄마가 혼자서 하는 작은 분식집 벌이로는 과외나 컨설팅은커녕, 학원도 마음껏 다닐 수 없었다. 그래서 부족한 걸 EBS나 인강으로 보충했다. 당연히 복면공신도 즐겨 봤고, 그것도 안 되면 학교 선생님을 찾아가 알 때까지 물었다. 사교육 의존도가 높은 대명고에서 보기 드문 학생이라고 교사들도 려원을 기특해했다.

그러나 학년이 올라갈수록 버거워졌다. 무엇보다 체력이 문제였다. 원래 마르고 약한 몸인데 악으로 버텨왔으나 한

계에 다다른 느낌이었다. 이번 중간고사에서는 급기야 전교 15등 밖으로 밀려나고 말았다. 그런데 초롬이 반에서 4등을 했다는 말을 듣자, 려원은 속이 시끄러워졌다. 물론 초롬의 성적은 려원과 비할 바가 아니었다. 그러나 초롬은 상승세, 자신은 하락세라는 것만으로도 위기감이 몰려왔다.

'분명히 돈으로 발랐을 거야. 우리 반에 성적 오른 애도 수학에만 한 달에 200만 원 썼다잖아. 그러니 쟤는 더했겠지. 내가 비슷한 형편이었다면…… 이건 불공평해. 애초에 출발선이 다르잖아.'

려원은 멋대로 추측하며 입술을 깨물었다.

영어 수업을 마친 초롬이 저택 중정으로 나갔다. 며칠 전 홍대에 갔던 날이 꿈같았다. 단 하루였지만, 고등학교에 올라와 동민과 함께 시간을 보낸 건 처음이었다. 초롬은 동민이 했던 말과 행동을 하나하나 곱씹었다. 그러면 갇혀 있는 생활이 조금 덜 힘들었다.

초롬이 SNS를 열었다. 홍대에서 찍은 단체 사진에 동민이 하트를 누른 걸 보니 저절로 미소가 지어졌다.

그날 동민은 평소와 다르게 말을 많이 했다. 주로 어린 시절 얘기였다. 그런데 그중에 아스라한 것이 있었다.

"진짜 기억 안 나? 우리 초등학교 2학년 때 행사장에서 너 사라져서 난리 났었잖아. 유괴된 줄 알고 사람들이 막 찾으러 다니고."

"아니, 진짜 기억 안 나는데."

"당사자가 어떻게 기억을 못 해. 난 너 당연히 기억할 줄 알았는데."

동민은 잘 생각해 보라며 웃었다. 하지만 아무리 애를 써도 그 부분만 지우개로 지운 것처럼 생각이 나지 않았다. 그러다 문득 희미한 기억 한 조각을 떠올렸다. 어떤 남자와 그 남자가 준 인형. 정말 있던 일인지 동민의 말을 듣고 생긴 느낌인지는 알 수 없었다. 그렇지만 확인해 보고 싶어졌다.

초롬이 송 회장의 서재 앞에 섰다. 다른 방과 달리 서재 문에는 도어록이 달려 있다. 송 회장이 없을 때는 누구도 그 안에 들어갈 수 없었다. 그리고 지금까지는 초롬도 그곳이 딱히 궁금하지 않았다.

초롬은 먼저 송 회장의 생일 네 자리를 눌러보았다. 아니었다. 초롬의 생일, 역시 아니었다. 두어 가지를 더 눌러보았으나 맞는 것은 없었다. 마지막으로 설마 했던 네 자리 숫자를 누르자, 철통처럼 단단한 도어록이 경쾌한 소리를 내며 열렸다. 송 회장이 종종 얘기하던 해방의 날, 이혼기념일이었다. 송 회장은 술에 취하면 자신이 가장 잘한 일은 함초롬을 세운 것, 두 번째는 이혼이라 말하곤 했다.

초롬은 서재를 한 바퀴 빙 둘러보았다. 앨범이 꽂혀 있는 책꽂이 하단이 보였다. 그중에서 함초롬 관련 사진만 모아놓은 앨범을 찾아서 초등학교 2학년이었던 해에 찍은 사진을 하나하나 살피기 시작했다. 그 해에 초롬과 동민까지 참석한 행사라면 창립기념일 행사밖에는 없을 듯했다. 앨범을 훑던 초롬의 눈길이 어떤 사진에 머물렀다. 초롬이 울면서 공 비서에게 안겨있는 사진이었다. 그 사진 맨 끝 구석에 옆으로 몸을 돌린 한 남자가 보였다. 흐릿했지만, 알 수 있었다. 아빠였다.

　　그리고 생각났다. 함초롬 창립기념일과 초롬의 생일은 같은 날이었다. 그날 행사장에서 초롬은 분명 아빠를 만났다. 아빠가 인적이 드문 비상계단으로 초롬을 데려가 한참을 안고 있던 기억이 났다. 아빠는 선물을 주면서 초롬이 보고 싶어서 비행기를 타고 왔다고 했다. 같이 살고 싶지만, 엄마가 원하지 않아 매일 초롬을 생각하며 울다 잠이 든다고 했다. 그리고 엄마가 아빠에 대해 하는 나쁜 말은 다 거짓말이니 믿지 말라고도 했다. 아빠를 만난 시간은 그리 길지 않았다. 그러나 초롬의 마음에 아빠에 대한 연민을 심어주기에는 충분했다. 엄마 때문에 외국에 나가 혼자 외롭게 사는 아빠가 불쌍했고, 아빠와 달리 매일 울지 않는 자신이 미워졌다. 초롬은 울음을 터뜨렸다. 태어나 처음으로 죄책감이라는 감정에 짓눌린 날이었다. 사람들이 초롬을 찾는 소리가 가까워지자, 아빠는 또 오겠다는 말을 남기고 사라졌다. 그러나 말처럼 곧장 떠나지는 않았다는 걸 사진으로 알 수 있었다.

　　왜 그날 일을 잊고 살았을까. 초롬은 자신이 원망스러웠다. 그러다 조금씩 알 것 같았다. 처음부터 잊은 건 아니었다. 어린 나이에 감당하기에 그 죄책감은 무겁고 힘든 것이어서 서서히 기억에서 지워버렸을 터였다. 하지만 완전히 사라진 것은 아니었다. 그날 아빠가 한 말은 씨앗이 되어 무의식에 새겨졌고, 초롬의 마음 한구석에서는 늘 슬픈 영화가 상영되고 있었다.

무슨 사연인지는 몰라도 아빠가 일방적으로 당한 게 틀림없었다. 엄마는 늘 강했고 그래서 두렵기까지 했다. 원하는 건 어떻게든 이루어야 하는 사람이기도 했다. 딸을 서울대 한 번 보내겠다고 이런 판을 벌인 사람이니까. 아빠만 있었어도 이렇게 불행하지는 않았을 것이다. 차갑고 강하기만 한 엄마와 달리 초롬을 이해해 줬을 것이다. 아빠가 그리워졌다. 그리고 궁금해졌다. 도대체 엄마는 무엇 때문에 아빠를 그렇게나 미워하는 걸까?

그날 밤, 초롬은 샴페인 한 병을 들고 영리의 방문을 두드렸다.

지난번 홍대 일로 둘 사이에는 여전히 어색한 기류가 흘렀다. 영리는 초롬에게 필요한 말만 건넸고, 초롬은 영리를 피했다. 그런데 깊은 밤, 초롬이 먼저 찾아온 것이다.

"무슨 일이야?"

초롬이 투명한 크리스털 잔 두 개를 흔들며 속삭였다.

"나랑 같이 술 마시자."

"뭐?"

"나 사과하러 왔어."

영리는 잠시 고민하다 초롬을 방으로 들였다.

초롬이 잔에 고운 빛의 샴페인을 따랐다. 그리고 영리에게 마셔보라며 권했다.

머뭇거리다 한 모금 마신 영리의 눈이 커졌다. 향긋한 맛이 입안 가득 퍼졌다.

"이거 뭐야? 너무 맛있는데?"

"그치."

초롬이 킥킥 웃더니 또 한 잔을 마셨다. 영리가 잔을 빼앗으며 말했다.

"그만 마셔. 그러다 취하겠어."

"이건 음료수나 마찬가지야. 이거라도 안 마시면 나 못 잘 것 같아."

"무슨 일인데."

"다 그만하고 싶어. 차라리 들키고 다 망해버렸으면 좋겠어. 그럼 엄마도 뭐 어쩌지 못하겠지. 앞으로 졸업까지 어떻게 견뎌?"

영리가 서글퍼 보이는 초롬의 눈을 가만히 바라보다가 말했다.

"그럼 너나 나나 진짜 인생 끝나는 거야. 또 우리 아빠는 어쩌라고. 제발 그런 생각 하지 마. 부탁이야."

"잠을 못 자겠어. 자꾸 악몽을 꿔. 말에서 떨어지고부터 그랬는데 점점 더 심해져. 계속 이렇게 있다가 진짜로 미칠까 봐 겁나."

"어떤 꿈인데?"

초롬이 영리를 빤히 바라보며 말했다.

"내가 말에서 떨어져. 그걸 또 다른 내가 바라보는데 그 또 다른 나는 죽어가는 나를 구하지 않아. 진짜 죽을 것 같아서 꿈에서도 너무 겁이 나."

방안에 내려앉은 침묵을 잠시 후 영리가 먼저 깼다.

"나도 가끔 그래."

"정말? 너도? 무슨 꿈인데?"

영리는 차마 대답할 수 없었다. 교복을 입은 소녀가 옥상에 서 있고 그 소녀를 잡으려 하지만 발이 떨어지지 않는다는 걸, 겨우 한 발짝씩 떼서 나아가면 항상 손이 닿기 직전에 소녀가 몸을 날린다는 걸, 그 소녀의 원망스러운 눈초리를 마주하는 게 두렵다는 걸, 그래서 숨이 막힌다는 걸. 악몽이 언제 다시 찾아올지 몰라 잠이 드는 것조차 겁이 난다는 걸.

초롬은 더 묻지 않고 다른 말을 꺼냈다.

"부탁 하나만 들어줘. 같은 처지끼리 좀 돕고 살자."

"뭔데?"

초롬은 아빠 이야기를 꺼냈다.

"아무도 나한테 아빠에 대해 알려주지 않고, 엄마는 말만 꺼내도 난리가 나. 아빠에 대해 알아보고 싶어. 어디 사는지, 왜 엄마와 헤어진 건지. 전화가 안 되면 메일이라도 주고받고 싶어. 그런데 난 할 수 있는 게 없어. 아빠의 흔적이라고는 이 오르골이랑 사진 한 장뿐이고."

영리는 처음으로 자존심을 꺾는 초롬을 가만히 바라보다 낮은 목소리로 말했다.

"너랑 나랑 생긴 것만 똑같지 참 다르다고 생각했는데 비슷한 게 있네."

"뭔데?"

"아빠가 있어도 같이 살지 못하는 거. 그리고 그리워하는 거."

초롬의 눈이 조금 커졌다. 영리는 쾌활한 목소리로 다시 말했다.

"나한테 하나 빚지는 거 잊지 마."

초롬이 고개를 크게 끄덕이더니 영리의 침대에 벌렁 누웠다. 그리고 곧바로 잠이 들었다. 별수 없이 영리는 초롬을 침대 한쪽에 가지런히 눕혔다. 그리고 아이처럼 천진하고 무방비한 초롬의 얼굴을 한참 동안 바라보았다. 자신과 똑같은 그 얼굴을.

아빠 찾는 걸 도와주겠다고는 했지만, 영리는 무얼 해야 할지 몰라 막막했다. 초롬에게 받은 거라고는 이름과 나이뿐이었다. 며칠이 지나도 별다른 진전이 없었다.

"무슨 일 있니?"

과외 시간에 현건우가 풀이를 멈추고 물었다.

"아! 죄송해요."

"너답지 않게 집중을 못 하고. 무슨 일 있어?"

"죄송합니다."

"뭔데? 말해 봐."

영리는 망설이다가 말했다.

"찾고 싶은 사람이 있어요."

"누군데?"

"아는 분의 가족인데, 연락이 끊겨서요."

영리는 애매하게 얼버무렸다. 현건우는 더 묻지 않고 알아 봐 주겠다고 했다.

"정말요?"

"부탁할 만한 사람이 있어. 대신 조건이 있어."

"조건이요?"

"응. 다음 모의고사에서 전교 1등 해. 내 덕이라고 여기저기 광고도 좀 하고."

"네?"

현건우가 장난스럽게 웃으며 말했다.

"농담이야. 성적 못 올리면 네 과외쌤 자리 잘릴지도 모르잖아? 그럴 순 없지."

다른 방법이 없다는 생각에 영리는 감사하다며 고개를 숙였다.

며칠 후, 현건우가 영리에게 봉투 하나를 건넸다. 그러다 봉투를 다시 거두며 장난스레 말했다.

"나한테 빚진 거 잊으면 안 된다."

"그럴게요. 요즘 빚쟁이가 된 기분이네요."

"응?"

"아니에요."

영리는 살짝 웃으며 봉투를 가방에 넣었다.

초롬에게 자료를 건네기 전 영리는 먼저 봉투를 열어보고 놀랐다.

태진은 기록만 봐도 문제가 많은 사람이었다. 제대로 된 직장에 다닌 적도 없었고, 도박 전과도 있었다. 그뿐이 아니었다. 송나희를 폭행해서 몇 차례나 신고당한 전력이 있었다. 송 회장이 왜 그를 떠났는지 알 것 같았다.

영리는 고민에 빠졌다. 초롬에게 그대로 넘길 것인지, 일부만 보여줄 것인지를.

고민 끝에 영리는 민감한 자료를 빼기로 했다.

영리가 얇아진 봉투를 들고 초롬의 방문을 두드렸다. 초롬은 영리를 살짝 안더니 재빨리 방으로 들어갔다. 그리고 방문을 잠그고 자료를 한 글자도 빠짐없이 훑었다.

아빠는 허술하고 무능력한 사람이었다. 하지만 어쩐지 그런 아빠가 더 안쓰럽게 느껴졌다. 초롬은 가슴이 먹먹했다. 엄마는 아빠가 무능력하다고 버린 것이었다. 그렇다면 성에 차지 않는 자신도 언젠가 버리지 않을까, 초롬은 그런 생각에 사로잡혔다.

D-183 역제안

'하늘'이 새 부원을 받는 건 아주 드문 일이었다. 그러나 영리는 겸의 두 번째 제안을 다시 한번 거절했다.

"내가 들어갈 자리가 없지 않아?"

"장려원이 나갈 거야."

"내보내는 건 아니고?"

겸이 상큼하게 웃었다. 하려는 일과는 어울리지 않는 웃음이었다.

"그럼 됐어. 려원이 빼는 거라면 난 사양할게. 그렇게 들어가는 거 별로야. 어차피 하늘은 학종 대비가 목적 아냐? 난 내신은 글러서 정시 대비 스터디 만들 거야. 제안은 고마워."

겸은 알겠다며 쿨하게 돌아갔지만, 돌아선 얼굴은 일그러져 있었다. 한 번은 귀여웠다. 그러나 두 번은 아니었다. 조목조목 따지는 말이 틀린 게 없어 더 기분이 상했다. 초롬에 대한 겸의 호기심이 서서히 적대감으로 돌아서기 시작했다.

영리는 곧바로 일을 벌였다. 게시판에 새 스터디 그룹 모집 공고문을 붙이자마자 소문은 빠르게 퍼져나갔다. 아이들은 연일 초롬의 기행에 대해 말했다. 성적 조금 올랐다고 오버한다, 어차피 학종은 물 건너간 애가 뭐 하러 저런 걸 하는지 모르겠다, 혹시 거기 들어가면 정말 송초롬처럼 성적 오르는 거 아니냐는 희망 섞인 이야기까지 온갖 말이 돌았다.

려원이 초롬의 모집 공고문을 노려보았다.

내신이 좋지 않다고요? 절망 말아요.
'FLIP'에서 함께 정시 대비!
수능으로 판을 플립해요!
성적과 무관하게 의지만으로 선발
면접 일시는 하단을 참고해 주세요.
〔20XX년 X월 X일 XX시〕

려원은 하늘에 남게 되었지만, 남아도 남은 게 아니었다. 겸은 페이스 조절이 필요한 것 같다며 려원에게 자습을 권했다. 성적을 끌어올린 뒤 다시 합류하는 게 어떻겠냐고 부드러운 목소리로 말했으나 명백한 분리 조치였다. 멤버들의 차가운 시선이 그걸 말해주고 있었다.

언젠가 들은 적이 있다. 구조 조정하는 회사에서 대놓고 직원을 내보낼 수 없으면 책상을 창고로 옮기거나 엉뚱한 부서를 만들어 혼자 발령 내기도 한다고. 딱 그런 일을 당한 기분이었다.

려원은 고민했다. 모른 척 남아 얼마 남지 않은 학종을 마저 챙길까, 알아서 나갈까. 하지만 3학년 1학기 성적은 매우 중요했다. 이번이 내신을 올릴 수 있는 마지막 기회였다. 성적 하락세는 학종에서 치명타인데다 하늘의 자료는 어디서도 구할 수 없었다. 게다가 초롬이 자신 때문에 자리가 나는 거라면 거절하겠다고 했다는 말을 듣고 기가 찼다. 전에는 돈으로, 이제는 알량한 성적으로 자신을 무시하다니.

그 시각, 영리에게 톡이 도착했다. 겸이 보낸 것이었다.

〔모집은 잘돼가?〕

〔그럭저럭. 생각보다 관심들이 많네.〕

〔그래? 잘됐네. 모집 성공하면 우리 내기할까?〕

〔어떤?〕

〔6모에서 진 그룹이 이기는 그룹 요구대로 뭐든 한 가지 들어주기. 어때? 재밌겠지.〕

〔너희는 다 전교권이잖아. 한쪽이 너무 기우는 거 아냐?〕

〔우리가 수학 한 등급씩 낮춰줄게. 1등급 나와도 2로 치는 거지. 어때? 해볼 만하지 않아?〕

영리는 잠시 생각하다 답장을 보냈다.

〔좋아! 재밌겠네.〕

영리는 면접 보러 온 아이들에게 겸의 제안도 알렸다. 그러자 지원자 중 상당수가 떨어져 나갔다.

"초롬. 나 스터디 들어갈게."

지원 마감일 하루 뒤, 민들레가 통보하듯 말했다.

"정식으로 신청서 내야지 이렇게 말만 툭 던지면 어떻게 해. 그리고 모집 기간 끝났어."

"뭐? 언제!"

"'플립'의 목표는 지금 성적과 상관없이 노력으로 정시 뚫으려는 정시파가 되자는 건데, 요강도 제대로 안 읽는 지원자는 애초에 탈락이야."

"야! 끝나기 전에 네가 먼저 좀 말해줬으면 안 됐냐? 나도 인서울은 해야지."

"지금이라도 비법 알려 줘? 넌 SNS만 끊어도 인서울 할 거야."

민들레의 얼굴과 목이 순식간에 붉어졌다. 수행평가 때와 마찬가지로 이번에도 초롬이 밀어내는 걸 느꼈다.

담임 성주의 말과 상관없이 민들레 역시 초롬이 이상해졌다고 느낀 지는 꽤 되었다. 홍대 일도 수상쩍었는데 스터디 그룹 모집이라니. 송초롬이 다른 애들의 성적에 관심이 있다고? 민들레가 억지웃음을 지으며 말을 이었다.

"그럼 스터디는 알았으니까 대신에 작년에 나랑 약속한 거 꼭 지켜."

"뭐?"

"설마 잊은 건 아니지? 나 인서울 합격하면 내가 갖고 싶은 거 무엇이든 한 가지 백화점에서 사주겠다고 한 거 말이야."

영리는 재빨리 기억을 더듬었다. 그런 약속을 했다는 기억은 없었다. 하지만 초롬과 민들레라면 그런 말이 오고 갔을 법도 했다. 괜히 정색했다가 의심을 살까 싶어 영리는 무난한 답을 골랐다.

"공부나 열심히 하셔."

민들레가 영리를 보고 웃었다. 역시 이상했다. 민들레는 초롬과 그런 약속을 한 적이 없었다. 그리고 자신이 아는 초롬이라면 약속을 한 적이 있건 없건 그 정도는 얼마든지 베푼다고 했을 터였다. 그러나 지금 초롬은 너무 진지하고 신중했다.

점심시간, 민들레가 교무실로 향했다. 심각한 표정으로 말하는 민들레와 팔짱을 끼고 유심히 듣는 성주. 누가 봐도 중요한 상담 중인 것처럼 보였다. 그러나 민들레의 입에서 나온 말은 모두 초롬에 대한 것이었다. 민들레는 그간의 에피소드들을 과장해서 늘어놓았다. 성주는 그중 중요해 보이는 것들을 수첩에 메모했다.

그러나 아직 부족했다. 더 확실한 게 필요했다. 송 회장이 자신의 제안을 받아들일 만한 사람인지, 초롬이 목적을 실행할 수 있는 먹잇감인지, 초롬을 쥐고 흔들 수 있는 약점은 무엇인지.

성주는 민들레에게 계속 지켜보라고 말했다. 그는 알고 있었다. 섣불리 움직이거나 과한 욕심을 부렸다간 크게 다칠 수 있다. 2년 전 한순간에 몰락한 동창처럼.

성현여고 교무부장이자 비밀스러운 동업자였던 그는 치명적인 실수를 저질렀다. 돈만 챙겼어야지, 왜 학생까지. 그 학생이 죽는 바람에 나락으로 떨어진 동창은 반면교사가 되었다. 절대 그런 실수를 하지 않으리라, 성주는 다시 다짐했다.

영리는 문득 걸음을 멈추었다. 병원 로비 한쪽에서 울려 퍼지는 현악기 소리가 마음을 잡아끌었다. 소리 나는 쪽으로 발길을 돌렸더니 거기에 동민이 있었다. 동민은 고등학생으로 보이는 다른 현악 주자들과 함께 모차르트 현악 사중주를 연주하고 있었다. 아름다운 선율이 봄밤의 목련 향처럼 부드럽게 사위에 녹아들었다.

작은 무대 뒤편에 '소아 환우를 위한 정오의 음악회'라 쓰여 있는 플래카드가 걸려 있었다. 소아 환우 20여 명과 보호자들, 잠깐 짬이 난 듯 테이크아웃 커피를 들고 있는 직원들이 귀를 기울이고 있었다. 동민은 몇 곡을 더 연주하고 무대에서 내려왔다. 그리고 성큼성큼 영리에게 다가왔다.

"초롬아, 여긴 어쩐 일이야?"

"아, 아는 분 문병 왔어."

"그래? 뜻밖이라 더 반갑다."

"연주 정말 좋았어. 그만둔 지 좀 됐는데 솜씨는 여전하네. 봉사하는 거야?"

"어. 사촌 동생이 예고에 다니는데 가끔 같이 해. 피아노 치는 애가 내 사촌 동생이야."

"학종 스펙에서 외부 봉사 빠졌잖아."

영리의 말에 동민이 크게 소리 내 웃었다.

"그러게. 그래도 난 여기 오는 게 좋아. 나 팬도 있어. 우리가 오길 기다리는 애들이 있다는 말에 수시에서 봉사 빠졌다고 그만둘 수가 없더라고."

영리에게 동민은 정보였다. 함초롬 법무 팀장 박기성의 아들이자 초롬의 소꿉친구이며 짝사랑 상대라는 정보로 이루어진, 숙지해야 할 하나의 캐릭터였다. 그러나 만날 때마다 동민은 친절하고 속 깊은 모습을 보여주었다.

"너도 같이 할래?"

영리는 초롬이 악기를 다룰 줄 아는지 생각해 봤다. 그런 얘기는 들은 적이 없었다.

"아니, 나 악기도 못 하는데."

"악기 연주 말고도 할 거 많아. 공부하느라 바쁘겠지만, 관심 있으면 얘기해. 너랑 같이 오면 더 좋을 것 같아서."

선뜻 수락하고 싶었다. 누군가와 가까워지는 기분은 오랜만이었고, 포근하고 달았다. 그 기분을 영리는 더 깊게 맛보고 싶었다. 하지만 초롬이 떠올랐다. 동민과 가까워지는 건 초롬의 마시멜로를 도둑질하는 건지도 몰랐다. 결국 영리는 다른 대답을 했다.

"제안 고마워. 근데 수능까지는 여유가 없을 것 같아."

"그래. 나중에 여유 생기면 연락해 줘. 시간 있으면 잠깐 차 한잔 마실래? 저기 버블티 맛있던데."

둘은 카페에 마주 앉았다. 어릴 때 이야기, 학교 친구들 이야기, 입시 이야기에 이어 가족 이야기가 나왔다. 영리가 동민의 가족 이야기에 관심을 보이자, 동민은 사진첩을 열어 건네주었다. 영리가 엄지로 사진을 넘기는데 화면 상단으로 동민의 가족 단톡방 메시지 팝업이 미끄러지듯 떠올랐다. 동민이 옆 테이블 아기와 장난치는 사이, 몇 줄이 더 나타났다 사라졌다.

〔아빠: 사람들 앞에서 내 체면 깎아먹지 말랬지.〕

〔아빠: 모임 나가기 전에 보고해. 내 허락 없이 아무것도 하지 마.〕

〔엄마: 동민 아빠, 그런 말은 우리 둘이 있을 때… 여긴 동민이도 있는데요.〕

〔아빠: 이게 교육이지. 동민이도 알 건 알아야 보고 배울 거 아냐. 내 덕에 편하게 사는데 내가 이 정도 말도 못 하나? 내가 밖에서 얼마나 힘들게 일하는지 알면…….〕

동민이 다시 몸을 돌리려 하자, 영리는 재빨리 화면을 사진첩으로 되돌리고 사진을 넘겼다. 반듯한 동민의 친부라고는 믿기 어려운 말투였다. 그러나 아무렇지 않은 척 말했다.

"아저씨는 여전히 젊으시다. 좋아 보이시네."

집에 돌아올 때도, 돌아와서도 동민은 초롬을 생각했다. 자꾸만 초롬의 얼굴이 떠올랐다.

저녁 식사 후 과일을 먹으며 동민이 한마디를 툭 내뱉었다.

"아빠, 초롬이가 좀 달라진 것 같아요."

"그래? 어떻게?"

"공부도 열심히 하고요. 전에는 도무지 종잡을 수 없었는데, 좀 성숙해진 것 같아요. 고3 되더니 뭔가 결심했나 봐요."

"그래? 승마 그만두고 회장님 걱정이 많으셨는데 한시름 놓으시겠구나."

기성이 흐뭇하게 미소 지었다. 그러나 그것이 만들어진 얼굴이란 걸 동민은 미처 몰랐다.

그리고 그 시각, 영리의 핸드폰이 울렸다. 영리는 메시지를 보자마자 핸드폰을 떨어뜨릴 뻔했다.

〔하이! 가짜 송초롬. 지금 뭐 해?〕

또다시 발신자 표시 제한 문자였다. 전에 받은 '누구냐 너'는 잘못 온 문자라고 애써 무시했지만 이건 달랐다. '가짜 송초롬'은 너무나 명확해서 부정할 수 없었다. 글자가 영리 눈앞에서 계속 아른거렸다. 손끝을 흔들던 떨림이 온몸을 흘러 심장까지 닿았다. 누군가 알고 있다.

D-181 흉터

모처럼 송 회장이 일찍 귀가했다. 넓은 저택에 은은히 퍼진 버터크림 냄새를 따라가니 초롬이 오븐 장갑을 끼고 케이크를 식히고 있었다. 접시에 정갈하게 담긴 산적과 만두도 보였다.

송 회장의 얼굴이 굳어졌다. 식탁 위에 올려진 핸드폰이 보였다. 혹시 SNS에 올리려는 거라면? 상상조차 하기 싫었다. 그걸 본 어떤 기업인의 자식들은 사진을 쪼르르 부모에게 보여줄 테고, 그들은 이렇게 비꼴 테지.

역시 반찬 가게 딸이라 다르네.

낮에 송 회장은 보고를 하나 받았다. 서류 첫 페이지의 굵은 글씨를 훑었다.

'바른식품 상표 및 레시피에 대한 원천 기여 인정과 고지 의무 불이행─향후 가처분 검토'

장기철이 소장도 아닌 내용증명을 보낸 모양이었다. 송 회장은 기성을 불러 이런 건 좀 알아서 처리하라며 역정을 냈다.

분했다. 곧 관짝에 들어갈 노인네까지 자신을 무시하니 미치도록 열이 올랐다. 송 회장이 이를 갈며 중얼거렸다. 지겨운 노인네, 지겨운 인간들. 반찬 가게라고 조롱하는 인간들도, 그 반찬 가게를 뜯어먹지 못해 안달 난 인간들도 다 지겨웠다. 평생 거머리처럼 따라붙는 그 네 글자를 떼어버리고 싶었다.

그러나 송 회장이 진짜 겁내는 건 세인의 조롱이 아니었다. 초롬에게 그 굴레를 물려주게 될까, 그게 겁이 났다. 초롬은 반드시 더 나은 삶을 살아야 했다. 두렵고 절박한 마음은 이번에도 소리부터 지르게 했다.

"내가 이딴 거 하지 말랬지! 넌 뭐가 그렇게 좋니? 무슨 잔칫날이야?"

초롬은 놀라서 그대로 굳어버렸다. 그러다 송 회장을 바라보며 경멸을 가득 담은 말투로 중얼거렸다.

"엄마는 진짜 끔찍해. 같이 있으면 미쳐버릴 것 같아. 아빠라면… 이러지 않았을 거야."

초롬이 장갑을 벗어 던지고 자리를 떴다.

송 회장은 어쩔 줄을 모르고 서 있다가 초롬이 만든 것을 보았다. 산적과 직접 빚은 만두. 둘 다 손이 많이 가는 음식이었다. 그리고 송 회장이 좋아하는 것들이었다. 송 회장이 떨리는 손으로 음식을 조금 맛보았다. 놀랍도록 맛있었다.

"엄마 주려고 만든 것 같은데, 사과하고 칭찬도 좀 해주시죠."

공 비서가 옆에 있다는 걸 잠시 잊은 송 회장은 움찔하더니 힘없이 대답했다.

"됐어. 이깟 요리 잘해서 뭐 하게."

"오늘 회장님 생신이잖아요."

송 회장은 아차 싶었다. 어쩐지 오늘따라 공 비서가 자꾸 재택근무를 종용한다 싶었다. 생일 같은 걸 기억할 여유가 없었다고 말해줘야 할까.

"초롬이 요즘 많이 힘들어합니다."

송 회장의 눈빛이 흔들리다 이내 굳어졌다.

"또 이상한 짓 해?"

공 비서가 무언의 대답을 보내자 송 회장의 입에서 한숨이 새어 나왔다. 이상한 짓이란 초롬의 이상행동을 말했다. 과호흡 증상을 보이거나 피부가 쓰릴 정도로 벅벅 문질러가며 샤워를 하거나 목이 쉬도록 몇 분간이나 비명을 지르는 것. 초롬이 불안을 느낄 때 하는 행동이었다. 잠시 뭔가를 생각하던 송 회장이 입을 열었다.

"영리 오고는 병원 다닌 적 없지? 이 원장 왕진 오라고 해."

"왕진이요?"

"당연하지. 재를 밖으로 돌릴 순 없잖아."

송 회장이 터덜거리며 자리를 떴다. 공 비서는 송 회장의 쓸쓸한 뒷모습을 가만히 바라보았다. 지금 초롬에게 필요한 건 나희의 따뜻한 손길일지도 모른다고 생각하면서.

늦은 밤 초인종이 울렸다. 흰 가운 대신 카디건을 걸친 이 원장이 가방을 들고 저택에 들어왔다. 초롬은 이불을 뒤집어

쓴 채 침대 모서리에 몸을 말고 식은땀을 흘리고 있었다.

"초롬 양, 제 목소리 들리죠? 손만 잡겠습니다."

초롬의 손끝은 얼음장처럼 차가웠다. 맥박이 빨랐고 호흡은 얕았다. 동공에 펜 라이트 불빛을 비추자 초롬이 이불 속으로 파고들었다.

"지금 숨이 가쁘죠. 따라 하세요. 넷까지 숨을 들이마시고, 일곱 동안 멈췄다가, 여덟 셀 동안 내쉬는 거예요."

초롬이 힘겹게 4-7-8 호흡을 몇 차례 반복하자 어깨의 경직이 약간 풀렸다. 그래도 눈동자는 자꾸 문 쪽으로 달아났다.

161

"지금 기분이 어때요?"

"밖에서 소리가 나면… 제가 부서질 것 같아요. 제 몸이 제 것이 아닌 느낌이 들어요. 누가 대신 저를 연기하는 것 같고……."

해리 증상, 재경험, 과각성. 이 원장은 전형적인 외상 후 스트레스 증상임을 알아차렸다.

"평소 약은 잘 복용하고 있나요? 설트랄린은 반으로 나눠 아침저녁으로, 클로나제팜은 자기 전에요."

초롬이 고개를 끄덕였다.

"응급 약은 항상 가지고 다니죠? 발작이 올 것 같을 때 혀 밑에 넣는 거."

"네… 화장대 서랍에 있어요."

이 원장이 약통을 꺼내 흔들어보았다. 거의 비어 있었다. 이 원장이 송 회장 쪽으로 고개를 돌렸다.

"최근에 자주 복용했나 보네요. 응급 약은 정말 필요할 때만 써야 합니다. 의존성이 생길 수 있거든요. 당분간 외부 자극을 최소화하고, 규칙적인 수면과 식사 루틴을 꼭 지켜야 합니다. 기존 약은 계속 복용하되 용량을 조정할게요. 단기적으로 항불안제를 증량하고 저용량 수면제를 추가로 드릴게요. 심리치료도 즉시 시작해야 합니다. 솔직히 말씀드리면, 단기라도 입원이 필요한 상태입니다."

"입원은 수능 후에 하겠습니다."

공 비서는 자기도 모르게 내뱉은 말에 흠칫했다. 언제부터 이렇게 기계적으로 대답하게 된 걸까? 지금 뭘 하고 있는 걸까, 무엇을 위해? 처음으로 든 의문이었다.

공 비서가 송 회장을 바라보았다. 송 회장은 침대 발치에 서서 창백한 얼굴로 초롬을 내려다보고 있었다. 식은땀을 흘리며 떨고 있는 딸을. 손끝이 미세하게 떨리고 있었지만, 그 손을 딸에게 내밀지는 않았다. 송 회장의 성취를 돕는 게 기뻤다. 나희가 기뻐하는 모습을 볼 때마다 겨울날 떨고 있던 어린 나희를 보듬어주는 기분이었다. 그러나 언제부턴가 흔들릴 때가 많았다. 지금의 송 회장은 그때의 나희가 아닌데, 왜 아직도 과거를 붙잡고 있는 걸까.

이 원장이 한숨을 쉬며 말했다.

"그럼 응급 약을 여분으로 더 처방해 드릴게요. 항상 소지하고 다니도록 하세요. 가방, 교복 주머니, 책상 서랍에 나눠 두는 게 좋습니다. 주 2회 대면 치료는 필수고요. 최소한입니다."

이 원장이 가방을 챙기며 일어섰다. 배웅을 나선 송 회장이 현관 앞에서 낮게 말했다.

"초롬이 고3입니다. 그래서 원장님을 집으로 모셨죠. 몇 달만이면 돼요."

이 원장이 잠시 머뭇거리다 처방전과 약, 위기 대응 안내지를 건넸다.

"조금 더 미루면 위험한 상태란 걸 알아두세요."

저택 현관이 다시 고요해졌다.

이 원장이 떠난 후, 혼자 남은 방에서 초롬은 이불을 목까지 끌어올렸다. 커튼이 살짝 흔들릴 때마다 누군가 지켜보는 듯해서 몸이 서늘해졌다.

공 비서가 방문을 두드렸다. 잠시 후, 눈이 퉁퉁 부은 초롬이 빼꼼히 고개를 내밀었다.

"아저씨 좀 들어가도 돼?"

초롬이 가만히 고개를 끄덕였다.

"엄마가 표현이 서툴러서 그렇지, 널 얼마나 아끼는지 몰라. 너도 알지?"

"그렇게 애쓰지 않아도 돼요, 아저씨."

"아저씨도 먹어 봤는데, 솔직히 엄마 요리보다 더 낫더라."

초롬이 고개를 슬쩍 들었다.

"정말요?"

"그래. 엄마도 네가 요리에 소질 있다는 걸 알아. 사실 승마보다 요리를 더 하고 싶어 했다는 것도."

"그런데 나한테 왜 그래요?"

공 비서는 잠시 초롬을 바라보다 말했다.

"언젠가 엄마가 얘기할 날이 오겠지. 엄마가 안 하면 아저씨가 해줄게. 그러면 너도 엄마를 이해할 수 있을 거야."

지금은 말할 수 없었다. 송 회장이 왜 그러는지, 무엇이 그녀를 그렇게 만들었는지. 가난과 폭력으로 점철된 그 시절과 송 회장이 평생 숨기고 싶어 했던 상처를 드러내는 것. 그건 공 비서가 아니라 송 회장의 몫이었다.

초롬이 고개를 가로저었다. 손등으로 눈가를 닦는 초롬의 얼굴에 송 회장의 어릴 적 모습이 겹쳐 보였다. 공 비서가 쥔 처방전 모서리가 구겨졌다. 예전 공 비서의 고향집 작은 방에서 송나희는 지금의 초롬처럼 울고 있었다.

공형진이 고2 때, 한 살 어린 송나희가 동네로 이사 왔다. 충청도 작은 읍내에는 금세 나희에 대한 소문이 퍼졌다. 어릴 때 떠났다 돌아온 송나희가 얼마나 예뻐졌는지, 그 애 아버지가 얼마나 개차반인지, 그 아버지 때문에 도망치듯 이사 다닌 사연까지.

형진과 나희는 몇 집을 사이에 둔 이웃이었다. 그래서 나희가 눈에 자주 띄는 거라고 한동안 형진은 착각했다. 하지만 눈앞에 없을 때도 나희가 떠올랐고 그제야 자신의 마음을 알아챘다.

바라보기만 하는 날이 쌓여가던 어느 밤이었다. 누군가 형진의 방 창문을 두드렸다. 창문을 열자 거기에 나희가 있었다. 하얗게 내리는 눈을 맞으며, 외투도 입지 않은 채로.

형진의 마음이 걷잡을 수 없이 요동쳤다.

그때 나희네 집에서 들려오는 소리가 밤공기 사이로 울려 퍼졌다. 남자의 고함, 여자의 울부짖는 소리, 물건들이 나뒹굴고 깨지는 소리. 나희가 다급한 목소리로 말했다.

"나 좀 숨겨줘."

형진은 서둘러 두툼한 점퍼를 들고 밖으로 나갔다. 그리고 나희의 어깨에 점퍼를 둘러준 뒤 아무것도 묻지 않고 몰래 방으로 데려왔다. 먹을 것을 가져다주었을 때를 빼고는 둘은 새벽까지 아무 말도 하지 않았다. 해가 뜨기 전, 나희는 돌아갔다.

그 뒤에도 나희는 몇 번 더 형진의 방으로 도망쳤다. 형진은 나희에게 어디든 갈 수 있다고, 함께 이곳을 떠나자고 말했다. 하지만 나희는 고개를 저었다.

"오빠는 공부 잘하잖아. 좋은 대학 가야지."

"너랑 같이 갈 수 있어. 내가 다 알아볼게."

165

하지만 나희는 그럴 수 없었다. 형진이 유일한 안식처라 하더라도 그 역시 지옥 같은 곳의 일부였다. 벗어나고 싶은 곳에서 조금 더 견딜 만한 방 한 칸일 뿐.

형진이 경찰대에 진학해 집을 떠난 뒤, 나희는 사라졌다. 형진은 헛헛한 몇 년을 보냈다. 그러다 강남 뒷골목에서 다시 만난 나희는 그 겨울밤처럼 울고 있었다. 형진은 다시는 나희를 놓치지 않기로 결심했다. 나희 곁에 이미 남편이 있다는 걸 알았지만, 상관없었다. 나희가 우는 걸 다시 보고 싶지 않았다.

공 비서는 초롬의 방문을 닫았다. 그리고 그 겨울밤의 나희를 떠올리며 아무도 없는 집으로 돌아갔다.

영리는 좀처럼 잠이 들 수 없었다. 아까 있던 일이, 초롬이, 자꾸만 신경 쓰였다. 초롬의 카피캣인 자신은 그 애의 짐을 함께 져야 하니까.

이 집에 있는 사람 중에 힘들지 않은 이는 누구일까. 영리뿐 아니라 송 회장도 누군가를 모방하려 발버둥 치고 있었다. 욕망은 끝없이 굴려 올려야 하는 시시포스의 바위가 되어 모두를 짓눌렀다. 다른 것이 있다면, 자신에게는 삶이 짐을 짊어지게 했지만 송 회장은 스스로 짊어졌다는 것뿐. 그리고 송 회장은 힘겨워하면서도 내려놓을 생각이 없어 보였다.

주방 쪽으로 걷던 영리는 초롬이 쓰는 욕실에서 새어 나오는 불빛을 보았다. 발걸음이 저절로 그리로 향했다. 살며시 문을 여니 욕실은 온통 후끈한 김으로 가득 차 있었다. 그리고 그 속에서 떨리는 울음소리가 들렸다. 좀 더 가까이 다가가자 물이 반쯤 채워진 욕조가 보였다. 그 안에 초롬이 있었다. 장밋빛이 아닌 핏빛 물속에.

영리가 황급히 초롬에게 다가갔다. 초롬의 팔을 들어 올리자 손목 안쪽에서 팔을 타고 물과 함께 피가 흘러내렸다. 오래된 상처와 새로 난 상처가 물기에 젖어 있었다. 초롬이 멍하니 풀린 눈으로 영리를 올려다보았다.

"엄마한테 말하면 안 돼."

영리는 고개를 끄덕이고는 욕실 문을 잠갔다. 그리고 배수구 마개를 열었다. 물이 전부 빠지자 영리가 샤워기를 틀었다. 미지근한 물이 초롬의 마른 몸 위로 흘러내렸다.

초롬은 몸을 떨었다. 하지만 저항하지 않았다. 유독 도드라진 쇄골을 타고 물이 흘렀다. 목에서 어깨로, 어깨에서 등으로. 거울 속에 두 사람의 윤곽이 겹쳤다.

하복부를 닦을 때 영리의 손이 멈추었다. 거기에 길고 선명하게 남은 흉터가 있었다. 살갗에 새겨진 저것은 어떤 과거일까?

영리는 초롬의 몸을 수건으로 닦았다. 그리고 샤워 가운을 꺼내 팔을 소매에 넣고, 허리끈을 묶었다. 그리고 방에 데려가 약을 바른 뒤 거즈로 손목을 감았다. 침대에 눕히자 초롬이 영리를 잡았다.

"조금 있다 가."

영리는 망설이다 침대 옆에 앉았다. 초롬의 손이 스르르 풀릴 때까지, 숨소리가 고를 때까지.

D-175 오발

스터디 그룹 '플립' 모집이 끝났다. 영리는 학교 근처 피자집에 그룹원들을 데려갔다.

성적이 가장 좋은 김민성은 입학 때부터 하늘에 들어갈 성적이 충분했으나 엄마가 없다는 이유로 거절당했다. 아무래도 엄마표 정보력이 달리지 않겠냐는 말은 민성에게 큰 상처로 남았다. 겸의 절친인 문지우에게 외모를 비하당한 적 있는 이지우와 박나현도 있었다. 그리고 중상위권을 유지하다 고3 때 성적이 하락한 송시혁이 왔다.

영리는 그룹원들의 3월 모의고사 시험지를 돌려주었다. 그리고 한 사람씩 무언가 적힌 종이를 나눠주었다.

"너희들이 면접 때 낸 3모 시험지를 보고 분석한 내용이야. 아래에 있는 건 6모 대비 공부 계획표를 짠 거야. 너희 장단점을 분석해서 현 상황에서 가장 필요한 것 위주로 짜봤어. 민성이는 성적이 좋으니까 내신을 우선으로 했고."

송시혁이 놀라며 물었다.

"이걸 너 혼자 했다고? 어디서 컨설팅 받은 거 아냐?"

"인강도 참고했고, 과외쌤도 같이 봐주셨어. 지금 그게 중요한 게 아니야. 6모 때 지면 김겸이 뭘 시킬지 몰라. 대신 강력한 동기가 될 수 있지 않을까? 그래서 그 제안을 받아들인 거고. 너희는 어때? 난 정말 죽어라고 해볼 작정인데."

"당연하지. 대학도 대학인데 난 그 재수 없는 새끼들 꼭 이기려고 들어온 거야."

김민성이 전투적으로 말했다.

"고맙지만, 솔직히 민성이 말고는 다들 하늘 애들하고 좀 차이가 나. 그래도 하는 데까지 해보자. 난 죽어도 서울대 가야 하거든. 모르는 문제 있으면 우리 과외쌤이 봐준다고 했으니까 나한테 바로 사진 찍어서 톡 보내. 몇 시든 상관없어. 알았지?"

영리는 음료를 한 모금 마시고 아이들을 바라봤다. 웃으며 고개를 끄덕였지만, 마음은 편치 않았다. 가짜 송초롬, 그 글자가 머릿속에서 지워지지 않았다.

6월 모의고사가 다가왔다. 게다가 대입에 마지막으로 들어가는 1학기 기말고사도 곧이었다. 부담 때문인지, 점점 무르익어 가는 여름 햇살 때문인지, 녹은 치즈처럼 흐물거리는 아이들이 조금씩 늘어났다. 그러나 하늘과 플립 멤버들은 학기 초보다 더 열띠게 공부했다.

모의고사가 끝났고 7월이 되었다. 성적표가 나온 날, 려원은 하얗게 질려 있었다. 플립에게 지면 가만두지 않겠다던 겸의 경고가 떠올랐다.

'플립'이 '하늘'을 이겼다. 정확하게 말하자면, 하늘이 시험을 망쳤다. 하늘 그룹원들은 물론이고 플립 그룹원들조차 예상하지 못한 결과였다.

겸이 려원을 불러냈다. 려원은 손이 바들바들 떨렸다. 겸이 차가운 눈으로 쏘아보았다.

"음료수, 왜 시키지도 않은 짓을 했냐?"

"뭐? 무슨 소리야. 네가 하라고 했잖아."

"그냥 가만히 있는 게 도와주는 거였는데, 잘도 나서서 망쳤네."

려원은 뭐라 변명하고 싶었지만, 섣불리 입을 떼지 못했다. 겸이 려원의 귓가에 속삭였다.

"Then you should've done it properly, you idiot!"

모의고사 전날인 6월 2일, 려원은 플립 그룹원인 나현을 찾아갔다. 나현은 려원의 초등학교 동창이었다. 나현은 겸의 절친 문지우를 싫어했고, 려원은 종종 나현의 하소연을 들어주곤 했다. 5교시 수업을 마치고 나오는 나현을 려원이 텅 빈 과학실로 데려갔다. 그리고 음료수 세 병을 주며 말했다.

"이걸 내일 아침에 그룹원들 책상에 하나씩 놔줘. 초롬이는 빼고. 그러면 '하늘' 내신 대비 자료 줄게. 이건 비밀인데, 그거 콕 선생이 만든 것 같아."

"진짜야?"

"당연하지. 김겸이 내신 자료 아무거나 보겠어."

"하긴."

나현은 음료수 팩을 물끄러미 바라보았다.

"이거 먹으면 어떻게 되는데?"

"별거 아니야."

나현이 손바닥을 들자, 려원이 가볍게 손을 부딪쳤다. 그러나 시험 당일 그 음료수를 마신 건 플립이 아닌 하늘 멤버들이었다. 겸과 려원을 제외한 하늘 멤버들 책상에 놓인 음료수에는 '집중력에 좋대. 시험 잘 봐. 려원'이라는 포스트잇이 붙어 있었다. 그들은 별생각 없이 음료수를 마셨다. 하늘에 붙어 있겠다고 용쓰는구나, 하고 비웃으면서.

171

1교시부터 멤버들은 화장실을 몇 번이나 갔다. 대명고에서는 시험 중간에 교실을 나가면 다시 입실할 수 없었다. 세 멤버의 성적은 형편없을 수밖에 없었다.

창백해진 려원이 나현에게 달려가 어떻게 된 거냐고 따졌다.

"아, 미안. 미안. 배달 사고가 났네. 내 실수니까 자료는 안 줘도 돼."

나현이 두 손을 합장하며 미소 띤 얼굴로 뒷걸음질 쳤다.

거부하기 힘든 제안을 받았던 그날, 려원과 헤어지고 고민에 빠진 나현 앞을 누군가가 막아섰다.

"선생님?"

"아까 려원이랑 좀 이상한 얘기를 하던데?"

한정인의 말에 나현은 움찔했다.

"아, 그거요. 그런데 어떻게 아셨어요?"

정인은 대답 대신 미소만 지었다. 자신이 늘 초롬 주변을 지켜보고 있고, 과학실과 붙어 있는 조교실 가벽이 무척 얇다는 말은 할 필요가 없었다.

나현은 처음부터 할 생각이 없었다고 말했다.

"그랬겠지. 그런데 초롬이한테는 말해두는 게 좋을 것 같아."

"왜요?"

"네가 말하지 않으면 내가 할 거니까."

나현의 고민은 거기서 끝났다. 방과 후에 영리를 찾아간 나현은 려원의 제안을 그대로 전했다. 얘기를 들은 영리가 말했다.

"내일 아침 일찍 등교해서 그 음료수 겸이랑 려원이 빼고 다른 하늘 애들 책상에 놔줘. 쪽지랑 같이."

그렇게 하늘이 플립에 졌고, 겸은 도저히 참을 수 없었다. 바보처럼 속아서 음료수를 마신 문지우와 다른 절친에게도 화가 났지만, 부모님들이 긴밀한 사이라 건들 수가 없었다. 그러나 다른 두 명은 참을 필요가 없다. 특히 려원은.

겸에게 당하고 나서 려원은 얼굴을 잔뜩 붉히며 초롬의 교실로 들어섰다. 방과 후라 학생들이 별로 없었다. 영리는 자리에 앉아 문제집을 풀고 있었다.

"네가 한 거지?"

날카로운 목소리로 따지는 려원에게 시선이 쏠렸다.

"시작은 네가 했잖아."

"진짜 시작은 너 아냐? 가난하다고 무시한 네가 시작 아니냐고."

"네가 먼저 나 머리 빈 애 취급했잖아."

"잊었어? 1학년 수행 때 아무것도 안 하는 너한테 다른 조원들에게 피해 주지 말라고 하니까 네가 뭐라고 했는지? 아등바등하는 건 나처럼 없는 집 애나 그러는 거라고 애들 앞에서 그랬지. 우리 엄마도 나처럼 열심히 사는지 우리 가게 라면이 참 맛있다는 소문 들었다면서. 넌 항상 네가 원하는 대로 돼서 좋겠다!"

영리는 말문이 막혔다. 려원의 상처가 아물 새도 없이 다시 벌어졌다.

려원이 영리네 교실에서 나와 빨개진 눈으로 바삐 걸음을 옮기는데, 정운식이 려원을 불러세웠다.

"려원아, 왜 그래. 무슨 일 있니?"

"아, 아무것도 아니에요."

"아무것도 아닐 리가. 려원아. 개가 짖는 이유가 뭔 줄 아니?"

려원이 마지못해 대답했다.

"글쎄요. 무섭거나, 경계하거나······?"

"다 맞아. 근데 진짜 이유는 외로워서야. 혼자 지키고 있다는 생각이 들면 더 크게 짖어. 그렇지만 너는 혼자 아니야. 그거 잊지 마."

그러나 려원의 굳은 표정은 그렇지 않다고, 자신은 혼자라고 말하고 있었다.

"만약 혼자라고 생각되면, 언제든 찾아와. 선생님이라도 괜찮다면."

개 짖는 소리가 울렸다. 운식이 핸드폰을 보며 말했다.

"아이고, 벌써 회의 시간이네. 려원아, 선생님 말 잊지 마라. 알았지?"

걸어가는 정운식의 뒷모습을 려원은 한참 바라보았다.

집에 돌아와 영리는 초롬을 다그쳤다.

"왜 려원이와의 일을 자세히 말하지 않은 거야? 네 입장에서만 말하고. 네가 유치원생이야?"

"걔가 한 말 맞기는 한데, 나도 걔 때문에 자존심 많이 상했어. 걔가 내 뒷담을 얼마나 하고 다녔는데. 부자면 욕먹어도 되고 가난하면 무조건 용서받고 그래야 하는 거야?"

"그런 말이 아니잖아."

"나도 자존심이 있어. 너는 전해 들은 거지만, 나는 직접 당했다고. 앞으로 내 앞에서 걔 얘기 꺼내지 마."

초롬과 마음이 통했다고 생각했는데, 착각이었나? 벽에 대고 말하는 기분에 영리는 한숨을 쉬며 방을 나왔다. 주방으로 걸음을 옮기는데 도우미들의 대화가 들렸다.

"조심해. 전에 일하던 언니가 초롬이 컵으로 물 마신 거 보고 회장님이 어떻게 했나 못 들었어?"

"들었죠. 조심할게요."

"이 집 모녀, 우리 같은 사람은 사람으로 안 봐. 그래도 어쩌겠어. 여기만큼 월급 주는 데도 없는데. 조심하고 같이 오래 일하자."

자신도 저들처럼 그저 소모품일 뿐이라는 생각에 영리는 기분이 가라앉았다. 하지만 혼자라면 모를까 아빠가 있다. 아빠를 살리고 자신의 인생도 찾아야 한다. 그러려면 혹시나 송 회장이 약속을 지키지 않을 경우까지 생각해 두어야 했다. 할 일이 너무 많았다.

붉은 태양 빛이 은은하게 들어왔다. 사물의 경계가 흐려지고 시간의 흐름마저 느려지는 늦은 오후였다. 영리는 불쑥 떠오르는 생각을 막을 수 없었다. 누군가 가짜 송초롬이라는 메시지를 보냈다는 사실을. 모든 걸 알고 영리를 옥죄려는 사람인지 아니면 의심을 품게 된 어떤 이의 떠보기인지는 알 수 없다. 아직은 아무 일도 일어나지 않았다. 그런 고요가 영리를 더 긴장케 했다. 창공의 매가 자신을 노려보고 있다는 걸 알면서도 어디로 피해야 할지 모르는 작은 짐승처럼 숨이 막혔다. 그러나 영리는 불안조차 마음껏 느낄 수 없었다. 이 프로젝트에 관용이란 없다. 성공 아니면 실패만이 존재하고, 실패할 경우 영리와 아빠가 감당해야 할 것은 밑바닥 인생뿐이었다.

그런데 만약 정말로 누군가가 영리를 의심하고 있고 그게 송 회장에게 알려진다면? 불신이 먼저 시작될 것이다. 공 비서가 문제를 해결해 준다 해도 소용없으리라. 조금만 삐끗해도 영리는 버려질 것이다. 아빠의 치료는 중단되고, 모든 것이 끝난다. 이 일은 조용히, 단독으로 해결해야만 했다. 어떤 위험도 허락할 수 없었다. 자칫하면 모든 노력이 무로 돌아간다. 수많은 톱니바퀴가 하나의 어긋남도 없이 굴러가게 해야 한다. 어떤 대가를 치르더라도.

영리는 마음을 다잡으며 입술을 한 번 깨물고 속삭였다. 난 괜찮다, 정말 아무렇지 않다고.

D-144 제물

다음 날, 겸이 영리를 불렀다.

"약속대로 원하는 걸 들어줄 테니 말해 봐."

화가 나는 것과 별개로 겸은 초롬이 무얼 요구할까 궁금했다. 영리는 마주 선 겸에게 생각한 것을 말했다. 그건 겸이 생각했던 범위를 벗어난 것이었다.

"네가 준비하는 보고서, '한국 소외계층 대입 실태 및 제도 개선 방안 보고서'인가? 그거 내지 마."

"아, 그건 좀. 3월부터 심혈을 기울인 거라서. 다른 건 안 될까? 웬만한 건 다 해줄 수 있는데."

"너 한 입으로 두말하는 그런 애였어?"

영리의 일침에 겸이 고개를 뒤로 젖혔다가 내렸다. 영리가 아랑곳없이 이어 말했다.

"그 보고서 중간 점검한 선생님이 우리 반에서도 엄청 칭찬하시더라. 나도 듣고 놀랐어. 그대로만 되면 대한민국은 아주 유토피아 되겠던데? 근데 그거 네가 한 게 아니잖아. 학교 다니면서, 수능 준비하면서 그런 수준으로 쓴다고? 네가 몸이 두 개거나, 지하실에 보고서 쓰는 노예가 살거나, 누군가 해준 게 아니라면. 무엇보다 너 소외계층에게 1도 관심 없잖아. 개선은 더더욱 바라지 않을 거고."

"알았어. 알았으니까 그만하자."

겸이 손을 내밀며 어색한 웃음을 지었다. 약속은 지켜야 했다. 그런 소문이 퍼지는 건 싫었다. 보고서가 아깝긴 해도 콕 선생에게 서둘러 다른 것으로 대체해 달라고 하면 될 것이다. 어느새 초롬에 대한 겸의 호기심은 증오로 바뀌어 있었다.

겸이 돌아간 뒤 영리는 깊은숨을 토했다. 자신이 이런 말을 할 자격이 있을까 싶어 입안이 썼다. 점수 따주는 지하실 노예는 다름 아닌 영리 자신이니까.

이겼지만 영리는 내내 가라앉은 기분으로 지낼 수밖에 없었다. 학교를 마치고 저택에 갔더니 해외에서 돌아온 송 회장이 기다렸다는 듯 영리를 꽉 끌어안았다.

"아주 잘했다."

소식을 듣고 송 회장은 기쁨을 감추지 못했다. 그간의 설움을 갚아주고 위신을 세워준 영리에게 무얼 줘도 아깝지 않을 듯했다. 사람들은 송초롬이 다른 것도 아닌 공부로 하늘을 이긴 이번 일을 두고두고 말할 테니까.

그때 송 회장의 머릿속에 어떤 생각이 섬광처럼 스쳤다. 이 애가 진짜 내 딸이었으면. 가짜도 나쁘지 않겠다는 생각. 그러나 곧 고개를 저었다.

"인센티브를 줘야겠는데? 갖고 싶은 거 있으면 말해."

영리가 생각해 둔 것처럼 대답했다.

"장려원이라는 애가 있어요. 초롬이도 알아요. 그 애 엄마에게 작게라도 프랜차이즈를 내주셨으면 해요. 려원이 그런 일을 벌인 데는 초롬이 탓도 있고 그건 회장님 책임이기도 하니까요. 사람이 사람을 무시하면 안 되는 거잖아요."

송 회장은 영리의 당돌한 말에 기분이 상했지만 애써 넘겼다. 어쨌든 오늘은 좋은 날이었으니까.

"그래, 알겠다."

옆에 있던 초롬은 어찌할 바를 몰랐다. 송 회장은 해외에서 열린 K-푸드 페스티벌에 이어 K-푸드 글로벌 비전 선포식까지 마치고 며칠 만에 돌아온 참이었다. 그런 엄마가 자신보다 영리에게 먼저 다가갔다. 그리고 엄마의 눈에 기쁨 이상의 어떤 감정, 전에 본 적 없는 애착이 깃들어 있었다.

초롬은 그 자리에 있을 수 없었다. 방으로 돌아가며 자신이 대체될지 모른다는 불안에 휩싸였다. 이상적인 영리에게 자신의 자리를 빼앗길지도 모른다는 두려움까지도. 엄마가 정말로 원했던 딸은 자기처럼 못난 아이가 아니라 저 아이일지 모른다는 생각이 가슴을 할퀴었다. 어차피 외형은 똑같지 않은가.

'내가 아니어도 되는 거야? 처음부터 내가 아니어도 괜찮았던 거야? 내가 진짜잖아…….'

분노와 공포가 뒤엉켜 끓어오르는 순간, 초롬의 머릿속에 문득 영리의 얼굴이 떠올랐다. 욕실에서 핏빛 물에 잠긴 자신을 발견했을 때, 영리는 모른 척하지 않았다. 걱정스레 바라보며 몸을 씻겨주고, 떨리는 손으로 상처를 감싸주던 그 손길. 아무 말 없이 옆에 앉아 잠들 때까지 기다려주던 밤. 그리고 조금 전 려원을 위해 송 회장에게 당당히 요구하던 모습. 사람을 무시하면 안 되는 거잖아요, 라고 할 때 영리는 어쩌면 자신의 처지를 말했던 건지도 몰랐다. 모든 걸 홀로 감당하는 그 표정이 떠오르자, 깊은 곳에서 스멀스멀 연민이 피어올랐다.

그러나 그 감정은 금세 '내 자리를 노리는 애'라는 생각에 다시 짓눌렸다. 온갖 감정이 뒤섞여 들끓어 대는 통에 견딜 수가 없었다. 초롬은 입술을 깨문 채 화장대 위의 물건들을 팔로 쓸어버렸다. 향수병이 깨지며 바닥에 쏟아졌다. 아무거나 손에 쥐어지는 대로 던지며 울었다. 아니, 울음이라기보다 부서지는 소리에 가까웠다.

그 밤 초롬은 잠을 이루지 못했다. 작은 소리에도 몸을 움찔거리며 가짜가 진짜가 되어가는 환영에 조금씩 삼켜졌다.

학생들이 빠져나간 거리는 한적했다. 유난히 바쁜 날이었다. 영리는 수행평가에 학원 과제와 모의고사 준비까지 해야 했다. 학원이 끝난 뒤 추가 과제까지 하고 나니 밤 10시 반이 넘었다.

편의점에서 간식을 사서 나오는데 어디선가 초롬의 이름을 부르는 소리가 들렸다. 크지는 않았지만, 소리에 민감한 영리의 발걸음을 멈추게 하기엔 충분했다.

목소리가 들려온 쪽으로 고개를 들었다가 영리는 비닐봉지를 떨어뜨리고 말았다. 려원이 맞은편 건물 4층 창문에 걸터앉아 다리를 달랑거리고 있었다. 그 모습에 다경이 겹쳐 보였다.

다경이 세상을 떠난 뒤, 영리는 악몽에 시달렸다. 한번 그러면 며칠 동안 잠을 이루지 못했다.

늘 같은 꿈이었다. 옥상에 위태롭게 서 있는 다경에게 다가가려 해도 누가 잡아당기는 것처럼 발이 움직이지 않았다. 힘겹게 한 발짝 떼면 다경은 손이 닿기도 전에 아픈 말을 던지고 몸을 날렸다.

"너 때문이야. 네가 날 이렇게 만든 거야. 나를 위하는 척하면서 너처럼 되라고 강요했잖아."

하지만 지금은 꿈속이 아니었다. 눈앞의 현실이었다. 영리는 황급히 달려가 건물 유리문을 밀었다. 그리고 4층까지 한달음에 올라가 숨을 몰아쉬며 려원에게 소리쳤다.

"지금 뭐 하는 거야?"

돌아보는 려원의 얼굴은 얼룩진 채 잔뜩 부어 있었다.

"너 얼굴이… 도대체 누구야? 누가 그런 거야?"

"개새끼."

"그래도 이건 아니지. 같이 내려가자."

떨면서 손을 내미는 영리를 보고 려원이 조소했다.

"어때? 내 꼴 보니까 고소하지? 실컷 웃어."

"그게 무슨 말도 안 되는 소리야."

려원이 위태롭게 창문턱에 발을 올리는 바람에 영리는 아

찔해졌다. 려원을 잡고 싶었지만, 꼼짝할 수가 없었다. 려원
이 웃더니 말했다.

"내가 뛰어내리기라도 할까 봐 겁나?"

"제발 내려와."

영리의 목소리가 떨렸다. 려원은 건물 밖을 내려다보며 말
했다.

"걱정 마, 안 죽어. 나 죽으면 나만 보고 사는 우리 엄마
어떻게 살라고. 그냥 궁금했어. 여기서 보면 다들 어떻게 보
일지."

"어떻게 보이는데."

"작아. 별것도 아닌 것들이 잘난 척하고 있었던 거야. 웃
긴다. 이렇게 올라와서 보니 다 별거 아니었어."

려원이 창에서 사뿐히 내려왔다. 영리는 맥이 풀릴 정도로
안도했다. 하지만 입에서는 쓴소리가 나왔다.

"네 힘으로 서지 않고, 하늘에 편승하려다 생긴 일이란 걸
모르겠어?"

려원이 웃었다.

"웃기지 마. 잘난 엄마 없으면 아무것도 아닌 주제에."

려원은 비틀거리며 자리를 떴다. 쓸쓸한 뒷모습이 다경 같
았다.

영리가 핸드폰의 고양이 인형을 움켜쥐었다. 다경이 자주
했던 말이 떠올랐다.

"네가 너무 좋아. 네 모든 걸 닮고 싶어."

다경을 원망한 적도 있었다. 하지만 지금은 다른 생각이

들었다. 어쩌면 다경을 돕겠다고 했던 모든 행동이 도리어 다경의 마음에 욕망을 심은 것은 아니었을까. 잘난 친구를 넘어서고 싶다는 욕망. 다경을 죽음으로 내몬 사람은 그 일을 신고한 자신일지도 몰랐다.

옳은 일을 했다고 생각해 왔다. 하지만 정말로 그게 전부였을지 이제 영리는 스스로가 의심스러워졌다. 거짓의 한복판에 서 있는 지금은 더욱 그랬다. 그래서 다경이 자꾸 꿈에 나타나는 걸지도 몰랐다. 너도 다르지 않다고 말하기 위해.

려원이 계속 학교에 나오지 않았다. 영리가 몇 번이나 전화를 걸었지만, 계속 꺼져 있었다. 려원의 담임도 대답해 주지 않았다. 려원 엄마가 하는 가게가 어디인지도 몰랐다. 점점 걱정이 커져만 가는데, 일주일 뒤 전화가 걸려왔다.

"어떻게 된 거야. 학교는 왜 안 와."

– 내 전화 기다렸어? 어떻게 바로 받지.

"많이 아팠어? 그래도 이렇게 오래 결석하면 안 좋아."

려원이 한 박자 쉬었다가 말했다.

– 나 자퇴하려고.

"뭐?"

– 다 지겨워. 김겸 얼굴 보면서 학교 다니고 싶지도 않고. 검정고시 보고 정시로 대학 갈 거야. 내가 하늘에 편승했다는 네 말 맞더라. 인정하기 싫어서 외면하다가 결국 이렇게 곪은 거지 뭐. 남들이 특별하게 봐주는 게 좋았든, 좋은 자료 때문이었든. 그게 뭐라고 시녀 노릇에 거지 같은 심부름이나 하다

맞기까지 했잖아. 그동안 내가 뭐 했나 싶더라고. 다 그만두고 내 힘으로 해볼래.

려원은 며칠 동안 자신의 미래와 겸에 대해서 머리가 터질 정도로 생각에 생각을 거듭했다. 겸과 보낸 세월이 있는 만큼 이번 일뿐이 아니라도 학폭으로 신고할 증거는 충분히 있었다. 플립 애들에게 약을 먹이려고 한 건 본인이지만, 진짜 주동자는 김겸인 걸 말해야 한다, 더 끌려다니지 않으려면 맞서야 한다고 생각했다. 그렇지만 고3에 굳이 그럴 필요가 있나, 대학에 가기만 하면 다 잊히지 않을까 싶기도 했다.

그때 엄마가 떠올랐다. 겸의 폭력은 자신뿐만 아니라 엄마까지 아프게 했다. 엄마는 엉망이 된 딸의 얼굴에 잠을 이루지 못했다. 려원은 잔뜩 부은 얼굴로 나가는 엄마를 볼 수 없었다.

고민 끝에 려원은 학폭 담당 교사를 찾아가 진술서와 카톡 메시지 인쇄본, 진단서가 든 봉투를 내밀었다. 교사는 진지한 표정으로 듣더니 접수하겠다며 절차를 안내했다. 그러나 기다려도 아무런 소식이 없었다. 려원은 다시 교사를 찾아갔다. 그는 모니터에서 분주한 시선을 떼지 않고 말했다.

"아, 그거? 지금 사안조사 단계라 단정할 수는 없는데 서로 진술이 엇갈리고 증거가 약해서. 겸이 불러 물었더니 그런 적 없다던데?"

"제가 자세히 썼잖아요. 영상은 없지만, 본 아이들이 있어요. 하늘 애들이요. 걔들 불러서 물어보세요. 여기 진단서도 있어요. 맞은 애는 있는데 때린 애는 없는 게 말이 돼요?"

려원이 목소리를 높이자 교사가 려원 쪽으로 몸을 돌렸다.

"결국 이 말을 하게 되네. 네가 하늘 애들한테 먼저 약 탄 음료수 먹였다며. 그게 더 심각한 거 같은데? 그래, 네가 원하는 대로 학폭위 열 수 있어. 그런데 학교장 자체 해결로 종결되거나 음료수 건으로 네가 역으로 불리해질 것 같아. 겸이가 배려심이 있어. 네가 곤란해질 것 같다고 맞신고 하지 않겠다더라. 려원아, 고3인데 일 키우지 않는 게 좋지 않을까?"

려원이 몸을 떨면서 말을 잇지 못하는데, 개 짖는 소리가 들렸다. 교사가 소리 나는 쪽으로 고개를 돌렸다. 의자에 푹 파묻혀 있던 알프레도가 기지개를 켜며 말했다.

"아이쿠, 약 먹을 시간이네. 암, 개가 짖어도 약은 먹어야지."

려원은 슬픈 눈으로 뒷걸음질 치다 밖으로 달려 나갔다.

조각보를 이어 붙인 듯 두서없는 말이 끝나자 침묵이 흘렀지만, 영리는 려원이 눈에 맺힌 눈물을 훔치고 있다는 걸 알 수 있었다. 무슨 말을 해야 할지 몰랐다. 다경에 이어 려원까지. 이번에도 자기 탓인 것만 같았다.

– 그런데 너 진짜 송초롬 맞아?

급작스러운 물음에 영리는 심장이 내려앉는 듯했다. 전화가 아니라 마주 보고 있었다면, 표정 관리를 못 했을 것이다.

– 너 많이 변했더라. 그날 너 엄청 빨리 올라왔잖아. 그때는 말 못 했는데 사실 좀 고마웠어. 진짜 내가 알던 송초롬이 맞나 싶어서. 네 덕분에 나도 좀 달라져야겠다고 결심했어. 무얼 해야 할지 똑바로 알게 된 것 같아. 고마워. 잘 지내.

려원이 마지막 말을 건네고 전화를 끊었다. 영리는 한동안

185

그 자리에 멍하니 서 있었다.

'하늘' 패배의 후폭풍은 려원만 덮친 것이 아니었다. 대치동 한 대형 입시 학원이 세무감사를 받고 영업정지를 당했다. 그 제물은 바로 '하늘' 그룹원 중 시험을 망친 아이의 아버지였다.

학원 비리를 수사한다는 뉴스가 나오더니 연일 사교육 카르텔을 다뤘다. 천문학적인 불법 컨설팅 비용, 일부 강사의 내신 기출문제 유출 의혹에 세무감사까지. 사신이 대치동 바닥을 훑고 지나갔다. 학원의 영업정지는 단순히 그 기간만큼의 손해를 의미하지 않았다. 학부모들의 불안은 전염병처럼 번지고, SNS에 온갖 소문이 사실처럼 돌아다니면 수강생은 썰물처럼 빠진다. 입시 학원은 한 번 무너지면 다시 일어서기 어려웠다. 예전에 비슷한 일로 폐업한 학원장은 극단적 선택을 했다는 소문까지 있었다. 불안은 사교육 시장의 연료이지만, 불길이 방향을 바꾸면 누군가는 하루아침에 타버릴 수도 있었다. 정의는 선택적으로 실현되는 것인지, 누군가는 비껴가고, 누군가는 무너졌다.

졌다는 것이 겸에게는 그렇게나 견디기 힘든 것이었을까. 그렇다면 언젠가 그 화살이 자신을 향할 수도 있겠다고 영리는 생각했다.

[진짜 김겸 대박. 학원 세무감사 뉴스 봤어. 그거 네가 한 거지?]

[장려원은 어떻게 할 거야?]

〔그러게? 설마 몇 대 팬 게 끝? 아니면 분식집 망?〕

〔겸이가 그깟 분식집 하나 없애서 뭐 하게. 평생 비루하게 살게 두는 게 낫지.〕

콕 선생은 겸의 핸드폰에 나타났다가 사라지길 반복하는 팝업 메시지를 계속 바라보았다. 겸과 재벌가 절친들이 있는 단톡방이었다.

겸이 화장실에서 돌아왔다. 콕 선생은 아무렇지 않은 척 겸을 향해 웃었다. 그러나 표정과 달리 속에서는 경멸과 분노가 부글부글 끓어올랐다. 그것은 아무 일 없다는 듯 말짱한 얼굴을 한 겸 하나만을 향한 건 아니었다. 사람 하나를 조용히 무너뜨릴 수 있는 말을 아무렇지 않게 주고받는 10대 소년들의 단톡방, 혹은 그 사실을 눈치챘으면서도 모른 척하고 아무것도 하지 않는 자신, 어쩌면 자신을 둘러싸고 있는 잔뜩 꼬이고 뒤엉켜 버린 세상에 대한 환멸일지도. 콕 선생은 자신의 마음조차 명확히 알 수 없었다.

D-132 정체

[프랜차이즈 얘기, 엄마한테 들었어. 엄마가 하고 싶어 했던 가게야. 정말 고마워. 뭐라고 말을 해야 할지 모르겠다.]

영리는 방금 도착한 려원의 문자를 읽고 미소 지었다. 송회장이 약속을 지켰다. 영리가 답장을 썼다.

[내가 그동안 미안했지. 그리고 그냥 준 것도 아니고 너희 엄마가 모으신 돈으로 하는 건데 뭐. 마침 그 동네에 없었다니 서로 잘된 일이지 뭐야.]

[그래도. 언젠가 꼭 갚을게.]

영리가 잠시 생각에 잠겼다. 그리고 멈추었던 손가락으로 다시 액정을 두드렸다.

[그럼 나중 말고 지금 도와줄 수 있어?]

[뭐든지!]

[내일 학교 끝나고 피자집 ㅇㅋ?]

[ㅇㅋ]

다음날 영리는 려원을 만나 발신자 표시 제한 문자가 온 걸 말했다. 물론 내용이나 정황은 빼고 누군지 알아내고 싶지만, 집에서 알면 곤란하다는 말과 함께.

"너무 신경 쓰이고 잠도 안 와. 공부에도 방해되고."

통신사 고객 센터에 전화한 일도 얘기했다. 상담원은 발신자가 자신의 전화번호를 숨기기 위해 설정한 것이라 시스템상으로도 발신자의 정보를 확인하기가 어렵다고 했다. 개인정보 보호법에 따라 통신사는 고객의 개인정보를 보호해야 하며, 발신자가 본인의 번호를 숨기기로 선택한 이상 정보를 제공할 수 없다고 했다. 다만, 예외가 있었다.

얘기를 듣던 려원이 끼어들었다.

"나 그거 뭔지 알아. 경찰서 가면 돼. 이번에 알아봤는데, 통신 사실 확인 자료 제공 요청인가 넣으면 찾을 수 있대."

려원의 말대로였다. 메시지가 위협적이거나 협박이나 사기와 같은 범죄행위가 의심되는 경우, 경찰에 신고하면 정식으로 수사에 착수하고 통신사에 공식적으로 요청해 발신자를 추적할 수 있다. 하지만 경찰에 신고하는 순간, 이 문자가 왜 위협인지 설명해야만 한다. 신고는 영리의 선택지에 없었다. 하지만 당장은 다른 방법도 없었다.

둘은 관할 경찰서 사이버수사팀을 찾았다. 피해자는 려원으로 접수했고, 영리는 참고인으로 진술했다. 려원은 자신을 폭행한 영상과 그 뒤로 영리 번호로 도착한 '발신자 표시 제한' 협박 문자를 캡처해 함께 제출하며 보복성 협박이 이어지고 있다고 진술했다.

시간이 흐른 뒤, 담당 수사관에게서 연락이 왔다. 영리와 려원은 수사관 맞은편에 나란히 앉아 그가 입을 열길 기다렸다.

"려원 학생 건은 폭행 영상이 있고 보복성 협박으로 볼 여지가 있어서 발신자 조회가 가능했어요. 근데 초롬 학생에게 온 문자들은 구체적인 해악 고지가 없잖아요? 이건 협박이라고 보기 어려워서 추가 조치는 어려워요."

"내용만 보면 별거 없는 것 같지만, 전 잠도 못 잘 정도로 무서워요."

"사건 접수는 어려워요. 위협적이지 않고."

영리는 입술을 깨물었다. 사실을 말할 수 없는 처지니까.

"그럼 죄송하지만, 마지막 네 자리만 알려주시면 안 돼요? 제가 생각하는 애가 맞는지 알고 싶어요."

수사관이 곤란한 표정을 짓더니 잠시 생각하다 말했다.

"문자 발신 회선이 두 개로 확인됐어요."

수사관의 말에 영리의 눈이 커졌다.

"두 개요?"

"네. 첫 번째 번호는 끝자리가 3847, 두 번째는 7911이에요."

숫자를 듣자마자 영리와 려원은 서로를 마주 보았다. 첫 번째는 김겸. 예상했던 후보 중 하나였다.

"첫 번째는 짐작이 가요."

"그럼 두 번째는요?"

영리는 고개를 저었다. 전혀 본 적이 없는 숫자였다. 누구의 것인지 짐작도 되지 않았다.

경찰서를 나오며 려원이 말했다.

"하여간, 김겸. 그럴 줄 알았어."

영리는 대답 대신 핸드폰을 내려다보았다. 겸은 예상했지만, 문제는 두 번째. 전혀 본 적 없는 번호였다.

대명고 3학년 송초롬이 가짜라는 걸 아는 사람은 네 명뿐이다. 송 회장, 공 비서, 초롬, 은정. 그리고 아마도 알아챘을 터이나 소송이 두려워 모르는 것과 마찬가지인 두 명의 가사 도우미. 그들이 보냈을 리는 없다. 그렇다면 누군가 눈치를 챈 것이다. 초롬일까 하는 생각을 한 적 있지만, 그렇다면 차라리 다행이었다.

경찰서에 간 걸 알면 겸은 멈출 것이다. 하지만 두 번째 발신자는? '가짜 송초롬'이라는 글자는 단순한 장난이 아닐 것이다.

경찰서에 다녀온 뒤 더는 발신자 표시 제한 문자가 오지 않았다. 하지만 영리는 여전히 불안했다. 번호의 주인이 누구인지, 그가 어디까지 알고 있는지, 영리는 알아낼 수 있는 게 없었다. 조용하다고 끝났다는 뜻은 아니다. 움직이지 않고 숨을 고르고 있는 건지도 몰랐다. 확신이 없는 사람은 떠본다. 말을 걸고 반응을 살핀다. 정말로 알아낸 사람은 조용해진다. 증거를 모으거나, 때를 기다리거나, 아니면 더 큰 판을 짜거나. 문자가 멈췄다는 것. 영리는 오히려 그게 불안했다.

미궁 속에서 영리는 누구보다 바쁜 삶을 살아갔다. 초롬의 서울대 합격이 모두에게 납득되려면 치열한 모습을 끊임없이 보여주어야 했다.

공부는 영리가 원하는 것이기도 했다. 내년에 입시를 치르면 삼수하는 셈이 된다. 영리는 좀 늦더라도 자신의 이름으로 꼭 서울대에 합격하고 싶었다. 그러려면 공부를 계속 잡고 가야 했다. 아무리 실력이 좋아도 방심할 수 없었다. 쉬거나 멈추면 도태되기 마련이란 걸 영리는 잘 알고 있었다. 게다가 공부는 좋은 도피처이기도 했다. 공부에 몰두하는 순간엔 많은 걸 잊을 수 있으니까.

어느 저녁, 평소처럼 브리핑을 마친 영리에게 공 비서가 말했다.

"좋은 소식이 있어. 나 기사님 상태가 조금 호전되었다는 소견이 나왔다."

영리는 비명이 튀어나올 것 같아 두 손으로 입을 막고 조심스레 되물었다.

"정말요?"

"그래. 그리고 오늘 낮에 잠깐 의식을 회복하셨다고 해. 말씀은 못 하셨지만, 반응이 있었다고 하더라. 의료진 말로는 조금씩 회복 가능성이 보인대. 축하한다, 영리야."

"감사합니다. 정말 감사해요."

영리의 눈이 순식간에 붉어지더니 주르륵 눈물이 흘렀다. 송 회장이 말했다.

"잘됐구나. 내일 병원에 한번 다녀와. 나 기사가 네 목소리 들으면 다시 의식을 회복할지도 모르잖아?"

"네, 그럴게요."

영리가 눈물을 훔치며 서재를 나갔다. 공 비서는 몇 가지를 더 보고하고 떠날 채비를 했다.

"잠깐만."

송 회장이 잠시 뜸을 들이다 말했다.

"나 기사 말이야. 담당의에게 당분간 현 상태로만 치료를 유지하라고 해. 영리한테는 말하지 말고."

공 비서가 정색하며 물었다.

"왜 그래야 합니까?"

"영리가 이 프로젝트에 참여한 이유가 뭐야? 아빠의 치료를 위해서잖아. 수단이 완료되기도 전에 목적이 실현된다면 수단은 더 이상 수단이 아닌 거야. 희망은 주되 결과는 미뤄야 해. 그냥 지금 하는 치료만 당분간 유지하라고 해."

"그러다 나 기사님이 갑자기 위험해지면요."

"하지 말자는 게 아냐. 조금 늦추자는 거지."

공 비서의 단련된 무표정 뒤로 여러 상념이 뒤섞였다. 송 회장의 이런 모습은 언제부터였던가. 과거의 송나희는 이렇지 않았다. 차갑고 앞만 보고 달릴지언정, 사람의 목숨값을 놓고 계산기를 두드리지는 않았다. 그러나 지금은 모든 것을 프로젝트 성공을 위한 수단으로 삼고 있었다. 그렇다면 자신 역시 그 규칙에서 예외일 수 없을 것이다. 송 회장이 목적을 위해서라면 자기도 버릴 수 있겠다는 생각이 스쳤다. 그렇다면 답은 하나였다. 송 회장이 절대로 버릴 수 없는, 꼭 필요한 사람이 되는 것.

옆에서 듣던 초롬의 표정은 또 다른 불안을 마주하며 변화무쌍해졌다. 송 회장이 영리를 끌어안은 그 밤 이후, 끊임없이 불안과 망상이 엄습해 왔다. 증상은 심해지기만 했고 이 원장의 처방도 별 도움이 되지 않는 느낌이었다. 영리를 향한 감정도 롤러코스터처럼 오르내려 미움과 연민, 두려움과 유대감이 종잡을 수 없이 교차했다. 어느 순간 어떤 감정이 치솟을지 스스로도 모를 지경이었다. 처음엔 영리를 도구로만 보는 엄마의 태도에 안도했다. 그런데 지금 불현듯, 언젠가 자신도 도구가 될 수 있다는 불안감에 가슴이 조여왔다. 생각이 꼬리를 물고 달려 나갔다. 나 기사 아저씨가 세상을 떠난 뒤에도 엄마가 영리를 계속 곁에 두려 한다면? 자신을 완전히 대체하려 한다면? 초롬은 엄마의 속내를 시험하고 싶었다.

"그건 너무 섣부른 단정 아니야? 나 기사 아저씨가 회복하면 영리가 더 열심히 할지도 모르잖아. 영리는 전부를 걸었는데 엄마도 약속 지켜야지."

송 회장이 차갑게 말을 잘랐다.

"죽게 두지 않을 거니까 걱정 마. 넌 그런 거 신경 쓰지 말고 영어랑 경영학 공부나 열심히 해. 요즘 책도 잘 안 읽는다며. 나중에 대학 가서 갑자기 바보 됐단 소리 듣지 않으려면 커리큘럼 충실하게 따라."

초롬은 송 회장에겐 약속을 지킬 생각이 애당초 없었는지도 모르겠다는 생각이 들었다. 망상이 끝 간 데 없이 치달았다.

설마…….

만약 영리가 자신과 닮았다는 걸 엄마가 예전부터 알고 있었다면? 그래서 나 기사 아저씨가 세상에서 사라지길 누구보다 바라고 있었다면? 설마, 그 사고가 우연이 아니었다면? 그렇다면 영리가 너무 가여웠다. 조금 전까지만 해도 영리를 경계하고 미워했는데 갑자기 연민이 밀려왔다. 서울대를 가지 못하더라도 영리를 내보내는 게 옳지 않나, 싶었다. 그러다 불안이 다시 고개를 들자 초롬은 스스로가 시한폭탄처럼 느껴졌다. 시한폭탄을 안고 사는 삶은 한없이 괴롭고 외로웠다.

〔초롬은 가짜〕

쉬는 시간에 도착한 메시지를 보고 화들짝 놀란 민들레는 사방을 둘러보았다. 발신자 표시 제한이라서 누가 보냈는지는 알 수 없었다. 왜 자신에게 이런 걸 보낸 걸까 몰라서 더 두려웠다. 그리고 그동안 왜 이 생각을 하지 못했는지 스스로가 놀랍기도 했다.

민들레는 곰곰이 고민했다. 아무리 정신을 차렸다 한들 갑자기 저렇게 공부를 열심히 할 수 있는 걸까, 그렇게 좋아하던 쇼핑이나 패션에도 관심을 끊을 수 있는 걸까. 생각의 방향을 바꾸자 그간의 퍼즐이 조금씩 맞춰지는 느낌이었다.

민들레는 확인해 보기로 했다. 그러려면 초롬과 다시 친해지는 게 좋았다. 초롬에게 사과하고 싶다는 민들레의 말에 수빈은 대환영했다.

"잘했어. 먼저 사과하면 오히려 초롬이가 더 미안해할걸?"

영리는 무심한 척 사과를 받아들였다. 조금 수상하다는 생각은 감춰두었다.

초롬을 향한 의심을 키우는 사람은 민들레뿐이 아니었다.

성주는 병원에서 다시 한번 그 여학생을 보았다. 이번에도 검은 마스크에 검은 모자를 쓰고 있어 오히려 알아보기 쉬웠다.

어떤 할머니가 학생을 잡고 말을 걸었다. 학생이 할머니에게 대답했지만, 할머니는 듣지 못한 듯 고개를 저었다. 그러자 학생이 마스크를 턱까지 내리고 다시 말했다. 성주의 눈이 커졌다. 그 학생은 분명 초롬이었다. 평소와 사뭇 다른 초롬의 태도는 계속 신호를 보내고 있었다. 뭔가 숨기고 있다고.

성주가 조심히 초롬의 뒤를 밟았다. 또다시 엘리베이터가 15층에서 멈추었다. 성주는 숨을 몰아쉬며 비상계단을 올랐다. 의료진 흉내를 내기도 어려운 상황이었다. 한달음에 15층까지 오른 성주는 비상계단 철문을 조금 열고 안을 들여다보았다. 그리고 귀를 기울이며 착실하게 기다렸다. 무슨 일이 일어날 때까지.

20분 가까이 그러고 있을 때였다. 초롬이 간호사와 함께 걸어가는 모습이 틈으로 보였다. 그리고 성주는 간호사가 하는 말을 똑똑히 들었다.

"잘 가, 영리야. 다음에 보자."

"네, 안녕히 계세요."

가슴이 두근거렸다. 간호사는 분명 영리라고 했다. 성주는 지난번에 메모해 놓은 걸 찾아보았다. VIP 병실 환자 이름인 이은주, 나석현, 송세창, 김민식. 물론 그새 누군가 퇴원하고 새로 들어온 환자가 있을 수도 있었다. 영리라는 학생이 반드시 환자의 가족이라는 법도 없었다. 그래도 성주는 환자들의 성과 영리라는 이름을 차례대로 조합했다. 이영리, 나영리, 송영리, 김영리, 나… 영리? 계단을 내려가며 성주는 '나영리'라는 이름을 몇 번 읊조렸다. 분명 언젠가 들은 적이 있는 이름이었다.

그날 저녁 성주는 도산공원 근처의 한 스피크이지 바[3]에 갔다. 성주 형편에 편히 갈만한 곳은 아니었지만, 깊이 생각할 일이 있을 때는 꼭 그곳에 갔다. 그곳에 가면 생각이 잘 풀리곤 했다.

성주가 가게 문을 열고 은은한 어둠 속으로 빨려 들 듯 들어섰다. 갖가지 위스키가 배열된 유리 진열장이 검은 우주를 유영하는 고고한 우주선처럼 불빛을 뿜어내며 허공에 떠올라 있었다. 그 고혹적이면서 조금은 퇴폐적인 불빛을 등지고 몇 명의 바텐더가 바에서 손님을 맞고 있었다. 성주는 즐겨 마시는 위스키를 주문하며 어서 이 찝찝함을 떨쳐내고 싶다고 생각했다.

몇 잔 마시고 적당히 술기운이 올랐을 때 익숙한 음악이 흘러나왔다.

Chet Baker의 〈My Funny Valentine〉. 그리고 음악을 듣는 순간 기억 버튼이 눌린 듯 모든 게 떠올랐다. 지난겨울, 동창 모임에서 한 친구가 그 얘기를 했을 때도 이 음악이 흘러나왔다.

"우리 학원에 기대주가 있었어. 전교 1등만 하는 나영리라는 애였는데, 이름처럼 정말 영리했거든. 그래서 원장이 장

---

3) Speakeasy bar, 불특정 다수에게 공개되지 않고 홍보도 하지 않는 비밀스러운 가게.

학금도 주고 공을 들였어. 그래도 수학은 대치로 가더라. 아무튼 그 애가 수능 날 교통사고가 나서 시험을 못 치렀어. 별로 다치지 않았는데도 시험장에 안 갔다더라고. 그런데 이상한 건 그 후로 완전히 증발해 버렸다는 거야. 내신이랑 생기부가 워낙 좋으니까 수능 최저 없는 수시도 넣었는데 면접도 안 갔대. 서울대 못 간 충격이 컸는지 졸업식에도 가지 않았고. 최고만 찍던 애들은 이런 게 문제야. 실패를 받아들이지를 못하니 원."

나영리라는 독특한 이름은 분명 그때 들었다. 나영리가… 증발했다. 성주는 전화기를 들었다. 전화기 너머로 친구의 목소리가 들렸다.

– 어. 성주야.

"지난겨울에 네가 얘기한 애 있잖아. 교통사고 나고 갑자기 증발해 버렸다는 전교 1등, 이름이 뭐라고 했지?"

– 아, 그 애. 나영리. 작년 우리 학원에서 유일하게 전교 1등 하던 애였지. 갑자기 걔는 왜?

성주는 별거 아니라며 근황과 안부로 말을 돌리고는 전화를 끊었다. 그리고 미소 지으며 바텐더에게 위스키 한 잔을 더 주문했다.

다음날 학교에서 성주가 민들레를 불렀다.

"요즘 초롬이 어땠어. 뭐 특별한 거 없었니?"

민들레는 '초롬은 가짜'라는 문자를 혹시 성주가 보낸 것일까 생각했다. 하지만 그렇다면 자신에게 초롬을 지켜보라고 시킬 이유가 없었다. 도대체 누가, 왜 보낸 것일지 궁금하고 답답해 죽을 지경이었다. 민들레는 혹시나 하고 성주에게 물어보려다가 그만두었다.

"이상하긴 해요. 겉모습은 분명 초롬인데, 초롬이가 아닌 것 같아요. 안 하던 공부를 하는 건 그렇다 치고, 예전과 같은 행동을 해도 뭔가 좀 달라요. 클론이 대신 학교에 온 느낌이랄까요."

"그래? 그렇구나."

성주는 뭔가 생각하다가 회심의 미소를 지으며 말했다.

"알았다. 가봐. 곧 모의고사니까 공부 열심히 하고. 친구들 다 대학 잘 갈 텐데 너도 인서울은 해야지. 친구 관계도 한쪽이 너무 처지면 멀어지는 법이거든. 널 위해서 하는 말이야."

민들레는 교실로 들어가며 중얼거렸다.

"또라이 변태 새끼가 생각해 주는 척은. 아, 씨. 빨리 졸업해야 저 면상 안 보지."

성주는 마지막으로 한 번만 떠보기로 했다. 이미 확신은 섰다. 그날 오후, 하교하는 무리 틈에서 언뜻 보이는 초롬의 등에 대고 성주가 큰 소리로 외쳤다.

"영리야! 나영리!"

영리의 심장이 두어 번 빠르게 뛰었다. 이곳에서 '나영리'라는 이름을 들을 줄은 몰랐다. 온몸의 피가 차갑게 식는 기분이었다. 돌아보고 싶은 충동을 간신히 참았다. 그러면 모든게 끝이니까. 발걸음을 멈추지 않으려 애썼지만, 다리에 힘이 풀렸다.

199

목소리의 주인은 분명 담임인 성주였다. 그가 알아낸 것이다. 자신이 가짜라는 것뿐 아니라 본명까지. 어떻게 알았을까. 누군가 성주에게 정보를 넘긴 걸까? 공 비서에게 알려야 하나. 아니, 그 전에 담임이 뭘 원하는지 알아내는 게 더 낫겠지. 협박인지, 거래인지, 아니면 다른 무언가인지.

모든 것은 찰나에 이루어졌다. 그러나 성주는 분명히 보았다. 순간 움찔하는 초롬의 미묘한 떨림을. 못 들은 척 걸어갔지만, 초롬을 감싼 기류에 분명 변화가 있었다.

이틀이 지났다. 그간 성주의 입가에서 웃음이 떠나지 않았다. 주변 교사들이 로또라도 되었냐며 농담을 던졌다. 성주는 그동안 왜 자꾸 초롬이 신경 쓰였는지 이제야 알 것 같았다. 거액을 벌 수 있는 신호를 본능이 알려준 것이었다. 초롬 행세를 하는 애가 누구인지는 중요하지 않았다. 함초롬 회장에게 큰돈을 뜯을 판이 열린 것이 그저 기쁠 뿐이었다.

성주는 영리를 상담실로 불렀다. 학기 초부터 초롬을 점찍고도 섣불리 움직이지 못했다. 이미 1, 2학년 성적을 망친 초롬이 수시로 대학에 갈 수는 없기에 송 회장이 거절할 확률이 크다고 짐작해서였다. 그것이 지금까지 초롬이라는 먹음직스러운 먹잇감을 주시하면서도 더 적극적으로 움직이지 않은 결정적인 이유였다. 그런데 이런 좋은 구실이 굴러들어 오다니. 유명 기업체 대표가 자녀의 대리 수능을 위해 학교에 대역을 보내고 있다! 지금까지와는 차원이 다른 돈을 벌 기회였다.

성주가 상담실 냉장고에서 주스 한 병을 꺼내 건네고 소파에 앉았다. 영리는 주스 병에 적힌 함초롬 로고를 바라보았다. 며칠 전 자신의 이름을 외쳤던 성주의 목소리가 귓가에 맴도는 듯했다. 성주가 익명 문자 발신자일까? 아니, 경찰서에서 본 두 번호에 성주의 것은 없었다. 아니, 다른 번호로 보냈을 수도 있다. 이런 상황에서는 그저 부딪쳐 보는 수밖에 없다. 생각해 보자. 자신을 부른 이유는 뭘까. 이유가 무엇이든 성주는 분명 알고 있다. 문제는 어디까지 알고 있느냐, 그리고 무엇을 원하느냐였다. 분명 감당하기 힘든 요구를 해올 거란 생각에 손가락 끝이 떨렸다. 영리는 주스 병을 꽉 쥐었다. 손에 전해지는 냉기가 흐트러지려는 생각을 잡아주었다.

"잘 마실게요, 선생님."

"어머니는 잘 계시지? 회사도 잘 되시고?"

"네? 네."

성주가 영리를 보고 히죽거리다 다시 말했다.

"공부하기 힘들지는 않고?"

"괜찮아요. 다들 하는 건데요."

"하긴, 두 번째 고3이라 다른 애들보단 할 만하겠다. 그치? 경험치가 있으니까."

영리는 얼굴에서 핏기가 사라지는 것을 느꼈다. 성주가 구렁이 같은 미소를 지으며 말했다.

"말 돌리지 않으마. 초롬 어머니께 비밀을 지켜주는 대가로 10억을 달라고 말씀드려라. 내가 말씀드리자니 영 민망해서 말이야."

"그게 무슨 말씀이세요."

성주가 차갑게 눌러 말하며 쐐기를 박았다.

"이름은 나영리. 전 성현여고 전교 1등. 나이는 송초롬보다 한 살 많겠고. 초롬이 행세를 하는 건 보나 마나 대리 수능 때문이겠지. 송 회장님 참 치밀한 분이야. 수능 당일도 아니고 아예 고3 내내 대역을 세우다니. 그래서 그렇게 성공했나? 아무튼 잘 말씀드려라. 계획이 무산되면 네 아버지 나석현 씨도 더는 치료받기 어려워지겠던데. 돈이 없어 죽어가는 내 아들처럼."

상담실 온도가 새파란 빙하처럼 차가워지는 듯했다. 자신뿐 아니라 아빠의 상황까지 알고 있다니. 대체 어디까지 파고든 걸까. 영리는 마른침을 몇 번이나 삼켰다. 자꾸만 머릿속이 하얘지려는 와중에도 중심을 다잡으려 애썼다. 이미 일은 벌어졌다. 갈팡질팡하지 말고 서둘러 해결책을 세워야 했다. 어쩌면 상대가 성주인 게 다행일지도 몰랐다. 돈이면 되는 사람이니까. 어쩔 수 없이 영리는 공 비서를 떠올렸다. 그와 상의해야 할 문제였다.

"빠른 답변 기다리마."

할 말은 다 했다는 듯 성주가 유유히 상담실을 나섰다.

영리는 공 비서에게 메시지를 보냈다.

〔SOS〕

영리는 저택에서 공 비서를 만나자마자 성주의 일을 이야기했다. 공 비서는 고개 숙인 영리에게 침착하게 말했다.

"내가 알아서 할 테니 걱정 말고 평소처럼 지내라."

"정말요?"

"그래, 마음고생한 것 같은데, 가서 쉬어."

영리는 그제야 마음이 조금 놓였다. 영리가 새삼스레 공 비서의 뒷모습을 바라보았다. 늘 한결같이 묵묵하고 단단한 사람이었다. 하지만 가끔 허공 어딘가로 흩어지는 눈빛이 한 없이 쓸쓸해 보이기도 했다. 영리가 보기에 그는 일개 비서나 할 사람이 아니었다. 그런데 어째서 자기 삶이 없는 사람처럼 송 회장의 수족으로 사는 걸까? 도대체 무엇 때문에.

"비서님, 뭐 하나만 물어봐도 돼요?"

"그래."

"왜 그렇게까지 회장님한테 충성하세요? 솔직히 이해가 안 가요. 가끔은 막 대하기도 하잖아요."

공 비서가 창밖의 땅거미를 바라보며 천천히 입을 열었다.

"모든 인연은 길든 짧든 다 시절 인연이야."

시절 인연. 영리는 그 말을 낮게 읊조렸다.

203

"난 그저 회장님과의 시절이 끝날 때까지 최선을 다하고 싶 은 거다. 언젠가 우리의 시절도 끝나겠지만, 아직은 아니니까."

공 비서는 그렇게 말하고 자리를 떴다.

영리는 이미 지나간 인연과 아직 끝나지 않은 인연을 떠올 렸다. 초롬도, 송 회장도 언젠가는 끝날 시절 인연일 것이다. 그리고 아빠도.

D-121 불청객

　1학기 기말고사 성적표가 배부되었다. 초롬의 성적은 더 상승했다. 이제 대명고에서 누구도 초롬을 꾸미기만 좋아하는 머리 빈 재벌 딸이라고 생각하지 않았다. 부상의 좌절을 극복하고 승마선수였던 근성으로 단기간에 성적을 올린 강한 의지의 소유자라 칭송하는 아이들이 많아졌다. 모수빈이 부러워하며 말했다.

　"진짜 좋겠다, 초롬아. 난 이번 기말 망해서 할머니한테 죽었는데. 아니지, 그 전에 엄마한테 죽을 거야."

　수빈의 사정을 알기에 영리가 위로를 건넸다.

　"3학년 1학기가 하락세인 게 아쉽긴 하지만, 그동안 내신이 좋아서 총 내신은 크게 떨어지지 않을 거야. 그리고 나랑 같이 수능 스터디 하잖아. 정시도 있으니까 너무 걱정하지 마. 모의고사 성적도 계속 오르고 있으니까."

　"그렇겠지? 위로 고마워, 초롬."

수빈이 조금 안도했다. 그러나 민들레는 사색이 되었다. 성적 때문만이 아니었다. 방금 도착한 익명의 메시지 때문이었다.

〔자꾸 송초롬 뒤를 파면 네가 담임과 부적절한 관계라는 소문을 퍼뜨릴 거야.〕

짧게 줄인 교복 치마를 입은 민들레와 귓속말을 하느라 얼굴을 맞대다시피 한 성주의 모습이 찍힌 사진도 함께였다. 복도를 걷는 민들레의 어깨를 잡는 사진도 있었다. 누가 봐도 오해하기 딱 좋았다. 민들레는 전에 온 '초롬은 가짜'라는 메시지와 이번 메시지 사이에서 어느 장단에 춤을 추어야 할지 혼란과 함께 공포를 느꼈다.

영리도 성주 일로 공 비서의 대답을 기다리고 있었다. 그러나 영리는 괜한 걱정을 한 셈이 되었다. 그날 저녁의 소름 끼치는 뉴스 때문이었다. 경기도 어느 호텔에서 대치동 유명 사학 교사가 추락사했다는 뉴스였다.

앵커는 아직 경찰 조사 중이며 유서가 발견되지 않아 모든 가능성을 열어두고 수사 중이라 했다. 김 모 교사가 평소 아들의 치료비를 홀로 감당하며 힘겨워했다는 지인의 인터뷰도 이어졌다. 성주를 아는 사람이라면 뉴스의 주인공이 그라는 걸 금방 눈치챌 수 있었다. 앵커는 침통한 목소리로 이번 사건으로 개인이 희귀질환의 막대한 치료비를 감당하는 게 얼마나 어려운 일인지 여실히 드러났으며, 국가 차원의 실질적 지원과 사회 안전망 구축이 절실하다고 덧붙였다.

핸드폰 알림음이 쉴 새 없이 울렸다. 대명고 오픈톡방에 사실인지 아닌지 모를 소식이 끊임없이 올라왔다. 평소 성주를 좋아하진 않았지만, 아픈 아이를 생각하면 안타깝다는 의견이 많았다.

영리는 인터넷 기사를 찾아보았다. 모든 가능성을 열어두었다면서도 많은 기사가 은근히 자살에 무게를 두는 스토리텔링을 펼쳐냈다. 믿을 수 없었다. 성주처럼 탐욕으로 가득한 사람이 그렇게 죽을 리가 없었다. 민들레의 생각도 마찬가지였다. 하지만 이제는 초롬에 대한 관심을 끊기로 했다. 성주가 죽은 마당에 초롬이 가짜든 진짜든 더는 중요하지 않았다. 그보다는 초롬을 의심하며 파고들던 성주가 죽었다는 사실이 더 무서웠다. 민들레는 혹시 자신이 다음 차례가 되는 건 아닐까 하는 공포에 시도 때도 없이 휩싸였다.

누가 성주를 죽였을까. 아무리 생각해도 영리는 한 사람밖에 떠오르지 않았다. 공 비서. 그가 송 회장의 지시를 받아 성주의 입을 죽음으로 막은 것이 틀림없었다.

그날 밤 영리는 송 회장의 방 앞에 서 있었다. 노크하려던 손을 멈췄다가 다시 내밀어 두드렸다. 소리가 유난히 크게 들렸다.

"무슨 일이야?"

"담임 선생님이 돌아가셨어요."

송 회장이 책장을 넘기며 대답했다.

"알아."

평온해서 더 섬찟한 목소리였다.

"그렇군요."

영리가 나가려다 말고 다시 송 회장 쪽으로 몸을 돌렸다.

"혹시……."

송 회장의 손이 멈췄다.

"혹시 뭐?"

"회장님의 지시인가요?"

송 회장이 차가운 표정으로 대답했다.

"아니, 네가 한 거지."

"네?"

"네가 병원에 몰래 다니다가 그 인간한테 꼬리를 밟혔지. 네 맘대로 단독 행동을 하니까 이런 일이 생긴 거잖아. 10억으로 끝낼 수 있었다면 좋았겠지. 하지만 김성주는 절대 그걸로 멈추지 않았을 거야. 일을 다 망쳐버렸을 거라고. 이게 단순히 너 하나로 끝나는 일이니? 몇 사람 인생이 걸렸는지 몰라?"

영리가 한 치의 미동도 없이 헌병처럼 서 있는 공 비서를 돌아보았다. 도대체 어떤 사정이 있길래 상사를 위해 그렇게까지 할 수 있는 걸까, 어디까지 더 할 수 있는 사람일까 싶어 영리는 몸이 떨렸다.

"알고 계셨어요?"

송 회장이 어이없다는 듯 물었다.

"그럼 네가 보고하지 않는 건 내가 모르는 줄 알았어?"

송 회장이 핸드폰 액정을 눌러 파일 하나를 재생했다. 누군가 상담실에서 성주와 영리가 대화하는 내용을 녹음한 파일이었다. 학교에도 송 회장의 손길이 뻗어 있다는 사실에 영리는 뒷골이 뻐근해졌다.

"다행히 우리는 마무리가 깔끔한 전문가를 알고 있지. 그리고 뭐가 문제야. 어차피 쓰레기 같은 인간이었는데. 어쩌면 다행일지도 모르지. 적어도 애가 아빠를 부끄러워하며 살지는 않을 거잖아? 그 인간이 점찍은 학부모에게 내신 시험지 빼돌려 파는 거 알고 있었니? 2년 전 성현여고 사건 알지? 네가 다닌 학교니까 잘 알겠지."

성현여고라는 말에 영리의 심장이 바닥까지 내려앉았다.

"그때 죽은 애가 성적이 급상승한 게 교무부장이 빼돌린 기말고사 답지를 암기해서 그런 거란 말이 돌았지. 실제로 객관식 답만 적은 메모지도 발견되었고. 그 애가 자살했지 아마? 그 교무부장이 김성주 절친이었어. 역시 끼리끼리는 알아보는 법이지. 김성주 아들 걱정은 하지 마. 그 인간 벌 만큼 벌어놨어."

영리는 멍한 표정으로 송 회장의 방을 나왔다. 다경을 죽음으로 몰았던 그 사건이 머릿속에서 휘몰아쳤다. 죽기 직전 다경이 영리에게 보낸 문자와 죽은 다경의 모습은 영리를 끊임없이 괴롭혀 왔다. 그런데 성현여고 교무부장이 성주의 친구였고, 성주도 같은 일을 해오고 있었다니. 그렇다면 김성주 그 인간, 죽어도 싼 거 아닌가 싶었다. 그러나 이내 영리는 그런 자신이 무섭게 느껴졌다.

그날 밤에도 다경은 영리의 꿈에 찾아왔다. 지난번보다 더 가까이, 더 선명하게. 다경의 입술이 열리려는 찰나, 영리는 비명을 삼키며 잠에서 깼다.

성주의 죽음으로 대명고는 또다시 전국적으로 화제에 올랐지만 채 이틀을 넘기지 못했다. 갑작스러운 유명 연예인의 마약 사건에 관심과 논란은 금세 파묻혔다. 대명고 이사장은 겸의 모친 윤 관장에게 난처함을 호소했고, 윤 관장은 아들이 다니는 학교가 구설에 오르는 걸 원치 않았다. 액세서리 함에서 귀걸이를 고르듯, 윤 관장의 비서는 수많은 파일 중 하나를 골랐다. 그리고 곧 여름방학이 되면서 김성주 사건은 학생들과 학부모의 기억 속에서 희미해졌다. 더없이 가벼운 죽음이었다.

방학식 날, 영리는 아빠를 보러 갔다. 영리의 얼굴이 굳었다. 아빠의 낯빛이 전보다 어둡고 좋지 않았다. 간병인은 일시적인 현상이니 걱정 말라며 영리를 안심시켰다. 그 말이 거짓이란 걸 영리가 알 리 없었다. 석현의 상태는 나날이 심각해지는 중이었다. 간병인이 영리를 배웅하며 말했다.

"너무 자주 면회 오는 건 지금 아버지 상태에서 좋지 않아. 여름방학 지나면 대학 원서 쓰고 곧 수능이라며? 내가 잘 돌볼 테니까 입시 끝날 때까지는 너무 자주 오지 말도록 해."

영리는 친절한 말에서 뭔가 이상한 느낌을 받았지만, 그게 좋다면 그렇게 할 생각이었다.

그 시간, 함초롬 본사 17층 전략회의실 벽면 스크린에는 분기 성과 지표가 떠 있었다.

"법무 컴플라이언스 관점에서 몇 가지 리스크가 있습니다."

기성이 차트를 넘기며 이어 말했다.

"특히 인도네시아 원료 공급선 변경 건은 해지 조항이 우리 쪽에 불리합니다. 손해배상 예정액과 최소 구매 의무, 임의 해지 조항의 범위를 다시 보시죠. 준거법과 분쟁 해결 조항도 재검토가 필요합니다. 현장 경험만으로는 한계가 있습니다. 표준 체크리스트 기준으로 계약 조항을 재점검해야 합니다."

그가 말을 멈추고 짧게 미소 지은 뒤 다시 말했다.

"인력 보강도 필요합니다. 로스쿨 출신을 포함한 법무, 재무 복합 태스크포스를 꾸리면 실수를 줄일 수 있겠죠. 실사는 제가 총괄하겠습니다."

송 회장이 의자 등받이에 기대 팔짱을 꼈다.

"계약은 현장 데이터에 맞춰 진행하세요. 그리고 사람은 학벌로 뽑지 않습니다."

"물론입니다. 다만 증명된 배경은 리스크를 낮춥니다."

기성이 '증명된'이라는 단어를 강조했다. 송 회장이 단호히 잘랐다.

"그 얘기는 여기서 끝. 법무가 최종 검토하고 일정은 그대로 갑니다."

회의가 끝난 뒤 복도에서 박기성은 서류를 들고 핸드폰을 내려다봤다. 아주 잠깐 그의 입가에 미소가 스쳤다가 사라졌다.

무더운 8월 초, 인천공항에 한 남자가 도착했다. 햇볕에 그은 피부, 큰 키에 선글라스를 쓴 근육질의 남자는 '김태진님, 환영합니다'라고 적힌 피켓을 향해 다가갔다. 태진이 피켓을 든 남자에게 손을 내밀었다.

"오랜만입니다."

"그렇군요. 12년 만인가요?"

"세월 참 빠르네요."

태진이 마중 나온 남자의 뒤를 따라 차에 올랐다. 남자가 태진에게 현금과 핸드폰, 신용카드가 담긴 가방을 건넸다. 태진이 가방을 받으며 말했다.

"초롬이 학교부터 가죠. 무척 보고 싶군요. 아, 지금 방학인가요?"

"스케줄 알아뒀습니다. 지금 가면 학원 끝날 시간에 맞출 수 있을 겁니다. 그나저나 너무 오랜만이라 못 알아보시는 거 아니에요?"

"설마요. 인스타 쭉 보고 있었는걸요. 저 초롬이 팔로워예요."

선글라스 속 태진의 눈이 환하게 웃었다. 태진은 공항에서 대치동까지 가는 내내 오랜만에 보는 풍경을 새겨넣듯 바라보았다.

"많이 좋아졌네요, 한국."

태진이 학원 앞에서 얼마간 기다리자 학생들이 우르르 쏟아져 나왔다. 태진은 학생 무리에 섞인 초롬을 바로 알아보았다. 영리가 버스에 오르기 전, 태진이 불쑥 다가가 떨리는 목소리로 말했다.

"초롬아, 아빠야."

태진은 눈물을 흘리며 영리를 덥석 끌어안았다. 학생들이 두 사람을 흘끔거리며 버스에 올랐다. 영리가 황급히 태진을 밀어내자, 태진은 곧바로 핸드폰 번호가 적힌 쪽지를 건넸다.

"아빠가 일이 있어서 빨리 가봐야 해. 내 번호야. 시간 날 때 전화해라. 곧 또 만나자."

태진이 손을 흔들며 자리를 뜬 뒤에도 영리는 버스 정류장 의자에 한참을 앉아 있었다.

송 회장도 퇴근길에 태진을 마주쳤다. 태진은 회사 로비 한복판에서 능글맞게 웃으며 송 회장에게 다가갔다. 불쑥 나타난 과거의 망령에 송 회장은 몸을 떨었다.

십여 년 전, 송 회장은 배임, 횡령 등의 혐의로 태진을 회사에서 쫓아내고 합의이혼 했다. 무능하고 쓰레기 같은 남편이 한창 성장해 가는 자식 같은 기업 함초롬의 이미지를 깎는 것을, 술만 취하면 폭행을 일삼는 걸 참을 수 없었다. 하지만 이혼 후에도 태진의 치졸한 괴롭힘은 계속 이어졌다. 송 회장은 이를 악물고 차곡차곡 증거를 모으며 준비했다. 그리고 그것들을 태진에게 들이밀며 감옥에서 썩기 싫으면 해외에 나가 죽은 듯이 살라고 말했다. 태진은 한국에 들어오지 않는 조건으로 거액을 요구했고 송 회장은 바로 응했다. 자유의 대가로 그 정도는 치를 수 있었다. 송 회장은 태진이 돌아오면 정말로 경찰에 증거를 보낼 생각이었고, 태진도 그걸 알았기에 죽은 듯 살았다. 그런 태진이 약속을 깨고 나타났다는 건, 그리고 송 회장을 두려워하지 않는다는 건, 여러 가지 뜻을 품고 있었다. 누군가 태진의 뒤를 봐준다는 것이고 그 까닭은 충분히 짐작할 수 있었다. 그 누군가가 송 회장을 견제하고 있다는 뜻일 터였다.

"이야. 회사 삐까뻔쩍하네. 송나희 출세했어."

송 회장이 이를 악물었다.

"내 눈앞에 있는 게 유령인가? 살아서는 돌아오지 말라고 했을 텐데?"

"다른 뜻은 없어. 나도 나이 들었나 봐. 자식이 보고 싶더라고."

"당신한테 아빠 자격이란 게 있어?"

"있든 없든 초롬이랑 나는 천륜으로 이어져 있어. 일주일에 한 번만 만나지."

송 회장은 직원들이 흘끔거리는 것도 아랑곳하지 않고 목소리를 높였다.

"곧 수능이야. 자식 앞날을 방해할 셈이야?"

"그러니까 일주일에 한 번만 본다고. 나도 초롬이 미래 걱정해. 딸이랑 매주 밥 한 번은 먹을 수 있는 거 아냐? 설마 굶어가며 공부하는 건 아니겠지? 나 홀대하지 마. 나 복사본 갖고 있거든. 물론 네가 '그곳'에 다녔던 증거도."

순간 송 회장의 하이힐이 대리석 바닥을 긁으며 날카로운 소리를 냈다. 리셉션 직원 둘이 서로 눈치를 보더니 재빨리 시선을 거뒀다. 완벽히 없앤 줄 알았는데……. 송 회장이 입술을 깨물었다. 복사본이란 송 회장의 영상이고, 그곳이란 송 회장이 다녔던 고급 술집을 말하는 것일 테다. 송 회장이 만으로 스무 살이 채 되지 않았을 때, 연예기획사에 속고 태진에게 떠밀려 다녔던 곳이다. 그리고 영상에는 송 회장이 태진을 죽이겠다고 소리치며 칼로 찌르는 장면이 녹화되어 있었다. 태진이 자신을 폭행하는 장면을 찍으려고 송 회장이 몰래 집안에 설치한 CCTV에 찍힌 영상이었다. 태진의 상습적인 폭행을 견디다 못한 송 회장은 어느 날 충동적으로 태진을 찔렀다. 그러나 자신을 보호하려 찍은 영상이 되레 빌미가 될 줄은 몰랐다. 송 회장 자신이 피해자라 하더라도 그 일이 알려지는 건 생각만 해도 끔찍했다. 그 두 가지 비밀은 현대판 귀족을 꿈꾸는 송 회장이 숨겨야 하는 치부였다. 태진은 자신의 무기가 가장 치명적인 힘을 발휘할 때를 기다렸을 테고, 바로 지금이 그때라 판단해 돌아왔으리라.

태진이 셔츠 자락을 들어 올려 흉터를 보이며 짐승처럼 웃었다.

"초롬이가 알면 좋겠어?"

더는 두고 볼 수 없어 공 비서가 태진 앞을 막아섰다. 태진이 공 비서를 보며 빈정거렸다.

"이 자식 아직도 네 옆에서 얼쩡거리냐? 걱정 마. 그건 그냥 보험이야. 갖고만 있을 거라고. 초롬이를 만나게 해준다면."

송 회장은 태진의 능글맞은 말과 눈빛이 축축한 혀가 되어 자신을 휘감는 듯했다. 그리고 '이 남자는 절대 안 된다'는 온 세상의 경고를 무시했던, 어리고 어리석었던 과거를 후회했다. 본능과 직감이 위험을 알렸는데도 애써 모른 척한 그 시절의 자신을 저주하고 싶었다.

언젠가 공 비서가 왜 하필 그런 놈을 만났냐고 물은 적이 있었다. 그때 송 회장은 이렇게 대답했다. 가장 바닥일 때 옆에 그 사람밖에 없었다고, 썩은 동아줄인 줄 알면서도 태진을 잡을 수밖에 없었다고. 그러니까 이제는 꼭 위로 올라가야만 한다고.

그곳은 지긋지긋했다. 몸에 배어버릴 것 같은 반지하의 곰팡내, 한겨울의 냉기처럼 하수구에서 올라오는 악취, 어디로 도망가든 고소장처럼 따라붙는 가난의 근원은 못난 아버지였다. 왜 엄마가 도망가지 않는지, 아버지를 끊어내지 못하는지, 나희는 이해할 수 없었다. 그래서 서울로 도망쳤다. 지독한 운명에 태진 같은 인간을 만났지만, 엄마처럼 살 수 없기에 태진을 버렸다. 그 뒤로는 거짓말처럼 모든 일이 잘 풀렸다. 다시는 그 전으로 돌아가고 싶지 않았다. 사람들이 태생부터 귀족 같다, 평생 어려움을 모르고 살았을 것 같다고 하면 송 회장은 그저 웃기만 했다. 그들의 믿음이 깨지지 않기를, 시궁창에 잠겨 살았던 과거를 아는 사람 모두가 세상에서 사라지길 바라면서.

송 회장이 겨우 입을 열었다.

"일주일에 한 번만이야."

"알았어. 알았다고, 이 여자야."

태진이 유유히 손을 흔들고는 회사 로비를 빠져나갔다. 느릿느릿 걷는 태진을 보고 공 비서가 주먹을 꾹 쥐었다.

로비가 다시 정적에 잠겼다. 송 회장은 여전히 그 자리에 서 있었다. 공허한 시선이 태진이 사라진 유리문 너머 어딘가에 머물렀다. 공 비서는 잔뜩 굳은 송 회장의 어깨를 감싸주

215

고 싶었다. 이만큼 올라왔어도, 이렇게 많은 걸 가졌어도, 아직 과거는 송나희의 여린 어깨에 유령처럼 달라붙어 있었다.

"회장님."

공 비서가 조심스럽게 불렀다. 송 회장이 정신을 차리고 곧게 섰다. 다시 철벽같은 표정을 지었지만, 공 비서는 알았다. 송 회장이 조금 전, 힘들었던 시절로 잠시 시간 여행을 다녀왔단 것을.

D-099 배후

둔중한 충격과 함께 터져 나오는 처절한 비명과 저주의 소리가 방 안을 가득 채웠다. 송나희는 온몸에 내리꽂히는 통증에 정신을 차릴 수가 없었다. 태진이 잠시 틈을 보였을 때, 나희는 남은 힘을 쥐어짜 그의 거구를 밀었다. 뜻밖의 기습에 태진은 뒤로 자빠지며 벽에 머리를 부딪혔다. 그 틈을 타 나희가 주방으로 달려가 식칼을 빼 들었다. 뒤통수를 문지르며 태진이 다가왔다.

"왜, 그거로 나 찌르게? 어디 찔러봐, 이년아. 대신에 못 찌르면 내가 너 죽인다. 내가 말했지. 딸은 지 엄마 팔자 못 벗어난다고."

양손으로 식칼을 꼭 쥐고 부들부들 떠는 나희를 향해 태진이 점점 가까이 다가갔다. 눈물로 얼룩진 나희의 얼굴 위로 그림자가 드리웠을 때, 나희는 눈을 감고 있는 힘껏 칼을 내밀었다. 그리고 철 계단을 덜컹거리며 밖으로 뛰쳐나갔다. 눈

내리는 어두운 골목길을 나희는 맨발로 달렸다.

나희에게 폭력의 시작은 태진이 아니었다. 더 오래전으로 거슬러간다. 더 멀리, 어린 시절로. 거기에 아버지라고 부르기도 싫은 인간이 있었다. 무능력과 도박도 모자라 기생충처럼 엄마와 나희를 시들게 하던 인간이었다. 엄마가 세상을 떠난 날, 나희는 무작정 서울행 버스를 탔다.

도시에서 이리저리 치일 때 태진을 만났다. 다정한 태진과 함께하는 시간은 휴식 같았다. 처음으로 엄마 얘기를 한 날, 태진의 품에서 한참을 울었다. 이제 자신에게 기대라는 태진의 말만 믿고 그의 옥탑방에 들어갔다.

그러나 나희가 태진의 본모습을 알게 되는 데는 그리 오랜 시간이 걸리지 않았다. 얼마 되지 않아 폭력이 시작되었다. 육체의 고통보다 힘든 건 지독한 저주와 지배였다. 가스라이팅이라는 단어도 모르던 시절이었다. 엄마 팔자 닮는다는 저주는 자꾸만 나희의 재능과 의지를 꺾었다. 부정하려 할수록 불안과 의심은 더 끈끈하게 달라붙었다. 정말 딸은 엄마 팔자를 못 벗어나는 걸까? 그렇다면 자신의 옆자리는 태진 같은 인간이 걸맞은 건가 하는.

심장이 터질 듯 달리던 나희가 비명을 질렀다. 태진이 어느새 배에 꽂힌 칼을 덜렁거리며 바짝 뒤를 쫓고 있었다. 잡힐 듯 잡히지 않는 숨 막히는 추격전이 이어졌다. 태진이 손을 뻗었다. 그러다 결국, 나희의 머리카락을 움켜잡았다. 비명조차 지르지 못하는 나희의 귀에 대고 태진이 조롱했다.

"어디가! 나한테 칼 꽂고 어디 가냐고. 넌 죽어도 나한테

서 못 벗어나. 알아?"

태진이 배에 꽂힌 칼을 빼내 휘둘렀다. 그 순간 비명과 함께 나희가 꿈에서 깨어났다.

실크 네글리제가 땀에 흠뻑 젖어 있었다. 송 회장은 속눈썹까지 파르르 떨리는 눈을 두 손으로 덮었다. 빈도가 줄다가 이제는 거의 꾸지 않던 악몽을 다시 꾸었다.

호흡을 가다듬으며 생각했다. 초롬은 절대 태진 같은 아비를 만나면 안 된다고. 또 생각했다. 지금의 나는 엄마와 다르다고. 재력과 힘이 있으니 태진이 다시는 돌아오지 못하게 만들 거라고. 그러기 위해선 태진 따위가 닿지 못할 더 높은 곳으로 가야 한다고. 송 회장은 그 결심을 다시 한번 마음에 새겼다. 잠들지 못한 밤이 물러가고 창가에 푸른 새벽이 번져오고 있었다.

219

"네가 초롬이 대신 초롬 아빠를 만나야겠다."

송 회장의 말에 영리는 바로 대답하지 못했다.

"수능이 얼마 남지 않았어요. 아빠 상태가 좋지 않아 걱정도 되고요."

"네가 치료하는 것도 아니잖아?"

"하지만……."

"시간을 많이 빼앗기지는 않을 거야. 초롬이는 절대 그 인간 만나면 안 돼."

송 회장이 한 마디를 더 보탰다.

"그리고 만날 때 그 인간 정보도 알아 와. 가능한 한 잡다

한 것까지."

송 회장의 부탁이 마뜩지는 않았지만, 불안정한 초롬이 태진을 만나면 무슨 변수가 생길지 몰랐다. 어쩔 수 없었다. 영리는 고개만 한 번 끄덕이고 밖으로 나왔다. 서재 밖에서 기다리던 은정이 영리 손을 잡아끌었다.

"생각해 봤니? 초롬이가 그렇게 기다렸는데, 아빠 귀국 말해줘야지."

고민거리가 생길 때마다 영리는 은정과 의논해 왔다. 하지만 이번엔 따르기 어려웠다.

"그러지 않으려고요. 적어도 지금은."

"나중에라도 알게 되면 널 원망할 거야."

"그건 알지만 요즘 아빠 상태가 다시 안 좋아져서 교수님이 새로운 치료를 시작하자고 했어요. 초롬이가 아빠 귀국을 알게 되면 만나려고 할 테고, 그러면 회장님이 어떻게 나올지 몰라요. 지금은 회장님 비위를 건드리면 안 돼요."

영리의 말에 은정도 흔들렸다.

"초롬이한테는 미안해요. 하지만 어쩔 수 없어요."

방에 돌아온 영리는 무거운 마음으로 침대에 누웠다. 메시지 알림음에 영리가 핸드폰을 들었다. 초롬의 메시지였다.

〔김성주 죽고 나니까 민들레에게 메시지 보낸 게 괜히 찝찝하네.〕

〔무슨 메시지?〕

〔담임하고 이상한 사이라고 소문내겠다고. 물론 익명으로.〕

〔뭐? 왜?〕

〔그냥. 민들레가 너한테 계속 그러는 게 신경 쓰여서 경고 차원으로. 어쨌든 너랑 나는 한배를 탄 사이잖아.〕

〔다른 메시지는? 민들레한테 다른 메시지 보낸 적은 없어?〕

대답은 조금 뒤에 도착했다.

〔없어.〕

잠시 뜸을 들인 시간 사이로 뭔가 숨기는 초롬의 얼굴이 보이는 듯했다. 그러면서도 태진의 일을 말하지 않은 게 미안해졌다. 한배를 탄 사이라는 초롬의 말이 유독 마음에 걸렸다.

토요일에 영리는 태진을 만났다. 태진은 영리를 보자마자 벌떡 일어나 환한 웃음을 지으며 다가왔다. 그리곤 손을 덥석 잡았다.

"와줘서 고맙다, 초롬아."

영리는 어색한 웃음으로 화답했다.

"우리 맛있는 거 먹으러 갈까?"

"아직 배고프지 않아요. 좀 걷고요."

둘은 옛 풍문여고 앞에 생긴 공원을 함께 걸었다. 벌써 코스모스가 피어 있었다.

"그동안 어떻게 지냈어요?"

"너랑 떨어져 있는 동안 사는 게 사는 것 같지 않았지. 서울 많이 변했구나. 참 좋아졌어. 이제 여기서 살고 싶다. 타향살이 지긋지긋해."

"왜 그동안 안 왔어요? 전화 한 통, 메일 한번 보내지 않고."

"네 엄마란 사람이 그렇게 독해."

태진이 하늘을 휘 둘러보다 웃으며 말했다.

"하지만 이젠 네 엄마도 무조건 날 막을 수는 없을 거야. 아빠를 도와주는 분이 있거든."

"누구요?"

태진은 말하려다 멈추었다. 아무리 딸이라도 떨어져 있는 세월이 길었다. 아직은 조심스러웠다.

"그건 천천히 얘기하자. 중요한 건 세상에 공짜는 없다는 거야. 우리는 서로 필요한 걸 갖고 있고, 서로 돕기로 했지. 이런 얘기는 나중에 하고 다른 얘기부터 하자. 그동안 어떻게 지냈니? 고3이라고? 공부는 잘하니?"

영리는 태진에게 초롬으로 사는 이야기를 들려주었다. 초롬이 평소 아빠에 대해 한 말을 적절히 섞어서 태진이 들어도, 송 회장이 들어도 괜찮을 이야기로.

태진은 영리의 이야기를 들으며 무척이나 좋아했다. 그리고 같은 시간에 송 회장은 집무실에서 둘의 대화를 고스란히 듣고 있었다. 하지만 어느 순간부터 귀에 아무 말도 들어오지 않았다. 태진을 도와준다는 사람이 박기성일 수도 있다는 생각이 든 바로 그 순간부터.

송 회장은 기성이 자신을 어떻게 생각하는지 잘 알고 있었다. 티 내지 않으려 하지만, 그가 얼마나 철저한 학벌주의자인지, 고등학교밖에 나오지 못한 자신을 얼마나 무시하는지를.

청담동 한 고급 일식집 가장 안쪽의 다다미방. 그곳에 함초롬 임원들이 모여 있었다. 모두 함초롬에서 오래 일한 사람들이었다. 송 회장과 함께 회사를 키워왔지만, 지금은 달라진 사람들. 기성은 사케 잔을 기울이며 나머지 세 사람을 천천히 바라보았다. 한 임원이 팔짱을 끼고 말했다.

"요즘 회장님 컨디션이 영 아니던데."

"뭐, 그럴 수 있지. 혼자 다 하려고 하니까 힘에 부치나 보지."

"그게 문제지요. 위임을 안 하잖아. 전문가한테 맡기면 될 걸."

"그뿐인가? 자꾸 선을 넘어요. 이사회 의견은 듣지도 않고 멋대로 밀어붙이기만 하잖아요. 이번 해외 계약 건도 그렇고."

기성은 젓가락으로 도미를 집으며 다른 임원이 거드는 소리를 듣고만 있었다. 앞에서는 회장님, 회장님 하는 자들이다. 오랜 세월 공들여 자신의 편으로 만들어 둔 자들이기도 했다. 전무가 사케를 홀짝이며 말했다.

"솔직히 감각은 대단한 사람이야. 근데 체계가 없어. 시스템으로 안 돌아가고 죄다 톱다운이니까."

"그래도 실적이 좋으니까 주주들이 입 다물고 있는 거지. 그나저나 요즘 회의 때 집중을 잘 못 할 때가 있던데, 무슨 일 있나?"

"솔직히 고등학교도 제대로 못 나온 주제에 뭘 안다고. 운 좋아서 여기까지 온 거지. 가만 보면 인생은 운칠기삼이 아니라, 운구기일이라니까요."

기성은 입가에 잔잔한 미소가 떠올랐다. 이들이 필요했다. 송 회장을 견제하고 자신의 계획에 힘이 되어줄 사람들.

"박 이사."

가장 나이 많은 임원이 기성을 불렀다.

"오늘 우리 괜히 부른 거 아니잖아요. 본론으로 들어가죠."

기성이 젓가락을 내려놓으며 말했다.

"여러분 말씀 다 맞습니다. 회장님, 지금까지는 지독하게 운이 좋았죠. 타이밍도 좋았고. 하지만 그 운이 언제까지 갈까요? 무엇보다 경영은 운으로 하는 게 아니잖습니까?"

"그래서, 됩니까?"

최연장자 임원의 물음에 두 사람의 눈이 기성에게 쏠렸다. 기대 반, 압박 반의 눈빛을 보내며. 그가 재차 물었다.

"구체적으로 어떤 계획인지 들어봐도 되겠어요? 확실해야 합니다. 우리도 목 걸고 하는 거니까."

기성이 냅킨으로 입가를 닦았다.

"그럼요. 제가 쥔 건 회장님이 절대 공개 못 하는 겁니다."

임원들의 눈빛이 변했다.

"그럼 표는?"

"제가 묶겠습니다."

전무가 고개를 끄덕였다. 기성은 여유롭게 사케 잔을 들어 올렸다. 네 개의 잔이 쨍 소리를 내며 부딪혔다. 기성이 조용히 입꼬리를 올렸다.

서울대 법대를 나와 사시까지 패스했을 때, 기성은 세상을 다 가질 수 있을 거라 생각했다. 그러나 그건 착각이었다. 동기나 후배들이 요직에서 승승장구할 동안 기성은 강원권의

한 지청 형사·공판부에서 교통·경미 사건 약식명령 청구만 찍어내고, 남해안 변두리 지청에서는 형 집행정지·보석 의견서 결재선만 돌리다. 선거철에도 공공수사부 대신 민원실에서 고소·진정 분류나 각하 검토를 맡는 한직을 떠돌다 지쳐 사기업으로 옮겼다. 물론 돈 때문이었다. 시골 검사로 썩느니 그게 나을 듯했다. 그리고 고민 끝에 한 차례 더 자리를 옮긴 곳이 함초롬이었다. 회사는 작았지만 한창 성장 중이었고, 함초롬의 처우는 파격적이었다.

그럼에도 기성은 매일 한탄하고 비관했다. 남들처럼 든든하게 끌어주는 부모님이 없어서, 10년간 곁에 있어 준 여자 친구를 차마 버리지 못한 탓에 변변찮은 처가를 얻게 되어서, 양가에 생활비를 대느라 식품회사 법무 팀장이나 하는 자신의 처지라니. 잘난 것도 없이 잘난 줄 아는, 얼굴만 반반하고 지독하게 운 좋은 고졸 여자를 구역질 나도록 매일 마주쳐야 한다니.

그러면서도 한편으로는 이렇게 생각했다. 그래도 서울대 법대를 나왔으니 이만큼 사는 거다, 학벌이란 게 그렇게 중요한 거라고. 지방대를 나오거나 고등학교조차 제대로 마치지 못했지만, 자신보다 잘사는 고향 친구들을 만나도 그 강력한 믿음은 기성의 머릿속에 박혀 꿈쩍하지 않았다. 너희들은 고작 그 정도 학벌로 부끄러워 어떻게 사는 것이냐, 자식 보기 부끄럽지 않냐 하는 생각이었다. 기성은 그렇게 오만해야 버틸 수 있는 사람이었다.

자신이 돈 버는 기계처럼만 느껴지던 작년 어느 날이었다.

오랜만에 만난 선배와 술을 마시다 기성은 솔깃한 이야기를 들었다. 기성이 송 회장의 기벽과 까다로움을 토로하는데 선배가 말했다.

"나 너희 회장 젊었을 때 본 적 있다."

"네? 어디서요?"

"회원제 프라이빗 살롱에서."

선배 말로는 송나희가 연예기획사 소속 시절, 한 고급 술집에서 술 시중을 든 적이 있다는 거였다. 자신이 몇 번이나 지정해서 불렀기에 확실히 기억한다고 했다.

'고졸에 술집까지. 감히 그런 게 내 위에서 군림했던 거야? 세상이 어찌 돌아가려고…….'

기성이 잔을 든 손을 떨며 속으로 중얼거렸다.

"그때 송나희 좀 짠했어. 질 나쁜 남자 친구에게 시달리는 것 같았거든. 술집도 그 자식 때문에 나오는 것 같았지. 뭔진 몰라도 단단히 약점을 잡힌 것 같더라고. 배우로 대성할 줄 알았는데, 아까웠다. 그런데 어느 날 보니까 함초롬 회장이 되어 있더라고. 얼마나 놀랐게."

"왜 말 안 했어요?"

선배가 얼굴을 찌푸리며 손을 휘휘 저었다.

"뭐 하러. 옛날 일이기도 하고 술집 다닌 게 뭐 대수냐만, 요즘에 그런 얘기 잘못 나왔다간 남자 인생 완전 골로 가잖냐. 우리 같은 직종은 특히 조심해야지. 난 이제 외간 여자랑은 무서워서 눈도 못 마주치겠어. 근데 그때 송나희 기가 막히게 예뻤다. 거기서 만나지만 않았다면, 진짜 이혼 불사하고 쫓아다녔을지도 몰라."

기성의 뇌리에 3년 전 그 일이 떠올랐다. 전사 타운홀 미팅에서 기획안을 발표했던 날이었다. 몇 달간 공들인 프레젠테이션이었다. 송 회장은 발표 뒤 이어진 Q&A 세션에서 기성의 기획안을 조목조목 비판했다.

"이 정도 분석이면 신입도 할 수 있습니다. 좀 더 깊이 있는 제안을 기대했는데 좀 실망스럽네요."

전 직원 앞에서 공개적으로 망신당한 그날의 수치를 기성은 아직도 잊을 수 없었다. 더 치욕적인 건 그 뒤 송 회장이 기성을 배제한 채 다른 팀에서 비슷한 프로젝트를 성공시켜 놓고도, 기성의 아이디어에 대해서는 한 마디 언급도 없었다는 것이었다. 그런 여자가 고졸인 것도 모자라 술집 출신이라니. 가뜩이나 근본 없는 것도 마뜩잖았는데 술집에서 일했던 여자가 감히 자신을 모욕했다는 생각에 기성은 치가 떨렸다. 자신의 처지가 분하고 억울하기도 했지만, 회사의 앞날도 걱정스러웠다. 까딱하다가 회사 말아먹는 건 시간문제 아니겠나, 싶었다.

227

결정적으로 등을 떠민 건 그로부터 두 달 뒤 전사 전략회의였다. 신규 사업 진출을 논의하는 중요한 자리였고, 외부 투자사 대표들과 협력 업체 임원들까지 참석해 있었다. 기성이 리스크 분석 보고서를 발표하는데 송 회장이 차갑게 말을 잘랐다.

"그만하시죠. 여기 대학교 세미나실 아닙니다. 여긴 회사고, 우리에게 필요한 건 매출과 성과입니다. 이론적인 보고서는 인턴도 씁니다. 구체적인 실행안을 가져오세요."

회의실이 순간 정적에 휩싸였다. 외부 인사들 앞에서 공개적으로 망신을 당한 기성은 뜨거운 증기를 뒤집어쓴 듯 얼굴이 화끈거렸다. 몇몇 사람에게서는 '저 정도밖에 안 되는 사람이 팀장을 하고 있구나'라는 무언의 평가까지 느껴졌다. 그 순간 기성에게 송나희는 마지막 자존감마저 짓밟은 사람이 되었다.

기성은 송 회장의 과거를 파기 시작했다. 그리 막살아 온 여자에게 약점이 없을 리가 없었다. 그러다 선배가 말한 과거 질 나쁜 남자 친구가 합의이혼 한 태진이며 그가 송 회장의 약점을 쥐고 있다는 것을 알게 되었다. 그 약점이 어떤 동영상이라는 것까지. 판만 잘 짠다면 송 회장을 무너뜨릴 수 있지 않을까 싶었다. 어쩌면 자신이 그 자리를 차지할 수 있을지도 몰랐다.

그러나 단순한 흠집 내기만으로는 부족했다. 더 확실한 게 있어야 했다. 조직 안팎의 반 송나희 세력을 결집하고, 자신의 개입 흔적을 최소화할 도구가 필요했다. 무엇보다 기성은 송 회장을 비참하게 만들고 싶었다. 받은 모욕을 모두 갚아주고 싶었다. 그 도구로 태진만 한 인물이 없었다. 그래서 태진을 불러들였다. 무엇을 하든 태진 같은 인간을 통해서라면 송 회장을 더 비참하게 만들 수 있을 테니까.

철저히 준비했다. 임시 숙소와 현금, 유심과 대포폰, 차량까지 일괄 세팅하고 태진을 관리했다. 흥신소를 붙여 동선을 체크하고, 본인은 늘 한 다리 건너 연락했다. 태진이 가진 영상으로 송 회장을 흔들고, 뒤에서 표를 묶으면 끝. 그게 기성의 계산이었다.

마침내 기성은 오랜 세월 공들여 포섭한 임원들을 만난 오늘, 계획을 털어놓았다.

"자리에는 저마다 걸맞은 사람이 있고, 일은 자고로 할 줄 아는 사람이 해야 하는 법이죠."

한 임원의 말에 모두가 잔을 높이 드는 것으로 화답했다.

기성은 지그시 눈을 감으며 오늘따라 달게 느껴지는 술맛을 음미했다. 그리고 대명고의 2학기가 시작되었다.

D-068 파열

여름방학은 짧았다. 그리고 개학 후에도 더위는 여전했다. 수업을 마친 영리가 사물함을 열었다. 안에 못 보던 게 들어 있었다. '자료'라는 글자가 적힌 은색 USB. 영리가 주변을 휘 둘러보았다. 복도에서 한정인이 바라보고 있었다. 정인은 영리와 눈이 마주치자 무표정하게 고개를 끄덕이고 자리를 떴다. 영리는 바로 알아챘다. 송 회장이 학교에 심은 사람이 정인이었고 그가 지금 자신에게 무기를 전달했다는 것을. 그간의 의문 하나가 풀리는 느낌이었다.

교문을 나서는데 학교 앞에 태진이 서 있었다. 조금 놀란 영리에게 태진이 환하게 웃으며 다가왔다.

"아빠, 오늘 우리 약속 날 아닌데. 저 학원 있어요."

"알아. 서프라이즈야. 정해진 대로만 살면 재미없잖아? 학원 몇 시에 시작이니? 차 한잔 마실 시간도 안 돼?"

영리가 시계를 보았다.

"잠깐은 돼요. 한 20분 정도."

"그럼 간식도 먹을 겸 잠깐 있다 가. 저기가 좋겠네."

둘은 대명고 정문 대각선 방향에 있는 전통차 체인점으로 걸음을 옮겼다. 태진은 영리에게 뭘 마실 거냐 묻고, 약과와 견과류 강정도 함께 주문했다. 영리는 태진 맞은편에 앉아 강정을 씹으며 일상 얘기를 했다.

"이제 견과류 잘 먹네."

영리는 브리핑 내용을 복기했다. 초롬이 먹지 못하는 음식에 견과류는 없었다.

"네, 이제 잘 먹어요."

태진은 생각에 잠겼다. 어릴 적 초롬이 맹장 수술을 받은 뒤 의사는 견과류, 팝콘, 깨 같은 씨앗류는 장내에 잔여물로 쌓여 자극을 줄 수 있으니 당분간 피하라고 권했다. 태진은 초롬에게 그 얘길 전하면서 이제 맹장이 없어서 그런 걸 먹으면 뱃속에서 씨앗이 옥수수, 땅콩, 호두나무로 자라난다며 겁을 주었고 그 때문인지 초롬은 회복하고 나서도 견과류만 보면 무섭다고 응석을 부렸다. 물론 한참 전의 일이었다. 이제는 컸으니 그러지 않을 수도 있다. 태진이 다시 질문을 던졌다.

"어때, 지렁이는 잘 있니? 요새는 병원에서 없앨 수 있다던데?"

영리는 이게 무슨 말인가 싶었다. 어릴 때 초롬이 지렁이를 키운 적이 있나? 아니면 누군가의 별명일까? 병원에서 없앨 수 있다는 건 또 뭐지?

"그러게요."

태진이 영리를 빤히 바라보았다. 영리는 등줄기에 저절로 힘이 들어갔다.

"기억 안 나는구나?"

영리가 웃으며 대답했다.

"네. 너무 옛날 일이라."

태진이 오미자 찻잔에 담긴 얼음 하나를 와드득 씹으며 말했다.

"그래, 그럴 수 있지."

그 시각, 송 회장은 집무실에서 둘의 대화를 듣고 있었다. 그런데 갑자기 여러 소리가 뒤섞였다. 공 비서가 장비를 끄면서 말했다.

"잡음이 심해서 잘 들리지 않습니다."

송 회장은 불안했다. 태진이 뭔가 눈치챈 것은 아닌지, 영리가 제대로 대답했을지. 영리에게 맹장 수술 얘기를 하는 게 좋았을까 하는 의문까지.

다행히 태진과 영리의 만남이 별 탈 없이 이어지던 와중, 계절은 가을로 접어들고 있었다. 대명고의 3학년 2학기 중간고사가 끝났다. 수능 전 치르는 마지막 내신 시험이었다. 시험을 마친 영리는 핸드폰을 켰다. 태진에게서 문자가 와 있었다. 머리도 식힐 겸 드라이브 가자는 내용이었다. 독서실에 가야 한다는 답장에 다시 문자가 왔다.

[너 어릴 때 자주 놀러 가던 곳이 있어. 같이 가보고 싶다. 이제 수능 때까지 자주 못 볼 텐데 얼른 점심만 먹고 오자.]

영리는 잠시 생각하다 공 비서가 아닌 송 회장에게 문자를 보냈다.

〔초롬이 아빠가 드라이브 갔다가 같이 점심 먹자는데요. 수능까지 자주 못 볼 거라면서요.〕

송 회장의 생각이 길어지는지 메시지 작성 중임을 나타내는 표시가 화면에 나타났다 사라지길 반복했다.

〔그래, 다녀와. 꿍꿍이가 뭔지 오늘은 좀 더 캐보고.〕

가지 말라는 답장을 바라던 차에 달갑지 않았지만, 영리는 알겠다고 답장했다. 초롬처럼 태진도 자극해서 좋을 게 없는 사람이니까. 잠시 후 문자 하나가 더 도착했다.

〔그 인간, 분명 뭔가 있어.〕

송 회장의 조바심이 느껴지는데 잠시 후 교문 앞에 태진의 차가 도착했다.

"우리 어디 가요?"

태진이 손가락을 튕기며 말했다.

233

"파주. 임진강 옆에 자주 가던 장엇집, 네가 그 집 장어 좋아했잖아. 거기서 점심 먹자. 참, 기억나니? 어릴 때 파주 농장에서 송아지 우유 주고, 소젖도 짜고, 치즈랑 아이스크림 만들었는데."

영리는 어떻게 대답해야 할지 고민했다. 모르는데 아는 척 할 수도 없고, 그렇다고 모른다고 할 수도 없었다.

"가보면 기억날 것 같아요. 어릴 때라 흐릿하네요."

"그때 치즈 만들다가 우유 쏟았던 거 기억나지? 네가 뭐라고 했는지 알아?"

"음. 너무 오래돼서. 아마 놀라서 울었거나 죄송하다고 했
겠죠?"

"아닌데. 이따 얘기해 줄게. 들으면 너도 웃을걸? 기대해
도 좋아."

자유로를 달리며 두 사람은 이야기를 나누었다. 영리는 태
진이 평소와 조금 다르다는 걸 느꼈다. 하지만 그게 뭔지 콕
집어낼 수는 없었다. 영리는 자주 차창 밖을 바라보았다. 손
에 든 음료수 캔이 찌그러진 걸 뒤늦게 알아차렸을 때 차가
멈추었다. 도착한 곳은 농장도, 장엇집도 아닌 커다란 물류
창고 앞이었다.

"여긴 어디예요?"

"아빠가 가져갈 게 있어서 잠깐 들렀어. 무거운 건데 좀
도와줄래?"

태진이 영리를 보며 웃었다. 영리도 따라서 어색한 웃음을
지었다. 어쩐지 스산했다. 본능은 도망치라고 경고했지만, 함
께 들어가지 않으면 태진이 곧바로 목덜미를 꽉 잡을 것만 같
았다. 태진이 불안과 어색함을 눈치채지 못하도록, 영리는 조
심스레 창고로 들어갔다.

넓은 창고 안은 거의 비어 있다시피 했다. 뭔가 이상하다
고 생각한 순간이었다. 태진이 창고 문을 안에서 잠갔다. 그
리고 영리를 향해 저벅저벅 걸어왔다.

갑자기 눈앞이 번쩍했다. 커다란 손바닥이 날아와 쩍 소
리와 함께 영리의 볼에 붉은 자국을 남겼다. 태진이 잡아먹을
듯 노려보며 곱슬머리를 뒤로 넘겼다.

"너 도대체 누구냐?"

영리가 두 손으로 화끈거리는 볼을 감싸며 되물었다.

"아빠, 무슨 소리 하는 거예요."

"아빠 좋아하시네. 아무리 오랜만이라도 뭔가 이상했어. 오면서 얘기하다 확실히 알았지. 네가 초롬이가 아니라는 걸."

초롬을 만나고 나면 태진은 항상 꺼림칙했다. 의심의 싹은 날이 갈수록 자라 거슬리기 시작했다. 그래서 오늘 일부러 이런저런 이야기를 꺼냈고 확신하게 되었다. 이 아이는 내 딸이 아니라고. 손톱 옆 거스러미처럼 걸리는 게 한두 개가 아니었다.

"너, 초롬이 아니지?"

"아니에요. 저 초롬이 맞아요."

"웃기지 마. 다 그렇다 치고 지렁이를 몰라?"

초롬의 맹장 수술 자국은 모양이 조금 독특했다. 켈로이드[4] 체질이라 수술 흉터가 독특하게 남았다. 기다랗고 도톰하게 부풀어 오른 붉은 수술 자국을 보고, 초롬은 배에 지렁이가 생겼다며 울곤 했다. 다른 건 몰라도 이건 초롬이 잊을 수 없는 거였다.

태진이 욕설을 퍼부으며 구타를 시작했다. 영리는 정신을 차릴 수가 없었다. 엄청난 통증이 몸 구석구석에 쏟아졌다. 시간은 더디게 흘렀고 고통은 고스란히 몸에 새겨졌다. 그러다 갑자기 태진이 구타를 멈추었다. 영리가 숨을 몰아쉬며 가늘게 눈을 떴다. 이제 끝나나 싶었던 건 착각이었다.

235

---

4) 상처가 치유되는 과정에서 과도하게 섬유조직이 증식하여 주변 피부보다 높고 두꺼운 흉터가 형성되는 현상.

영리의 두 눈이 공포에 질렸다. 태진이 악마처럼 웃으며 벨트를 풀고 있었다. 그리고 가죽 벨트로 영리를 내리치기 시작했다. 벨트는 태진이 가장 좋아하는 도구였다. 언제나 몸에 지닐 수 있어 간편하고도 지배적인 도구. 태진에게는 쾌감을, 상대에게는 굴욕을 선사하는 도구.

영리의 허벅지에, 등에, 팔뚝에 붉은 자국이 선명하게 돋아났다. 이제 태진에게 영리는 더이상 가짜 딸이 아니었다. 그 옛날 젊은 시절의 송나희였다. 벨트를 내려칠 때마다 태진의 눈은 희열로 희번덕거렸다. 영리의 머릿속에 이러다 죽을지도 모르겠다는 생각이 스쳤다.

태진이 거칠게 숨을 몰아쉬며 영리에게 다가갔다. 그리고는 바닥에 쓰러진 영리의 교복 치마를 힘껏 잡아당겼다. 우측 하복부가 드러나자 영리가 새된 비명을 질렀다.

그러나 더 크게 비명을 지르고 싶은 건 태진이었다. 분명 없을 거라 자신했던 수술 자국이 있었다. 지렁이처럼 꿈틀대는 붉은 흉터가.

태진의 몸이 그대로 굳어버렸다. 흥분으로 잔뜩 흘렀던 땀이 차갑게 식었다. 태진의 목소리가 떨렸다.

"뭐, 뭐야. 이게 왜 있어. 너 진짜로 초롱이야? 말도… 안돼. 어떻게 이런 일이."

태진은 자신의 손으로 딸을 폭행했다는 사실에 경악해 어쩔 줄 몰라 하다가 두 손을 벌벌 떨며 영리에게 다가갔다.

그때 멀리서 사이렌 소리가 들렸다. 태진의 얼굴이 굳었다. 이어서 창고 밖에서 급정거하는 차 소리, 여러 사람의 발소리, 문을 두드리는 소리가 이어졌다.

"경찰입니다! 문 열어!"

태진이 뒷문 쪽으로 몸을 돌린 순간 창고 문이 벌컥 열렸다. 형사복 차림의 경찰 두 명이 들어오며 태진을 향해 손을 내밀었다. 뒤이어 제복 경찰관들이 쏟아져 들어왔다.

"움직이지 마! 당신을 미성년자 납치 및 폭행 혐의로 긴급체포합니다. 묵비권을 행사할 수 있으며⋯⋯."

경찰들이 태진의 팔을 뒤로 꺾고 수갑을 채우는 동안, 태진은 멍하니 바닥에 쓰러진 영리를 바라보았다. 여전히 믿을 수 없다는 표정이었다.

영리가 주머니에서 힘겹게 핸드폰을 꺼냈다. 화면에는 려원과의 통화가 이어지고 있었다. 창고에 들어가기 전, 영리는 려원에게 몰래 전화를 걸었다. 스피커폰을 누르자 려원의 목소리가 터져 나왔다.

"초롬아! 괜찮아? 경찰 갔지? 대답해!"

영리는 대답하려 했지만, 복부의 통증 때문에 입을 열 수
가 없었다. 그리고 그대로 의식을 잃었다.

D-029 균열

"김태진 씨 기록을 보니 이혼 전에 가정폭력으로 전과가 있네요. 이혼 후에도 선생님이 여러 번 신고하셨고요. 힘드셨 겠습니다."

"감사합니다. 벌써 오래전 일이네요. 이제 좀 잊고 사나 했는데."

"그럼 진술 확인하겠습니다."

송 회장은 경찰서의 다른 참고인들처럼 긴장할 필요가 없 었다. 조사를 진행하는 형사는 호의적이었고, 살면서 수없이 받아온 이성의 호감을 또 한 번 확인하는 중이었다.

"죽일 듯이 때리고 나면 한 며칠은 이 세상에 다시 없는 사람처럼 잘해주곤 했어요. 좋아지겠지 하며 참았지만, 더 심 해지기만 하더군요. 폭력 성향은 절대 고칠 수 없다는 걸 그 때 알았어요. 저와 아이가 위험할 것 같으니까 그나마 정신 멀쩡할 때 스스로 출국했어요. 이혼한 사이지만 제 형편이 조금 더 나아서 그간 생활비를 계속 보냈고요. 도박으로 다 써버린 것 같지만."

정의감 하나로 형사가 된 이 상남자는 송 회장의 말을 듣고 속에서 열불이 났다. 얼마나 못난 새끼면 여자를 때릴 수가 있는가. 어째서 이런 멋진 여성이 세상 못난 사내를 선택한 죄로 아직도 그 대가를 치르는가 싶어 참을 수 없을 만큼 화가 났다.

"제가 돈을 더 보냈어야 했던 걸까요. 마음대로 안 된다고 딸애를 납치하고 폭행까지 할 줄은 꿈에도 몰랐어요."

송 회장이 끝내 눈물을 보였다. 형사가 어쩔 줄 몰라 하며 티슈를 뽑아 건넸다.

"우리 경찰이 안전하게 지켜드리겠습니다. 걱정 마십시오."

송 회장은 돌아가면서 형사에게 몇 번이나 감사하다며 고개를 숙였다. 서글퍼 보였던 송 회장의 얼굴은 차에 올라타자마자 돌변했다. 그간 쌓였던 불안이 한꺼번에 씻겨 나간 기분이었다. 영리에게는 미안한 일이었지만, 예기치 못한 사건으로 골칫거리가 해결되었으니.

239

송 회장은 폭력과 도박을 일삼던 태진의 과거를 초롬에게 숨겨왔다. 정이 남아서가 아니라 아빠가 고작 그런 사람이라는 걸 알리기 싫어서였다. 초롬이 아빠를 그리워하는 것조차 용납이 안 됐기에 아빠 없이 태어난 아이처럼 키우려 노력했다. 저택에 돌아온 송 회장에게 초롬이 따져 물었다.

"아빠 감옥 가?"

"관심 꺼랬지."

송 회장은 방으로 들어가 버렸다. 너무나 피곤한 하루였다. 그저 쉬고 싶었다. 그러나 초롬에게 잘 얘기했어야 했다. 속마음을 들려주며 달래주어야 했다. 이번에도 초롬은 엄마에 대한 오해를 몇 겹이나 더 쌓고 말았다. 언젠가는 엄마가 아빠처럼 자신도 내칠지도 모른다는 망상이 또다시 뇌리에서 거듭되었다. 두려움이라는 종양이 마음속 깊이 자리 잡고 몸집을 점점 키워갔다. 실험실의 흰쥐처럼 초롬은 밤늦도록 방 안을 뱅글뱅글 돌았다. 반년 넘게 집에 갇혀 지낸 초롬에게 이번 일은 방아쇠가 됐다. 결국, 초롬은 영리의 방으로 건너갔다.

영리는 입원했다가 퇴원하고 집에서 치료하는 중이었다. 초롬은 잠든 영리를 빤히 바라보다가 손을 번쩍 들어 영리의 뺨을 소리 나게 때렸다. 영리가 화들짝 놀라며 눈을 떴다. 며칠 전 태진에게 겪은 일의 연장선인 줄 알았다가 초롬이라는 걸 알고는 안도의 한숨을 내쉬었다. 초롬이 시퍼런 눈으로 영리를 쏘아보았다.

"내가 아빠 보고 싶어 하는 거 알았으면서 어떻게 그래? 어떻게 나한테 말을 안 할 수가 있어?"

"알면? 만나러 밖에 나갈 수나 있어? 어차피 나가지도 못하는데 모르는 게 낫잖아."

"솔직히 말해 봐. 너 내 자리가 탐나지?"

"뭐라고?"

어이없어하며 시선을 돌린 영리는 핸드폰에 미확인 메시지가 도착한 걸 보고 액정을 눌렀다.

〔가짜 초롬. 몸은 좀 괜찮아? 나 네 팬이야. 건강해야 해.〕

멈춘 줄 알았던 발신자 표시 제한 문자가 다시 시작되었다. 정수리가 찌릿해지는 기분이었다. 영리는 자기도 모르게 대체 누구지, 하고 중얼거렸다.

"폰 보지 말고 똑바로 대답해. 내 자리가 탐나냐고!"

익명 메시지가 처음 도착했을 때, 영리는 초롬이 보낸 게 아닐까 생각했다. 영리가 가짜라는 것과 영리의 일과를 속속들이 아는 사람 중에 그런 메시지를 보낼 사람으로는 초롬이 가장 유력했으니까. 그러나 이 메시지는 조금 전 도착했다. 예약 발송일 가능성도 있지만, 초롬이 그 정도로 치밀할 리는 없었다. 영리는 본격적으로 메시지의 발신인을 찾아야겠다고 생각했다. 공 비서와 의논해야 했다. 방을 나서려는 영리를 초롬이 다시 주저앉혔다.

"말해 봐. 진짜 나로 살고 싶은 순간 없었어? 송 회장 딸로 살고 싶은 생각, 정말 단 한 번도 해 본 적 없냐고."

초롬의 말에 영리가 소리쳤다.

"미쳤어? 난 재벌 따위 관심도 없다고."

"아니긴 뭐가 아니야. 나만 없으면 그렇게 될 수도 있잖아. 나만!"

영리는 입술을 깨물었다. 그러면서 정말 단 한 번도 초롬의 인생을 탐낸 적이 없는지 자문했다. 초롬의 얼굴이 화가 난 게 아니라 애원하는 것처럼 보였기에.

대답하지 못하는 영리를 보며 초롬은 그럴 줄 알았다는 듯 피식 웃었다.

"그래. 그러니까 너도 이렇게까지 하는 거겠지. 네가 이런 애인 줄도 모르고 믿은 내가 바보 천치 같아 미치겠다. 하지만 이젠 아니야. 가만있지 않을 거야. SNS에 올릴 거야. 아니, 기자 만날 거야. 엄마랑 네가 하는 이 미친 짓, 다 까발리고 막을 거라고!"

초롬이 밖으로 나가려 몸을 돌렸다. 초롬은 둥귀어진 하는 꿀벌 같았다. 꿀벌은 침을 쏘면 장기가 찢어져 결국 죽는다. 자신이 죽게 되더라도 차라리 함께 멸망하고야 만다. 초롬이 정말로 언론에 폭로해 카피캣 프로젝트가 밝혀지면 모두가 파멸에 이른다. 영리는 자신의 선에서 초롬을 막고 싶었다. 일이 커지는 건 원치 않았다. 영리가 다급하게 소리쳤다.

"전에 나한테 진 빚 지금 갚아. 내가 네 아빠에 대해 알아봐 줬을 때 한 약속."

초롬이 멈칫했다. 둘 사이를 적막이 채웠다. 그러나 결국 초롬은 밖으로 나가버렸다.

영리는 두 손으로 머리를 움켜쥐었다. 초롬은 점점 통제 불능의 상태로 치닫고 있었다. 게다가 영리가 가짜라는 걸 아는 누군가도 있다. 몸이 아프고 힘들었지만, 초롬을 그냥 둘 수는 없었다. 영리가 힘겹게 방을 나섰다. 초롬의 방문을 열려는데, 열린 문틈으로 흥분한 초롬이 노트북을 켜는 모습이 보였다.

영리가 놀라서 달려갔다. 그러나 초롬이 더 빨랐다. 방문이 잠겨버렸다.

"큰일 났어요!"

영리가 뛰어가서 송 회장과 공 비서에게 소리쳤다.

"초롬이가 이상해요! SNS에…….."

송 회장은 바로 심각성이 짐작되었는지 사색이 되어 달려 갔다. 공 비서는 달리면서 재빨리 통신사 가족 관리 앱에서 초롬 회선의 모바일 데이터를 OFF로 전환하는 동시에 저택 관리 앱으로 거실 라우터의 인터넷까지 일시 중지했다. 초롬 이 엔터를 누르려는 순간, 업로드 창에 '전송 실패'가 떴다.

"문 열어!"

송 회장이 손잡이를 거칠게 흔들며 소리쳤다. 은정이 달려 와 열쇠로 방문을 열자마자 공 비서가 초롬의 손에서 핸드폰 을 낚아채더니 숨을 몰아쉬며 말했다.

"업로드 안 됐습니다. 다행히."

초롬이 미친 듯이 소리쳤다.

"왜 이래! 내 인생인데 왜 다들 나를 조종하려고 하냐고!"

송 회장의 얼굴이 차갑게 굳었다.

"이 원장한테 전화해. 지금 당장. 이 상태로는 수능까지 못 버텨. 입원시켜야겠어."

초롬의 얼굴이 하얗게 질렸다.

"병원? 정신병원 말하는 거야?"

"치료받으러 가는 거야. 수능 때까지만."

"싫어! 절대 안 가!"

초롬이 덫에 걸린 작은 짐승처럼 날뛰었다. 그때 영리가 앞으로 나섰다.

"잠깐만요. 둘이 5분만 얘기하게 해주세요."

송 회장이 잠시 망설이다 고개를 끄덕였다. 다들 방을 나가자 영리가 조용히 문을 닫았다. 그리고 초롬에게 다가가 낮게 속삭였다.

"초롬아, 나랑 거래하자."

"거래? 무슨 거래!"

"아빠 면회 가게 도와줄게. 회장님 몰래."

초롬의 눈이 흔들렸다.

"정말?"

"정말. 하지만 조건이 있어. 조금만 더 견뎌 줘. 네가 진정만 하면 입원할 일도 없어. 이제 거의 다 왔잖아."

초롬이 한참 영리를 바라보다가 고개를 끄덕였다.

"알겠어. 하지만 약속 안 지키면 그때는 정말 가만 안 둘거야."

"약속할게."

영리가 문을 열었다. 송 회장과 공 비서가 복도에서 기다리고 있었다. 영리가 고개를 끄덕이며 말했다.

"괜찮을 것 같아요."

송 회장은 둘이 무슨 작당 모의를 한 거냐고 다그치려다 그만두었다. 초롬을 더 자극하는 건 위험했다. 당장 위기는 넘겨야 했다.

송 회장의 서재는 창밖처럼 어두웠다. 그 안에 있는 공 비서와 송 회장의 마음까지도.

"초롬이 상태가 좋지 않아 보입니다. 가끔 외출도 하고 대학병원에서 제대로 치료받는 게 좋겠어요."

송 회장이 살짝 짜증스러운 표정을 지었다.

"이 원장, 왕진 오잖아."

"그걸로는 부족합니다. 초롬이 지금 완전히 한계예요."

"이제 얼마 안 남았어. 거의 다 왔다고. 괜히 나다니다가
사진이라도 찍혀봐."

공 비서가 한숨을 쉬며 손으로 머리를 짚고 말했다.

"회장님도 한번 진료받아 보시는 게 어떻겠습니까."

송 회장이 공 비서를 노려보았다.

"지금 내가 미쳤다는 말이야?"

"회사 일도 그렇고 여러 가지로 스트레스가 많으시잖아
요. 힘들어 보이십니다."

"공 비서!"

송 회장의 외침이 끝나기도 전, 공 비서가 한 걸음 가까이
다가가 따갑게 일침을 가했다.

"왜 모든 걸 수능 후로 미루려고 합니까? 이렇게까지 할
일은 아닙니다. 초롬이, 제가 보기엔 지금 많이 위태해요. 한
걸음만 삐끗하면 벼랑에서 떨어질 지경이라고요. 회장님도
마찬가지고요. 제가 전문가는 아니지만, 둘 다 지금 치료가
시급해 보입니다."

송 회장이 정색하며 목소리를 바꾸었다.

"선 넘지 마. 네가 초롬이 아빠라도 돼? 내가 멈추라 하면
멈추고 달리라 하면 달려. 한 마디만 더 하면, 오늘부로 짐 싸
는 거야. 지금까지 잘해와서 아무 말 안 했더니, 자꾸 자기 위

치를 잊는 것 같네. 계속 이런 식이면 다른 사람 찾을 수밖에."

송 회장의 모진 말에 공 비서는 그날 밤이 떠올랐다. 협상을 위해 만나기로 했던 김성주는 약속 장소 대신 엉뚱한 곳으로 달아났다. 자신을 찾아냈다는 사실에 극심한 두려움을 느꼈는지 공 비서의 설득에도 계속 도망쳤다. 더 물러설 곳 없는 호텔 옥상의 어둠 속에서도 알아차릴 만큼 새하얗게 질린 채로. 공 비서가 다가서자 성주는 뒷걸음질 쳤다. 그러다 난간 앞에 굴러다니던 벽돌에 발이 걸려 균형을 잃었다. 공 비서가 급히 달려가 손을 뻗었다. 하지만 닿지 못했고 성주의 몸은 그대로 허공으로 떨어졌다.

'내가 나희 너 때문에 무슨 짓까지 했는데.'

공 비서는 화가 나는 걸 넘어 오히려 차분해졌다. 심장이 차가워지는 기분이었다. 그건 배신감과도 달랐다. 그는 두려웠다. 송나희가 어디까지 가게 될지. 그 끝에 선 자신과 송 회장은 어떤 모습일지.

수능이 목전으로 다가왔다. 은정이 영리의 볼을 퍼프로 톡톡 두드렸다. 다 되었다는 말에 영리가 하얀 블라우스를 집어들었다. 고개를 숙이자 하복부에 흉터가 보였다. 초롬이 자해한 그 밤, 욕실에서 초롬의 수술 자국을 본 영리는 성형외과를 찾아가 자신의 몸에도 같은 흔적을 새겼다. 그리고 그 흉터가 태진의 입을 닫게 했다. 태진은 자신이 정말로 딸을 폭행했다고 믿고 스스로를 저주하고 또 저주했다. 부드러운 실크 속으로 파스 냄새 밴 테이핑과 흉터가 사라졌다. 은정이 걱정스레 말했다.

"아직 멍도 안 빠졌어. 회복되려면 멀었는데. 오늘, 안 가면 안 될까?"

영리는 거울 앞에서 허리를 곧게 세웠다.

"가족 동반 모임에 회장님 옆이 비어 있는 걸 보면, 사람들이 수군거릴 거예요. 제 계약금에는 이런 행사도 포함되어 있을 테고요."

공 비서가 현관에서 간단한 주의 사항을 건넸다.

"첫인사는 세 줄. 질문받으면 '배우는 입장'으로 짧게. 금지어는 세 개야. 건강, 가정사, 수능. 숙지했니?"

"네."

영리는 클러치 백을 움켜잡고, 호흡을 가다듬었다.

"웃을 땐 짧게. 회장님은 회사에서 바로 오실 거다."

영리는 고개를 끄덕이며 자신에게 속삭였다. 오늘 무대에서 버티면 내일은 더 당당하게 요구할 자격이 생긴다고.

247

호텔 엘리베이터 문이 열리자, 유리잔 부딪치는 소리와 사람들의 웃음소리 그리고 짙은 향수 냄새가 파도처럼 밀려왔다.

재계 모임에서 영리의 모습에 누구보다 놀란 사람은 송 회장이었다. 얼마 전 큰일을 겪은 아이라고는 보이지 않았다. 영리는 우아한 태도와 세련된 말투로 사람들의 관심을 자연스럽게 끌었고, 흔들림 없는 미소로 유연하게 대처했다. 다소 곤란한 질문을 받는 순간에도 영리는 미소를 흐트러뜨리지 않았다. 이제 영리는 더 이상 불안해 보이는 어린애가 아니었다.

"아직 미숙하지만, 늘 배운다는 자세로 임하려 합니다. 오늘 귀한 분들께 많은 가르침을 얻고 가겠네요."

영리는 품위 있는 미소를 띠고 고개를 끄덕이는 사람들 속에서 우아하게 유영했다. 누구도 부정할 수 없는 후계자의 자질을 보여준 영리에게 칭찬이 끊이지 않았다. 송 회장이 그토록 듣고 싶던 말. 역시 송 회장 딸답다는 속삭임을 들었을 때, 송 회장은 서늘한 전율을 느끼며 영리를 바라보았다. 저택에서 보낸 지난 열 달간 영리가 몰라보게 성장했다는 걸 뒤늦게 깨달으면서.

낮에 보고받은 내용도 그녀를 두렵게 했다. 석현이 매우 위중한 상태라는 보고였다. 송 회장은 의사에게 무엇이 되었든 즉시 회생시킬 치료를 시작해 달라고 말했다. 그러나 의사는 난감해했다.

"갑자기 진행이 빨라졌습니다. 지금은 무얼 할 수 있는 상태가 아닙니다. 늦은 것 같습니다. 죄송합니다."

"뭐라고요? 그런 무책임한 말이 어딨어요!"

"저, 회장님이 미뤄달라고 하셔서 그런 것인데……."

"지금 내 탓하는 거예요? 지켜보다 위험하다 싶었으면 바로 조치를 취했어야죠! 그게 당신이 돈 받고 할 일 아니었어?"

벼락처럼 소리치는 송 회장의 말에 의사는 말문이 막혔고, 송 회장은 전화를 뚝 끊어버렸다. 송 회장은 겸과 대화하는 영리를 보며 갈등했다. 석현에 대해 말을 할까, 말까. 영리는 반듯한 자세로 서서 웃고 있었다. 아직 회복되지 않은 몸인데 필사적으로 견디는 중임이 틀림없었다.

역시 모임에 참석한 겸이 영리에게 물었다.

"수능 마무리는 잘돼가?"

"응. 너는?"

"나도. 정시는 몰라도 수능 최저 맞추는 거야 일도 아니지."

"수시는 무조건 붙을 자신 있다는 거네."

겸이 들고 있던 잔을 들어 올리며 웃었다.

"내 생기부가 좀, 화려하거든. 그런데 너는 진짜 수능 보러 갈 거냐? 괜찮겠어?"

"응? 그게 무슨 말이야?"

겸은 이 순간을 오래 기다렸다. 1학년 여름, 초롬에게 고백했다가 거절당한 그날부터 겸은 초롬을 관찰해 왔다. 아무렇지 않은 척했지만 거절에 익숙하지도, 익숙해지고 싶지도 않았기에 자존심은 무너졌고 남모르는 집착이 시작됐다. 초롬의 모든 걸 알아야 했다. 그래서 알 수 있었다. 3학년이 된 초롬이 어딘가 달라졌다는 것을.

수능 전날 말할 생각이었으나 지금도 좋은 타이밍이다. 더구나 함께 즐길 관객도 많다. 가짜인 걸 알고 있었다고 말하면 가짜 초롬의 표정이 어떻게 변할까? 궁금하고 기대되다 못해 겸은 뱃속까지 간질거렸다. 겸이 음료를 한 모금 삼키고 입술을 핥았다.

"너도 그거 알지? 마크 트웨인 소설 『왕자와 거지』."

영리가 차분하게 대답했다.

"물론 읽었지."

"나는 그거 읽었을 때 가짜 왕자한테 속은 인간들이 이해가 안 갔거든. 진짜 바보들이야. 나라면 진작에 가짜라는 걸 알아봤을 텐데."

"어떻게?"

영리는 지금이 그걸 써야 할 때라고 생각했다. 지난번에 정인이 건넨 무기를. 겸은 미소 지으며 말을 이어나갔다.

"크게 두 가지야. 첫 번째는 태생! 사람의 태생이란 건 속일 수가 없거든. 돈 없이 태어난 태생과 집안 좋은 태생은 DNA부터 달라. 아무리 흉내 내도. 물론 머리도 좋고 집안도 좋은 나 같은 태생이랑은 더더욱 다르고. 일단 칭찬 먼저 할게. 나나 되니까 알았지 정말 완벽에 가까웠어."

겸이 작은 휘파람과 함께 손뼉을 몇 번 쳤다. 사실 태생 따위는 따져보지도 않았다. 그저 초롬을 모욕하고 싶었을 뿐, 진짜 이유는 이제부터였다.

"두 번째는 남다른 내 관찰력 덕분이지. 너를 오래 지켜봤거든. 처음에는 고3 돼서 정신 차렸나 보다 했어. 깜빡 속을 뻔했는데 미묘하게 다르더라고. 웃는 방식이랑 글씨체가."

겸은 아무 말 못 하는 영리를 보며 좋을 대로 심경을 해석했다. 어쩔 줄 몰라 하는 가짜, 한 번만 봐달라고 애원하는 가짜, 여기서 무너질 수는 없다고 곧 자신에게 매달릴 가짜 초롬의 마음을.

"원래 넌 웃을 때 왼쪽 눈이 먼저 가늘어져. 그런데 어느 날부턴가 양쪽이 동시에 좁아지더라. 고개를 끄덕일 때도 늘 세 번 연속으로 끄덕이던 네가 두 번 끄덕이고 한 박자 쉬었지."

겸이 잠시 멈추고 영리의 표정을 살폈다. 영리가 고개를 살짝 갸우뚱했다.

"그래서?"

"글씨체도 확인해 봤어. 네가 작년에 인스타에 올린 손글씨랑 비교해 보려고 네 노트 사진을 슬쩍 찍어 왔지. 확대해서 비교해 보니 모양은 비슷한데 결이 달라. 원래 넌 획을 시작할 때 잉크가 살짝 번지고 끝이 가늘게 털려. 지금은 반대야. 시작이 가늘고 끝이 뭉개져. 그건 필압이랑 획순이 거꾸로라는 뜻이라고 하더군. 이런 건 연습한다고 쉽게 못 바꾼다네?"

신난 말투와 달리 겸은 내심 불안해졌다. 당황할 줄 알았는데 오히려 차분하게 고개를 끄덕이는 영리의 모습에 조금씩 김이 빠지기 시작했다.

"마지막으로, 미끼. 일부러 없는 얘기를 여러 개 던졌어. 2학년 때 복도에서 부딪혀서 네가 내 폰 떨어뜨렸다는 거, 급식실에서 어떤 찌질이가 고백해서 네가 화냈던 일. 너는 다 적당히 맞장구치더라. 그런 거 하나도 없었는데. 그러다 홍대에서 만난 날 확신했어. 학교에 있는 너는 가짜고, 홍대에서 만난 애가 진짜 송초롬이라는 걸. 재밌어서 지켜봤어. 언제까지 이 코미디가 계속될까 하고."

251

영리가 놀랍다는 표정으로, 하지만 말투는 전혀 놀라워하지 않으며 물었다.

"어머나, 세상에."

"근데 진짜 송초롬은 어디 있는 거야? 설마 죽었냐?"

그때 겸의 핸드폰에 메시지 알림음이 울렸다. 한 번, 두 번, 세 번, 연달아. 메시지를 본 겸의 얼굴이 화석처럼 굳었다.

"왜? 무슨 일 있어?"

"아, 나 잠깐 화장실 좀."

"그래."

겸이 자리를 뜨자 영리는 클러치백에서 핸드폰을 꺼냈다. 려원과 통화 중임을 나타내는 화면에서 시간이 계속 흐르고 있었다.

타이밍, 뭐든 타이밍이 중요하다. 영리는 경고의 타이밍을 재고 있었고, 조금 전이 바로 그때였다. 방금 겸에게 메시지를 보낸 사람은 려원이었다. 려원은 전화 연결된 상태에서 두 사람의 대화를 듣고 있다가 최적의 순간에 영리가 준 한정인의 USB 속 자료를 발송한 것이다. 영리가 핸드폰을 들어 귀에 대고 말했다.

"김겸 화장실 갔어."

– 어땠어? 제대로 굳었어?

"완전히 화석 됐지."

– 아. 못 봐서 너무 아쉽다. 나중에 똑같이 흉내 내줘.

"그래."

려원이 조금 서글픈 목소리로 말했다.

– 머리도 좋고 집안도 좋은 왕자님은 지금 어떤 생각을 할까.

영리가 쓰게 웃으며 전화를 끊었다.

겸은 화장실 맨 끝 칸에 들어가 조금 전 발신자 표시 제한으로 도착한 세 건의 메시지를 다시 확인했다. 첫 번째는 겸이 려원을 폭행하는 영상, 두 번째는 하늘 멤버들과 나눈 선민의식으로 점철된 카톡이 떠 있는 핸드폰 화면 사진. 그리고 마지막은 메시지였다.

〔그동안 재밌었어? 그런데 어쩌냐? 이거 말고도 널 매장할 증거는 차고 넘치거든. 그러니까 장난 그만 쳐. 그러지 않으면 이제부터 진짜 재밌는 일이 펼쳐질 거야. 가진 게 많다는 건 잃을 게 많다는 뜻이기도 하잖아. 안 그래? 왕자님?〕

겸은 어리둥절했다. 분명 려원을 폭행할 때 CCTV가 없는 장소를 골랐는데. 게다가 카톡 사진은 학교에서 찍힌 모양새였다. 도대체 누가, 언제, 어떻게 핸드폰 비밀번호를 풀고 찍은 것일까. 체육 시간이나 특별실에 갔을 때? 이 정도면 핸드폰 속 데이터도 모두 다운로드했을 것이다. 어떻게 된 일일까? 그동안 겸은 두어 달에 한 번씩 핸드폰을 바꾸었다. 누구 짓인지 도무지 짐작되지 않았다. 그럴 수밖에 없었다. 겸에겐 교실의 사물함보다 존재감이 없던 한정인의 작품이었으니까.

겸이 얼빠진 표정으로 행사장에 돌아왔다. 영리는 돌아갈 채비를 하는 겸에게 다가가 물었다.

"얘기 좀 더 자세히 해줄래? 흥미롭던데. 특히 그 태생 얘기."

겸은 영리를 바라보며 조금 전 받은 메시지를 떠올렸다. 그 사진들은 절대 퍼져나가면 안 되는 것들이었다. 모두가 하나쯤은 비밀이 있다. 자신이나 초롬 같은 아이들은 그 크기가 보통 사람보다 더 클 뿐. 같은 숙명을 지닌 사람들끼리 서로 묻어주는 게 매너이자 미덕이겠지, 라고 겸은 생각했다.

겸이 아무렇지 않은 목소리로 대답했다.

"뭐, 그게 다야. 그냥 내 뇌피셜이지 뭐. 수능 잘 봐라."

겸의 말에 영리가 상냥하게 웃으며 대답했다.

"고마워. 너도 잘 봐."

영리는 마침 다가와 말을 거는 누군가를 반갑게 맞았고 겸은 행사장을 떠났다.

D-018 각성

送 회장의 전화가 울렸다. 병원이었다. 석현의 보호자는
송 회장이었고, 중요한 결정은 모두 그녀를 거쳤다. 그러나
송 회장에게 직접 연락이 오는 건 흔한 일이 아니었다. 송 회
장은 뭔가 심상치 않은 기분을 느꼈다. 주치의가 조심스럽게
말했다.

석현의 뇌 기능이 광범위하게 소실된 상태이며, 회복 가능
성은 없다고. 공식적인 판정까지는 절차가 남았지만, 뇌사 의
심 상태라고.

송 회장은 척수가 얼어붙는 기분이었다. 그러나 차분하게
지시했다.

"영리에게는 아직 말하지 마세요. 곧 수능이라. 연명치료
는 계속해 주시고."

주치의는 잠시 망설였지만, 알겠다고 대답하고 전화를 끊
었다.

공 비서와 은정에게도 영리의 병원 출입을 제한하라는 지시를 내렸다. 수능이 얼마 남지 않았다는 이유였지만, 은정은 석현에게 심각한 문제가 생겼다는 걸 직감했다. 영리도 마찬가지였다. 송 회장의 표정이 시종일관 냉담했고, 공 비서의 표정도 어두웠다. 무엇보다 간병인과 통화할 때 이상한 기분을 느꼈다.

영리는 은정을 찾아갔다. 영리의 표정만 보고도 은정은 무슨 말을 할지 짐작했다.

"아줌마, 아무래도 아빠한테 무슨 일 생긴 것 같아요."

은정이 망설이며 말했다.

"실은 말이지. 회장님이 네 병원 출입을 막으라고 하셨어."

영리의 얼굴이 하얗게 변했다.

"혹시 무슨 일이 생긴 거 아닐까요?"

은정이 영리의 손을 잡았다.

"걱정하지 마라. 내가 조만간 눈치 봐서 다녀올게."

다음날 병원을 찾은 은정은 병실에 들어갈 수 없었다. 면회 제한 표지판 옆에 프린트 한 장이 붙어 있었다.

〈보호자 외 면회 불가 / 감염 예방을 위한 면회 제한 안내 (임시)〉

은정은 간호사 데스크에 가서 물었다.

"나석현 환자 담당 선생님 지금 뵐 수 있을까요?"

간호사는 모니터를 힐끔 보더니 말했다.

"안에 계신데, 잠시만요."

잠시 후 데스크 뒤쪽 방문이 살짝 열리며 낮은 목소리들이 겹쳤다. '누가요', '윗선 지시', '연명만…' 같은 말이 띄엄띄엄 들리며 담당 간호사가 나타났다. 석현을 보고 싶다는 은정에게 간호사가 미안한 얼굴로 말했다.

"상태가 많이 불안정해서요. 면회는 힘드세요."

"그럼 경과라도 말씀해 주세요."

"죄송합니다. 가족이나 보호자가 아니면 말씀드릴 수 없어요."

은정은 더는 아무 말도 할 수 없어 걸음을 옮겼다. 그때 은정의 눈에 간호사 스테이션 화이트보드가 들어왔다. 늘 '임상약 투여 14:00' 항목 아래 붙어 있던 '1503-NSH' 자석이 '보류' 칸에 옮겨져 있었다. 오래 투병한 엄마에 이어 석현까지, 병원에 갈 일이 많았던 은정은 자석에 적힌 글자의 뜻을 알고 있었다. 1503호 나석현을 나타내는 '1503-NSH'. 그리고 보류의 의미도. 은정의 손끝이 차갑게 식었다.

세면대 거울 앞에 선 은정은 수도꼭지를 틀었다 잠갔다 반복했다. 산 자도 죽은 자도 아닐 석현의 모습이 떠올랐다. 시들어가는 육신은 병실에 있지만, 넓은 병원 이곳저곳을 정처 없이 떠돌고 있을 것이었다. 울음을 삼키려 애썼지만 소용없었다. 은정이 손등으로 입을 막자 비로소 울음이 터져 나왔다. 좁은 화장실 칸에서 은정의 가녀린 어깨가 들썩였다.

영리는 저택 창가에 기대어 밖을 내려다보고 있었다. 만감이 교차했다. 이제 마지막 한 걸음만 내디디면 프로젝트가 마무리될 것이다. 하지만 자신은 평생 보이지 않는 족쇄를 차고 걷게 될 터였다.

그때 벌컥 문이 열리는 소리와 함께 노크도 잊은 은정이 방으로 들어왔다. 은정의 얼굴을 본 순간 영리는 본능적으로 떠오른 생각에 심장이 내려앉았다.

"아줌마, 왜 그래요. 아빠한테 무슨 일이라도……."

은정의 목소리가 갈라졌다.

"아빠가……. 그냥 이 집 떠나자. 이제 더는 여기 있을 이유가 없어."

은정의 말 한 마디 한 마디가 영리의 뇌리에 아프도록 박혔다. 그것이 무엇을 의미하는지 알기 때문에.

영리는 몸을 일으키다 한 발 비틀거리더니 부서질 듯 무릎을 꿇었다. 그리고 두 손에 얼굴을 묻었다. 숨을 들이쉬려 해도 기가 막혀 그럴 수가 없었다. 온몸에 바람이 스며드는 느낌이었다. 멀리서 들려오는 벽난로 장작이 탁, 탁, 타는 소리만이 방안을 채웠다. 영리는 두 손으로 머리카락을 움켜쥐고 그제야 소리조차 나지 않는 울음을 토해냈다. 아빠를 위해 지금까지 모든 것을 버텼는데, 다 끝나버렸다.

은정이 영리를 와락 끌어안았다.

"미안하다, 미안해."

두 사람의 흐릿한 그림자가 카펫 위에 겹겹이 번졌다. 영리가 천천히 고개를 들었다. 눈물 자국이 마르며 영리의 눈빛이 달라졌다.

"아줌마."

"응."

"평소처럼 지내주세요. 아무 일 없는 것처럼."

은정이 놀란 눈으로 바라보자, 영리가 차갑게 입술을 깨물었다.

"이제부터는… 나영리가 아니라, 송 회장이 만든 송초롬으로 버텨볼게요."

은정은 말없이 영리의 눈을 바라보았다. 말리고 싶었지만, 은정은 자신에게 그럴 자격이 없다는 걸 알았다. 그저 영리의 손을 두 손으로 꼭 감싸 쥐는 것밖에는 해줄 수 있는 게 없었다. 온기를 나눠주고 싶었지만, 영리의 차가운 손은 따스해지지 않았다. 은정은 힘없이 고개를 끄덕이고 밖으로 나갔다.

영리는 천천히 일어나 책상 위의 펜을 집어 들었다. 이 집에 온 첫날 송 회장이 계약서에 서명할 때 건넨 몽블랑 만년필이었다. 영리는 펜 끝을 손바닥에 대고 힘껏 눌렀다. 날카로운 촉이 살을 찔러 피가 맺혔지만, 눈 하나 깜빡이지 않으며 생각했다.

아파도 된다. 아니, 아파야 한다. 이제부터는 이 펜으로 다른 것을 쓸 차례니까.

259

천천히 피 묻은 손을 씻고, 옷을 갈아입었다. 그리고 거울 앞에 섰다. 초롬의 얼굴이 그곳에 있었다.

영리는 노트북을 열었다. 어두운 방 안에서 화면의 불빛만이 희미하게 빛났다.

영리는 누군가 보낸 파일 하나를 열고 한참 동안 바라보았다. 원래라면 자신이 볼 수 없는 문서들이었다. 발신자 정보는 없었다. 회신도 불가능했다. 로그도 비어 있었다. 하지만 영리는 누가 보냈는지 알고 있었다. 자신이 요청한 것이니까. 아마도 그는 영리를 자신의 뜻대로 움직이고 있다고 생각할 것이다. 하지만 실제로는 영리가 그를 움직인 것이다.

영리는 그 사람의 눈빛을 떠올렸다. 수많은 사람 사이에서 유독 빛나던 한 쌍의 눈. 집요하게 처다보는 것은 아니나 대상을 순식간에 훑어보고 계산하는 눈빛.

영리는 깊숙이 숨겨둔 비밀 폴더를 열었다. 폴더 이름은 '플랜 B'. 지난 1년간 만약을 위해 준비한, 영원히 쓰지 않길 바랐던 계획과 자료가 가득 차 있었다. 그중에서 '계획서'라고 적힌 파일을 열었다. 영리는 계획서 마지막 페이지에 또박또박 적기 시작했다.

'수능 전날 활동 계획'

그날 밤은 길었다. 하지만 밤은 결국 물러가고 새벽이 오기 마련이다.

D-001 전야

깊은 밤, 송나희는 직접 운전해 공 비서의 집을 찾았다. 전화를 받고 놀란 공 비서가 뛰어나가 숨을 몰아쉬는데 나희가 무너지듯 공 비서의 품에 안겼다.

"오빠, 이번 일 무사히 끝나겠지? 혹시 잘못되진 않겠지? 초롬이… 잘 되겠지?"

형진은 나희의 등을 천천히 쓸어내렸다. 네 번, 일곱 번 그리고 여덟 번. 호흡 대신 손바닥의 리듬으로 떨림을 다독였다. 단단한 껍질 아래 숨겨둔 나희의 여린 본모습을 잠깐 잊고 있었다는 게 미안했다.

"걱정 마. 괜찮을 거야."

나희가 고개를 들어 형진을 바라보았다. 그 눈빛에는 오랜 세월 서로 묻지 않았던 감정이 담겨 있었다.

찬 바람이 불어왔다. 수능 예비 소집일 아침이었다. 긴장

261

과 불안이 잔뜩 점철된 얼굴로 송 회장이 영리를 배웅하러 현관 앞까지 나왔다. 영리가 이 집에 온 뒤 처음 있는 일이었다.

예비 소집 장소는 인근의 여자고등학교였다. 같은 시험장에 배정된 아이들이 우르르 영리에게 다가와 떨린다며 호들갑을 떨었다. 영리는 적당히 맞춰주고 나서 수험표를 바라보았다. 내일이면 초롬의 이름으로 수능을 치르게 된다. 시험이 끝나면 아빠에게 가서 오랫동안 손을 잡아줄 것이다. 그리고 그다음 날부터는……. 영리는 생각을 멈췄다. 아직은 송초롬이어야 하니까.

그 시간, 초롬은 방 안에 혼자 있었다. 수능 예비 소집일이라는 건 알았지만, 상관없는 일이었다. 창밖을 멍하니 바라보다가 아빠 생각이 났다. 면회를 보내주겠다고 영리가 약속했는데 아직까지 아무 연락이 없었다. 그때 핸드폰이 진동했다. 모르는 번호였다.

〔초롬아, 아빠야. 지난번 일은 정말 미안하다. 우리 딸인 줄 모르고, 널 보호하려고 그랬던 거야. 너무 보고 싶은데 면회 와줄 수 있니? 30분 뒤에 집 앞으로 4863 승용차가 갈 거야.〕

초롬이 떨리는 손가락으로 답장을 보냈다.

〔누군데요?〕

〔아빠 변호사야. 이런 곳으로 오라고 해서 미안하지만, 너무 보고 싶구나. 엄마가 알면 안 되니까 아무에게도 말하지 말고 와라.〕

초롬은 가슴이 마구 뛰었다. 몰래 집을 나올 때는 짜릿하기까지 했다. 정확한 시간에 차가 도착했다. 운전석에 어떤 남자가 있었고, 뒷좌석에 30대로 보이는 여자가 있었다. 여자가 명함 한 장을 내밀며 초롬에게 미소 지었다. 한참을 달리고 나서 초롬은 뭔가 이상하다는 걸 느꼈다.

"제가 못 들어서요. 아빠가 있는 곳이 어디예요?"

누구도 아무 말이 없었다.

"정말 아빠에게 가는 거 맞아요?"

초롬이 울먹이며 물었지만, 이번에도 돌아오는 대답은 없었다. 조금의 의심조차 하지 않았다니, 초롬은 자신을 한 대 치고픈 심정이었다. 초롬의 호흡이 조금씩 가빠지기 시작했다.

몇 시간 뒤, 공 비서는 전화 한 통을 받았다. 은정에게서 온 전화였다. 은정의 목소리가 떨렸다.

– 저기, 큰일 났어요. 어쩌죠? 초롬이가 집을 나간 것 같아요.

"그게 무슨 소립니까?"

– 아까는 분명히 있었거든요. 간식 먹으라고 하려고 방에 가봤는데 없어서, 여기저기 찾아봐도 안 보이는 거예요. 그래서 CCTV를 찾아봤거든요. 그랬더니…….

"그랬더니 뭡니까!"

– 주차장으로 해서 밖으로 나간 모양이에요. 전화도 두고요. 죄송합니다. 다 제 탓이에요.

통화를 끝낸 공 비서의 전화에는 메시지가 한 통 도착해 있었다. 어딘가에 결박된 초롬의 사진과 함께.

〔초롬이를 데리고 있다. 누구에게도 알리지 말고 이 주소로 와라.〕

손이 떨렸다. 사진 속 초롬의 눈은 공포로 가득했다. 공 비서가 은정에게 다시 전화했다.

"영리는 학교에서 왔습니까?"

– 아뇨, 예비 소집 끝나고 독서실에서 자습하고 온다고, 좀 늦을 거라고 했어요.

불길함이 공 비서의 등허리를 훅 치고 지나갔다. 공 비서는 급히 차에 올라 시동을 걸며 전화를 걸었다. 영리는 전화를 받지 않았다. 초롬으로 쓰고 있는 새 번호, 영리로 사용한 옛 번호 둘 다 마찬가지였다. 세 번, 네 번, 다섯 번. 신호음만 공허하게 울렸다.

영리와 초롬, 둘 다 사라졌다. 도대체 누가, 어떤 이유로?

공 비서의 머릿속이 복잡해졌다. 실종 신고는 할 수 없었다. 핸드폰 위치 추적도 소용없을 것이 분명했다. 누구의 짓일까, 만약의 사태가 생기면 어떻게 해야 할까 생각하며 차를 달렸다. 목적지까지는 1시간 30분이 남았다. 공 비서는 액셀을 더 세게 밟았다.

주소에 적힌 곳은 깊은 산속에 있는 산장이었다. 어느 재력가가 별장으로 쓰던 것인지 낡았지만 고급 자재로 공들여지은 건물이었다. 오랫동안 사람의 발길이 닿지 않은 모습이 을씨년스러웠다. 공 비서는 발소리를 죽이며 산장 안에 들어갔다.

거실 구석에 초롬이 있었다. 초롬은 의자에 결박된 채 고개를 숙이고 있었다. 공 비서는 민첩한 행동으로 산장 구석구석, 천장 모서리와 환풍구 등을 먼저 훑었다. 그런 다음 황급히 다가가 초롬을 흔들었다.

"초롬아, 초롬아, 정신 차려."

그러나 초롬은 고개를 들지 않았다. 그때 공 비서의 머리에 이 아이가 진짜 초롬일까 하는 생각이 스쳤다.

"너, 혹시 영리니?"

공 비서가 조심스레 셔츠 자락을 들어 올렸다. 오른쪽 하복부 맹장 수술 자국을 보기 위함이었다. 수술 부위 바로 근처까지 하의를 내렸을 때였다. 갑자기 시야가 흐려졌다. 머리에 엄청난 통증을 느낀 공 비서의 귀에 무전음이 들렸다.

"예, 둘 다 도착했습니다. 지시대로 처리하겠습니다."

처리라는 단어가 의식을 잃어가는 공 비서의 귓속에 스르륵 밀려들어 왔다. 괴한은 각목을 내려놓은 후 쓰러진 공 비서의 양손을 등 뒤로 돌리고 청 테이프로 단단히 감았다. 그때 결박당한 소녀가 고개를 들며 괴한에게 말했다.

"더는 다치지 않게 해주세요."

그때 괴한의 동료가 끔찍할 만큼 떨고 있는 초롬을 끌고 왔다. 초롬이 쓰러진 공 비서를 보고 소리쳤다.

"영리야! 이게 다 무슨 일이야? 아저씨! 정신 차려요."

영리가 침착하게 대답했다.

"진정해. 가만히만 있으면 아무도 안 다쳐."

초롬이 멈칫하며 영리를 바라보았다. 너무나 차분한 얼굴이었다. 마치 이 모든 상황을 예상하고 있었다는 듯. 괴한이 공 비서를 다 묶고 나서 영리의 결박을 풀었다. 초롬은 경악한 얼굴로 영리를 바라보았다.

"전부 다 네 짓이었어? 어떻게 이럴 수가 있어?"

영리가 소리치는 초롬에게 말했다.

"네가 하려는 거 알아버려서 어쩔 수가 없었어. 그러면 결국 뒷감당은 다른 사람들이 해야 하잖아? 나 포함해서."

"뭐? 네가 그걸 어떻게?"

얼마 전부터 영리는 초롬이 뭔가 꾸미는 듯한 조짐을 느꼈다. 그리고 은정이 초롬의 노트북에서 기자회견 준비 흔적을 발견했다. 그때부터 영리는 튀어 나가려는 스프링을 눌러야 한다는 생각뿐이었다.

"하루만 참아. 수능 끝나면 데리러 올게."

그때 언제 깨어났는지 공 비서가 힘겹게 영리를 불렀다. 영리가 가까이 다가가자 그가 들릴 듯 말 듯한 목소리로 말했다.

"네가 전에 나에게 말했지. 언젠가 빚 갚겠다고, 어떤 도움이라도 주겠다고. 초롬이와 둘이 있을 시간이 필요해. 저 가여운 애를 안심시키고 설득할 시간. 그 약속 지금 지킬 수 있니?"

영리는 초롬이 홍대로 몰래 외출했던 날, 공 비서와 했던 약속을 떠올렸다. 영리가 공 비서를 잠시 바라보다 가까이 다가갔다. 그리고 그의 귀에 무어라 속삭이고는 초롬을 데려온 두 사람과 함께 송 회장의 집으로 향했다.

초롬과 공 비서가 결박된 지 몇 시간이 흘렀다. 초롬은 점점 지쳐갔다. 그 시간 동안 공 비서는 계속해서 초롬에게 송 회장의 과거를 이야기했다. 송나희가 얼마나 힘든 시절을 거쳐왔는지, 그럼에도 얼마나 빛이 났는지, 왜 이렇게 변할 수밖에 없었는지에 대해서. 초롬의 눈에서 눈물이 흘렀다.

공 비서가 잠시 눈을 감았다. 4년 전이 떠올랐다. 초롬이 사춘기로 한창 힘들어했던 즈음에 갑자기 사라진 적이 있었다. 공 비서가 신고하려는 참에 문자가 왔다.

〔저 한강대교에 있어요.〕

공 비서는 숨이 멎는 듯했다. 전날 초롬이 송 회장과 크게 다투었기 때문에 자꾸만 밀려드는 불길한 생각을 누르기가 어려웠다. 달려가 보니 다리 중간쯤 난간 앞에서 초롬이 교복을 입은 채 서 있었다. 겨울바람에 치마가 펄럭였다. 초롬이 소리쳤다.

"오지 마세요!"

공 비서가 발을 멈추고 말했다.

"알겠어. 여기 서 있을게."

둘은 한참 침묵 속에서 움직이지 않았다. 초롬이 다시 입을 열었다.

"엄마가 나를 낳은 게 후회된대요. 나 때문에 인생이 망가졌대요."

"진심이 아니야."

"진심이겠죠. 술 취하면 본심이 나온다잖아요. 아빠는 어디 있는지도 모르고 엄마는 나를 낳은 걸 후회해요. 그럼 나는 왜 태어난 거예요? 내가 낳아달라고 한 적도 없는데?"

공 비서는 자신도 모르게 한 발짝 다가갔다.

"내가 있잖아. 너를 쭉 봐왔어. 처음으로 자전거를 탔을 때도, 작은 발에 스키화를 신긴 날에도, 유치원에 간 날에도, 초등학교 입학식 날 울면서 가방을 놓지 않으려 했을 때도, 그리고 처음으로 말에 오른 날에도. 네 옆에 내가 있었다."

공 비서의 목소리가 떨렸다.

"친부모가 아니어도 그만큼 사랑할 수 있어. 네가 사라지면, 나는… 나는 견딜 수 없을 거다."

초롬이 울기 시작했다. 공 비서는 천천히 다가가 초롬을 감싸안으며 난간에서 떼어냈다. 초롬이 공 비서의 코트를 붙잡고 흐느꼈다.

"아저씨……."

"괜찮아. 다 괜찮아."

그날 이후 초롬은 공 비서를 '공 비서님' 대신 '아저씨'라고 부르기 시작했다. 공 비서가 다시 눈을 떴다. 그리고 오래 품었던 말을 꺼냈다.

"넌 내 딸이나 마찬가지야."

공 비서가 핸드폰을 들여다보고 있던 감시자에게 말했다.

"목이 마른데, 물 좀 주지."

감시자가 귀찮아하는 표정을 짓더니 느릿한 걸음으로 물 한 컵을 가져와 공 비서의 입에 가져다 대었다. 그와 동시에 공 비서가 솟구치며 감시자의 코를 머리로 들이받았다. 감시자가 코를 싸쥐며 주저앉았다. 공 비서의 결박은 어느새 풀려 있었다. 곧바로 공 비서와 감시자의 격투가 시작되었다.

"아저씨! 조심해요!"

초롬이 소리치는 순간, 공 비서는 뒤에서 쇠 파이프를 들고 달려오는 또 다른 감시자를 발견했다. 공 비서가 재빨리 몸을 피하자 날카로운 파이프 끝이 바닥에 흠집을 새겼다. 감시자들은 이내 공 비서가 타고난 싸움꾼임을 알아차렸다. 둘이 합세해도 공 비서 한 명을 상대하는 것이 만만치 않자 감시자 중 한 명이 칼을 꺼내 들었다. 공 비서가 숨을 몰아쉬며 말했다.

"서로 다칠 필요 없잖아. 조용히 갈 테니 그냥 보내주지."

감시자들은 들은 척도 하지 않고 달려들었다.

영리는 산장을 나가기 전, 수능을 무사히 치를 때까지만이라고, 수능이 끝나면 데리러 오겠다고 했다. 하지만 영리와 이들은 서로 생각이 다를 터였다. 공 비서는 이들의 목적이 초롬과 자신을 산장에 잠시 가둬두는 게 다가 아니라는 걸 직감했다. 이자들은 다른 이의 지시를 추가로 받았음이 틀림없었다. 그리고 그자가 원하는 것은 송 회장과 자신의 몰락, 어쩌면 죽음까지 생각했을지도 몰랐다.

269

결박당한 중에도 공 비서는 끊임없이 주변을 살폈다. 문지방에 젖은 흙이 밟혀 있었다. 그 위에 찍힌 독특한 밑창 무늬, 사다리꼴 톱니가 연속으로 맞물리는 패턴은 기성 라인인 보안팀에 지급된 안전화 밑창과 같은 무늬였다. 영리가 고용한 게 아니라면, 이들은 다른 누군가의 지시를 받고 있는 것이었다.

공 비서가 감시자의 쇠 파이프를 막는 순간, 비명이 들렸다. 다른 감시자가 초롬의 목에 칼을 들이대고 있었다. 공 비서의 동작이 멈춘 찰나를 놓치지 않고 칼날이 공 비서의 허벅지에 박혔다. 공 비서가 비틀거리자 이번에는 쇠 파이프 대신 또 다른 칼날이 공 비서의 왼쪽 가슴을 파고들었다. 초롬에게 칼을 들이댔던 감시자도 공 비서 쪽으로 달려왔다. 둘은 체중을 이용해 공 비서를 곧장 벽으로 밀어붙였다. 칼날이 공 비서의 가슴 속으로 더 깊이 박혀 들었다. 찢어질 듯한 초롬의 비명이 공 비서의 귀에 날아와 꽂혔다.

그런데 그때, 공 비서가 작고 날카로운 무언가로 칼을 쥔 감시자의 경동맥을 푹 찌르고는 힘껏 그었다. 피가 솟구치는 목을 잡으며 그가 쓰러지자 공 비서는 믿을 수 없는 속도로 다른 감시자의 목도 그어버렸다. 두 번째 감시자가 피를 뿜으며 무릎을 꿇었다. 공 비서는 칼을 빼앗아 둘을 모두 처리했다. 그러고는 숨을 몰아쉬면서 초롬에게 다가갔다. 가슴에서 흐른 피가 붉게 옷을 적셨고, 이마에서부터 흐르는 피는 눈썹과 광대를 타고 뚝뚝 흘렀다. 결박을 푸는 공 비서에게 초롬이 떨면서 물었다.

"아저씨, 괜찮아요?"

"그래. 나는 괜찮다. 너는?"

"저는 괜찮아요. 그런데 어떡해요? 아저씨는 아닌 것 같아요."

초롬이 울음을 터뜨렸다.

"어서 나가라."

"아저씨는요?"

"나는 마무리할 게 있어. 얼른 나가서 무조건 산 아래로 가. 그러면 도로가 나올 거야. 아무 차를 막아서서라도 얻어 타고 가까운 경찰서로 가달라고 해. 알겠지?"

"같이 가요. 같이 가면 되잖아요."

"할 일이 있다니까. 그리고 약속해 다오."

"무슨 약속이요?"

"네가 하려고 하는 거, 그거 하지 마라. 다른 사람도 그렇지만, 누구보다 네가 가장 많이 다치게 돼. 바로 지금처럼. 난 그거 생각하기도 싫다."

초롬이 격하게 고개를 끄덕였다.

"알겠어요. 약속할게요. 그러니까 같이 나가요."

"금방 따라갈게. 먼저 가."

"아저씨……."

"제발 부탁이야. 네가 안전한 게 날 도와주는 거야!"

초롬은 울면서 떨어지지 않는 발을 끌며 산장 밖으로 나갔다. 초롬의 울음소리가 들리지 않을 무렵에야 공 비서가 손을 늘어뜨렸다. 그러자 피에 젖은 금속 헤어핀이 굴러떨어졌다. 초롬이 사물함에 함부로 굴려 민들레의 질투를 산 그 명품 헤어핀이었다.

271

영리가 산장을 나가기 전, 공 비서가 시간을 달라 부탁했을 때, 영리는 공 비서만 들리게 속삭였다.

"죄송해요. 이러기 싫었지만, 어쩔 수가 없었어요. 비서님이 초롬이를 막아준다고 약속하면 시간을 드릴게요."

공 비서도 낮은 소리로 대답했다.

"그래. 그건 나도 원하지 않는 일이야."

영리는 이번 일을 함께 공모한 사람을 떠올렸다. 그는 약속했다. 초롬과 공 비서를 잠시 가둬두기만 하고 무사히 풀어주겠다고. 영리는 그 말을 믿고 싶었다. 하지만 감시자들은? 애써 믿어야 할 만큼 믿음이 생기질 않았다. 영리는 만약을 위해, 초롬이 다치길 바라고 민들레가 날을 세운 헤어핀을 공 비서의 손에 몰래 쥐여주고 떠났다. 그리고 공 비서는 그 작은 핀으로 결박한 테이프를 끊고 감시자들의 경동맥을 그었다.

공 비서가 몸을 질질 끌며 창가로 갔다. 그리고 감시자가 빼앗아 서랍에 넣어둔 전화를 꺼냈다. 송 회장에게 걸려온 부재중 전화가 여러 통 찍혀 있었다. 공 비서가 피 묻은 손으로 통화 버튼을 눌렀다.

– 여보세요? 도대체 왜 연락이 안 된 거야. 지금 어디야?

공 비서가 깊은 숨을 한번 쉬고 입을 열었다.

"회장님…… 아니, 나희야……."

공 비서가 송 회장의 이름을 불렀다. 송 회장은 무슨 일이 생겼다는 걸 직감할 수밖에 없었다. 그저 이름을 불렀을 뿐인데도 송 회장의 눈에서 눈물이 주르륵 흘렀다는 걸, 심장이 아프다 못해 뻐근해졌다는 걸 공 비서는 알지 못했다. 송 회장이 다급하게 물었다.

– 도대체 무슨 일이야? 어?

"할 말이 있어."

나희는 아프도록 꽉 막힌 목구멍을 간신히 열었다.

– 오빠, 왜 그래. 어디야? 내가 지금 갈게.

"초롬이를 보냈어. 얼른 사람 풀어서 찾아. 그리고… 나는 한 번도 초롬이가 내 딸이 아니란 생각 해본 적 없다."

- 그런 소릴 지금 왜 하는데!

공 비서는 더는 말을 이어갈 수가 없었다. 자꾸만 눈이 감겼다. 전화기에서 새어 나오는 송나희의 통곡 소리가 꿀렁거리며 쏟아지는 피에 녹아들었다.

피는 영혼의 화폐. 지불한 화폐가 헛되지 않아 초롬이 살게 된다면 그걸로 족했다. 죽어가며 그는 그렇게 생각했다. 공 비서의 몸에서 흘러나온 피가 생명체처럼 꿈틀거렸다.

초롬은 산장 밖으로 나와 길을 따라 내달렸다. 사방이 온통 어두컴컴했다. 이미 해가 넘어간 시간이었다. 두려워 미칠 것만 같은 기분으로 마구 달리던 초롬은 뭔가 잘못된 걸 깨닫고 급히 발을 멈추었다. 길이 막혀 있는 걸 본 순간, 더럭 겁이 났다. 되돌아가던 초롬은 그만 방향을 잃고 말았다.

호흡이 다시 힘겨워지기 시작했다. 그러나 약이 없었다. 외출할 일이 없으니 의사의 조언처럼 가방이나 옷 주머니에 상비하지도 않았고, 아빠를 만나러 간다는 기쁨에 들떠 약을 챙길 생각 같은 건 하지 못했다. 여기서 공황이 오면 안 된다는 생각에 두려움이 더 세게 휘몰아쳤다.

그때 희미하게 들리는 소리가 있었다. 말 울음소리였다. 분명 그랬다. 쿰쿰한 말똥 냄새도 바람에 함께 실려 왔다. 초롬은 자석에 끌리듯 그쪽으로 발길을 옮겼다.

얼마나 걸은 걸까 싶었을 때, 작은 마사가 딸린 외딴집이

273

보였다. 집안에서 희미한 불빛이 새어나오고 있었다. 세상이 싫어 산속에 숨어든 이가 말을 사랑하는구나, 그렇다면 이 사람도 아마 자유 없인 살 수 없겠지, 초롬은 생각했다.

초롬 또한 자유롭고자 말을 탔다. 그러다 자유보다 더 얻고픈 것을 위해 달리기 시작했다. 엄마의 인정을 받기 위해. 슬프게도 얻지 못했지만.

초롬은 마사에 다가가 철문에 달린 빗장을 조심스럽게 열었다. 그리고 조금 떨어진 사각지대에 서서 말의 긴장이 풀릴 때까지 한동안 바라보았다. 그런 다음 부드러운 발걸음으로 천천히 다가가 손을 내밀었다. 말이 자신의 냄새에 익숙해졌다는 걸 느낀 뒤, 초롬은 말의 목을 다정하게 쓰다듬었다. 말이 약하게 콧김을 뿜으며 고개를 끄덕였다. 싫지 않은 듯했다. 초롬이 낮고 차분한 목소리로 천천히 말을 걸었다.

"안녕, 블레이즈."

말은 초롬의 애마였던 블레이즈를 꼭 닮았다. 블레이즈는 열정적이고 활기찬 성격 탓에 붙은 이름이었다. 초롬이 말을 묶어놓은 리드줄을 조심스레 풀었다. 그리고 천천히 마사에서 데리고 나와 올라탄 다음 속보를 시작했다. 블레이즈에서 낙마하고 승마를 그만둔 뒤에 다시 말에 오른 건 처음이었다.

외딴집에서 어느 정도 멀어졌을 때, 초롬은 박차를 가해 차갑고 신선한 산바람을 가르며 말을 달리기 시작했다. 초롬의 입가에 오랜만에 미소가 지어졌다.

달리면서 초롬은 환영을 보았다. 어두운 밤하늘이 스크린으로 변한 뒤 기억의 조각들이 펼쳐졌다. 슬프고도 아름다웠던 어린 시절에 이어 처음 우승했을 때 기뻐하던 엄마, 국가 대표가 된 초롬을 자랑스러워하던 엄마의 모습까지.

그리고 한 소녀가 나타났다. 자신과 똑같이 생긴, 악몽 속에서 늘 자신을 바라보던 그 소녀가 초롬을 바라보고 있었다. 초롬이 저도 모르게 소녀를 향해 손을 뻗었다. 구원해 달라는 것인지, 아니면 물리치려는 것인지 스스로도 알 수 없었다.

그때 어디선가 자동차 경적이 울렸다. 그 소리에 놀란 말이 급히 멈춰 서며 앞다리를 번쩍 들어 올렸다. 당황할 새도 없었다.

검은 하늘을 바라보던 초롬의 시야가 순식간에 땅만큼 낮아졌다. 현실인지 꿈인지 구분이 가지 않았다. 어쩌면 이 모든 일이 꿈은 아니었을까, 초롬은 생각했다.

그러나 곧 깨달았다. 얼굴을 타고 흘러내리는 뜨끈하고 끈적한 피가 손바닥을 적셨을 때, 그 피가, 온몸을 휘감는 고통이, 이것이 현실임을 생생하게 알려주었다.

초롬은 정신을 잃었다.

송 회장은 사람들을 데리고 공 비서와 초롬을 찾아 나섰다. 영리도 따라가려 했으나 송 회장이 저지했다. 내일은 수능이니까. 지난 1년 동안 오직 내일을 위해 살았으니까.

영리는 송 회장도 초롬도 없는 집에서 뜬눈으로 밤을 새우다시피 했다. 공 비서의 죽음과 초롬의 실종이라니. 도저히 믿을 수 없었다.

이런 걸 바란 건 아니었다. 공 비서와 함께라면 전부 괜찮을 줄 알았다. 그저 잠시 시간이 필요했을 뿐이었다. 초롬이 폭주해서 일을 망칠까 봐 잠깐 눌러두려 했을 뿐이었다.

영리는 초롬과 나눈 앱 속의 대화를 보며 그동안 함께한 날을 돌이켰다. 그리고 다경을 생각했다. 자신을 닮고 싶다 못해 넘어서려다 죽음에까지 이른 다경과, 자신과 닮아서 불행해진 초롬, 모두 자기 때문인 것만 같았다.

잠에 들기가 겁났다. 누워도 잠을 이룰 수 없을 듯했다. 꿈에 다경이, 초롬이 나올까 봐 겁이 났다. 두 소녀 생각을 감당하기 힘들어 눈물이 흘렀다.

하지만 지금은 죄책감도 사치였다. 내일은 1년을 기다려 온 날이다. 억지로라도 잠을 자야 했다. 수능을 성공적으로 치르고 나서 송 회장을 가장 꼭대기에서 밀어뜨려야 한다. 아빠를 영원히 떠나보내기 전에.

새벽까지 잠을 이루지 못하자 영리는 수면제를 삼켰다. 그리고 그날 밤, 송 회장은 돌아오지 않았다.

D - Day

영리는 죽음을 연습한 듯한 짧고 깊은 잠에서 깨어났다. 눈을 떠보니 은정이 따스한 손으로 영리의 볼을 감싸고 있었다.

스산한 늦가을 이른 아침이었다. 푸른 유리알 같은 대기는 신선하고 날카로웠다. 영리는 1년 전처럼, 그러나 다른 이의 수험표를 들고 고사장으로 향했다. 시리고 메마른 바람이 교문 위에 걸린 현수막을 조용히 흔들고 있었다.

20XX학년도 대학수학능력시험 서울특별시교육청 제XX시험지구 제XX시험장

영리는 강한 의지를 목발 삼아 지치고 초췌한 걸음을 내디뎠다. 시험장에 들어가 자리에 앉은 뒤 영리는 교실을 한 바퀴 둘러보았다. 지금부터는 모든 걸 다 잊어야만 한다, 오로지 시험에만 집중해야 한다고 마음먹으며.

감독관이 수험표의 사진과 얼굴을 한 명씩 확인하기 시작했다. 감독관과 눈이 마주친 순간, 영리는 마른침을 한번 삼켰다. 하지만 눈을 내리깔지는 않았다. 감독관은 아무런 의심을 내비치지 않고 다음 학생에게 다가갔다.

예비령이 울리자 OMR카드가 배부되었다. 수험생들은 일제히 성명란에 이름을 적기 시작했다. 영리도 펜을 들었다. 깊게 호흡하며 집중하려 했다. 하지만 밤잠을 설친 탓인지 눈앞이 아른거렸다. 성을 기입하는 첫 번째 칸에 '나'라고 적고 멈칫했다. 영리는 눈을 질끈 감았다 떴다. 그리고 '나' 위에 다시 '송'이라고 적었다.

'나'와 '송', 두 글자가 겹치는 바람에 도통 알아보기 힘들어졌다. 영리는 새 OMR카드를 받아 다시 이름을 적었다.

송초롬.

마침내 1교시 시작을 알리는 종이 울렸다. 영리는 허리를 꼿꼿이 폈다. 그러고는 수능 샤프를 단단히 잡고 무섭게 집중하기 시작했다. 다가올 내일을 위해서.

D+014 이사회

공 비서의 마지막 전화를 받은 그 밤, 송 회장은 곧바로 달려갔다. 그러나 산장에서 발견한 것은 공 비서의 시신과 신원을 알 수 없는 남자 시체 두 구뿐, 거기에 초롬은 없었다. 풀린 결박 테이프와 산장 밖으로 이어진 발자국이 있었지만, 얼마 가지 않아 끊겼다. 작은 단서조차 발견할 수 없었다. 시체의 신원도, 배후도, 초롬이 어떻게 됐는지도.

송 회장은 한동안 두문불출했다. 자리에서 일어나지도 못했다. 창밖이 오렌지빛으로 물들 때까지도 그녀의 방 안은 내내 검었다. 송 회장은 스스로 강하다고 자부해 왔다. 그러나 지독한 슬픔으로 속절없이 쓰러진 뒤에는 손가락 하나 까딱할 수가 없었다. 은정이 어떻게든 죽 한 숟가락이라도 먹이려 했으나 모두 뿌리쳤다.

초롬이 사라지고 나서 얼마간 송 회장은 애원했다. 초롬이 제발 무사히 돌아오게 해달라고. 간절하게 맞잡은 두 손이 뼈

근해질 정도로 신에게 빌고 또 빌었다. 그다음으로 찾아온 건 그칠 줄 모르는 눈물이었다. 송 회장은 자신을 원망하고 저주하기 시작했다. 딸을 위하는 거라 굳게 믿었던 계획이 정작 초롬을 사라지게 했다는 것을 견딜 수가 없었다. 몸과 마음이 온통 후회와 비탄에 잠겨들었다.

초롬이 자신처럼 살지 않길 바랐을 뿐이었는데, 최선을 다했다고 생각했는데, 하나뿐인 딸과 공 비서를 잃고 말았다. 송 회장은 이제야 자신의 모습이 보였다. 딸을 사랑했으나 표현하지 못했고, 비뚤어진 사랑을 주었다.

하지만 언제까지 그렇게 있을 순 없었다. 일주일이 지나고 송 회장은 자리를 털고 일어났다. 초롬은 돌아올 것이다. 송 회장은 그렇게 믿었다. 죽었다는 증거는 아직 어디에도 없으니까.

경찰에 신고할 수는 없었다. 자신만의 방식으로 찾아야 했다. 송 회장은 조용히 움직일 수 있는 사람 몇을 불렀다. 흥신소, 퇴직 형사, 해외 네트워크까지. 돈으로 움직일 수 있는 모든 수단을 동원했다. 돌아올 딸에게 영광된 미래를 선사하려면 그래야 했다.

송 회장이 움직여야 하는 이유는 또 있었다. 사내 여론이 좋지 않다는 말이 들려온 것이다. 지난 몇 달간 송 회장이 이해할 수 없는 결정을 내리면서 재정적 손실이 발생했고, 주요 사업에서도 실패가 이어지고 있다는 소문이 돌고 있다고 했다. 비서가 포장해서 말했지만, 한마디로 경영 능력이 부족하단 뜻이었다. 복귀해서 수습해야 할 일이 태산이었다. 온갖 의혹과 뒷말을 잠재우고 회사 내 위치를 지켜야 했다. 그것이 돌아올 초롬을 위한 일이었다.

송 회장이 다시 출근하는 날 아침, 영리와 송 회장이 식탁에 마주 앉았다.

"아버지 상태 말인데. 안됐지만, 더 이상 방법이 없다고 한다."

영리는 숟가락을 내려놓았다. 거짓말이었다. 방법이 없는 게 아니라 빼앗긴 것이다. 그동안 몇 번이나 송 회장에게 아빠의 상태를 물었다. 그때마다 돌아오는 대답은 늘 같았다. 최선을 다하고 있다고, 조금만 더 기다리라고. 이미 돌이킬 수 없는 상태였을 때도 송 회장이 그렇게 말했다는 걸 알게 된 뒤, 영리는 치밀어 오르는 분노를 참지 못하고 혼자 통곡했다. 아직은 송 회장 앞에서 그럴 수 없었다. 그녀가 무너지는 걸 보기 전까지는.

영리가 눈시울을 붉혔다. 그것만은 연기가 아니었다.

"초롬이 일도 안타까워요."

"아니, 초롬이는 돌아올 거야. 그때까지는 네가 초롬이 역할을 계속해 주면 좋겠다. 초롬이 인생에 공백이 생기면 안 되니까."

281

그럼 우리 아빠는요, 하고 물으려다 영리는 입을 다물었다. 지금은 때가 아니다. 송 회장을 제대로 추락시킬 날까지는 참아야 했다. 영리는 송 회장 모르게 주먹을 꼭 쥐며 말했다.

"알겠어요. 계약을 더 연장하도록 하죠."

올해의 마지막 이사회 날이 되었다. 송 회장은 아직 가누기 힘든 몸을 이끌고 이사회장에 도착했다. 머릿속이 진흙과 자갈이 뒤섞인 레미콘처럼 끈적하게 욱신거렸다. 약도 소용없는 엄청난 두통이었다.

마리 앙투아네트가 처형당하기 전 불과 하룻밤 사이 백발이 되었다고 했던가? 송 회장도 그랬다. 고작 며칠 만에 십 년이 응축되어 지나간 것처럼 얼굴이 꺼칠해졌다.

이사회실 벽에는 추상화 몇 점과 회사의 주요 지표가 걸려 있었다. 그 아래 긴 테이블에 앉은 이사진은 각자 노트북과 서류철을 앞에 두고 있었다.

송 회장이 시계를 봤다. 회의는 이미 몇 시간을 넘기고 있었다. 이사회 의장은 안경 너머로 이사들을 둘러보며 낮은 목소리로 물었다.

"그럼, 오늘 회의는 이쯤에서 끝내도록 하겠습니다. 추가로 논의할 사항이 있습니까?"

의례적인 멘트였다. 그런데 그때, 기성이 손을 들었다.

"의장님, 추가로 의제 하나를 발의하고자 합니다."

송 회장이 뻐근해진 눈을 가늘게 뜨며 기성을 바라보았다. 다른 사람들의 시선도 그에게로 쏠렸다.

"박기성 이사님, 발언하십시오."

의장이 허락하자 기성은 자리에서 일어나 테이블을 한번씩 둘러보더니 침착한 목소리로 말했다.

"저는 오늘 이 자리에서 CEO 교체를 제안하고자 합니다."

순간 이사회장이 얼어붙었다. 송 회장은 입술을 굳게 다문 채 기성을 노려보았다. 이사들은 서로 온갖 눈빛을 교환하다가 긴장된 표정으로 송 회장과 기성을 바라보았다. 송 회장이 짐짓 차분하게 물었다.

"구체적으로 어떤 점 때문입니까?"

기성은 준비한 자료를 들어 보이며 말을 이어갔다.

"최근 몇 가지 사건을 통해 저는 더 이상 침묵할 수 없다고 느꼈습니다. 비극적이고 의문투성이인 공형진 실장의 사망 사건은 송 회장의 사생활과 리더십에 문제가 있음을 시사하며, 이는 회사의 이미지에 심각한 손상을 입혔습니다. 그로인해 내부 직원들의 사기가 크게 떨어진 걸 모두 아실 겁니다. 이는 경영 능력 부족과 직결된 문제라고 생각합니다. 그래서 저는 의제 한 가지를 더 발의합니다. 과거 함초롬에 합병된 '바른식품' 대표였던 장기철 이사님을 차기 CEO 후보로 추천합니다."

회의장이 순식간에 웅성거리는 말소리로 가득 찼다. 몇몇은 이미 알고 있던 듯 보였고, 몇몇은 표정 관리에 들어갔다. 송 회장의 얼굴이 처참하게 구겨졌다. 기성은 틈을 주지 않겠다는 듯 곧바로 말을 이었다.

283

"바른식품은 함초롬의 전신이며 장기철 이사님은 오랫동안 식품 업계에 몸담은 분으로 자격이 충분하다고 사료됩니다. 이미 이사회 내 과반의 동의를 확보했습니다."

기성의 말이 끝나자마자 송 회장은 책상을 주먹으로 내리치며 자리에서 벌떡 일어났다. 걷잡을 수 없이 소란스러웠던 회의장이 금세 조용해졌다. 송 회장이 목소리를 높였다. 조금 전까지 피로했던 기색은 어디서도 찾을 수 없었다.

"바른식품이 함초롬의 전신이라고요? 함초롬이 바른식품의 어떤 구석을 닮았죠? 함초롬은 전신이 없습니다. 초창기에 바른식품의 시설 설비만 가져왔을 뿐, 제 기획과 아이디어로 키운 전혀 다른 새로운 회사입니다. 단순히 규모만 봐도 비교조차 되지 않을뿐더러 함초롬은 이윤 추구에만 급급한 그저 그런 회사가 아닙니다. 함초롬이 여러 사회사업과 소외계층의 자립을 위한 직접고용 및 그들의 자녀 교육까지 아우르며 사회적 책임을 다하고 있다는 것, 그리고 그것은 저 송나희의 의지로 시작되었고 유지되는 일이란 걸 다들 잘 아시지 않나요? 제 시장분석 능력과 의사결정 과정에 심각한 결함이 있다고요? 그로 인해 내부 직원들의 사기가 크게 떨어졌다고요? 몇몇 분이 그렇게 믿고 싶으신 것 같은데, 근거가 있습니까? 그나저나 이사님들, 뒷감당하실 수 있겠습니까?"

송 회장의 씩씩거리는 숨소리에 겹쳐 기성이 고개를 한쪽으로 기울이며 바로 말을 받았다.

"그렇게 말씀하시니 조금 당황스럽군요. 최근 분기별 마케팅 분석 보고서를 보면, 송 회장님의 독단적인 판단으로 진행된 캠페인의 KPI[5] 달성률이 현저히 낮습니다. 특히 ROI[6] 측면에서 볼 때 투입한 마케팅 예산 대비 실질적 성과는 미미했고, 브랜드 포지셔닝 전략 역시 시장세분화와 타깃 소비자층 분석이 충분히 이루어지지 않아 효과적이지 못했습니다.

---

5) 핵심성과지표, Key Performance Indicator의 약자. 조직이나 개인이 목표를 얼마나 달성했는지를 수치로 나타내는 지표.

6) 투자 대비 수익률, Return on Investment의 약자.

또한, 결국 파기에 이른 해외 원료 계약 건의 경우, 공급업체에 대한 철저한 사전 검증 없이 송 회장님께서 직접 지시한 계약 진행으로 인해 위약금 및 물류 손실이 상당했던 점은 분기 감사 보고서에서도 명확히 지적된 사항입니다. 조직 관리 차원에서도 최근 경영진 교체가 빈번해짐에 따라 중장기 전략 및 사업계획 수립에 차질이 생겨 조직 내 불안감이 고조되고 있습니다. 이러한 현상은 내부 감사 팀의 조사 결과에서도 명백히 확인되었고 단순히 외부 경쟁 심화만으로 설명될 수 없습니다. 이대로라면 주주들도 조만간 명확한 책임 규명을 요구할 수밖에 없을 것입니다."

송 회장이 떨리는 목소리로 고집스럽게 말했다.

"지금 제 판단력을 문제 삼는 겁니까? 그 캠페인은 성공 가능성이 충분했습니다. 시장 상황이 예측할 수 없을 정도로 급변한 것이 문제였지, 제 판단에 이상이 있었던 건 절대 아닙니다. 그리고 그 원료 계약 문제도 결국 담당자들이 확인해야 하는 것 아니었나요? 경영진 교체도 마찬가지입니다. 더욱 유능한 인재를 찾는 과정에서 어쩔 수 없는 혼선이 일어난 것이지, 조직이 흔들린다고 보는 건 지나친 억측입니다. 오히려 경쟁사가 집중적으로 우리를 공격하고 있는 지금 같은 상황에 조직을 단결시키지 않고 내부 분열을 조장하는 게 더 문제 아닌가요? 지금 중요한 건 책임 소재가 아니라, 당면 과제부터 하나씩 해결하는 겁니다!"

그러나 송 회장이 퍼부은 말은 젖은 성냥처럼 타오르지 못했다. 변명을 늘어놓는 송 회장의 모습에 이사들의 눈빛이 싸늘해졌다.

그때 아무도 예상치 못한 인물이 회의장 문을 열었다. 교복 차림의 송초롬, 즉 영리였다. 영리가 가방을 벗으며 말했다.

"늦어서 죄송합니다. 학교를 마치고 오느라고요."

모두 어리둥절한 얼굴로 영리를 바라보았다.

그러나 초롬도 어엿한 함초롬의 이사였다. 송 회장이 승계 준비의 일환으로 일찌감치 이사로 등재해 두었기 때문이다. 주식 또한 증여를 마친 상태였다. 하지만 아직 어리기에 이사 회에 참석한 적은 한 번도 없었다. 영리가 의아해하는 이사들을 바라보며 입을 열었다.

"오면서 상황은 전해 들었습니다. 결론부터 말씀드리면, 저는 박기성 이사님의 제안에 찬성합니다."

놀란 송 회장이 자리에서 벌떡 일어나 소리쳤다.

"뭐? 네까짓 게 뭐라고 나서! 아! 이제 알겠네. 너희 둘이 붙어먹었구나? 나에게서 전부 빼앗아 가려고. 하… 꿈도 꾸지 마. 함초롬은 내 힘으로 세운 내 회사야. 내 거라고! 여러분, 다들 속고 계십니다. 이 아이는 초롬이가……!"

속사포처럼 쏟아붓던 송 회장이 목에 사과가 걸린 것처럼 말을 뚝 멈추었다. 차마 아니라는 말을 할 수 없었다. 그 말을 뱉으면 박기성 따위가 문제가 아니다. 경영권만이 아니라 모든 걸 잃게 된다. 영리가 되물었다.

"엄마, 아니 회장님, 왜 말을 하다 마세요? 제가 뭐 어떻다는 거죠?"

몸을 떨며 입만 달싹거릴 뿐, 아무 대답도 하지 못하는 송 회장에게 영리가 눈을 동그랗게 뜨며 재차 물었다.

"엄마. 제가 도대체 어떻길래요? 이사님들, 양해 부탁드려요. 엄마가 그 사건 이후… 아직 몸과 마음이 다 회복되지 않으셨어요."

송 회장은 입술을 깨문 채, 몸을 부들부들 떨었다.

"엄마 괜찮아요? 제가 누군지 알아보시겠어요? 말씀해 보세요."

"너, 너는…….”

송 회장은 실수를 깨달았다. 평소 노블레스 오블리주를 외치며 사회적 책임을 강조해 왔으면서, 정작 자기 회사는 '내 것'이라 주장하는 건 모순이었다. 그리고 하나뿐인 딸조차 부정하는 비정한 CEO로 비치는 것 또한 보이지 말아야 할 모습이었다.

송 회장이 손으로 이마를 짚었다. 자신을 노려보는 이사들이 한 무리의 저승사자처럼 보였다. 초롬은 이사이자 법정대리인의 동의 아래 의결권을 행사할 수 있는 주요 주주이기도 했다. 승계를 전제로 법적 분쟁을 미리 차단하기 위해 송 회장이 직접 지시해 둔 절차였다. 그 권한이 자신을 향해 사용될 거라곤 한 번도 상상해 본 적이 없었다. 표결이 박빙이라면, 초롬의 한 표가 승부를 가를 수도 있었다. 훗날 초롬을 차기 함초롬 CEO로 세우려 차근차근 승계 과정을 진행해 왔는데, 직접 만든 안전장치가 자신을 빠져나오지 못하게 하는 족쇄가 될 줄은 몰랐다. 무엇보다 초롬의 표는 법리를 뛰어넘는 상징이었다. 다른 표 하나와 무게가 같을 수 없었다. 송 회장

딸의 심판이니까.

송 회장이 하얗게 질려 머뭇거리는 사이 영리가 차분한 목소리로 다시 말했다.

"다들 이유가 궁금하실 테니 말씀드리죠. 딱 한 가지입니다. 회장님의 딸이기에 앞서 함초롬을 걱정하는 한 사람의 이사로서 회사의 미래가 더 중요하다고 판단했기 때문입니다. 그리고 아직 결정을 못 내리신 이사님들께 참고가 될 만한 증거를 보여드리죠. 제가 가장 우려하는, 회장님의 도덕성에 대한 것입니다."

영리가 핸드폰을 켜고 파일 하나를 열었다. 송 회장의 목소리가 흘러나왔다.

"어때? 이 방에서 아빠를 치료받게 하고 싶지 않아? 네가 원한다면 그럴 수 있는데. 최고의 의료진을 붙여주고 모든 방법을……"

"그만! 그만해!"

영리가 파일을 중지시켰다. 이사들이 어리둥절한 표정을 지었다. 그리고 송 회장의 낯빛은 타고 남은 재처럼 변했다.

VIP 병실에서 영리를 처음 만났을 때 제안했던 내용이 흘러나오고 있었다. 이런 일이 생기지 않게 공 비서가 항상 조치해 왔다. 그날도 분명 그랬을 텐데 어찌 된 일일까. 이유야 무엇이든 여기서 녹음이 더 흘러나온다면, 대리 수능 제안이 이사들 앞에서 밝혀질 것이다. 송 회장이 숨을 몰아쉬고 천천히 입을 열었다.

"저는… 더 이상의 소란과 분쟁을 원치 않습니다. 회사를 위해… 사임하겠습니다."

송 회장은 의자가 꺼질 듯이 자리에 앉았다. 그리고 기성이 발의한 두 안건은 2/3 이상의 표결을 얻어 모두 통과되었다.

이사들이 하나둘 자리를 떴다. 영리는 문 앞에서 걸음을 멈추고 뒤를 돌아보았다. 고개를 숙인 채 미동도 하지 않는 송 회장이 보였다. 스스로 밝히지 못하는 것으로 거짓을 숨기려다 몰락한 자의 모습이었다. 하고 싶은 말이 목까지 차올랐다. 그러나 영리는 조용히 문을 닫고 나갔다. 어둡고 적막한 회의장에 송 회장이 홀로 남았다.

기성은 몇몇 임원과 함께 사무실로 갔다. 그리고 위스키를 꺼내 말 그대로 소리 없는 축배를 들었다. 들뜬 마음이 좀처럼 가라앉지 않았다. 맹랑하기 짝이 없는 어린것의 말대로 하는 게 과연 맞는가 수없이 의심했는데 정말 그대로 되다니. 가슴이 터질 듯했다.

여기까지 오는 길이 순탄치는 않았다. 태진을 불러들여 송 회장을 흔들려던 계획은 예상치 못한 태진의 감옥행으로 완전히 틀어졌다. 오래 공들였는데 역시 근본 없는 것들은 믿을 수 없는 법이었다. 재판이라도 기회 삼아 보려 했지만, 태진은 죄책감에 전의를 완전히 상실한 상태였다. 쓸모가 없어진 것이다. 설상가상으로 송 회장이 조직 개편을 들먹였고, 포섭해 둔 임원들의 성화도 거세졌다. 사방에서 찍어 누르는 압박에 점점 가슴이 조여 오던 차, 전화 한 통을 받았다. 그날은 수능 이틀 전이었다. 통화 후 기성은 회사 근처 카페로 갔다.

"중요한 일이라고? 무슨 일로 나를 보자고 했나 궁금해서 나와봤다."

기성의 연락처를 알아내는 건 어렵지 않았다. 중요한 건 기성의 내밀한 욕망이 어디까지인지 파악하는 것이었다. 영리는 그것을 병원에서 동민을 만난 날 어느 정도 확인했다. 동민의 핸드폰을 통해 기성이 가족 앞에서 드러내는 민낯을 보았다.

'사람들 앞에서 내 체면 깎아 먹지 말랬지. 모임 나가기 전에 사전 보고해. 내 허락 없이 아무것도 하지 마. …… 내 덕에 편하게 사는데 …… 내가 밖에서 얼마나 힘들게 일하는지 알면…….'

대외적으로는 점잖고 공정한 사람, 집안에서는 위선과 통제를 휘두르는 가장. 그 안과 밖의 온도 차이를 영리는 기억하고 있었다. 송 회장과 공 비서가 나누는 대화를 통해 알게 된 그의 이중성과 탐욕 또한. 그래서 기성이 자신의 제안을 넘겨버릴 인물이 아니라는 것을 알았다.

"같이 엄마를 무너뜨리자고 말씀드리러 왔어요."

기성이 어이없다는 표정을 짓다가 크게 소리 내어 웃었다.

"알고 있어요. 아저씨 우리 엄마 옛날부터 싫어했잖아요."

"뭐 그렇다고 치고, 네가 이런 제안을 하다니. 내가 얼마나 허술하게 보인 건지 반성해야겠단 생각이 드는구나. 차 마저 마시고 가라."

자리에서 일어나려는 기성에게 영리가 말했다.

"아빠를 버린 엄마를 증오하니까요. 엄마는 해외에서 10년 넘게 비참하게 산 아빠를 감옥에 처넣기까지 했어요. 아저씨보다 제가 더 엄마를 미워해요. 소름 끼친다고요. 엄마만 아니라면 저는 그 자리에 누구라도 상관없어요. 아저씨가 안 하겠다면 다른 사람을 찾아가겠어요."

기성이 자리에서 일어나는 영리에게 한마디를 툭 던졌다.

"어디 들어나 보자."

영리가 고개를 돌려 기성을 바라보다 도로 자리에 앉았다.

영리의 말이 이어질수록 기성의 몸이 점점 앞으로 나아갔다. 마냥 어리고 생각 없어 보였던 초롬이 이런 생각을 했다니, 놀라웠다. 기성은 이야기를 다 듣고 잠시 고민하다 돕겠다고 했다. 그러면서 몇 가지 조건을 달았다.

"이 일이 성공하려면 필요한 게 있다."

"뭔데요?"

"공 비서가 걸려."

영리는 큰 숨을 내뱉고 말했다.

"누가 다치는 건 싫은데요."

"그러자는 게 아니야. 잠시 손발을 묶어두자는 거지."

영리가 천천히 고개를 끄덕였다.

"그나저나 내가 널 어떻게 믿지?"

"그건 피차 마찬가지 아닌가요? 대신 절 믿을 수밖에 없는 이유를 말씀드릴게요. 저에겐 '서류 밖의 쌍둥이'가 있어요."

291

기성이 '서류 밖의 쌍둥이'라는 말뜻을 잠시 헤아린 뒤, 놀란 표정을 감추지 못하고 물었다.

"송 회장에게 혼외자가 있다는 말이냐? 아니면, 버린 아이?"

"출생신고는 한 명만 올라갔어요. 그래서 상속과 지분 구도가 저만 단독인 것처럼 보이는 거죠. 하지만 쌍둥이가 공식 확인되는 순간, 지분과 의결권은 나뉘고 자녀 존재 은폐로 엄마에겐 윤리규정과 공시의무 위반 소지가 생기겠죠."

"네가 그걸 어떻게 증명해."

"증거는 이미 갖고 있어요. 출생 직후 신생아 발찌 사진 두 개, 산부인과 입원기록 사본, 그리고 공 비서 아저씨가 보관 중인 출생증명서 원본 번호 대조. 필요하면 유전자 검사 동의서에 지금 서명해 드릴게요. 오늘 밤에라도 샘플 채취 키트를 보내드리죠. 쌍둥이의 존재가 공표되면……"

"잠깐."

기성이 손을 들어 영리의 말을 끊고 무릎을 손가락으로 두드렸다. 솔깃한 이야기였다. 그러나 고등학생의 말을 곧바로 받아들이기엔 자존심이 허락하지 않았다.

"네 말이 사실이라 치고, 송 회장은 왜 숨긴 거지? 쌍둥이를."

"그때 엄마는 아무것도 없었대요. 혼자 아이 둘을 키울 형편이 안 돼서 더 건강한 아이를 남겼고, 다른 아이는 보육원에 보냈어요."

기성이 혀를 찼다.

"독하긴."

영리는 다시 말을 이었다.

"쌍둥이의 존재가 공표되면 '단독 상속자' 전제가 깨져요. 엄마를 물러나게 할 명분이 생기죠. 지분 분할 공시와 윤리 위반 소명 절차를 밟아야 하니까요. 타이밍과 방식은 아저씨에게 맞출게요. 대신 아저씨는 엄마를 물러나게 하는 데 협력해 주세요. 엄마는 여러모로 그 자리에 있으면 안 되는 사람이에요."

기성이 영리 쪽으로 몸을 기울였다.

"지금 당장 보여줄 수 있는 건?"

영리는 핸드폰을 꺼내 사진첩을 열었다. 화면을 넘기자 초롬과 영리가 같은 거울 앞에서 찍은 스냅이 나타났다. 둘의 옆얼굴과 귀 윤곽이 겹쳐 마치 한 사람처럼 보였다. 기성이 놀란 소리로 물었다.

"그 사진, 어디서 났어?"

"둘이 같이 있을 때 장난삼아 찍었죠. 지금까지 제가 말씀드린 걸 아는 사람은 엄마와 공 비서 아저씨뿐이에요. 메타데이터와 원본 파일, 증언까지 묶이면 부인하기 어렵겠죠. 어때요? 제가 지금 얼마나 진심인지, 얼마나 위험한 비밀을 공유하고 있는지, 이제 아시겠어요? 저 준비 많이 했다고요."

기성의 머릿속이 빠르게 회전하기 시작했다. 어쩌면 꽤 큰 걸 얻을 수도 있겠다는 생각이 들었다. 여러 사람의 얼굴이 스친 끝에 남은 사람은 장기철이었다. 합병 뒤에도 '내 몫'을 찾겠다며 민원과 여론전을 멈추지 않는 '바른식품'의 옛 대표. 송나희가 회사를 빼앗았다고 믿는 늙은이. 나날이 커져만 가는 그의 노욕은 이 시점에서 기성에게 참으로 다행이었다.

그렇게 영리는 기성의 도움으로 공 비서와 초롬을 낡은 산장에 데려갈 수 있었다.

그날 자리를 뜨면서 기성은 기대에 찬 목소리로 낮게 읊조렸다.

"딸에게 무너지는 송나희라. 볼만하겠어."

기성은 승리의 위스키 잔을 다시 들었다. 오래 끌어안고 있던 돌덩이가 사라지고 그 자리를 짜릿한 기쁨이 차지했다. 숨을 들이마실 때마다 행복감이 한층 더 짙어지는 듯했다. 손끝이 찌릿찌릿한 에너지를 참지 못하고 자꾸만 움직였다. 누구든 붙잡고 이 기쁨을 말하고 싶었다. 앞으로 펼쳐질 꽃길 같은 미래를 상상하느라 머릿속이 분주했다.

처음에는 그저 밉상 송나희의 평정심을 흔들려는 정도였다. 그러나 점점 욕심이 자라났다. 공 비서 없는 송나희는 아무것도 아니고, 송나희를 끌어내리면 그동안 더럽게 운 좋은 여자 밑에서 참아온 세월을 보상받을 수 있을 것 같았다. 아무리 생각해도 공 비서가 문제였다. 더구나 그가 풀려나면, 후환이 없을 리 없었다. 유쾌하지는 않아도 역시 그는 사라지는 편이 좋았다. 뒤처리가 깔끔하기로 유명한 업체에 의뢰했기에 완벽하게 처리될 줄 알았다. 그런데 역시 만만치 않은 놈이었는지 해결사들이 죽고 초롬의 쌍둥이 자매까지 거짓말처럼 사라졌다. 보험이 사라진 게 아쉬웠지만, 계획에 지장은 없었다.

위스키 한 병을 깨끗이 비운 후 기성은 임원들과 함께 기분 좋게 사무실을 나섰다. 웃으며 엘리베이터에서 내린 일행은 비바람처럼 들이닥친 형사들과 로비에서 맞닥뜨렸다.

"박기성 씨. 체포영장 집행됩니다. 혐의는 약취·유인, 감금, 살인 교사 등입니다. 영장 제시하고 권리 고지하겠습니다."

기성이 혀끝으로 입술을 적시며 말했다.

"도대체 무슨 말씀이신지 모르겠군요."

형사가 영장을 펼쳐 보이며 읽었다.

"성명, 죄명, 발부 법원, 유효기간 확인하셨습니까? 진술 거부권이 있고, 변호인을 선임할 권리가 있습니다."

기성이 뒷걸음질 쳤다.

"잠깐, 잠깐만요. 뭔가 오해가 있는 것 같은데요. 누가 나를 모함한 건지 모르겠지만, 변호사 연락부터 해야겠어요."

형사가 무표정하게 대답했다.

"그러시죠. 동행하시면서 연락하셔도 됩니다."

기성은 핸드폰을 꺼내며 손이 떨리는 걸 느꼈다. 로비에 있던 사람들이 기성을 보고 수군거렸다. 다른 이사들은 어느 새 사라졌고, 핸드폰을 꺼내 사진을 찍는 사람들도 있었다. 평소 기성에게 고개를 숙이던 이들이었다.

"조용히 가시죠."

형사의 재촉에 기성의 심장이 땅으로 떨어졌다.

함초롬의 대표가 되는 모습을 늘 꿈꿨다. 그러나 일장춘몽이었다. 기성은 조금 전까지 잔뜩 취해 있던 승리감을 송두리째 도둑맞은 듯했다. 로비 대리석 바닥에는 기성과 형사들의 구두 굽 소리만 길게 남았다.

수사과 조사실 철제 책상 위에 봉투가 열렸다. 산장의 옛 등기부, 홍신소 의뢰서 사본, 파쇄지를 퍼즐처럼 맞춘 용역 계약서 첫 장, 산장 출입 기록과 톨게이트 시각표. 조각난 종이들이 보고서처럼 엮여 있었다.

그 자료 묶음은 하늘에서 떨어진 것이 아니었다. 영리가 차곡차곡 모아 노트북 비밀 폴더에 저장해 둔 수많은 자료 중 일부였다. 쓰지 않았다면 더 좋았을, 쓰지 않기를 바랐던 자료.

산장의 소유 이력은 주소로 옛 등기부를 열람해 어렵지 않게 손에 넣었다. 현재는 기성 처남의 소유였다. 산장의 '감시자들' 건은 다른 방식으로 잡았다. 송 회장을 만나러 왔다는 핑계로 함초롬 사옥에 들른 영리는 한 직원이 법무 팀 보관실 키패드를 누르는 소리를 유심히 들었다. 각 숫자마다 다른 음이 나는 구형 키패드가 '도-파-솔-레-라'와 유사한 서로 다른 다섯 음을 울렸다. 영리는 그 음을 기억해 두고 며칠 뒤 다시 사옥을 찾았다. 려원이 기성의 부하 직원을 붙잡고 시간을 끄는 동안, 영리는 동일한 소리가 나는 번호를 눌러 보관실에 들어갔다. 그리고 보관실 안쪽에 있는 파쇄기 앞에서 미리 준비해 둔 코팅지 조각을 꺼내 들었다. 가장자리에 붙여둔 작은 금속 클립이 살짝 튀어나와 있었다. 투입구에 넣어두면 얇은 종이 몇 장은 그대로 지나가겠지만, 계약서 같은 도톰한 종이가 들어오면 클립이 커터날에 말려들며 기계를 멈추기에 충분했다.

영리는 코팅지 조각을 투입구에 밀어 넣고 보관실을 나왔다. 법무 팀의 파쇄 일정은 이미 파악해 두었다. 잠시 후 기성의 부하 직원이 서류 뭉치를 들고 들어갔다. 안쪽에서 둔탁한 끼익 소리가 났다. 경고등이 붉게 번쩍였다. 직원은 욕을 삼키듯 한숨을 내쉬고는 수리 요청을 하러 복도를 따라 사라졌다. 문이 자동으로 잠기며 철컥 소리를 냈다.

영리는 재빨리 번호를 눌렀다. 잠금이 풀리자마자 안으로 들어가 파쇄함 투입구를 잡아당겼다. 갓 들어온 계약서 뭉치가 그대로 걸려 있었다. 영리는 '세진경호 용역계약서'라는 표제가 찍힌 상단 조각만 재빨리 뜯어내 주머니에 넣었다. 표제 옆에 붉은 보안 도장이 선명했다.

그렇게 흩어져 있던 조각들이 하나의 모습을 갖추어 수사팀 책상 위에 올랐다.

기성은 수사관에게 초롬의 쌍둥이 자매에 대한 이야기를 털어놓았다. 이건 다 초롬의 계획이고, 송 회장에게는 숨기고 있던 큰 문제가 있다고. 그러나 돌아오는 건 그런 아이는 존재하지 않고 송 회장의 자녀는 오직 송초롬뿐이며 현재 잘 지내고 있다는 답변과 기성을 망상증에 사로잡힌 사람처럼 바라보는 수사관의 눈초리뿐이었다.

기성은 저주를 퍼부으며 괴성을 지르다 문득 깨달았다. 자신은 그 쌍둥이의 이름조차 알지 못한다는 것을. 초롬과 똑같이 생겼던 사진 속 그 아이가 누구인지 경찰에 들이밀 증거가 하나도 없다는 것을.

무얼 잘못한 건지 알 수 없었다. 일이 이렇게 될 리가 없었다. 자신의 선택이 틀릴 리가 없었다. 게다가 고작 고등학생 따위에게 당하다니!

기성은 넥타이를 헐겁게 풀었다. 발끝이 자꾸만 허공을 더듬었다. 언제나 정답만을 골라온 기성의 뒷모습은 난생처음 정답 없는 문제를 받은 학생처럼 무력했다.

D+015 가면극

송 회장과 영리는 한 차로 저택에 돌아가고 있었다. 한바탕 소동이 있던 날이지만, 다른 사람들 눈에 둘은 어쨌든 모녀지간이므로.

침묵이 흐르는 차 안에 전화벨 소리가 울렸다. 비서에게서 온 전화였다. 기성이 체포되었다는 소식이었다. 송 회장은 옆자리의 영리를 힐끗 바라보았다. 영리는 창밖을 보며 아무 말이 없었다. 하지만 그 표정이 모든 걸 말해주고 있었다. 기성을 이용하고 버린 게 전부 이 아이의 계획이었구나, 알 수 있었다.

송 회장은 이제 차라리 웃음이 나올 것 같았다. 참 대단한 아이였다. 초롬을 데려간 것도, 공 비서를 산장으로 유인한 것도, 기성을 이용한 것도. 처음부터 끝까지.

초롬은 어디에 있을까. 영리가 초롬을 해쳤을 리는 없다고 믿고 싶었다. 아니, 그렇게 믿고 있었다. 어떻게 해야 초롬

을 돌려받을 수 있을까. 지금 영리를 추궁하면 입을 다물어버
릴 게 뻔했다. 지금 이 모든 사태는 나 기사 일에 대한 보복이
분명했다. 일단은 기다려야 했다. 영리가 원하는 게 무엇인지
파악하고 그것을 줄 준비가 되었을 때를. 그리고 영리의 마음
이 풀리기를. 주도권이 영리에게 완전히 넘어갔다. 송 회장은
처음으로 누군가에게 모든 걸 맡긴 채 기다려야 하는 무력감
을 느꼈다. 동시에 이 아이야말로 함초롬의 후계자로 손색이
없지 않나, 하는 생각이 들어 자기도 모르게 몸서리를 쳤다.

저택 서재에서 송 회장과 영리가 마주 섰다. 송 회장이 위
스키 잔을 들고 안락의자로 걸어가며 물었다.

"생각해 봤어. 네가 나를 무너뜨리려고 마음먹은 게 언제
일까. 설마 그때부터였니? 내가 VIP 병실에서 네게 제안한
그날."

"빙고."

송 회장이 헛웃음을 터뜨렸다.

처음 만난 날, VIP 병실에서 입시 비리를 제안받은 그 짧
은 순간에 영리는 두 가지 큰 그림을 그렸다. 영리는 송 회장
이 목적한 바를 반드시 이루고야 마는 사람이란 걸 알았다.
그렇지 않으면 견디지 못하는 사람이라는 것도. 그래서 바로
수락하기보다 일단 거절하는 쪽을 택했다.

키를 물었을 때도 영리는 순간적으로 계산했다. 초롬과 똑
같이 대답할까, 다르게 대답할까. 그리고 약간의 차이가 송
회장을 안심시키리라 생각했다. 그래서 1cm 작게 대답했다.

초롬의 자리를 완벽히 차지하려는 욕심은 없을 거라고 방심하도록.

처음 공 비서가 찾아왔을 때, 영리는 그의 눈빛을 보고 알았다. 아빠가 가끔 얘기하던 자기를 닮은 회장님 딸, 송초롬을 떠올렸다는 것을.

초등학교 6학년 때, 영리는 초롬을 본 적이 있었다. 익히 들어 알고 있었지만, 막상 눈으로 보니 자신과 똑 닮은 아이가 있다는 게 묘하게 기분 상했다. 밝게 웃는 모습도, SNS의 자랑과 허세도 꼴 보기 싫었다.

영리는 초롬과 달라지고 싶었다. 옷차림부터 모든 걸 다르게 했다. 초롬의 SNS를 보고 초롬이 머리를 기르면 잘랐고, 자르면 길렀다. 자세히 보지 않으면 닮았다는 걸 모르도록 두꺼운 안경과 무표정으로 정반대의 분위기를 만들었다. 어쩌면 본능이 먼저 알았는지도 몰랐다. 그 집과 연결되어 있는 한, 똑 닮은 자신이 언젠가 복사본 노릇을 하게 될지도 모른다는 걸. 어린 나이에도 그게 자신을 보호하는 거라고 여겼나 하고 영리는 그 무렵을 돌아보며 생각했다. 그렇게 달라지려 했던 자신이 이런 일에 휘말리다니, 삶은 왜 이런 아이러니를 던지는 걸까.

"그거 아세요? 이렇게까지 되지 않을 수 있었단 걸요. 처음 제안을 거절하고 다시 회상님의 집무실에 찾아간 날까지 전 플랜 A와 B, 두 가지 계획을 짰어요. 하나는 무사히 송초롬의 대역을 마칠 계획, 다른 하나는 회장님이 날 배신할 경우의 계획이었죠. 가진 게 없는 사람은 자신을 지킬 방법을 늘 강구하기 마련이거든요. 회장님의 파멸은 두 가지 계획 중 하나였고 그건 회장님이 고른 거예요. 아빠만 무사했다면, 저도 약속을 지켰을 테니까요. 선택의 갈림길에서 스스로 좋지 않은 선택을 한 건 회장님입니다. 전 그저 때마다 회장님을 지켜보기만 했어요. 인생 후배가 감히 말씀드리죠. 그 기회를 잡았느냐 놓쳤느냐는 회장님의 능력이었던 거예요. 공 비서님과 초롬을 잃게 된 건 누구도 아닌 회장님 자신 때문입니다."

"그만!"

송 회장의 외침과 함께 얼음이 온더록스 잔의 벽을 긁었다. 송 회장이 손바닥을 말아 쥐었다 펴는 걸 세 번 반복했다. 손금 사이에 반달 모양 자국이 생겼다. 잃었다는 단어가 아프도록 귀에 박혔다. 송 회장이 소리 없이 입술만 움직였다. 아니, 잃지 않았어, 라고.

침묵이 길어지자, 송 회장은 천천히 숨을 들이마시고 혀끝에 맴도는 위스키를 마저 삼켰다. 손등의 혈관이 올라왔다 가라앉았다.

"초롬이 어디에 숨겼니."

송 회장의 물음은 칼날처럼 얇았다.

"숨긴 적 없어요. 전 돕기만 했을 뿐, 돌아올지 말지는 초롬이 선택이에요. 지금 오지 않는 것도 그 아이 선택이고요. 그런데 만약에……."

"만약에?"

"회장님이 변하지 않으면, 초롬이는 돌아오지 않아요."

"그래, 말하기 싫으면 하지 마. 어차피 내가 찾을 거니까.

그보다 이해가 안 가. 네 아빠? 어차피 뇌사였어. 조금 늦게 알았다고 뭐가 달라지지? 치료비부터 난 너한테 할 만큼 한 것 같은데."

"처음 만난 날 회장님이 그랬죠? 그래도 넌 멀쩡하니 얼마나 다행이냐고, 둘 다 다친 것보다 낫지 않냐고. 기가 막혔어요. 가족이 아프면 내가 아픈 것보다 몇 배나 괴롭다는 걸 당신 같은 사람이 알 리가 없지. 애당초 사고 원인이 과로라는 건 알아요? 당신 같은 사람 밑에서 죽도록 일하다가 아빠는……."

영리는 목이 메어 말을 잇지 못했다. 겨우 울음을 삼키고 영리가 다시 말했다.

"그리고 '조금 늦게'라니. 다 알아요. 아빠가 그렇게 된 건 당신이 치료를 미뤘기 때문이잖아! 아빠가 깨어나면 내 의지가 꺾일까 봐 그런 거 아닌가요? 그러고도 어차피 뇌사였다? 정말 뻔뻔하군요. 그래요, 그때부터였어요. 내가 아빠 덕에 그 사고에서 목숨을 건졌기에 할 수 있는 일을 당신에게 보여 줘야겠다 결심한 게."

송 회장이 잔을 내던지다시피 놓으며 벌떡 일어섰다. 그녀의 목소리가 떨렸다.

"그래! 그러니까 너랑 나는 똑같아. 너는 네 아빠를, 나는 내 딸을 위해 그런 거니까. 나는 초롬이로부터 시작되는 새로운 역사를 만들려고 했을 뿐이야! 초롬이가 힘 있는 집안들과 결합하고 인정받고 계속해서 세력과 영향력을 뻗어나갈 수 있도록! 그건 돈만으로는 살 수 없거든. 내가 고생해서 이룬

것을 지키고 싶었을 뿐이라고. 그게 그렇게 나빠?"

송 회장은 목소리는 점점 작아졌다. 다시 의자에 주저앉으며 그녀가 물었다.

"녹음은 어떻게 한 거야?"

영리가 핸드폰에 달린 고양이 인형을 눌렀다. 송 회장의 눈앞에서 작고 낡은 고양이 인형이 천천히 흔들렸다. 거기서 자신의 목소리가 흘러나오자, 송 회장의 아랫입술이 안쪽으로 말려 들어갔다. 고작 저런 거였다니. 나를 망친 것이 10대 여자아이의 싸구려 액세서리 따위였다니.

송 회장의 서재를 나오면서 영리는 기쁘기보다 참담했다. 죄책감이 영리를 짓눌렀다. 주위 사람들이 자꾸만 떠나간다는 생각 또한. 태어나자마자 이별한 엄마, 고생만 하다 떠난 아빠, 처음으로 마음을 줬던 다경, 애증의 초롬, 알게 모르게 의지했던 공 비서까지. 영리는 자신이 저주받은 운명을 타고 난 것은 아닌지 덜컥 겁이 났다.

방문을 닫자 핸드폰 진동이 울렸다. 그 사람이었다. 통화 버튼을 누르니 익숙한 목소리가 들렸다. 영리가 조용히 물었다.

"제가 초롬이 아니란 걸 언제부터 알았어요?"

짧은 정적, 그리고 낮게 섞인 웃음.

– 이 질문을 맨 처음에 할 줄 알았다.

"7911. 가짜 송초롬. 익명 메시지들도 모두 선생님이 보낸 건가요?"

– 서프라이즈! 덕분에 재밌었다. 네가 어떻게 나오나 궁금

했는네 쐐 침착하더라?

영리는 손에 쥔 핸드폰을 조금 더 꽉 쥐었다.

"왜 저를 도와주셨어요?"

영리의 물음에 현건우는 강의실에서 영리를 또다시 보게 된 날을 떠올렸다. 강단에 서면 모든 것이 보였다. 학생이 백 명이 넘어도 누가 강의를 집중해서 듣는지, 몰래 핸드폰을 보는지, 누구와 누가 썸을 타는지까지. 관심을 두지 않는 학생이 대부분이나 현건우는 영리를 기억하고 있었다. 따로 얘기를 나눈 적은 없지만, 1년 전 성현여고 전교 1등이 왔다는 말을 조교에게 듣고 눈여겨보았다. 영특하고 성실해 뵈는 눈빛은 쉬이 잊히지 않았다.

올해 개강 초 쉬는 시간이 끝날 때쯤, 현건우는 1열 구석 자리에 앉아 있는 영리를 보았다. 마스크를 쓴 채 도강이라도 하러 온 듯 몸을 잔뜩 웅크렸지만, 분명 그 애가 맞았다. 작년에 고3 반을 수강했던 나영리가 대명고 교복을 입고 다시 고3 반 강의를 들으러 왔다니! 휘파람이라도 불고 싶었다.

건우는 진짜 영리가 맞는지 확인하려고 일부러 공약을 건 시험을 보고 그걸 구실로 영리를 연구실에 불렀다. 기대대로 재밌는 아이였다. 드디어 신나는 일이 일어날 것만 같았다.

천재적인 두뇌, 좋다고 말할 수 없는 성장 배경, 남들 모르게 다른 이름으로 사는 인생. 어쩌면 건우는 자신과 비슷한 처지의 영리에게 본능적으로 끌린 건지도 몰랐다. 자각하지 못한 사이에.

대학에 합격해 처음 서울에 왔을 때, 현건우는 이렇게나 집이 많은데 몸 누일 방 한 칸이 없다는 것이 서럽다 못해 기이하게 느껴졌다. 학비와 고시원 월세를 대기 위해 안 해본 일이 없었다. 그러다 시작한 과외가 입소문을 탔다. 처음으로 본인 명의의 작은 아파트를 사고 나서는 한동안 세상을 다 가진 것 같았다. 아파트를 갖고 나니 그다음에는 서울의 수많은 건물마다 있을 주인이 누군지 궁금해졌다.

원하는 걸 하나씩 갖게 될수록 도리어 꿈과 멀어져 갔지만, 굴러가는 자전거에서 내릴 수 없었다. 대신 현건우는 자신과 같은 어린 시절을 보내는 아이들을 돕고 싶었다. 세상이 좋아졌다고 하지만 아직도 어려운 아이들이 많다는 걸 그는 알고 있었다. 오히려 상대적인 박탈감은 더 크게 다가올 것도. 누군가 그 시절의 자신을 도와줬더라면, 그렇게까지 힘들지는 않았을 것이다. 그래서 복면공신 채널을 만들어 무료로 공부법과 콘텐츠를 배포하고 형편이 어려운 학생들을 수시로 도왔다. 감사를 표하는 아이들의 댓글이나 메일은 더 좋은 콘텐츠를 궁리하게 하는 동력이었다.

– 왜 도와줬냐고? 네가 보기 어려운 문서들, 갑자기 열린 권한 같은 거 말하는 거겠지. 그러고 싶었어. 네가 움직일 수 있도록. 네가 재밌어서. 그 점에서 넌 분명 내 선택이야.

"왜 하필 저였어요?"

– 넌 구조를 보는 아이니까.

현건우의 말끝에 작은 웃음이 묻어났다.

– 사람들은 표면만 보고 움직여. 그렇지만 넌 흐름을 보는 아이지. 어디가 약한지, 어디를 건드려야 무너지는지를 알아.

그건 타고나는 거야. 거기다가 네겐 결핍이 있어. 결핍은 방향을 만들고, 방향은 힘이 돼. 그 힘으로 세상에 해악을 끼치는 인간들을 무너뜨리는 게 맞아.

결핍이라는 단어가 영리의 귓속에서 맴돌았다.

"그래서 송 회장한테 칼을 들이댄 거예요?"

잠깐의 침묵이 이어진 뒤, 현건우가 다시 말했다. 이번엔 웃음기가 없었다.

ㅡ 판을 깨는 말은 치워야 해. 질서를 어지른 대가야.

영리는 목 아래에서 구역질이 올라오는 걸 느꼈다. 질서를 지키려는 것도, 깨려는 것도 아니었다. 그저 살아남으려고 발버둥 친 것뿐인데, 그의 계산 대상이었다는 사실이 더럽게 느껴졌다. 자신을 이용하려 했다는 의도 자체가.

"선생님은 저를 그저 도구로 본 거군요."

ㅡ 도구는 대개 하나당 하나의 기능만 해. 넌 그보다 유능하지. 그건 인정!

영리가 주먹에 힘을 주자 뼈마디가 하얗게 올랐다.

"그럼 이제는요? 앞으로도 저를 그렇게 쓸 거예요?"

ㅡ 그건 너 하기 나름이지.

현건우의 목소리가 차갑게 가라앉았다.

ㅡ 네가 선을 잘 보잖아. 넘지 말아야 할 선, 반드시 넘어야만 하는 선. 그 감각이 네가 가진 뛰어난 능력 중 하나야. 그러니까 주제넘게 내 앞에서 그 선을 어기면 그땐 내가 널 자를 거다. 다른 누구보다 빠르고, 정확하게.

말하는 법을 잊은 사람처럼 잠시 가만히 있던 영리가 다시 물었다.

"왜 지금 이런 말을 하세요?"

– 네가 어떤 쪽에 설지 궁금해서. 두려워하면서도 계속 움직일 수 있는지. 역겨워하면서도 끝까지 버틸 수 있는지.

현건우가 담담하게 말했다.

– 세상을 바꾸고 싶었어. 누군가의 더러운 욕망이 사회에 끼치는 해악을 막고 싶었지. 나는 세상을 체스판으로 봐. 체스에서 반칙은 있을 수 없잖아. 노력 없이 강사가 떠먹여 주길 바라는 학생들, 불법이든 뭐든 자식 일이라면 가리지 않는 학부모들, 그리고 그들에게 붙어먹는 강사와 교사들. 그 불공정 때문에 피해 보는 학생들을 보기가 더는 참기 어려웠을 때 너라는 말을 보게 되었어. 나는 반칙자인 송 회장에게 벌을 준 것뿐이야.

영리가 낮게 웃었다.

"그렇군요. 역시 삼위일체라 그런지 아주 거룩하시네요."

영리의 말에 현건우는 자신이 잘못 들었나 싶어 잠시 아무 말도 하지 못했다. 하지만 영리는 분명 삼위일체라고 했고, 그 뜻은 건우 자신이 가장 잘 알고 있었다.

"복면공신이면서 콕 선생이기도 한 현건우 씨. 아직도 선생님이 나의 마리오네트였다는 걸 모르시는군요."

보이지 않아도 느낄 수 있는 현건우의 당혹감이 전파를 타고 영리에게 전해졌다.

"어떻게 알았냐고요? 복면공신의 가면 안쪽이 궁금해서요. 그래서 관찰하기 시작했죠."

현건우는 조는 학생들이 많아지는 계절이 되면 가끔 칠판에 양손으로 동시에 두 문제를 푸는 쇼를 보여주곤 했다. 분필의 색을 달리해서 두 문제의 풀이를 동시에 써 내려가는 모습에 학생들은 환호했다. 그때 영리는 현건우가 왼손을 주로 쓰는 양손잡이라는 걸 알아차렸다. 양손으로 조리 도구를 사용하던 아빠 석현처럼.

주로 왼손을 사용하지만, 특정 작업이나 상황에서는 오른손도 자유롭게 사용할 수 있는 왼손 우세 양손잡이는 일반적인 양손잡이와 달리 왼손을 더 선호하거나 더 능숙하게 사용하는 경향이 있다. 영리는 아빠 때문에 그 미묘한 차이를 잘 구별할 수 있었다.

복면공신 영상에서 그는 마우스를 주로 왼손으로 조작했다. 그러다 어느 날에는 오른손잡이용 마우스를 사용했다. 시청자와의 즉석 전화 연결 때는 왼손으로 받았다. 언젠가 영리가 방송 중에 화이트보드에 문제 풀이를 해달라고 요청했을 때는 공간이 얼마 남지 않자 오른손으로 쓰던 풀이를 왼손으로 바꾸었는데도 글씨에 흐트러짐이 없었다. 감추려 했지만, 글씨체도 현건우와 아주 흡사했다.

가장 결정적으로 확신하게 된 계기는 손이었다. 영리는 과외를 받으며 현건우의 손을 가까이서 볼 기회가 많았다. 현건우의 왼손 엄지와 검지 사이는 피부가 두꺼웠다. 전지가위를 자주 사용한 탓이었다. 또 손등과 손가락 곳곳에 분재의 가지나 철사 작업 과정에서 생긴 긁힌 흔적과 미세한 흉터가 많았다. 손톱은 항상 짧았고, 흙이나 도구를 자주 다루기에 핸드크림을 수시로 바르는 습관도 있었다. 하지만 방송에서 복면 공신은 항상 장갑을 끼고 있어 손을 확인할 수 없었다.

그때 영리의 눈에 들어온 게 있었다. 문제를 풀면서 열중할 때, 현건우와 복면공신 모두 펜을 잡지 않는 손의 손가락을 종종 허공에서 문질렀다. 마치 분재 가지를 다듬는 듯한 모습으로. 주먹을 쥐었다 폈다 하는 동작은 전지가위를 딸각거리는 습관에서 비롯되었을 것이다. 분재 작업을 자주 했기에 무의식적으로 나온 습관일 터였다.

마지막으로 겸이 생기부에 적기 위해 들고 다니던 책은 현건우의 연구실에 꽂혀 있는 것과 같았고 그 책들이 주장하는 내용은 복면공신의 입을 통해 변형된 형태로 흘러나왔다. 콕선생을 실제 본 적은 없었지만, 셋이 모두 같은 사람이라는 걸 영리가 알아내는 데는 그리 오랜 시간이 걸리지 않았다.

그러고 나니 그의 균열이 보였다. 정의를 말하면서 불의에 기생하는 삶. 공부해서 남 주자, 정의 사회 구현. 복면공신으로서 그렇게 외쳤지만, 콕 선생은 정작 그 구조를 떠받치는 자였다. 복면공신으로 정의를 말할 때 그의 말은 늘 가능성으로 끝났다. 노력하면 된다, 극복할 수 있다, 누구나 할 수 있다. 그러나 현건우로 만난 그는 언제나 현실을 먼저 계산했다. 어디까지가 가능하고, 어디서부터는 불가능한지. 영리는 그 간극이 그의 상처라는 걸 눈치챘다. 가난을 벗어났지만, 질서의 바깥으로 나간 적은 한 번도 없는 사람. 구조를 혐오하면서도 그것을 무너뜨릴 만큼의 용기는 갖지 못한 사람. '언젠가'를 말하면서 '아직은'을 붙이는 사람. 가면을 쓸 때만

떳떳한 삶. 현건우와 콕 선생이란 신분은 자신이 경멸하는 것의 일부였고, 그 사실을 누구보다 스스로 잘 알고 있음이 분명했다.

영리는 그 자괴감을 건드렸다. 과외 중에 송 회장이 어떤 사람인지 흘리며, 얼마나 냉혹하고 잔인한지도 슬쩍 내비쳤다. 분노를 표현하지 않고 사실만 흘렸다. 현건우가 대신 분노하도록. 그리고 초롬으로서 부탁했다. 엄마가 너무 싫다고. 겉으로는 사회적 책임을 말하면서 뒤에서는 딸마저 이용하려 드는 위선자라고. 입으로는 노블레스 오블리주를 외치면서 실제로는 돈과 권력으로 모든 걸 해결하려 한다고. 현건우가 가장 혐오하는 부류라는 걸 알았으니까.

현건우가 자신의 정체를 알고 있다는 것 또한 알았다. 현건우, 콕 선생, 복면공신. 그 셋이 동일 인물임을 알게 된 뒤 영리는 현건우를 이용하기로 했다. 송 회장을 무너뜨리기 위해 기성을 이용하는 묘수는 생각했지만, 혼자서 그를 제거하기는 어려웠다. 그러던 중 현건우가 초롬 아빠 태진의 정보를 확보할 정도의 정보력을 가진 사람인 걸 알게 되었다. 그때부터 영리는 필요한 만큼만 정보를 흘렸고, 그는 자신이 흘린 조각들을 맞추었을 것이다. 영리가 그의 어린 시절처럼 절박하게 살아가고 있다는 것을, 가짜가 진짜 행세를 하며 살아남으려 발버둥 치고 있다는 것을. 그렇게 먼저 그의 호기심과 연민을 끌어냈다. 그리고 동민의 아버지 기성이 어떤 사람인지도 흘렸다. 질서를 어지럽히는 또 하나의 위선자. 현건우는 응징 욕구를 참지 못했을 것이다. 태진의 정보를 확보해

준 것도, 기성을 쓰러뜨릴 결정적 증거를 손에 넣은 것도 다 그의 도움이었다. 영리가 도움을 요청할 때마다 그는 못 들은 척 대답하지 않았다. 그러나 며칠 뒤 메일함에는 누가 보냈는지 알 수 없는 파일이 도착해 있었다. 영리가 필요로 하는 정보가. 영리는 그렇게 현건우의 두뇌와 그의 성향 그리고 비뚤어진 신념을 역이용했다.

차근차근 이어지는 영리의 추리에 현건우는 헛웃음이 나왔다. 자신이 영리를 조종한 게 아니라 조종당했다니. 이렇게 자신이 바보처럼 느껴진 적은 없었다.

콕 선생이라는 다른 얼굴로 고위층 아이들의 입시를 돕는 것은 크나큰 자괴감을 불러왔다. 입시라는 마라톤에서 김겸이 달릴 때, 콕 선생은 페이스메이커가 되어주었다. 원칙대로라면 입시생 혼자 해야 할 일을 자신을 비롯한 소위 연구원들이 총동원되어 달라붙었다.

원하는 삶을 살지 못하면서 태생적으로 돈에 집착하는 스스로가 비루하게 느껴질 때쯤, 그러다 그걸 견디지 못하게 되었을 때쯤이었다. 그는 스스로 몇 가지 근거를 세우며 합리화를 시작했다. 공공재이자 공공선인 복면공신 채널을 지속하기 위해서는 자본이 필요하다는 것, 겸의 부모에게 받은 돈을 어려운 아이들에게 재분배하고 있다는 것, 그리고 자신을 이용하는 위선자들의 속사정을 속속들이 알아두는 것이 언젠가 이 구조적 문제를 반드시 개선하고야 말겠다는 숙원 사업에 도움이 될 거란 것이었다.

하루빨리 이 지긋지긋한 입시 판을 뜨고, 돈으로 모든 걸

311

해결하려는 추한 인간들을 보지 않으려면 그들을 위해 더 열심히 일하고 그들의 자식을 반드시 원하는 대학에 보내야 했다. 돈에서 자유로워지기 위해서 마주하기 싫은 자들을 위해 일하는 삶. 부끄러운 일을 할 때는 자신의 얼굴로, 칭송받을 만한 일을 할 때는 가면 뒤에 숨어야만 하는 삶. 참 아이러니한 인생. 하지만 그것이 정의를 외치면서 정의롭지 못한 자신을 견디는 유일한 방법이었다. 그렇게 콕 선생의 전화번호는 9년 동안 돈과 권력을 가진 자들의 리그에서 성배처럼 대물림되었다.

"그나저나 선생님. 겸이는 그냥 두실 건가요? 유튜브에서 정의를 설파하실 때와는 좀 다르시네요."

현건우가 짐짓 아무렇지 않은 척하며 대답했다.

– 아직은 훗날을 도모하는 것뿐이야. 계란으로 바위를 쳐봤자니까. 하지만 내 리스트에서 내려갈 일은 없을 거야. 때를 기다리는 거다.

"아, 그러시군요. 고마웠어요, 선생님. 덕분에 수월했어요."

통화를 마친 현건우가 입술을 깨물었다. 벌거벗겨진 채 광장에 선 듯한 기분에 잠긴 채로.

영리는 쓰게 웃으며 눈을 감았다. 몇 달 동안의 일이 한꺼번에 뭉쳐 눈앞을 지나갔다. 복면공신, 콕 선생, 현건우. 셋은 결국 자신처럼 가련한 한 인간이었다. 자신을 속이고, 믿고 싶은 것만 믿으며, 그러면서 손에 묻은 것을 애써 닦아내는. 현건우만 그런 게 아니었다. 송 회장도, 기성도 그랬다. 그리고 영리 자신도.

몸 깊은 곳에 차가운 쇳조각이 박힌 듯한 감각이 떠나지 않았다.

늦은 밤, 저택의 누구도 송 회장이 집 밖으로 나갔다는 걸 눈치채지 못했다. 빈 서재의 안락의자 팔걸이엔 송 회장의 마지막 흔적처럼 아직 온기가 남아 있었다.

주차장으로 향한 송 회장은 좀처럼 몰지 않던 하얀 스포츠카에 올랐다. 입안에 남은 양주의 쓴맛 때문인지, 운전 내내 송 회장은 간헐적으로 흐느꼈다. 강변북로를 벗어난 차는 국경을 넘을 듯 자유로를 달리다가 파주 외곽으로 방향을 틀었다. 길이라면 어디든 좋다는 듯 굽은 2차선도 아랑곳하지 않고 고속으로 질주했다.

유리창 너머로 어린 초롬의 웃음이 스쳐 가고, 이어서 나희야, 하고 부르던 형진의 목소리가 따라왔다.

그때 도로 위에 무언가가 번뜩였다. 악마가 켠 촛불같이 빛나는 들짐승의 눈. 송 회장은 브레이크에 발을 올려놓고도 끝내 밟지 않았다. 살고 싶다는 마음이 이미 멈춰 있었으니까. 차체가 들짐승을 찢었다. 그대로 옹벽과 충돌하는 거대한 소리에 송 회장의 마지막 말이 묻혔다.

"오빠, 미안해."

313

경찰 조사를 받으면서 영리는 서재에서 본 송 회장의 마지막 눈빛을 떠올렸다. 이제 그만하고 싶다고 말하는 눈빛. 그건 끝없이 올라가려고만 하던 사람이 사다리에서 떨어지는 순간에 지을 법한 것이었다. 다른 누군가가 초롬의 얼굴을 하고, 초롬의 이름을 쓰고, 초롬의 인생을 사는 현실을 다름 아닌 자신이 만들었다는 후회 때문이리라.

음주 운전으로 인한 사고라고 결론이 났다. 그러나 영리는 송 회장이 왜 죽음을 택했는지 알았다. 송 회장은 '그들'을 동경했다. 그들과 같아지기를 끊임없이 열망했다. 너무 간절한 열망은 눈을 흐리게 하는 법이어서 송 회장은 자신이 어디로 가는지 몰랐다. 자신이 선 길에 더 이상 공 비서와 초롬이 없다는 사실이 끝내 송 회장을 집어삼켰는지도 몰랐다. 경찰 앞에서 영리는 진짜 초롬인 것처럼 흐느꼈다.

D+089 졸업

마침내 영리는 아빠를 떠나보냈다. 은정과 함께 석현의 물건을 정리하다가 영리는 우편물 하나를 물끄러미 바라보았다. 얼마 전 집에 들렀을 때 우편함에 꽂혀 있던 봉투였다.

발신인은 장기기증센터. 봉투에는 '장기 기증 희망 등록 확인서'가 들어 있었다. 생전에 등록 사실을 가족에게 알려두라는 안내문도 함께였다. 해마다 한 번씩 오는 정기 우편이었다.

영리가 중학교에 입학하던 해, 석현은 장기 기증을 등록했다. 만에 하나 일하다 변을 당하면 이 세상에 아무런 보답도 못 하고 갈까 봐 무섭다고 했다. 그때 영리는 아빠가 죽음을 옆구리에 끼고 사는 것 같아 불안해하며 물었다. 세상에서 뭘 받았다고 그런 생각을 하느냐고. 그러자 아빠는 받은 게 왜 없냐고, 엄마와 영리라는 엄청난 보물을 얻지 않았냐고 했다.

두 차례의 뇌사 판정과 병원 뇌사판정위원회 심의를 마친

315

뒤, 코디네이터가 마지막 뜻을 확인하러 왔다. 영리는 조용히 동의서에 서명했다. 수술 등이 켜진 뒤, 아빠의 신장과 간, 각막이 낯선 체온으로 건너갔다. 영리의 마음을 읽은 듯 은정이 말했다.

"아빠는 자주 이런 말을 했어. 자기가 덕을 쌓으면 영리네가 잘되지 않겠냐고. 부모로서 해준 게 없으니 그렇게라도 해야겠다고.

그렇다면 울지 말아야 했다. 그래야 아빠의 마음이 조금이라도 가벼워질 테니. 아빠 마음이 무거워 혹시나 하늘에 오르지 못할까 봐, 영리는 숨을 죽이고 버텼다. 울지 않으려고 이를 악물며.

대명고 졸업식이 열렸다. 모두 그동안 아무 일도 없었다는 듯 즐거운 표정으로 졸업식에 참여했다. 민들레는 셀카에 여념이 없었고, 수빈의 엄마는 연신 손수건을 눈가에 갖다 대었다.

영리는 초롬의 이름으로 졸업장을 받았다. 그리고 활짝 웃는 친구들 사이에서 굳은 얼굴로 사진을 찍었다. 아빠의 수감에 이어 엄마의 죽음까지 겪은 초롬이 졸업식에서 웃을 수는 없었다.

겸과 한주그룹 총수 내외는 졸업식에 참석하지 않았다. 재벌 자녀들의 졸업을 취재하러 올 기자들이 즐비할 졸업식장에 갈 이유가 없었다. 겸은 서울대뿐 아니라 다른 유수의 대학에서도 모두 불합격 통보를 받았다. 그리고 사람들은 질리지도 않는지 끊임없이 수군댔다.

겸의 불합격 소식에 본인 때문인가 생각한 사람이 있었다. 겸의 담임 정운식, 알프레도 샘이었다.

1학기 끝 무렵 정운식은 메일 한 통을 받고 그 자리에서 굳어버렸다. 장려원 구타 사건의 전말과 겸의 메시지 등이 첨부파일로 들어 있었다. 송초롬은 려원의 친구로서 그냥 넘길 수 없다며 장려원이 왜 자퇴를 선택했는지, 겸이 그 사건에서 어떤 짓을 저질렀는지, 학폭위를 요청했으나 거부당한 일까지 모두 적었다. 생기부 마감 며칠 전에 도착한 메일이었다.

20년 넘게 수많은 학생을 만난 운식은 학생들의 특성을 무섭도록 빠르게 파악하면서도 그런 자신의 판단을 경계했다. 선입견으로 학생들을 대하지 않으려 노력했고 그건 겸에게도 마찬가지였다. 재벌가 학생이라고 특별하게 생각해 본 적은 단 한 번도 없었다. 그러나 겸은 운식에게 어쩔 수 없이 특별했다. 겸은 늘 걱정되는 아이였다. 웃고 있지만 싸한 눈빛, 안 좋은 사건 뒤에 께름칙하게도 늘 한 발짝 떨어져 있던 아이. 운식은 평소 겸의 인성을 경계해 왔다. 그래서 여러 번 따로 불러 상담했다. 장차 사회의 리더가 될 학생이라 더욱 염려되었다.

회의 때마다 생기부 작성의 중요성을 귀에 못이 박히도록 들어왔다. 그러나 아무리 생각해도 그동안 자신의 관찰과 그것을 확실시해 주는 메일 속 파일들을 무시할 수 없었다.

고민 끝에 운식은 겸의 인성에서 '다소' 우려되는 점을 3학년 1학기 생기부 '행동특성 및 종합의견'란에 완곡한 표현으로 추가했다. 결심을 굳힌 뒤에 운식은 자신의 결정에 어떠한 후회도 품지 않았다.

수시 종합전형은 학교생활기록부의 모든 내용을 종합적으로 평가하는 전형이다. 그리고 생기부는 3년간 학생을 지도한 모든 교사가 작성한다. 세월이 지나면 볼 수 있지만, 대입 지원 시에는 생기부 내용이 학생과 학부모에게 공개되지 않는다.

대학의 입학사정관들은 겸의 고3 담임이 적은 한 줄을 심각하게 고려했다. 성적뿐 아니라 인성까지 좋은 지원자는 이미 차고도 넘쳤다. 온갖 찬양으로 가득한 생기부 사이에서 진실한 행간을 알아차리는 건 어려운 일이었다. 그런 상황에서 '다소' 우려된다는 학생을 굳이 뽑을 이유는 없었다.

정운식만이 아니었다. 또 다른 이가 '나 때문인가' 생각하며 6월 모의고사 뒤에 있었던 일을 떠올렸다.

"자, 여러분. 오늘 강의 어땠나요? 오늘 알려준 방법대로만 하면 영어 단어 암기 효율성을 두 배 이상 높이고, 실제 회화나 작문에서 자유자재로 사용할 수 있게 됩니다. 어제 저는 DM 한 통을 받았습니다. 형편이 너무 어려워 공부를 포기하고 싶다는 학생에게서 온 메시지였죠. 그 학생을 포함해서 어려움을 맞닥뜨린 여러분에게 말해주고 싶습니다. 돈이 없거나 좋은 부모를 만나지 못한 것은 고난일지언정 장벽은 아닙니다. 여러분이 장벽을 넘을 수 있도록 제가 도울 테니까요. 배움을 멈추지 않는다면 여러분은 무엇이든 될 수 있습니다. 디자이너가 되어 성별이나 나이, 국적, 문화적 배경, 장애 유무와 상관없이 누구나 쓸 수 있는 새로운 제품이나 공간을 만들 수 있습니다. 개발자가 되어 자신이 만든 소프트웨어를 누구나 편리하게 사용할 수 있도록 할 수도 있겠죠. 사회적 기업을 세워 사회적 문제를 해결하는 제품이나 서비스를 제공할 수도 있고, 개발도상국의 생활수준을 향상하는 공학, 교육, 예술, 의료 전문가가 될 수도 있습니다. 자신만을 위하는 삶은 외롭고 허무합니다. 여러분은 우리 사회를 더 나은 곳으로 만들 수 있습니다. 그러면 건강하고 충만하고 가치 있는 삶을 살게 될 거예요. 마흔두 번째 '복면공신' 방송을 마칠게요. 다음에 만날 때까지, 모두 열공합시다! 우리 슬로건, 기억하시죠? 공부해서 남 주자! 정의 사회 구현!"

복면공신이 방송을 마쳤다. 카메라를 끄고 전화기를 보니 윤 관장에게 부재중 전화가 와 있었다. 한숨이 저절로 나왔다. 그 무렵 콕 선생으로서의 그는 새로운 고민에 빠졌다. 겸은 갑자기 보고서를 내지 못하게 되었으니 새로운 걸 써달라며 투덜거렸다. 오래 준비한 보고서인데다 짧은 시간에 이만한 걸 다시 준비하기는 어렵다고 하자, 겸은 플립과 내기했던 일을 들려주고 초롬을 비난하며 무조건 그 수준으로 새로 써달라고 떼를 썼다. 그리고 겸의 그런 모습은 콕 선생에게 염증을 불러왔다.

그는 새로운 보고서를 어떤 방향으로 잡을지 다시 고민했다. 참신하면서 사회에 대한 색다른 시각을 가진 학생으로 보이도록. 콕 선생이 다시 써준 보고서는 그 자체로 우수했다. 그러나 유심히 보면 전문가가 대신 써줬다는 걸 알 수 있었다. 지나치게 협소한 분야를 다룬 제목부터 함정이었다. 생기부 세부능력 및 특기사항에 요약된 보고서 내용은 자칫 자기

319

과시적으로 읽힐 수 있었다. 겸이 대입에 실패한 이유는 그렇게 미스터리로 남았다. 당분간은.

윤 관장이 매서운 목소리로 콕 선생을 호출했다. 도대체 대입에 낙방한 이유가 뭐냐고 따지는 윤 관장에게 콕 선생이 말했다.

"그동안의 결과가 보여주듯, 제 플랜과 생기부는 완벽했습니다. 다른 대학에도 모두 떨어진 걸 보면 재수해도 수시는 힘들 듯합니다. 속상하시겠지만, 내년에 정시로 정정당당하게 도전하게 하시죠. 겸이는 가능성 충분합니다. 그리고 제가 받은 보수는 모두 돌려드리겠습니다."

현건우의 담담한 태도에 화가 머리끝까지 난 윤 관장은 입에 담지 못할 폭언을 퍼부었다.

폭언 세례를 듣는 동안 현건우는 그간의 생기부 코칭 내용과 대신 작성했던 보고서들 같은 자료를 언론사에 보낼까 고민했다. 나비의 날갯짓이 일으키는 태풍처럼 이 숨겨둔 카드로 거대한 후폭풍이 몰아칠 수도 있었다. 그러나 언제 행동으로 옮길지는 자신도 알지 못했다. 한주그룹을 상대로 싸우는 건, 아직 두려운 일이었으니까.

졸업식을 마치고 집으로 돌아오는 차에서 영리는 뉴스를 보았다. 송 회장의 죽음에 대한 소식과 안타까운 사건으로 모친을 잃은 송초롬 양이 부상의 좌절을 극복하고 수능으로 기적을 이뤘다는 내용이었다.

"사람들이 참 좋아할 만한 스토리네요. 그쵸?"

영리가 뒷자리에서 작은 소리로 말했다.

D+157   모방소녀

2월 말, 영리는 송초롬의 이름으로 서울대생이 되었다. 입학식에 은정이 와주었다. 은정은 영리를 안으며 말했다.

"너도 나중에 꼭 네 이름으로 입학해."

영리가 고개를 끄덕이며 웃었다.

초롬의 이름을 가진 영리는 송 회장의 모든 걸 상속받았다. 법적인 절차가 끝나고 송초롬은 함초롬의 최대 주주가 되었다. 그러나 영리는 그것이 자신의 것 같지 않았다. 그건 송초롬이라는 이름의 것이었고 자신은 그 이름을 잠시 맡았을 뿐이었다.

영리는 새로운 최고경영자에게 경영 전권을 넘겼다. 여기저기서 줄줄이 연락이 왔다. 선배들을 멘토로 붙여주겠다, 경영 수업 개인 튜터를 소개하겠다, 케이스 스터디부터 밟자 등등. 그러나 모두 정중히 미뤘다.

"아직 제가 들어갈 때가 아니에요. 저는 맡아둔 자리만 지킬게요."

월 1회 보고만 받았고, 의결권의 일부는 신탁에 묶어두었다. 학교 강의가 끝나면 도서관 계단에 앉아 숨을 고르고, 밤이 되면 초롬을 떠올렸다. 그렇게 빈자리가 무너지지 않게 붙들어 두는 시간이 흘러갔다.

벚꽃이 지는 봄날, 강의실에 교수의 목소리가 울려 퍼졌다.

'학교 이름에 기대기보다 자기 색을 만들라.'

영리는 교수의 말을 타이핑하다 패드를 덮었다. 틀린 구석이 없었다. 그 말은 이미 몸으로 배웠다. 진실이냐 거짓이냐, 진짜냐 가짜냐는 사람들에게 중요하지 않았다. 사람들은 모두 보고 싶은 대로 본다. 보면 탐하게 되고, 탐하는 걸 갖고 싶다는 욕망에 사로잡혀 또 다른 타인을 관음하고 모방한다. 사람들은 낯선 진실보다 '낯익음'을 사랑하고, 낯익음을 갖춘 가짜는 금세 진짜가 된다. 그리고 때로는 진리보다 귀하게 여겨진다. 초롬의 삶을 철저히 모방하며 체득한 것이었다.

영리는 많은 것을 얻었다. 선망하던 서울대생이 되었고, 어린 나이에 큰 기업의 최대 주주가 되었다. 모두가 오르려고 하는 곳에 닿았고, 모두가 닮고자 하는 사람이 되었다. 하지만 그것은 진짜가 아니었다. 그리고 가짜 세상의 주인공이 된 영리는 아빠를 잃었다.

그날 오후, 영리가 이사회장에 들어섰다. 영리가 입은 과잠에 서울대 경영학과 송초롬이라는 영문이 출입 카드처럼 번들거렸다. 사람들의 시선이 영리에게 일제히 쏠렸다.

"아이고, 송 이사님. 입학 축하합니다."

"과잠이 아주 잘 어울리네요. 아주 빛이 납니다."

"어서 오시죠, 후배님."

"아니, 김 이사님 후배가 아니라니까요? 이사님은 우리 과 직속이에요."

"우리 아들도 그 과예요. 가족이나 다름없지."

"어이쿠, 아들 자랑까지."

영리는 자신에게 아부하는 사람들이 자신을 경계하는 사람보다 조금은 더 지능이 높다고 생각했다. 송초롬이 잘될지도 모르는 경우의 수를 대비해 어린애 앞에서 고까움을 참을 수 있는 자들이니까. 누군가는 말끝마다 교수 이름을 묶어 흔들었고, 누군가는 장학 재단 이야기를 슬쩍 끼웠다.

"송 이사님, 힘들면 얘기하세요. 우리 경영학과끼리 서로 끌어주고 밀어줘야지. 그게 선배 좋다는 거 아니겠습니까?"

"경영학과 홍 교수, 제 말이라면 꼼짝 못 하는 놈이거든요. 학점 잘 안 주면 얘기하세요."

친근한 척 농담을 건네며 자신이 가진 힘과 인맥을 과시하는 그들이 역겨웠다. 기성이 사라졌어도 회사 내 학연 카르텔은 여전히 공고했다.

영리는 잠깐 미소를 올렸다가 내렸다. 가짜가 되어서야 볼 수 있는 세상을 알게 된 것. 그 점만은 수확이었다.

회의실을 나와 거리로 향했다. 시시한 말을 나누는 사람들 틈에서 시간을 허비하고 싶지 않았다. 회사 근처 광화문 광장에 사람들이 모여 있었다. 함초롬 프랜차이즈 점주들의 시위가 벌어지고 있었다.

본사만 배불리는 일방적 계약 변경 철회

갑질 경영 OUT

을의 눈물이 보이십니까

갑자기 불어온 바람에 피켓과 거기 새겨진 문구들이 비명을 지르듯 펄럭였다. 송 회장이 물러난 이후 경영 기조가 바뀌면서 산하 프랜차이즈 업체들의 계약 조건이 달라졌다. 영리는 발걸음을 멈췄다. 저 안에 려원의 엄마가 있을지도 몰랐다.

영리는 현건우를 떠올렸다. 복면을 쓰고 정의를 말했지만, 아직은, 언젠가를 말하며 결국 아무것도 하지 못한 사람. 영리는 그렇게 되고 싶지 않았다.

어린 초록으로 물들어 가는 5월에 영리는 학과 사무실로 가서 서류 한 장을 내밀었다. 교직원의 눈이 커졌다.

"자퇴라니. 신중하게 생각한 건가요?"

"그럼요."

"아버님… 아니 지도교수님과는 상담했고요?"

"합격하면 하고 싶은 거 하면서 살라고 하셨어요. 그래서 이제라도 아빠가 지어주신 이름대로 살려고요."

"초름이라. 예쁘고 특이한 이름이네요. 무슨 뜻이에요?"

영리는 말없이 고개를 숙여 인사하고 사무실을 나섰다. 교직원은 가끔 이런 학생을 본 적이 있다. 얌전히 공부만 하다 뒤늦게 '일탈'하는 학생들. 이 학생도 그런 부류일 거라고 짐작했다. 서울대 경영학과 자퇴라니. 나중에 후회할 게 뻔해 안타까웠지만, 저 정도 재벌은 그럴 수도 있겠다 싶기도 했다. 자신이 어찌할 수도, 상관할 바도 아니라고 생각하며 다시 모니터로 고개를 돌렸다.

VIP 병실에서 송 회장을 처음 만난 날, 송 회장은 영리라는 이름이 무슨 뜻이냐고 물었다. 영리는 이름에 담긴 의미를 말하지 않았다. 아니, 말할 수가 없었다. 아빠가 지어준 대로 살아갈 수 없다는 걸 예감했으니까. 이름이 마음에 들지 않는다고 투덜거렸을 때 아빠는 웃으며 말했다.

"응할 영, 이치 리. 올바른 이치에 응답하며 자신을 지킨다는 의미야. 힘든 일이 있어도 정의를 따라 바른길로 가면 그 길이 너를 지켜줄 거야."

ITX에서 내린 영리는 버스 정류장으로 가서 잠시 기다린 후 버스에 올랐다. 창밖으로 경기도 외곽 마을 풍경이 꿈결처럼 일렁였다.

버스에서 내려 10분쯤 걸어 도착한 곳은 중급 규모의 안락한 정신병원이었다. 면회 신청을 하고 얼마간 기다린 뒤 영리는 복도를 걸어 한 병실 앞에 멈춰 섰다. 병실 문 옆에 환자 이름이 적혀 있었다.

'나영리'

문을 열고 들어가자 한 소녀가 침대에 앉아 창밖을 바라보고 있었다. 소녀는 인기척에 고개를 돌렸다. 초롬이었다. 오랜 시간 그토록 바라봤던 소녀, 자신이 한때 모든 걸 모방하려 했던 소녀, 송초롬.

영리는 초롬의 옆에 앉아 천진하고 말간 얼굴을 바라보았다. 그러다 아무것도 담겨 있지 않은 텅 빈 그릇 같은 투명한 눈을 맞추었다. 어른이 되었으나 더 어려진 듯한 그 얼굴을.

영리는 자신과 똑 닮은 초롬을 보며 서로 다르다는 걸, 그렇지만 또 같다는 걸 알았다. 초롬이 순수와 무구의 얼굴로 자신을 바라보는 이 순간엔 서로를 용서할 필요도, 그럴 수도 없다는 것 또한.

비밀의 정원 같은 이곳에서 언젠가 자신을 되찾는 날, 초롬은 영리가 대신 사는 삶의 바통을 이어받을 것이다. 눈부신 젊음, 갓 성인이 되어 느끼는 인생의 온갖 처음을.

잠시 후 의사가 병실에 들어왔다. 영리가 자리에서 일어서며 물었다.

"좀 어떤가요?"

"약물치료와 전기요법을 계속하고 있지만, 호전은 보이지 않고 있습니다."

"언니가… 특별한 얘기를 한 적은 없나요?"

"네. 없습니다. 가끔 이런 얘기를 한 적은 있어요. 꿈에 자꾸 어떤 소녀가 나온다고요."

의사가 말을 이었다.

"지금 영리 양은 안에서 문을 걸어 잠그고 열어줄 마음이 없는 상태예요. 계속 지켜보도록 하죠."

"회복을 위해 모든 지원을 아끼지 말아주세요, 선생님."

"물론입니다."

의사가 나간 뒤, 영리는 과일을 깎으면서 초롬에게 자신의 일상을 들려주었다. 카피캣 프로젝트를 수행할 때, 매일 저녁 대명고의 일상을 공유했던 그때처럼. 영리가 말하는 동안, 초롬은 향긋한 봄바람이 창에 걸린 하늘하늘한 커튼을 부풀리는 것을 가만히 바라보았다.

"나, 자퇴했어. 네가 돌아왔을 때 원하지도 않은 걸 떠안으면 안 되니까. 내 얘기 잘 기억해 둬. 그래야 나중에 당황하지 않지. 얼른 깨어나. 나도 진짜 내 이름으로 살고 싶으니까. 너는 네 자리로, 나는 내 자리로. 우리가 원래 있어야 할 곳으로, 가자."

영리는 한참 동안 이야기를 들려준 뒤 자신처럼 상처투성이인 초롬을 안았다.

"또 올게."

영리가 병실을 나가려고 몸을 일으켜 뒤돌았을 때였다. 초롬의 목소리가 들려왔다.

"나, 다시 시작할 수 있을까?"

영리가 놀라 황급히 몸을 돌렸다. 그러나 초롬은 조금 전과 똑같았다. 여전히 텅 빈 눈으로 창밖을 바라보고 있을 뿐.

환청이었을까 생각하며 영리는 가방에서 핸드폰을 꺼냈다. 초롬으로 고3을 살 때 사용한 특수 앱이 깔린 핸드폰을. 작년의 모든 순간이 저장된 기억의 상자를.

앱을 삭제하면 초롬과의 모든 연결이 사라진다. 산에서 다친 초롬을 이곳으로 데려온 뒤에 그렇게 할까, 잠시 고민한 적도 있었다. 그때는 송 회장이 너무 미웠으니까.

영리는 핸드폰을 초롬의 침대 옆 탁자에 가만히 내려놓았다.

"다시 시작할 수 있어. 너의 한 시절이 이 안에 있어."

초롬의 텅 빈 눈가에 희미한 떨림이 스쳤다.

영리는 초롬의 이름이 적힌 과잠을 벗어 옷걸이에 걸었다. 그래야만 어른이 되는 관문을 통과할 수 있을 것 같았다. 마지막으로 초롬을 바라본 영리는 가벼워진 손으로 병실을 나섰다.

복도를 걷는데 영리 주머니 속 핸드폰이 울렸다. 초롬이 되기 전까지 사용한 핸드폰이었다. 그것을 꺼내자 고양이 인형이 함께 달랑거렸다.

함초롬 긴급 이사회 소집.

영리는 화면을 보며 미소 지었다. 자신의 소집으로 열리는 이사회였다. 거기서 영리는 해야 할 일을 할 참이었다.

함초롬을 변화시킬 것이다. 그것은 세상의 어긋난 톱니바퀴 하나를 온전하게 바꾸는 일이기도 했다. 초롬이 다시 돌아올 때까지. 그리고 두 소녀가 자신의 길을 걷게 될 때까지.

병원 문을 나서자 늦은 오후의 햇살이 얼굴 위로 쏟아졌다. 영리는 눈을 가늘게 뜨고 하늘을 올려다보았다. 그리고 다시 발걸음을 옮겼다.

들판의 풀이 오로라처럼 우아한 춤을 추기 시작했다.

부록

대담

모방된 꿈과 잃어버린 목소리

정용주 × 소향

정용주

초등교사이며 교육학을 전공했다. 교육공동체 벗에서 발행하는 격월간지 《오늘의 교육》 편집위원 겸 편집위원장을 맡아 다양한 주제로 교육을 비평하는 글을 써왔다. 저서로 『교육학의 가장자리』가 있으며, 공저로는 『재난은 평등하지 않다』, 『능력주의와 불평등』, 『불온한 교사 양성 과정』 등이 있다.

『모방소녀』가 조명하고 있는 사회적 문제는 '학벌 지상주의'입니다. 텍스티는 해당 사회문제 전문가와 작가가 나눈 대담을 통해 소설과 현실을 잇고, 그 현실의 측면을 더 자세하고 뚜렷하게 보여드리고자 합니다.
이번 대담의 진행은 현직 교장 선생님이자 격월간지《오늘의 교육》편집위원장이신 정용주 선생님이 맡아주셨습니다.

본 대담은 2025년 12월 16일에 진행되었습니다.

1. 우리는 누구의 꿈을 살고 있는가

정용주 『모방소녀』 출간을 축하드립니다. 이 작품은 학벌 지
상주의라는 매우 민감한 사회문제를 스릴러라는 장
르 안에 담아내고 있습니다. 독자로서는 이 이야기가
단순히 입시 비리나 범죄를 다루는 데서 그치지 않
고, 더 근본적인 질문을 향해 나아간다는 인상을 받
았습니다. 먼저, 작가님께서 이 소설을 통해 독자들
에게 가장 먼저 건네고 싶었던 문제의식이 무엇이었
는지 여쭙고 싶습니다.

소 향 감사합니다. 제가 이 소설로 말하고 싶었던 핵심은
개인의 노력이 계층에 따라 얼마나 다르게 환산되는
가였습니다. 흔히 입시는 공정한 경쟁이라고들 하고
저도 상당 부분 동의하지만, 현실에서는 정보와 시
간, 자본, 안전망을 가진 사람이 오래 버티기 쉽죠.
예를 들어, 영리 같은 아이에게 '어떤 상황이든 옳은
길을 가라'는 말은 조언이 아니라 이미 안전망을 가

진 사람의 속 편한 소리일 수 있겠죠. 저는 이 작품에서 '선(善)'이 미덕이 아니라 비용이 되어버리는 순간을 보여주고 싶었습니다.

정용주 '선(善)이 미덕이 아니라 비용이 되는 순간'이라는 표현이 인상에 남는군요. 저는 작품을 읽으며 그 순간이 무엇인지 선명하게 느낄 수 있었습니다. 영리는 아픈 아버지를 둔 형편 때문에 결국 부정한 제안을 받아들일 수밖에 없습니다. "아버지 치료 한번 제대로 못 해보고 평생 한 맺힌 채로 빚에 눌려 살래? 아니면 내 밑에서 딱 1년 일하고 남은 평생 편하게 살래?"라는 제안 앞에서 영리는 윤리와 현실 사이의 벼랑 끝에 내몰립니다. 정직함을 지키는 데 따르는 비용이 너무도 가혹한 상황이지요. 작가님 말씀대로, 그런 순간에 개인의 윤리는 무너지는 게 아니라 가격표가 매겨지는 것인지도 모릅니다.

소 향 맞습니다. 입시라는 시스템이 때로 개인의 윤리를 시험한 경우를 종종 현실에서도 뉴스를 통해 보게 됩니다. 어떤 학생은 거짓된 성취를 위해, 어떤 부모는 자식을 위한다는 착각 속에 선을 넘지요. 소설 속에서는 생존을 위해서고요. 그 선택들은 결국 학습된 성공 기준 때문에 벌어진 것입니다. 한국 사회에서는 좋은 대학, 좋은 직장이 마치 인생의 정답처럼 여겨지는데, 정작 그 정답을 향해 달려가는 동안 자기가 진짜 원하는 게 무엇인지 물어볼 겨를이 없는 현실을 꼬집고 싶었습니다.

정용주 말씀하신 대로, 영리와 초롬 두 소녀 모두 자기 삶을 살지 못하기에 불행합니다. 한 명은 가난이라는 족쇄에, 다른 한 명은 재벌가의 기대라는 족쇄에 매여 진짜 자기 목소리를 잃어버린 채 살아가죠. 비극적 현실의 반영입니다. 실제로 몇 해 전엔 명문대에 합격하고도 '이게 정말 내가 원한 삶인지 모르겠다'며 자퇴한 학생의 이야기가 기사로 나오기도 했지요. 우리 사회가 개인의 꿈보다도 정해진 성공의 공식을 맹목적으로 좇게 만든 한 사례라고 느꼈습니다. 그런 현실을 떠올리니, 이 작품이 던지는 질문이 한층 현실적인 울림으로 다가옵니다.

소　향 저도 그 기사를 인상 깊게 읽었어요. 결국 이 소설의 궁극적인 물음은 '우리는 지금 누구의 꿈을 살고 있는가'예요. 영리와 초롬의 이야기를 통해 독자들이 자신의 삶을 잠시 멈춰 돌아보길 바랐습니다. 저 또한 그렇고요.

2. 노력은 미덕인가, 비용인가

정용주 지금 한국 사회는 겉으로는 능력주의와 공정을 숭상하면서도, 그 이면에는 보이지 않는 불공정이 구조화

되어 있다는 지적들이 많습니다. 흔히 '노력하면 성공한다'는 말이 성공 신화처럼 퍼져 있지만, 정작 현실에서 노력의 가치와 보상은 계층마다 다르게 책정되는 경우가 많죠. 작가님께서도 이러한 현실에 문제의식을 느끼셨을 것 같습니다. 특히 입시라는 소재를 통해 능력주의의 빛과 그림자를 그려내시게 된 계기가 궁금합니다. 학벌 지상주의를 주요 소재로 삼게 된 어떤 배경이나 영감이 있었을까요?

소 향 학벌 지상주의는 한국 사회에서 뿌리 깊은 주제죠. 어차피 세상은 유토피아가 아니고요. 그 지속력이 놀라울 정도라고 느꼈습니다. 이유를 추측해 보니, 단순히 '학벌이 중요해서'가 아니라, 불안을 해소하는 장치로 작동하기 때문이더라고요. 그런 면에서 입시는 불안을 유통하고 판매하는 시장처럼 보였습니다. 노력과 경쟁을 말하지만, 실제로는 자녀의 인생을 일종의 '프로젝트'처럼 여기는 사람들에게 두려움과 불안이 화폐처럼 거래되는 구조인 셈이지요.

정용주 불안을 거래하는 시장이라는 표현이 인상적입니다. 입시가 개인의 노력을 평가하는 장이 아니라, 부모와 학생의 불안감을 자극하고 이용하는 구조라는 지적이군요. 그렇다면 그 불안이라는 동력은 결국 계층 간 격차와도 연결이 되겠지요. 정보와 시간, 경제적 안전망이 있는 쪽은 불안을 어느 정도 해소하며 '버틸 수 있는' 반면, 그렇지 못한 쪽은 점점 밀려날 수 밖에 없으니까요.

소 향 맞습니다. 제가 궁극적으로 비판하고 싶었던 건 학벌 자체가 아니라, 그것을 둘러싼 우리 사회의 감정들이 었어요. 이를테면 수치심, 죄책감, 열등감, 과잉 보상 심리 같은 것들요. 그것들이 어떻게 가족과 공동체를 좀먹는지 보여주고 싶었습니다. 입시의 결과만 남는 게 아니라, 사람 마음속에 뿌리 깊은 계급 감각까지 남는다고 생각하거든요. 누군가에게 심어진 열등감, 또는 우월감은 보이지 않게 계층 의식을 내면화하는 거죠. 결국 입시 경쟁 속 상당수가 피해자가 됩니다.

정용주 말씀대로 입시의 폭력성은 '노력의 부족을 가려내는 데 있지 않고, 노력의 충분함을 인정하지 않는 데 있 다'는 생각이 듭니다. 결과가 좋지 않으면 언제나 '아 직 노력이 부족하다'는 식으로 개인 탓을 하니까요. '노력이 정당하게 평가되지 않는 사회'에서는 결국 규칙을 어기는 불법적인 행위조차 누군가에겐 생존 을 위한 대안으로 여겨지게 됩니다. 영리가 모방(카 피캣)이라는 극단적 선택을 한 것도 그런 맥락이었겠 지요.

소 향 네. 저는 영리라는 캐릭터를 구축하면서 '최선을 다한 아이가 왜 좌절해야 하는가'라는 질문을 중요하게 생각했습니다. '능력 지상주의' 사회라고 하지만, 그 능력을 증명할 기회가 과연 평등할까요? 물론 전보다 소외계층을 위한 정책도 늘었고 중소도시 지자체별로 여러 방안을 실시하고 있어서 훨씬 나아졌다고 봅니다. 그러나 소설 속 영리보다 더한 절망이 현실의 내게 벌어지지 않는다는 법은 없죠. 아빠의 치료비와 돌봄이라는 돌발 상황을 마주하게 된 영리의 선택은 탐욕이라기보다는 개인이 극복하기 어려운 절망에서 나온 것이었어요. 영리의 능력과 별개로요.

정용주 영리의 선택 뒤에 그런 절망이 있었다는 걸 소설은 설득력 있게 그려내는 것 같습니다. 흥미로운 건, 작품이 독자로 하여금 영리의 행동을 단순히 '옳다' 혹은 '그르다'는 식으로 판단하지 못하게 만든다는 점이에요. 누가 보더라도 대리 시험은 명백히 잘못된 일이지만, 정작 영리의 사정을 알게 되면 쉽게 손가락질할 수만은 없죠. 마치 이해와 비난 사이 어딘가에서 복잡한 감정이 피어나는 듯했습니다. 의도하신 바인가요?

소 향 네, 의도했습니다. 저는 독자들이 영리와 송 회장의 극단적 선택을 두고 '이건 분명히 잘못된 일'이라고 생각하면서도, 동시에 '왜 저럴 수밖에 없었는지 알 것 같다'고 느끼길 바랐습니다. 정의가 선언적으로만 존재하고 실제로는 작동하지 않을 때, 누군가는 유혹에 직면하게 됩니다. 비난받아 마땅한 일이지만, 그런 상황에서 뿌리칠 수 있는 사람은 과연 얼마나 될까요? 그런 일이 애당초 생기지 않는 사회는 만들 수 없는 걸까요? 제가 던지고 싶었던 물음 중 하나입니다.

3. 영리와 초롬 – 불완전한 두 반쪽

정용주 작품의 두 축은 아무래도 주인공 영리와 재벌가 딸 초롬 캐릭터라고 할 수 있겠습니다. 한 명은 뛰어난 학업 능력을 지녔지만 가혹한 현실 탓에 기회가 부족했고, 다른 한 명은 모든 기회를 다 가진 금수저이지만 정작 공부 능력에는 한계가 있는 인물이죠. 이처럼 정반대 배경의 두 소녀를 나란히 등장시키신 의도가 무엇이었을까 궁금합니다.

소　향 영리는 '능력'을 대표하고 초롬은 '자본'을 대표합니다. 입시라는 게임에서 한쪽은 실력으로, 다른 쪽은 돈과 배경으로 승부를 보지만 사실은 둘 다 갖춘 사람이 승자가 되기 쉽겠죠. 노력만 있어도 된다면 참 좋겠지만요.

정용주 말씀을 듣고 보니, 영리와 초롬은 마치 완전하지 못한 두 반쪽처럼 느껴집니다. 영리는 누구보다 똑똑하지만 사회적 자원이 없고, 초롬은 모든 자원을 가졌지만 정작 자기 실력만으로는 버티지 못하는 인물이니까요. 그렇게 능력과 자본이라는 두 축에서 한쪽씩 결핍된 인물을 나란히 세워둠으로써, 한국 입시 시스템의 부조리를 극대화하신 셈입니다. 결국 두 소녀 모두 자기 삶을 살지 못한 채 불행에 빠진다는 점도 인상적입니다.

소 향 맞아요. 두 소녀는 입시 시스템이 만들어낸 '불완전한 반쪽'들이라고 할 수 있습니다. 영리를 전교 1등으로 설정한 것도 영웅화가 아니라 '그런데도 불구하고'를 강조하기 위한 장치였죠. 학생들이 '공부' 외에 다른 재능으로도 자신의 능력을 마음껏 펼칠 수 있고, 열심히 한 학생이라면 암담한 현실을 맞닥뜨리더라도 그것이 걸림돌이 되지 않는 사회가 되었으면 하는 바람이었습니다. 그래서 영리의 선택을 통해 독자들이 다양한 생각을 할 수 있도록 서사를 쌓았습니다.

정용주 영리 캐릭터를 묘사하실 때 특히 신경 쓰신 부분이 그런 점이었군요. 영리는 사실 도덕적 완벽주의를 지닌 아이로 그려지죠. 평소라면 절대 부정행위를 할 것 같지 않은 아이인데, 그런 아이가 시스템의 부조리 앞에서 무너지는 모습이기에 더 비극적으로 다가왔습니다. 영리의 그런 내적 선의를 초반부터 보여주신 것도, 그녀의 몰락이 주는 충격을 배가하기 위함이었을까요?

소 향 맞습니다. 영리는 원래 굉장히 성실하고 과할 정도로 올곧은 아이예요. 그래서 영리가 끝내 선을 넘게 되는 과정을 설득력 있게 그리는 데 공을 들였습니다. 평소 같으면 절대 하지 않았을 선택을 하게 될 만큼, 입시로 많은 것이 결정되는 사회가 한 개인을 끝까지 몰아붙일 수 있다는 것을 보여주고 싶었습니다.

정용주 그런 점에서 초롬도 마찬가지입니다. 겉보기에는 남부러울 것 없는 삶을 누리는 재벌 2세이지만, '공부는 원래 노 베이스'라는 대사가 나올 정도로 학업 능력은 형편없죠. 영리와 정반대로 스펙은 최상이지만 실력은 부족한 인물입니다. 결국 초롬의 약점을 채우기 위해 영리 같은 아이가 필요해지는 상황이 전개되는데, 이 극단적 대비가 노리는 바는 무엇이었을까요?

소 향 능력주의 사회의 이면이죠. 우리는 능력을 '계층을 뛰어넘는 사다리'처럼 생각하지만, 현실에서는 오히려 하층의 능력이 상층의 혈통을 보강하는 데 이용되기도 합니다. 이 소설에서는 입시라는 제도에서 일어나지만, 다른 분야에서도 종종 볼 수 있는 현상이죠. 영리의 능력은 자기 계층을 상승시키는 사다리가 되지 못하고, 대신 상층 계급(초롬)의 자리를 지키기 위한 도구처럼 소모되고 맙니다. 저는 그 불편한 현실을 적나라하게 드러내고 싶어 두 반쪽을 만나게 함으로써, 결국 한 사람의 꿈을 이루기 위해 다른 사람이 희생되는 부조리를 형상화했습니다.

345

정용주 말씀을 듣고 보니 문득 초롬의 시선도 궁금해집니다. 영리는 초롬의 인생을 '모방'하며 살아가지만, 정작 초롬 본인은 서 있는 자리를 온전히 누리기보다 그 무게를 끊임없이 감당해야 하는 존재로 보입니다. 공부와 성취를 둘러싼 일상적인 대화 속에서도 자신의 노력과 위치가 가볍게 평가되거나 당연한 것으로 취급된다는 감각에 자주 노출됩니다. 부모의 기대와 압박뿐 아니라, 주변의 시선과 말 역시 그녀에게는 축적되는 부담이자 보이지 않는 폭력으로 작동합니다. 초롬을 이렇게 연약하고 상처받기 쉬운 인물로 그리신 데에는 어떤 의도가 있었는지 궁금합니다.

소 향 초롬은 분명 특권을 누리고 자랐지만, 그 아이 나름의 비극과 결핍이 있어요. 소설 속 묘사대로 다른 분야에 재능이 많은데도 불구하고 공부에 재능이 없다는 이유로 고통과 불안에 시달립니다. 무엇보다 초롬은 엄마 나희의 사랑을 원하면서도 동시에 그 사랑에 깊이 상처받는 인물이에요. 초롬을 통해 조건부 사랑이 아이에게 남기는 상처를 보여주고 싶었어요.

4. 사랑이 통제로 바뀔 때 – 가족의 조건부 관계

정용주 이제 두 소녀의 부모 세대 이야기를 해볼까요. 송나희 회장 캐릭터는 이 작품의 또 다른 중심축입니다.

무일푼으로 시작해 거대 식품기업을 일군 입지전적인 인물임에도, 학벌 콤플렉스로 인해 딸의 교육 문제에 집착하고 결국 극단적인 계획까지 세우죠. 특히 송 회장은 과거 미스코리아 출신이라는 배경 때문에 재계에서 손가락질받는 상처를 지닌 것으로 묘사됩니다. 어떻게 보면 굉장히 복합적인 캐릭터인데요. 작가님께서는 이 인물을 통해 우리 사회 부모 세대의 학벌 집착과 그 비극을 어떻게 그리고자 하셨는지 궁금합니다.

소　향 송 회장은 제가 가장 공들인 캐릭터예요. 처음부터 단순한 악역으로 그릴 생각이 없었습니다. 많은 것을 가진 사람이 가지지 못한 한 가지 때문에 괴로워하고 타인을 질투하는 건 현실에서도 드문 일이 아닙니다. 그녀는 엄청난 성공을 이루었지만, 과거 때문에 재계에서 줄곧 무시를 당한다는 콤플렉스를 품고 있습니다. 작품 속에서 박기성이 '난 서울대 법대 나왔으니 이만큼 사는 거'라며 그녀를 깔볼 때, 누군가에게는 여전히 학벌이 강력한 계급 지표라는 게 드러나죠.

정용주 그래서일까요. 나희라는 인물을 저는 가해자인 동시에 피해자로 느꼈습니다. 그녀가 딸 초롬에게 집착하는 모습은, 어떻게 보면 자신이 겪은 차별의 대물림을 막기 위한 몸부림이기도 하니까요. 하지만 그 몸부림이 결국 또 다른 폭력이 되어버린 게 비극이고요.

소 향 피해자인 동시에 가해자이기도 하고요. 송 회장은 딸을 위해서라고 하면서, 정작 초롬 본인의 의사는 묻지 않습니다. 오히려 '네가 누리는 모든 게 다 내 덕분'이라며 딸을 철저히 통제하지요. 이것은 많은 한국 부모의 자화상이기도 합니다. 사랑이 돌봄에서 관리로, 격려에서 통제로 바뀔 때, 불안이 사랑이라는 언어로 위장되어 자식에게 전해질 때, 가정은 더 이상 안전한 울타리가 아니게 되죠.

정용주 '가족이 성과 조직으로 바뀌는 순간은, 사랑이 조건부가 될 때'라는 말이 떠오르네요. 송 회장과 초롬의 관계를 보면, 정말 엄마와 딸이라기보다 CEO와 후계자, 투자자와 프로젝트 같다는 생각이 듭니다. 송 회장은 늘 초롬에게 '좋은 대학 가야 한다', '재벌가 딸답게 행동해라'라는 요구만을 쏟아붓고, 초롬이 그 기대를 못 채우면 실망과 분노를 드러내죠. 대화도 "오늘 학교에서 힘든 일은 없었니?" 대신 "모의고사 몇 등 했어?"라는 식으로 채워지고요. 사랑에 온통 조건이 붙는 가족의 모습입니다.

소 향 네, 성과와 투자, 보상의 언어로 말하기 시작하면 이미 건강한 가족이라고 보기 어렵죠. 무서운 건, 그 과정이 너를 위한다는 사랑의 언어로 포장된다는 거예요. 송 회장 자신은 진심으로 딸을 위해 헌신했다고 믿었을 겁니다. 하지만 그 이면은 결국 '너는 이 계급에 남아야 해'라는 명령이나 다름없습니다. "싫으면

네가 누리는 거 다 놓고 이 집에서 나가"라고 협박하
는 장면은 그래서 상징적이에요. 언뜻 선택권을 주는
말처럼 들리지만, 실제로는 '지금 누리는 계층적 혜택
을 잃기 싫으면 내 말을 들어라'라는 뜻이니까요.

정용주 듣고 보니 가슴 한편이 먹먹해집니다. 송나희 회장은
딸을 너무 사랑한 나머지 스스로 괴물이 되어버린 현
대 사회의 부모상처럼 느껴지네요. 그녀를 통해 보여
주신 건 비단 한 가정의 비극이 아니라, 우리 사회 많
은 가족이 겪는 보이지 않는 폭력의 드라마일 겁니
다. 결국 능력 지상주의와 입시 경쟁이 가족을 쉼터
가 아닌 성과 평가의 장으로 바꿔놓았다는 사실을 이
보다 더 극적으로 그릴 순 없을 것 같습니다.

소 향 네, 저는 송 회장과 초롬의 파국을 통해 능력주의 사
회가 가족에게 남기는 상처를 극대화하고 싶었어요.
정도의 차이만 있을 뿐 한국 사회 어디서나 벌어지는
일이기도 하거든요. 그런 사회에서는 재능이나 자아
찾기가 이루어지기 어렵고, 그런 관계에서 진정한 사
랑이나 지지를 찾는 것도 힘듭니다.

5. 공모자와 희생양 – 대리 책임의 그림자

정용주 이번에는 송 회장 곁에서 카피캣 프로젝트를 실질적

으로 수행한 공형진 비서 이야기를 해보고 싶습니다. 작가님께서 묘사하신 공 비서는 단순한 하수인이 아니라, 권력의 중간 관리자 얼굴을 하고 있습니다. 송 회장의 결정을 현실로 옮기는 인물이자, 때로는 송 회장마저도 놀랄 만큼 능동적으로 일 처리를 하는 해결사처럼 보이기도 했는데요. 흥미로운 건 그런 공 비서에게도 인간적인 면모가 있다는 점이었어요. 그는 누구보다 송 회장을 진심으로 아끼고 초롬의 안위를 걱정하기까지 하죠. 그럼에도 불구하고 비윤리적인 명령을 척척 실행에 옮기니, 어떻게 보면 시스템의 톱니바퀴 같은 존재이기도 했습니다. 이 모순적인 캐릭터를 통해 작가님께서 보여주고자 한 바는 무엇이었을까요?

소 향 말씀하신 대로, 형진은 권력의 실무자예요. 결정은 송 회장이 내리지만, 실제 현실로 옮긴 사람은 공 비서였죠. 주종 관계처럼 보이지만, 실제로는 공모 관계에 가까운 동반자였습니다. 공 비서 없이는 카피캣 프로젝트 자체가 불가능했으니까요. 저는 이 관계를 통해 현대사회에서 권력이 어떻게 작동하는가를 보여주고 싶었습니다. 흔히 권력형 범죄나 부정이 터지면, 꼭대기에서 이루어진 결정임에도 책임은 아래로 분산됩니다. 윗선은 빠져나가고, 아랫사람은 '시켜서 했다'며 발 빼는 일이 비일비재하잖아요. 결국 희생양은 실행과 뒷수습을 맡은 중간자가 되는 경우죠. 저는 형진이라는 캐릭터가 바로 그런 '책임의 비가시화'를 보여준다고 생각해요.

정용주 작품에서 형진의 결말은 매우 아이러니하게 그려집니다. 그는 끝까지 송 회장의 이해관계를 관리하고 보호하는 위치에 있었지만, 마지막 순간에는 영리와 손잡은 기성의 계략에 휘말리며 희생양이 되고 맙니다. 직접적으로 버림받은 것은 아니지만, 시스템 내부의 권력 이동과 계산 속에서 가장 취약한 위치에 있던 인물이 희생되는 것에 가깝다고 느껴졌습니다.

소 향 그 아이러니가 곧 현대사회 권력 구조의 본질이라고 생각합니다. 형진은 송 회장의 충복이며 초롬을 진심으로 걱정하죠. 동시에 윤리적으로 문제가 있다는 걸 알면서도 멈추지 못한 까닭에 시스템의 부품처럼 쓰이다 희생되죠. 그래서 형진은 정의의 관점에서 보면 가해자이고, 또 다른 측면에서 보면 어떤 거대한 힘에 소모되는 피해자이기도 합니다. 이중적인 그의 위치는 현대사회에서 윤리적 책임이 어떻게 분산되고 희석되는지를 보여줍니다.

정용주 이러한 시각은 작품 전반에 흐르는 주제 의식과도 맞닿아 있는 것 같습니다. 영리도 피해자이자 가해자이고, 송 회장 역시 피해자이면서 가해자라고 볼 수 있으니까요. 개인의 일탈로만 치부하면 보이지 않던 구조적 모순들이, 이렇게 바라보니 선명하게 드러나는 것 같아요. 형진 캐릭터는 그중에서도 특히 씁쓸한 여운을 남겼습니다.

소 향   맞아요. 공 비서의 허망한 죽음은 '누구의 책임인가'라
는 질문을 떠올리게 합니다. 부정한 방향을 제시한 윗
사람일지, 그것을 실행한 아랫사람일지 말입니다. 실
제로는 모두 같은 구조 안에서 공모의 한 축을 이루고
있음에도, 우리의 시선은 종종 개인을 악인으로 단죄
하는 데서 멈추거든요. 개인을 소모하게 만드는 그 구
조야말로 바로 문제의 근원임을 드러내고 싶었습니다.

6. 여성 서사와 구조의 문제

정용주   이 작품에서 인상적인 지점 중 하나는, 사회적 스릴
러라는 장르적 외피 속에서도 이야기를 끌고 가는 핵
심 인물이 모두 여성이라는 점입니다. 『모방소녀』는
입시 경쟁이라는 구조적 문제를 다루면서도, 그것을
제도나 담론의 차원에서 설명하기보다 두 여고생과
한 어머니라는 개인들의 선택과 감정, 관계를 중심으
로 풀어내고 있습니다. 그 결과 이 이야기는 '입시 문
제를 다룬 소설'이라기보다, 경쟁 구조가 개인의 삶
을 어떻게 파고드는지를 밀도 있게 보여주는 서사로
읽히기도 합니다. 이러한 인물 구도와 시선의 선택에
는 어떤 의도가 담겨 있었는지 궁금합니다.

소 향 한국 입시 현실에서 학원 스케줄 관리나 생활 전반을 조율하는 등 적극적 역할을 맡는 이는 어머니인 경우가 아직도 많습니다. 송나희 회장이 탄생한 배경에도 그런 현실이 깔려 있습니다. 그녀는 재벌 기업을 이끄는 오너이면서 동시에 딸의 성적표에 일희일비하는 엄마예요. 기업 세상에서는 실력자이지만, 딸이 좋은 등급을 받길 바라는 불안에 사로잡혀 있죠. 이러한 면모는 여성이 보여주는 것이 더 현실적으로 느껴질 듯했습니다.

정용주 실제로 입시 현장에서 엄마들의 역할은 절대적이지요. 부모들, 특히 어머니들이 아이 한 명 한 명을 일종의 프로젝트처럼 집중 양육하는 현상도 있고요. 송 회장은 그 극단을 보여주는 인물이라고 할 수 있겠습니다.

소 향 네. 그리고 여성의 시선을 통해 풀어내면 새로운 질문들이 떠오를 거라고 기대했어요. 가령, 사회가 기대하는 '성공한 여성'의 모습은 무엇인가 하는 거죠. 송나희 회장의 과거가 미스코리아였다는 설정도 그 연장선에 있습니다. 그는 아름다운 여성이란 이유로 소비되고 폄하된 인물이에요. 젊은 시절 자신의 가치를 미모로만 평가받던 그가, 경제적 성공과 자녀의 학벌, 스펙으로 자신을 증명하려 하는 모습은 한국 사회가 여성에게 요구하는 것이 변화하면서도 과거 여성에 대한 사회적 시선 또한 여전히 지속되고 있음을 보여줍니다.

353

정용주 정말 흥미로운 통찰입니다. 사회가 여성에게 강요하는 성공의 모습까지 염두에 두셨다니, 작품을 다시 곱씹게 됩니다. 말씀대로 나희는 젊은 시절엔 미모로 평가받고, 중년엔 학벌 없는 여성 경영인이라 무시당하고, 엄마가 되어서는 딸의 성공까지 자기 몫으로 증명하려는 입장이네요. 여러모로 한국 사회가 여성에게 지우는 짐을 상징적으로 보여주는 캐릭터입니다.

소　향 영리와 초롬의 이야기도 단순히 입시 경쟁담이 아니라고 생각합니다. 그들이 여성 청소년이기 때문에 겪는 고충도 있습니다. 각기 처한 상황에서 초롬은 위축되고, 영리는 분투하죠. 그렇지만 전체를 통해 보면 둘은 보이지 않는 연대와 투쟁을 함께하고 있다고 느낍니다. 여성으로서, 또 학생으로서 그 나이 또래가 감당해야 하는 사회의 압박과 싸우고 있으니까요.

정용주 결국 능력주의와 학벌 경쟁이라는 거대한 구조와 맞서는 게 이들 여성 캐릭터들의 공통된 싸움인 셈이네요. 그리고 흥미롭게도, 그 싸움은 성공적이지 못했습니다. 영리는 범죄자가 되었고, 초롬의 정신은 무너졌으며, 송 회장은 모든 것을 잃고 말죠. 언뜻 보기에 해피 엔딩과는 거리가 먼 결말인데, 작가님께서는 이를 통해 무엇을 말씀하고 싶으셨나요?

소　향 이 비극이 개인의 윤리적 나약함 때문만은 아니라는 것입니다. 영리, 초롬, 송 회장, 심지어 공 비서나 부정한 교사까지도 이 구조 안에서 각자 발버둥 치죠. 범죄자이거나 가해자지만, 큰 그림에서 보면 모두 구조에 의해 움직인 꼭두각시들이었죠. 그래서 독자들이 결말을 보고 함께 문제의식을 가지길 바랐습니다. '도대체 무엇이 이 사람들을 이렇게 만들었나' 하는 것이요.

정용주 그렇군요. 결국 능력주의와 학벌 지상주의라는 구조적 문제를 해결하지 않으면, 제2의 영리와 초롬은 언제든지 생겨날 수밖에 없다는 일종의 경고처럼 들립니다. 현실에서도 우리는 비슷한 뉴스를 계속 접하고 있으니까요. 그렇다면 작가님께서는 앞으로도 이러한 현실의 문제를 다루는 작품을 이어나갈 계획이 있으신가요? 『모방소녀』에 이어 구상 중이신 다음 작품이나 새롭게 도전해 보고 싶은 주제가 있으신지 여쭤보고 싶습니다.

소 향 현실을 다루는 이야기는 과거에도 썼고 앞으로도 쓰고 싶습니다. 지금 구상 중이거나 쓰고 있는 작품 중에는 역사적 사건을 모티프로 한 이야기도 있고, 리얼리즘 소설이나 SF, 판타지도 있습니다. 장르는 달라도 그 안에는 언제나 문제의식이 담겨 있을 것입니다. 저는 사람과 사회를 둘러싼 부조리에 관심이 많고, 글을 쓰는 한 그런 이야기를 계속할 것 같습니다. 『모방소녀』를 통해 던진 질문들의 연장선상에서, 또 다른 재미를 가진 이야기를 들려드릴 수 있도록 열심히 쓰겠습니다.

정용주 끝으로 이 작품을 읽은 독자들에게 한 말씀 부탁드립
니다. 모두가 각자의 자리에서 치열하게 경쟁하며 살
아가는 시대에, 작가님이 이 소설을 통해 전하고픈 당
부나 희망이 있다면 들려주세요.

소 향 이 소설은 희망보다는 질문을 남기는 이야기입니다.
그렇다는 건 함께 고민해 보자는 뜻이기도 하죠. 그리
고 부디 우리 모두 누군가의 기대에 부응하려 하거나
맞추기 위해서가 아니라 자신을 위해 목소리를 잃지
않았으면 좋겠습니다.『모방소녀』가 그런 경각심을 불
러일으키는 작은 계기가 되었다면 더할 나위 없이 기
쁘겠습니다.

작가 에세이

완벽한 타인이 되려는 사람들

완벽한 타인이 되는 것과 불완전한 자신을 찾는 것 중 어
느 쪽이 더 수월할까.

'나'를 잃어버린 사람들에겐.

『모방소녀』의 첫 문장이다. 나 또한 '나'를 잃어버린 순간
이 많았기에 저 물음이 낯설지 않다.

많은 사람이 그러하듯 출산은 내 삶을 송두리째 바꾸어 놓
았다. 자신보다 더 소중한 존재가 생긴다는 건 기쁨인 동시에
두려움이었다. 그래서 항상 고민했다. 어떤 게 아이에게 더
좋을까? 이것은 해가 되지 않을까? 나로 인한 무언가로 아이
의 인생이 잘못된 방향으로 흘러가 버리는 건 아닐까.

그런 내게 '완벽한 타인'처럼 보이는 이들이 있었다. 목표
지점이 어딘지 확실히 안다는 듯 선택에 있어 언제나 망설임
없던 다른 학부모들이었다.

좋다는 학원에 아이를 보내고 특별한 정보를 누구보다 먼
저 아는 A를 만날 때면 가끔 움츠러드는 기분이 들었다. 운동
한 가지 정도 외에는 어떤 사교육도 시키지 않으면서 자연과

책을 벗 삼아 흔들림 없는 얼굴로 양육하는 B도 대단해 보였다. C도, D도 모두 닮고 싶은 면이 있었다. 각기 다른 방향을 보는데 자기가 걷는 길에 확신을 가진 이들이 대단해 보였고, 그러지 못하는 내가 어딘가 부족한 듯 느껴졌다.

아이가 유치원에 갈 나이가 되면서부터 소위 학군지에 있는 기관에 보냈고 엄마들의 정보에 귀를 기울였다. 그렇다고 한복판에 있고 싶지는 않았다. 아이에게 어떤 '부작용'을 끼치게 될까 염려되어서였다. 한 발은 학군지에, 한 발은 각종 체험과 여행에 걸치며 나는 주변인이 되었다. 안으로 완전히 들어가지도 그렇다고 나오지도 않은 채 주변을 서성이며 A와 B가 가는 길의 중간쯤 되는 어딘가를 걸었다. 마음만 먹으면 언제든 어느 쪽으로든 나머지 한 발을 옮기기 쉽도록.

취학 시기가 되자 이사하는 집들이 늘었다. 놀이터에서 함께 놀던 아이 친구의 엄마가 초등학교뿐 아니라 중학교까지 생각해서 이사하게 됐다며 인사하거나, 유명 사립학교에 보내기로 했다는 누군가의 말을 들으면 아이에게 뭔가 미안한 기분이 들었다. 남은 이들과 더불어 나는 불안해졌다. 이렇게 '노는' 곳에 남아도 되는 걸까, 나만 뒤처지는 건 아닐까, 하면서.

결국 큰아이 4학년 때 우리나라에서 가장 교육열이 높다는 곳으로 이사를 감행했다. 처음부터 그곳을 염두에 둔 건 전혀 아니었다. 두 번째 학군지로 유명한 옆 동네 목동을 열심히 둘러보다 난항을 겪던 중, 정말 희한한 계기로 연고도 없던 지금 동네로 덜컥 이사하게 되었다. 지나고 보니 아무것도 아닌 일들로 그때는 얼마나 고심했는지. 지금 생각하면 그 이사는 주소가 아니라 불안의 좌표를 옮기는 일이었다.

최근 뉴스에서 〈여보, 대치동 떠나 천안 가자〉라는 제목의 기사를 봤다. 내신 중심의 경쟁이 과열되자 학군지를 떠나려는 학부모들이 늘고 있다는 내용이었다. 그 제목을 읽는 순간 과거의 내 모습이 떠올랐다. 얼떨결에 학군지로 이사한 그때의 나도, 천안으로 떠나려 한다는 그 부모들도, 결국 같은 불안에 쫓긴 것이리라.

아이를 키우며 여러 부모를 만났다. 우리는 서로 '정보'를 나누었고 정보는 기준이 되었다. 유명 수학학원에 합격했을 때의 뿌듯함, 영어학원 레벨이 낮게 나왔을 때의 불안함은 모두 남들이 좋다고 말하는 어떠한 기준을 성취하지 못했을 때 생겨났다.

왜일까? 소위 좋은 대학과 즐거운 인생은 다른 카테고리라는 걸 아는 나이가 되어서도 왜 나를 비롯한 수많은 '어른'은 그 좁은 곳으로 아이들을 끼워 맞추려 했던 걸까? '다른 나라도 마찬가지라던데'라며 자위하기도 했지만, 사실 불안을 이기지 못해 생긴 확증편향 때문에 나도 모두를 따라 단단해 보이는 디딤돌로 발을 내딛으려는 지치고 소모적인 몸부림이 아니었을까. 아이 학년보다 높은 수준의 수학 문제를 풀게 하고, 놀 때도 영어 CD를 BGM처럼 틀어놓는 한편, 정서를 염려해 일정한 시간엔 놀이터라는 울타리 안에서 놀게 하는

363

계획적이고도 모순된 보호라는 착각 속의 몸부림.

OK 목장의 혈투

나는 초등교사다. 아이들은 종종 부모에게 들은 말을 필터 없이 내게 전했다.

"아빠가 그런 대학은 나와 봤자 소용없대요."

"엄마가 무조건 의대 가래요."

"방학이 싫어요. 방학에는 학원 더 다녀야 해요."

그런 말을 들을 때면 놀란 걸 티 내지 않으려 애쓰며 머릿속에서 한번 정제한 대답을 들려주었다. 그리고 형태만 좀 다를 뿐 나는 저런 말을 한 적 없었나 해서 그때마다 뒷목이 조금 서늘해졌다.

사교육 1번지 주민으로서도 종종 목격하는 광경이 있다. 글을 쓰려고 집 근처 프랜차이즈 카페에 갈 때가 있다. 차도가 내려다보이는 2층 대형 유리창 앞 바 좌석이 내가 선호하는 자리다. 다른 사람들을 마주 보면 잘 써지지 않아서다. 그런데 뒤에서 들려오는 소리가 있다. 유치원생이거나 많아 봤자 초등학교 1, 2학년이 됐을까 싶은 아이와 엄마가 무거운 가방을 끌고 와 도저히 그 나이 난이도가 아님이 분명한 학원 과제를 푸는 소리다.

엄마는 문제 푸는 아이 입에 연신 간식을 넣어주고 아이가 몸을 뒤틀기라도 하면 바로 주의를 집중시킨다. 때로는 큰

소리로 영어 교재를 낭독하면서 따라 읽게 하기도 한다. 과외하는 장면도 자주 볼 수 있는데 대개 고난도 수학 숙제를 도와주는 것이다. 학습이 빠른 아이들은 수월하게 따라가기도 하지만, 그렇지 않으면 보조 과외를 받는 장면을 여러 번 보았다.

조금만 유심히 들어보면 알 수 있다. 그중 상당수가 먼 곳에서, 때로는 SRT를 타고 온 부모였다. 먼 거리를 움직였다는 기회비용에 대한 보상 심리 때문인지 드라마 속 장면처럼 이런 것도 못 푸냐며 역정 내는 사람도 보았다. 그런 사람들은 대개 주위 시선이 쏠려도 개의치 않는다. 무엇이 이들을 이른 아침부터 이곳에 모이게 했을까?

아이 유치원 때부터 자주 들어온 말이 있다. 우리 땐 안 그랬는데 요즘 엄마들은 너무 심해. 애들이 불쌍해. 그때 카페에서 나도 그 생각을 했던 것 같다. 내가 학생들에게 들었던 말과 카페에서 목격한 장면은 어른의 공포가 아이를 통해 내게 흘러온 것은 아니었을까?

큰아이가 초등학교 중학년일 때 도시 빈민 지역 학교로 발령받았다. 지금은 폐교된 아주 작은 학교였다. 그곳에서 근무하는 동안, 세상의 또 다른 면을 매일 마주했다. 내가 몰랐거나 알고도 외면했던, 세상의 놀라운 얼굴 한쪽을.

근무 중과 퇴근 후의 내 모습은 완전히 다른 사람 같았다. 출근하면 부모가 서로 양육을 떠넘겨 불안증이 온 학생이나 갖가지 난처한 환경에 놓인 학생들을 보며 고심했고, 퇴근 후엔 아이에게 언제나 '최선'을 선물하겠다는 의지로 뭉친 동네 학부모들과 교육 정보를 주고받았다. 교실에서는 "충분히 잘하고 있어", "공부가 전부가 아니다"라고 말한 입으로 퇴근 후에는 내 아이 성적표를 분석하며 통화했다. 남의 아이에게는 현명한 듯 보이는 조언을 하면서 내 아이 일 앞에선 내가 말한 대로 하지 못할 때가 많았다. 두 공간 사이의 괴리감과 나의 이중성에 괴로우면서도 나는 누군가를, 어딘가를 부지런히 좇았다.

나는 그렇게 흔들리는 부모였다. 그 모순을 알면서도 모른 체한 까닭은 내 아이들만큼은 넘어지지 않기를 바랐기 때문이었을 것이다. 그때 느낀 부끄러움을 앤솔러지 『촉법소년』(2024)에 실린 블랙코미디 단편소설 「OK 목장의 혈투」에 녹였다. 배경이나 인물, 사건은 모두 허구지만, 거기엔 당시 나의 고민이 담겨 있다.

『모방소녀』 프롤로그에 묘사한 수능 아침 고사장 앞의 긴장된 장면과 묘사는 실제로 내가 아이를 데려다준 날의 풍경이다. 그날, 종일 손이 떨렸고 심장이 두근거렸다. 아이에 대한 기대가 컸던 터라 내심 좋은 결과를 기다리면서도 마음 한쪽에는 불안이 밀려와 속이 울렁거렸다. 그리고 이두컴컴해진 늦은 오후, 마중 나간 고사장 정문 앞에서 걸어오는 아이의 표정과 발걸음을 보고 바로 알 수 있었다. 시험을 잘 보지 못했다는 걸.

그때의 절망감이란, 그 상처란, 이루 말할 수가 없었다. 아이는 성실했고, 수학과 과학 영재교육을 4년간 수료했을 정도로 영특한 면이 있었다. 아이의 노력이 무참히 짓밟힌 듯한 기분에 세상으로부터 배신을 넘어 능욕당한 것만 같았다.

그날 집안을 짓누른 공기의 무게가 아직도 잊히지 않는다. 절망한 아이에게 괜찮다고 했지만, 아이는 전혀 괜찮아지지 않았다. 나는 닫힌 방문 앞에서 손잡이를 잡았다가 놓기를 몇 번이나 반복했다. 괜찮다는 말이 위로가 될까 아니면 상처가 될까. 아무것도 해줄 수 없다는 게 답답해서 눈물이 났다. 그때 알았다. 입시는 결과가 아니라 관계를 시험한다는 것을. 그리고 나의 얄팍한 교육관이란 것이 얼마나 허상이며 쉽게 무너질 수 있는 것인지도. 첫 아이의 입시 실패란 그만큼 쓰디쓴 것이었다. 그렇게 아이는 재수를 하게 되었다.

이쯤에서 각기 다른 선택을 한 A, B, C, D 그리고 내가 만난 수많은 학생의 결과는 어떻게 되었을까 궁금한 분도 있겠다. 삶에 정답이나 공식이란 없더라. 이것밖에는 달리 할 말이 없다. 정말로 그렇다.

소설 초반에 영리 아빠가 영리의 어린 시절을 회상하는 장면이 나온다. 매사 스스로 엄격하고 도덕적 기준이 높은 아이를 어쩌지 못해 쩔쩔매는 아빠. 그건 내 모습이었다. 그 장면을 쓰면서 생각했다. 아이가 다시 어린 시절로 돌아간다면 좋아하는 걸 더 마음껏 하게 해주고 싶다고. 동물원에 가고 싶다고 하면 학교 가야지, 학원 빠지면 안 되지라는 말 대신 그래, 엄마도 좋아, 라고 말해주고 싶다고. 그러나 현실에는 타임머신이 없다.

소설 속의 그들, 소설이 끝난 뒤의 우리

처음 편집자님께 연락을 받고 몇 가지 소설 기획에 대해 의논하던 중, 지금도 잊히지 않는 말을 들었다.

"작가님 단편소설 「모르페우스의 문」을 인상적으로 읽었고, 그걸 쓴 작가님이라면 이 소설을 쓸 수 있을 거라 생각했어요."

그때 나는 등단한 지 1년이 채 되지 않은, 장편소설 한 권과 몇 권의 수상 작품집이 전부인 신인 작가였기에 편집자님의 말은 내게 큰 동기부여가 되었다. 다른 걸 써도 되었지만, 이 소설을 써야겠다고 생각했다. 제안해 주신 기획서를 보고, 내가 학부모로서 겪은 경험이 있으니 쉽게 쓸 수 있지 않을까 하는 나이브한 생각도 없지 않았다.

그리고 또 다른 배경도 있었다. 전에 온 나라를 떠들썩하게 만든 대치동 S 여고의 교무부장 내신 시험지 유출 사건. 당시 나는 뉴스보다 먼저 그 사건을 알았다.

어느 날 저녁, 내가 사는 지역의 학부모 커뮤니티에 글이 하나 올라왔다. 제목부터 놀라웠던 글은 매우 충격적이었다. 사건 당사자인 교무부장이 직접 자신에 대해 퍼진 소문은 사실이 아니라고 항변하며 쓴 글이었다. 사건과 관련된 최초의 글이었다.

글쓴이의 의도와 달리 오히려 그 글로 인해 많은 주민이 사건을 알게 되었고, 순식간에 커뮤니티가 댓글로 도배되었다. 그리고 잠시 후 원글이 삭제되었다. 곧 뉴스가 나왔고 앞으로 내신을 믿을 수 없을지도 모른다는 불안은 내 머릿속에 지각변동을 일으켰다. 아직 아이들이 중학교도 들어가지 않은 때였지만, 내 일처럼 불안에 떨었다. 다른 것도 아니고 입시만은 청명하고 공정해야 하지 않냐며 다른 학부모들과 함께 성토했다. 어쩌면 그때의 충격과 공포가 이 소설을 쓰게 했는지도 모른다.

비슷한 사건은 그 후에도 계속 일어났다. 안동의 한 여고 시험지 유출 사건을 비롯해 '대치동 입시 학원 11년 경력'이라며 학부모들을 속여 4억 원을 편취한 입시 컨설턴트가 검거됐다는 기사도 봤다. 허위 경력으로 신뢰를 얻고, 불안에 떠는 부모들의 돈을 뜯어낸 것이다.

그 기사를 읽으며 생각했다. 입시 정보는 더이상 정보가 아니라 불안의 화폐라고. 사람들은 불안이 클수록 더 쉽게 속고, 더 많이 지불한다. 불안이라는 가장 확실한 결제 수단을 통해 정보는 상품이 되고 시장은 해가 갈수록 커지고 있다.

그런 여러 기억과 감정을 재료 삼아 의욕적으로 덤벼들었으나 소설 집필은 생각보다 쉽지 않았다. 시놉시스와 트리트먼트를 먼저 작성했기에 초고는 금방 썼지만, 그 후가 문제였다. 분명 뼈대가 있는데도 뭔가 앞뒤가 맞지 않는 기분이었다. 하나를 고치면 다른 게 맞지 않는 기분. 왜 그럴까 의문이었다.

한참을 헤매다 깨달았다. 이 소설은 정의를 세우는 이야기가 아니라 내가 애써 외면해 온 얼굴들을 마주하는 이야기였다는 걸. 영리가 왜 선을 넘었는지, 송 회장이 왜 그토록 집착했는지, 그 '왜'를 파고들어야 했는데 그걸 뒤늦게 알았다. 그때야 비로소 나는 나 자신을 들여다보기 시작했다.

송 회장 같은 부모들이 떠올랐다. 아니, 솔직히 말하면 내 안에 있는 송나희의 그림자를 발견했다. 아이에게 공부(혹은 숙제)하자, 라고 했을 때, 정말로 아이를 위해서였을까? 내 아이가 뒤처지면 그건 곧 내가 부모로서 실패했다는 증거가 될 것 같아서 두려웠던 건 아닐까?

영리를 만들어가면서는 그 아이를 미워할 수 없었다. 영리는 명백히 범죄를 저질렀다. 하지만 계속 물을 수밖에 없었다. 왜 그런 선택을 했을까? 누구보다 성실하고 똑똑한 아이가 왜 선을 넘어야 했을까. 답은 간단했다. 그 아이에겐 다른 선택지가 없었다. 선(善)이 덕목이 아니라 비용이 되고, 그 비용을 낼 형편이 아닌 상황에서는.

나는 소설에서 범죄를 저지르면 이렇게 된다는 것보다 우리가 얼마나 쉽게 타인의 삶을 모방하며 그 과정에서 자신을 잃어가는지를 말하고 싶었다. 자신의 자리를 비우면 무엇이 그 자리를 차지하려 할까? 그것은 아마 악(惡)일지도 모른다.

영리의 모방은 범죄였지만, 철저히 생존을 위한 수단이었다. 그에 비해 모방을 자아의 일부로 받아들인 줄도 모르는, 진짜로 모방하는 사람들은 따로 있다. 바로 과거의 나 같은 사람들이다.

큰아이에게 사춘기가 온 뒤, 한 몸 같았던 아이가 나를 밀어내는 것에 충격을 받았다. 선배들의 조언도 와닿지 않았고,

교육학을 배웠다는 게 무색하도록 양육의 최종 단계인 독립을 향해 때에 맞춰 할 일을 할 뿐인 아이의 정상적 발달 단계가 섭섭하기만 했다.

우왕좌왕하던 나는 작가 교실에 등록했다. 뭐라도 해야 했다. 아이들과 적정한 거리를 두고 나의 삶을 살 때라는 걸 받아들이기로 했다. 아이들과 분리되지 못하는 '나'를 버리고 진짜 '나'를 찾는 방법이 나에겐 글이었다. 그렇게 작가라는 새로운 역할이 생긴 사람으로서 나는 전과 달라지고자 한다. 비록 불완전하더라도 '나'를 지키는 게 중요하다는 걸 알았으니까.

'작가를 보호하는 것은 자신의 작품뿐이다'라는 말을 해 준 분이 있다. 나는 거기에 '좋은'이라는 낱말이 생략되었다고 생각한다. '아무' 또는 '모든' 작품이 아니라 '독창성 있는 좋은' 작품만이 주인을 보호하는 것이라고. 그래서 닮고 싶고 존경하는 작가는 있지만, 소위 잘나가는 작가의 행보나 유행을 따르고 싶지는 않다. 내 작품이 많은 이에게 읽히길 바라지만, 빨리 성공하고 싶어 조급해하지는 않을 것이다. 좋아하는 이들과 만나 이야기하는 걸 좋아하지만, 홀로 고민하고, 익히고, 사유하는 시간이 소중해졌다. 누구에게 잘 보이기 위해서나 유명해지기 위해서가 아니라, 아직 부족하더라도 내 글을 쓰는 행위 자체가 소중하다는 걸 알게 되었기 때문이다. 작가는 독창성과 실력이 중요하고, 그건 단기간에 만들어지지 않으며, 누가 대신해 줄 수 없다는 것도 분명히 안다. 그 과정이 비록 외롭고 지난하고 고통스러울지라도. 사람은 자

신의 삶을 살아야 한다는 이 기본적인 원칙을 나는 온갖 시행
착오를 겪고서야 알았다.

소설을 쓰며 생각했다. 나는 정말 아이들에게 내 '계획'처
럼 좋은 것만을 주는 데 성공했는가. 아니면 나만의 틀에 집
어넣지는 않았는가. 그리고 소설을 끝낸 뒤, 이제는 자아가
굳어져 본인의 의지대로 생각하고 행동하는 나의 '아이들'에
게 물었다.

"너희들 어릴 때 엄마가 잘못한 게 있을까?"

둘 다 "몰라, 기억 안 나"라고 했다. 남자아이들이 다 그
렇지 싶으면서도 미안한 마음이 밀려왔다. 만약, 너를 위한
거야, 라는 어떤 부모의 말 뒤에 실은 내가 불안해서 그래, 라
는 진실이 숨어 있다면 아이들은 누구보다 민감하게 느낄 것
이다. 아이들이란 그런 존재니까.

이 소설에 해답이 있다고 생각하지 않는다. 나도 계속 흔
들리며 살아왔는데 정답 같은 걸 알 리가 없다. 어떻게 해야
좋은 부모인지, 어떻게 해야 아이가 행복하게 자랄 수 있는
지, 이만큼 살아왔는데 아직도 잘 모르겠다.

나는 그저 거울을 한 번 들었을 뿐이다. 그 거울에 비친 모
습이 불편하다면, 그건 아마도 우리 사회가, 당신이 가는 방
향이 그만큼 불편한 곳이기 때문일 것이다. 그리고 거울 속
자신의 모습에서 질문이 떠올랐다면 이에 대한 답은 독자 한
분 한 분이 찾아야 할 것이다.

그 질문은 이런 것일지 모르겠다.

지금 당신이 따르고 있는 기준은 정말 당신의 것인가? 당신에게서 비롯된 것인가? 당신은 누구도 아닌 당신 자신인가?

2026년 2월,

소향

사이드 뷰

신분제 이후 부모의 계급은
어떻게 대물림되는가

　홍길동은 '아버지를 아버지라 부르지' 못했다. 신분제 사회이기에 있을 수 있는 일이었다. 신분(身分)이란 사회적지위는 혈통에 따라 세습되었다. 조선시대 양반의 아들은 양반이 되고, 노비의 딸은 노비가 되었다. 신분제 사회에서 개인의 사회적 위치는, 서자로 태어난 홍길동이 그러했듯, 세상에 태어난 그 순간 결정된다. 능력, 노력, 재능은 신분이라는 이 철옹성 같은 구조 앞에서 무력하다. 신분은 혈통을 따라 흐르는 사회적 운명이다. 결국 홍길동은 '아버지라 부를 수 없는 아버지'의 집을 떠나는 선택을 했다.

　1894년 갑오개혁으로 조선의 신분제는 법적으로 폐지되었다. 양반과 상민의 구별이 사라졌고, 노비문서는 불태워졌다. 20세기 들어 대부분의 근대국가는 헌법에 '만인은 법 앞에 평등하다'

라는 조항을 명기했다. 신분제는 끝났다. 적어도 법적으로는. 그렇다면 '아버지를 아버지라 부르지' 못하기에 집을 떠나야 했던 홍길동은 신분제 이후의 사회에서 사라졌을까?

악마는 늘 그렇듯 형식과 실제의 간극에 숨은 디테일 속에 있다. 법전에서 신분제가 사라졌다고 해서 부모의 사회적지위가 자녀에게 대물림되는 현상까지 예전의 일이 된 것은 아니다. 오히려 21세기 한국 사회에서 부모의 계급은 과거 어느 때보다 강력하게, 하지만 은밀하게 그리고 교묘하게 자녀의 계급을 결정한다. 다만 그 경로가 바뀌었을 뿐이다. 혈통에 따른 세습이라는 신분제적 통로가 막히자, 불평등은 '교육'이라는 자본주의적 구조가 숨어 있는 우회로를 찾아냈다.

⬦⬦⬦⬦⬦

신분제 사회 이후 부모는 어떤 방식으로 자신의 특권을 자녀에게 물려줄 수 있을까? 이 비밀스러운 우회로를 밝히기 위해 사회학은 부모의 계급(Origin), 교육(Education), 자녀의 계급(Destination)을 삼각형의 세 꼭짓점으로 놓고 이들 사이의 관계를 분석한다. 이를 'OED 모델'이라 부른다.

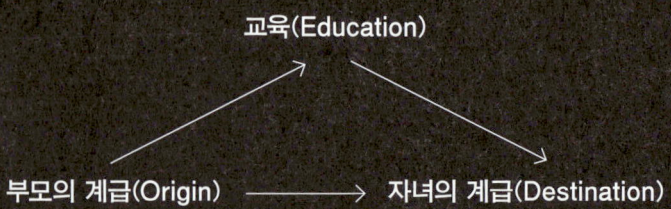

부모의 계급과 자녀의 계급 사이를 직접 연결하는 통로는 탈신분제사회에서도 여전히 유효하다. 부모의 신분이 자식의 신분을 직접 결정했던 것처럼, 어떤 영역에서는 여전히 부모의 계급이 자녀의 계급에 직접 영향을 준다. 부모의 경제적 자본은 상속이라는 적법한 절차를 거쳐 자녀의 계급 재생산을 가능하게 하는 결정적 요소이다. 부모의 계급과 자녀의 계급을 직접 이어주는 이 통로는 상속세 등의 탈루 사실이 없다면 부러움의 대상이 될지언정 사회적 비난거리는 아니다.

자본주의적 계급사회의 특이성은 부모가 직접 자녀에게 물려줄 수 없는 영역에서 드러난다. 부모가 고학력 전문직 종사자라 가정해 보자. 부모가 서울대를 졸업했고 의사자격증을 소지하고 있어도, 경제 자본과 달리 학벌과 자격은 자녀에게 그대로 물려줄 수 없다. 자신의 사회적지위를 물려주려면 자녀가 교육에서의 탁월한 성취라는 우회로를 반드시 통과해야만 한다.

표면적으로 교육은 여전히 '개천에서 용 나는' 통로처럼 보인다. 명문대 졸업장은 좋은 직장으로 가는 입장권이고, 좋은 직장은 중산층 이상의 삶을 보장한다. 학벌 자체를 직접 대물림할 수는 없기에, 자신의 사회적 위신을 물려주려면 자녀가 교육에서 일정한 성과를 거두어야 한다. 그래서 자녀의 교육적 성취를 위해 경제자본과 사회자본을 쏟아붓는다. 특히 부모가 부유할수록 자녀 교육에 대한 '정보'를 더 많이 갖고 있다. 어떤 학교가 좋은지, 어떤 학원을 보내야 하는지, 대입에서 무엇이 중요한지에 대한 정보는 계층에 따라 불평등하게 분배된다. 서울 강남의 학부모와 지방 소도시의 학부모가 접근할 수 있는 정보의 양과 질은 천지차이다. 정보의 불평등은 교육 기회의 불평등으로, 다시 교육 성취의 불평등으로 이어진다.

통계는 이 경향을 잔인할 정도로 명확하게 보여준다. 부유한 가정의 아이는 가난한 가정의 아이보다 더 좋은 학교에 진학하고, 더 높은 학위를 받을 확률이 압도적으로 높다. 부모의 경제적 지위가 높을수록, 자녀가 경쟁력 있는 학력을 취득할 기회 또한 높아진다.

표면상으로는 부모의 계급이 자녀 교육을 경유해 자녀의 계급을 결정하는 듯 보인다. 그러나 교육이 자녀의 계급을 결정하는 단계에서 부모의 계급은 더욱 은밀한 방식으로 작동한다. 출신 계층이 다르면 같은 대학을 졸업해도 노동시장에서 거두는 성과가 달라진다. 부유한 가정은 인턴십이나 어학연수, 자격증 취득에 더 많은 자원을 투입할 수 있기 때문이다. 취업 과정에서 부모의 인맥이 은연중 작동하는 것도 불편한 진실이다. '아는 사람 소개'로 들어간 직장과 공개 채용으로 들어간 직장은 다르다.

더 중요한 것은 직장에 들어간 이후다. 경제적 여유가 있는 집안 출신은 조금 더 위험을 감수할 수 있고, 장기적 관점에서 경력을 설계할 수 있다. 예를 들어 부모의 집에 얹혀살 수 있느냐, 독립해서 월세를 내야 하느냐에 따라 직장에서의 협상력이 달라진다. 월급이 적어도 버틸 수 있는 사람과 당장 다음 달 월세를 걱정해야 하는 사람은 다른 선택을 할 수밖에 없다.

더 은밀한 방식도 있다. 부유한 집안 출신은 '태도'를 물려받는다. 여유 있게 말하는 법, 권위 있는 사람 앞에서 주눅 들지 않는 법, 고급 레스토랑에서 자연스럽게 행동하는 법을 체득한다. 부르디외가 '아비투스(habitus)'라고 명명한 이 체화된 계급 감각은 면접장에서, 직장 회식 자리에서, 승진 심사에서 미묘하지만 결정적인 차이를 만든다.

OED 삼각형이 밝혀내는 진실은 씁쓸하다. 교육은 불평등을 완화하는 '위대한 평등화 장치'가 아니라, 불평등을 재생산하는 정교한 메커니즘이자 계급·지위의 대물림을 정당화하는 장치로 작동하고 있다는 점이다.

◇◇◇◇◇

교육을 통한 불평등 재생산은 '공정'의 외피를 쓰고 있기에 교묘하다. 신분제 사회에서 양반의 아들만이 양반이 되는 것은 누가 봐도 불공정했다. 하지만 명문대를 나온 사람이 좋은 직장에 취직하는 것은 공정해 보인다. 시험을 통과했으니까. 능력을 증명했으니까.

그러나 이 '능력'은 어디서 왔는가? 그 능력은 정말로 개인적 노력과 재능의 산물인가? 아니면 부모가 제공한 경제력과 문화자본, 환경의 산물인가? 수능 만점자의 80% 이상이 서울 강남권 출신이라는 사실은 무엇을 말하는가?

형식적으로 교육 기회는 모든 이에게 열려 있다. 누구나 공부만 잘하면 서울대에 갈 수 있다. 이론적으로는 말이다. 하지만 실질적으로 누가 '공부를 잘할 수 있는' 환경에 놓이는가? 재산이 없는 사람이 내몰려 있는 실질적 부자유의 상황에서 '형식상의 자유'가 무릎을 꿇듯이, 교육 기회의 형식적 평등은 교육 환경의 실질적 불평등 앞에서 무력하다.

『모방소녀』의 카피캣 프로젝트는 묻는다. 만약 가난한 집 아이가 부유한 집 아이 행세를 하면, 그 아이는 정말로 다른 계급으로 이동할 수 있을까? 아니면 여전히 가난한 집 아이일 뿐일까? 이 질문이 섬뜩한 이유는 우리 모두 진실을 알고 있기 때문이다. 중요한 것은 능력이 아니라 출신이라는 것. 교육은 능력을 증명하는 도구가 아니라 출신을 세탁하는 도구라는 것.

법전은 말한다. '만인은 평등하다'고. 하지만 통계는 말한다. '부모의 계급이 자녀의 계급을 결정한다'고. 조선시대의 신분제는 폐지되었지만, 지금은 새로운 신분제가 더 교묘하게, 더 은밀하게, 더 정당한 것처럼 위장하여 작동하고 있다. 교육이라는 이름으로.

....

노명우

아주대학교 사회학과 교수 겸 연신내 골목길의 독립 서점인 '니은서점'의 마스터 북텐더. 『세상물정의 사회학』, 『인생극장』, 『노명우의 한 줄 사회학』, 『이러다 잘될지도 몰라, 니은서점』, 『왜 우리는 쉽게 잊고 비슷한 일은 반복될까요?』 등 다수의 책을 썼고 『구경꾼의 탄생』, 『사회학의 쓸모』 등 다수의 책을 번역했다.

같이 읽고 싶은 이야기
텍스티 (TXTY)

텍스티는
같이 읽고 싶은 이야기를
만듭니다.

읽고 나면
내 삶뿐 아니라 타인의 삶을 떠올리게 하고
누군가와 꼭 나누고픈 이야기를 만들겠습니다.

우리는 이야기의 새로운 재미를 찾고
이야기를 통한 공감이 널리 퍼지도록 애쓰겠습니다.

텍스티의 독자라면 누구나
이야기와 함께하도록 돕겠습니다.

모방소녀

초판 1쇄 발행	2026년 3월 31일
지은이	소향
원안	김지완
책임 편집	조민욱
IP 제작	김하명
출판 마케팅	홍은혜
IP 브랜딩	홍은혜 텍수LEE
IP 비즈니스	조민욱 김하명
경영지원	장윤석 박인영 손혜림 오한솔
교정·교열	천희원
예타단 4기	차강은 최민서 홍수인
북디자인	그리너리케이브
인쇄	올북컴퍼니
배본	문화유통북스
발행인	유택근
발행처	㈜투유드림
출판등록	제2021-000064호
주소	(02810) 서울특별시 성북구 종암로13길 16-10
대표전화	02-3789-8907
이메일	txty42text@toyoudream.com
인스타그램	@txty_is_text
홈페이지	http://www.toyoudream.com
ISBN	979-11-93190-64-7(03810)
정가	18,400원